跨越边界

格萨（斯）尔史诗的演述、
接受与解读

姚慧 著

学苑出版社

图书在版编目（CIP）数据

跨越边界：格萨（斯）尔史诗的演述、接受与解读 / 姚慧著. — 北京：学苑出版社，2024.10
（中国史诗学丛书 / 斯钦巴图主编）
ISBN 978-7-5077-6971-5

Ⅰ. ①跨… Ⅱ. ①姚… Ⅲ. ①《格萨尔》－诗歌研究 Ⅳ. ① I207.914

中国国家版本馆 CIP 数据核字（2024）第 103584 号

出 版 人：	洪文雄
责任编辑：	陈 佳 黄 佳
出版发行：	学苑出版社
社　　址：	北京市丰台区南方庄 2 号院 1 号楼
邮政编码：	100079
网　　址：	www.book001.com
电子邮箱：	xueyuanpress@163.com
联系电话：	010-67601101（营销部）、010-67603091（总编室）
印 刷 厂：	鸿博昊天科技有限公司
开本尺寸：	710 mm×1000 mm　1/16
印　　张：	21
字　　数：	316 千字
版　　次：	2024 年 10 月第 1 版
印　　次：	2024 年 10 月第 1 次印刷
定　　价：	168.00 元

本书系国家社会科学基金青年项目
"口头传统视阈下藏蒙《格萨(斯)尔》史诗音乐研究"
(16CZW068)的结项成果

出版前言

中国各民族有形态各异、蕴藏丰富且传承悠久的史诗传统，在国际史诗版图中占据重要位置。中国史诗大体可分为两类：一类是南方少数民族史诗，主要以神话史诗为主，篇幅比较短小，大多以天地宇宙形成、人类起源等神话故事为叙述对象，并作为民俗仪式的一部分而存在，保持着古老的形态；另一类是北方少数民族史诗，主要以英雄史诗为主，以《格萨（斯）尔》《江格尔》《玛纳斯》"三大史诗"为代表，篇幅比较长，规模宏大，以英雄的征战、婚姻等历史事件为叙述对象，已脱离相关仪式而获得独立的传承形式，代表着史诗体裁的高度发达阶段。其中，中国"三大史诗"不仅传播于国内各民族民间，还传播到周边各国各民族民间，成为跨国界流传、多民族共享的史诗。

然而，我国各民族史诗的抢救保护、整理出版、分析研究工作起步很晚。无论在资料搜集还是在理论研究的开启时间上，均落后其他流传区国家几十年，甚至上百年。以《江格尔》为例，这部史诗主要流传于中蒙俄三国各民族民间。俄罗斯联邦卡尔梅克《江格尔》的抢救保护、搜集记录工作于1802年开始，至20世纪40年代，记录出版了卡尔梅克《江格尔》30余部诗章的数十部异文，从而使其名扬世界，并成为与世界著名史诗齐名的伟大史诗。蒙古国记录《江格尔》可追溯至立国前的1901年，至1978年，共抢救记录了蒙古国《江格尔》25部诗章。而我国《江格尔》的正式搜集记录工作，是从1978年开始的。

虽然起步较晚，但我国各民族史诗研究的起点高、发展快。中国《江格尔》的抢救记录工作启动后，从100多位艺人口中抢救记录了100余部独立诗章的

300余部异文,迄今出版《江格尔》资料本、翻译本、文学读本60余部,推出了《江格尔》科学资料本。《格萨(斯)尔》搜集出版工作更是硕果累累,迄今出版资料本数百卷。至于讲述玛纳斯子孙八代英雄事迹的《玛纳斯》史诗,国外经100多年的搜集,记录下了玛纳斯祖孙三代英雄的前三部,而我国已记录了完整的《玛纳斯》八部。史诗资料记录出版工作的成就,带来了中国史诗研究的起步、发展和腾飞。而这些成就的取得,与党和国家的重视与大力支持是分不开的。

改革开放以来,党和国家一直很重视少数民族史诗的抢救和研究,先后将其列入国家社会科学"六五""七五""八五"重点规划项目。此后,中国社会科学院又将中国少数民族史诗研究列为"九五""十五"和"十一五"重点目标管理项目,保证了中国史诗学科不断开拓进取,攀登高峰,摆脱史诗在中国而话语权却在国外的尴尬局面,逐步掌握并开始引领中国少数民族史诗研究的话语权,为国家赢得了尊严和荣耀。在这个过程中,中国社会科学院史诗研究团队发挥了极其重要的作用。

中国社会科学院民族文学研究所的中国少数民族史诗研究,始于1980年该所成立之初。一开始便实行资料建设与科学研究并行、田野观察与理论建构相结合的思路。在资料建设方面,民族文学研究所史诗研究团队成员奔赴全国各地,经过多年的集体努力,搜集到了大量珍贵的资料,撰写了300多万字的田野考察报告和研究报告,内容覆盖了内蒙古、新疆、西藏、青海、甘肃、四川、广西、云南、贵州、黑龙江、吉林、辽宁、北京等13个省、自治区、直辖市的多个民族。在这些积累基础上,已出版210多种学术资料、14部工具书,其中有20多种是多卷本,有的甚至达几十卷本。如,仁钦道尔吉、朝戈金、旦布尔加甫、斯钦巴图主持的《蒙古英雄史诗大系》(4卷,2007—2010),降边嘉措主持的《藏文〈格萨尔〉精选本》(40卷、51册,民族出版社2002—2013),斯钦孟和主持的《格斯尔全书》(第1—12卷,民族出版社2002—2014),郎樱、次旺俊美、杨恩洪主持的《格萨尔艺人桑珠说唱本》(全套计50卷,西藏藏文古籍出版社2001—2014)等。

在理论研究方面，团队成立之初就承担"九五"国家级重点项目"中国史诗研究"，先后完成并出版发表了众多研究成果，开启中国少数民族史诗研究的序幕。尤其是《格萨尔》《江格尔》《玛纳斯》等中国"三大史诗"和南方史诗为研究内容的一系列研究成果——"中国史诗研究"丛书7部，更是奠定了中国社会科学院民族文学研究所史诗学科的国内领先地位。通过理论开拓与借鉴，结合长期田野调查，中国社会科学院民族文学研究所学者开始在中国少数民族史诗的综合研究、比较研究、传承研究以及史诗形成和发展规律的探讨方面显现出强大实力。截至20世纪末，出版了《江格尔论》《玛纳斯论》《格萨尔论》《南方史诗论》《民间诗神——格萨尔艺人研究》《蒙古英雄史诗源流》等标志性成果，全面系统地评价和描述了中国史诗的总体概貌、重点史诗文本、重要演唱艺人以及史诗文类的各种问题，为以后的研究奠定了基础。在此过程中，民族文学所老一辈学者做了开拓性、奠基性的工作。他们基于本土资料，努力引进和借鉴国外相关理论，公开翻译出版或内部编印方式国外史诗研究经典著作或文章，推动了中国史诗研究的深入发展。

进入21世纪以来，民族文学研究所史诗研究团队新一代学者开始挑大梁，积极引进和推介口头程式理论、民族志诗学、表演理论等理论方法，翻译出版《口头诗学：帕里-洛德理论》《故事的歌手》《荷马诸问题》《突厥语民族口头史诗：传统、形式和诗歌结构》等国外史诗理论经典，以"口头史诗文本研究""中国少数民族语言与文化研究""格萨（斯）尔抢救、保护与研究""柯尔克孜族百科全书《玛纳斯》综合研究"等10多项国家社会科学基金委托项目、重大项目、重点项目以及一般项目，院级重大项目和所级重点课题为依托，逐步建立起了具有中国特色的史诗学，出版了《口传史诗诗学——冉皮勒〈江格尔〉程式句法研究》《史诗学论集》《古代经典与口头传统》《鹰灵与诗魂——彝族古代经籍诗学研究》《蒙古史诗：从程式到隐喻》《〈玛纳斯〉史诗歌手研究》《诗性智慧与智态化叙事传统》等一大批成果，引领中国史诗学研究方向，成功实现了研究范式转型。

2017年开始，借助于中国史诗研究方面的丰厚积累和优势，民族文学研究所史诗学研究被列为中国社会科学院"登峰战略"优势学科。2023年2月,"中国史诗学团队"被评为"首届中国社会科学院优秀科研团队"。此次出版的"中国史诗学丛书"除了符拉基米尔佐夫的《蒙古卫拉特史诗》,收录的都是本学科团队成员的创新成果。我们希望继续发扬首届中国社会科学院优秀科研团队优良传统,保持和巩固总体学术优势和学科框架,加强基础理论研究,提炼标识性话语,加快推进"中国史诗学派"形成的步伐,明确方向,突出优长,形成合力,砥砺前行,奋力开创中国史诗学学科高质量发展的新境界。

斯钦巴图

2024年4月24日

序

  姚慧博士的本科是内蒙古师范大学音乐学院钢琴专业。毕业后，她考入中国艺术研究院研究生部，师从金经言研究员，硕士论文以蒙古族著名歌唱家德德玛为例，以音乐社会学角度探讨当代中国少数民族歌唱家群体。硕士毕业后，姚慧博士继续在中国艺术研究院田青先生的指导下攻读博士学位。开始时，她的博士论文计划是研究蒙古族长调，为此她几次赴锡林郭勒草原做田野考察。后因语言等问题，不得不放弃长调的研究，改为京西佛事音乐。完成学业后，姚慧进入中国社会科学院民族文学研究所博士后流动站，在合作导师朝戈金研究员的指导下开始了以格萨（斯）尔史诗音乐为对象的口头传统研究。

  从姚慧博士的求学经历来看，从硕士阶段的少数民族歌唱家的个体研究到京西佛事音乐研究，再到格萨（斯）尔音乐研究，从音乐社会学到民族音乐学，再到民间文学口头传统研究，"跳转"的确很大。然而，姚慧做到了，而且做得都很精彩。每一个学习阶段，都是全新的研究对象和全新的学科领域，然而她都是勇敢尝试，都能够轻松驾驭、出色完成。这点大家可以从她的博士论文（《京西民间佛事音乐及其保护研究——以张广泉乐社为个案》，商务印书馆，2017年）和博士后出站报告（《史诗音乐范式研究——以格萨尔史诗族际传播为中心》，中国社会科学出版社，2021年）的出版层次以及导师、专家的评价就能看出。"跳转"的意义不是摈弃原来，而是在不同的研究对象及其各自的文化背景的相互映照中，游走于不同学科之际，将不同的理论与方法进行综合和统摄。正因为如此，姚慧总是令人难以置信地从这个领域到那个领域，从这个学科进入另一个学科，完成一个个颇具挑战的研究。

这些成就的背后，一方面是姚慧良好的学术天赋，另一方面是她的执着、勤奋以及学术胆识。她的博士论文的研究重点竟然是佛事音乐保护的"冷门"问题，而她做博士后研究，世界最长的史诗格萨（斯）尔，而且居然涉及藏族、蒙古族、土族三个民族。蔚为大观的格萨尔史诗，三个民族、三种语言——这对于一个尚未踏涉少数民族口头艺术，尚未掌握民间文学理论与研究方法的青年学者来说，难度可想而知。然而，她出色地完成了博士后出站报告，而且由此踏上了口头传统研究的道路。

近年来，我经常看到姚慧发表的论文，明显感觉到她的理论视野不断拓宽，思考的问题越来越深入。她一直努力将航柯、弗里等西方口头传统学术大师的学术理论，引入到自己的格萨（斯）尔史诗研究中，尤其尝试着借鉴自帕里-洛德口头程式理论以来，西方口头传统研究的一些经典学说和理论，通过格萨（斯）尔的研究，探索出一套有关史诗音乐的分析模型及理论框架来。显然，这部即将出版的《跨越边界：格萨（斯）尔史诗的演述、接受与解读》，正是她这些年来在格萨（斯）尔史诗口头传统及其音乐进行系统调查与思考的结果。而且，她通过这一研究，将航柯、弗里类如"传统池""传统指涉性"等相关学说和理论，运用于格萨（斯）尔史诗音乐的研究当中，并在此基础上进一步深化她在博士后出站报告中提出的"传统曲库""范型部件"等概念。

显然，这无论是对研究者的田野考察，还是对理论视野以及思考、分析、综合、写作等各方面的能力，都是很大的挑战。这次姚慧继续了博士后阶段确立下来的学术目标，仍然以藏、蒙格萨（斯）尔为研究对象，探寻口头史诗的本质及其背后的传统。然而，这次的研究，在方法论的选择及其不同方法的整合运用上，在原来基础上有大幅度进展。博士后出站报告的研究重点是通过藏族、蒙古族、土族三个民族当中流传的格萨尔史诗的比较来呈现其族际传播的问题，并围绕"史诗音乐范式"的命题，提出"传统曲库""范型部件""范型曲调"等概念，从史诗音乐"重复"与"变异"的关系探讨切入，并通过细针密缕的分析和比较，对口头史诗音乐演述背后的模式与形式、思维与行为、意义与音声等一系列根本性问题进行层层剥析，回答音乐对史诗演述的意义是什么，音乐对艺人和受众的意义是什么等问题。这次的研究，重点则转向对格萨（斯）尔艺人的"编创"以及史诗文本的生成过程，并由文本转向表演，尝试全观呈现演述所进行的"演述场域"的"内"与"外"的整体关联，而全书的最后采取"多模态"理论视角，呈现格萨尔史诗在藏族文化传统以及生活情景中全息性状貌，是一个从格萨（斯）尔史诗演述传统基本生成机理的阐释，到口头史诗演述情境及生成过程的呈现，再到史诗在传统与生活情境中的存承样态及各种元素之间相互关联的爬梳与解读等，最终回答史诗是如何叙事，史诗艺人如何表演，其背后的机制是什么，等等一系列问题，从文本到文本所生成的表演，从表演到表演依靠的传统，以及表演得以进行的语境等，形成了层层递进的系统关联，尝试一条口头传统研究的新思路。

这些突破和创新，得益于姚慧对劳里·航柯、约翰·迈尔斯·弗里等口头传统研究大师理论方法以及应用符号学相关理论的综合运用。其中，她用航柯"传统池"的概念来思考格萨（斯）尔史诗艺人凭借什么并如何演述史诗的问题。姚慧将"传统池"的概念与自己从格萨（斯）尔史诗传统萃取出的认识结合起来，对其边界进行扩大。在她看来，"传统池"是在口头诗歌文本观和学科互涉领域的框架下，成为囊括主题的、诗歌的、演述的、音乐的传统模式、元素和规则，以及社会共享的表达和意义的储备库。为此，她在其基础上提出"传统曲库"的概念："传统曲库"是歌手储备的全部曲目，它是个体的，同时也是开放地面向不同歌手之间的共享的"传统池"。也就是说，曲库属航柯所说"传统池"，而姚慧把它拣抽出来，是为了强调以往史诗研究忽略的史诗音乐的问题。诚然，"传统曲库"与"传统池"一样，为史诗歌手提供了完成口头演述所需音乐资源、材料以及用来唱奏表演的规则和依据。然而，姚慧看到如果我们的认识仅仅停留在"传统曲库"，那我们眼前的歌手，变成了只会从传统曲库中提取和套用某些因素进行演述的机械呆板形象。藏族、蒙古族格萨（斯）尔艺人的例子表明，口头演述中的曲调在遵循一定规定性的同时，歌手将根据唱词的字数多少、韵律条件以及声调等因素，灵活性地进行替换与变形。就此，她提出"范型部件"的概念——传统曲库中可以被提取并将其转化应用于史诗具体表演实践的音乐元素，包括范型曲调、范型音型与范型节奏型。她解释说范型部件可大可小，大到一个完整的曲调，小到一个节奏型或音型，它是构成史诗音乐的基本单位。她发现，在具体的格萨（斯）尔史诗演述中，范型部件不是一个特定的或具体的曲调、音型或节奏，而是一个可以被用来进行无数次再造的蓝本。艺人根据当时当下的演述需要，随时都有可能打破这种"预设"的规定性，但反过来，他的任何一次打破都不会偏离轨道。也就是说，姚慧通过"传统曲库"和"范型部件"两个概念，回答了史诗歌手用何音乐及其演述中如何用乐的问题。

姚慧的研究，没有停留在对史诗本身及史诗演述，而是力图建构一个包含史诗与整个史诗传统、史诗歌手与受众、史诗编创与接受、史诗与地方性义类等一系列关系的口头史诗认识范式。这是有关史诗的历史根源、文化本质及其在民族与地方文化中的存态方式的根本性问题。为此，姚慧运用弗里"传统指涉性"这一概念，并在此基础上结合多模态理论，尝试一种多学科、多角度、多层次、多方位甚至多感观统摄的口头史诗"多模态"解读方法。尤其是，姚慧不是对航柯、弗里以及应用符号学经典理论的简单搬用，而是她时刻保持清醒，不时结合自己的田野观察来反思，并在此基础上力图丰富以往的中国口头传统研究，从而提出了不少大胆却颇有新意的学术见解。如，她沿用航柯"大脑文本"的概念思考史诗歌手的"演述前"。然而，她发现格萨（斯）尔艺人口头传统中的"文本"类型更为多样，为此她将史诗活态文本分为口头音声文本、音声大脑文本、意象文本、听赏文本四种。她接着认为，在具体史诗演述中四种文本类型常常相互勾连并通过演述而彼此转换——它们处于口头演述过程不同段位上，并构成一个文本谱系整体，而表演或演述正是不同文本类型之间的"转换"中介。

可以看出，姚慧力图通过藏族、蒙古族格萨（斯）尔史诗的研究实践，努力将航柯、弗里及应用符号学的理论与中国口头史诗以及中国口头传统研究之间建立对话。为此，她在自己的研究中引用大量藏族、蒙古族格萨（斯）尔研究已有的学术成果，并努力与类如朝戈金"全观诗学"、博特乐图"曲调框架"等中国学者的概念与理论相关联。可见，这本书中提出的理论和概念，是姚慧博士通过与中外相关研究之间的理论对话，并经过深入的田野考察和精细的个案分析和理论思考而提出来的。姚慧博士的研究，的确体现了书名所示跨越学科边界的理论目标。当然，姚慧所践行的跨学科研究，并不是在史诗学研究中加入了音乐分析，或者音乐研究中增加了口头传统相关学科的理论与方法，而是从格萨（斯）尔史诗演述传统的整体出发，以音乐及音乐性的探讨为中心，涉及史诗传统、故事内容、表演形式、意义功能等多个方面，并紧紧围绕研究对象，一方面选择相应的学科理论，另一方面通过研究对象的多学科分析与阐释，总结出自己的观点，形成理论阐说。因此，姚慧的研究不止于跨学科，而是她通过格萨（斯）尔演述传统的多视角深度阐释，将口头诗学理论代表人物航柯、弗里的经典理论以及应用符号学、多模态理论等，与民族音乐学进行融会贯通。正因为如此，本书形成了一种更有严格意义的"融学科"视野。

这本书中出现的史诗艺人不多，但材料集中，分析具体而深入，尤其在宽度上横跨藏族和蒙古族两个民族、两种文化传统。这种同一部史诗的跨族际研究，一方面是口头传统所具有的共性特征和普遍性规律，另一方面则是同一部格萨（斯）尔史诗，因民族传统、因艺人与史诗的"缘源"，其存态是十分多样的。如，书中的两名蒙古族格斯尔艺人和四位藏族格萨尔艺人，他们与史诗传统之间的关联方式以及他们对史诗、对歌手、对音乐、对演述行为的认知各异，由此他们的演述和传承行为及史诗演述所生成的文本及其音乐风格，所产生的文化功能各不相同。而即便是四名藏族艺人，由于他们与格萨尔传统之间的关联方式不同，亦有神授艺人、吟诵艺人、顿悟艺人、圆光艺人之分。可见，姚慧所研究的是格萨（斯）尔史诗口传性的普遍性特征，而这种探讨是建立在她对格萨（斯）尔史诗内部传统多样性、变化性的尊重之上。从这个意义讲，多样和变化本身就是口头传统的普遍性特征的题中之义。

至此，我想再费些笔墨，谈谈本书对我个人研究的启示。近二十年来，我一直致力于蒙古族音乐的口传性研究，其中科尔沁地区史诗、胡仁·乌力格尔、叙事民歌、好来宝等说唱艺术是我的重点研究领域。尤其近十年来，我在领悟口头史诗生成法则的基础上，探索了失传科尔沁潮尔史诗的恢复与重建实践。因此，我在阅读本书稿的过程中，情不自禁与姚慧和她的书进行隔空"对话"。书中引述了我提出的"曲调框架""艾"等概念以及"表演前—表演—表演后"的研究模型，并把它们纳入到口头传统研究的理论架构当中，而且不时与各口头传统研究理论进行对话。这对我反思和完善自己的研究，进一步深入思考蒙古族口传音乐传统，是有重要启发意义的。因此，我十分感谢姚慧博士请我作序，提供了这次难得的学习机会。

诚然，我和姚慧有共同的执念：史诗是"唱"出来的，它归根结底是表演艺术。因此，抛开音乐而研究史诗，脱离音乐表演而谈史诗演述，至少是个不完整的研究。口头史诗的音乐学研究，可以弥补史诗学研究长期以来"音乐缺席"的不足，因此这是一个十分必要且极具发展潜力的学术领域。另一方面，中国传统音乐研究亦缺乏对史诗的关注，而史诗研究背后口头程式理论、表演理论等等理论与方法，对以口传为基本底色的中国传统音乐研究来说，有着重要的借鉴意义。这给了我们很大的信心和动力，故我们选择的研究视角和努力的学术方向，自然而然是一致的。然而，或许由于我和姚慧学术背景的些许差异，我们的口头传统的音乐研究也是有微妙差别的：最初，我是站在民族音乐学的学科视角，努力将口头程式理论的相关理论与方法，引入到蒙古族传统音乐研究中来，探索一种口传视角下的传统音乐研究新视角、新途径。姚慧则是从进入中国社会科学院民族文学研究所博士后流动站后正式开始她的口头传统研究，而且如今她又是该所的一名成员。这样的学术站位，使得她站在民俗学、史诗学的学科位置上，力图将音乐研究引入到史诗研究中，同时极力以民俗学、史诗学等领域中业已成熟的口头传统研究相关理论，丰富中国传统音乐研究的理论与方法论建设。因此，仅就选择而言，我的跨学科研究是根据"所需"，用这一些新的理论来丰富民族音乐学研究，而姚慧则旨在弥补和完善口头传统研究长期忽视音乐的缺憾。而今天看来，这本书的理论视野和研究方法，已经扎扎实实往前迈进一大步，其意义不止于格萨（斯）尔研究，也不仅对整个史诗文化研究，它所主张的学术理念，它所指向的思考方向，它所尝试的研究实践，对于今天的中国民族音乐学研究来说，都具有重要的启发意义。

博特乐图

（内蒙古大学艺术学院教授，博士生导师）

2023年12月19日

目 录

绪 论 ·· 001

 一、问题缘起 ·· 001

 二、研究方法 ·· 006

 三、概念梳理与厘定 ··· 021

第一章 史诗演述"创编"法则的建构与解构 ························· 035

第一节 演述创编前传统曲库的组建 ······································ 038

 一、敖特根巴雅尔、敖干巴特尔的个人生活史与传统曲库 ············· 039

 二、四位格萨尔歌手的个人生活小史与传统曲库 ························· 050

 三、个人经历·范型部件集纳·传统曲库 ································· 062

第二节 现场演述与创编 ·· 070

 一、敖特根巴雅尔与敖干巴特尔的口头创编 ······························ 070

 二、在口头与书写之间创编的丹玛·江永慈诚与班桑 ···················· 079

 三、书面框架·传统曲库·音声文本 ·· 085

1

第三节　对"演述中创编"的概念解构 ················ 090

　一、神授艺人达哇扎巴音声文本的生成逻辑 ············ 090

　二、圆光艺人才智音声文本的生成逻辑 ··············· 095

　三、局内与局外视角的理解与对话 ··················· 099

第二章　"演述场域"内外的史诗歌手 ············ 109

第一节　"演述场域"中的歌手与交流框架 ············ 112

　一、"演述场域"中的敖特根巴雅尔和敖干巴特尔 ········ 112

　二、"演述场域"中的四位格萨尔歌手 ················ 122

　三、格萨（斯）尔音乐的交流阐释框架 ··············· 127

第二节　交流框架中格萨（斯）尔音乐的叙事指涉 ······ 134

　一、敖特根巴雅尔和敖干巴特尔的音乐指涉规则 ········ 134

　二、五位格萨尔歌手的音乐指涉规则 ················· 138

　三、音乐叙事单元·"传统指涉性"·社会规约 ·········· 145

第三节　作为媒介的接受者："演述场域"之外的史诗歌手 ···· 150

　一、多元媒介的渐次介入 ························· 150

　二、媒介对特殊类型歌手认知观念的参与性建构 ········ 154

　三、从整体场到切割性 ··························· 162

第三章　格萨尔史诗传统的多模态解读 169

第一节　从文学叙事到多模态叙事传统 172
- 一、叙事策略研究概观 172
- 二、反思民族志诗学的研究向度 180
- 三、多模态解读的范式转向 188

第二节　作为史诗传统视觉模态的格萨尔唐卡 195
- 一、从部分到整体的习得轨范 195
- 二、基于量度规范的"限定内变异" 200
- 三、作为视觉文本指涉的史诗叙事传统 205

第三节　作为史诗传统视听模态的格萨尔羌姆与藏戏 217
- 一、多元主体共建的传统武库 217
- 二、交流实践中程式化搬演与多模态文本构合 223
- 三、传统指涉性的对读与史诗事件的重演 239

结语：史诗传统如何叙事？ 251

附录一：青海果洛甘德县田野日志选录 287

附录二：四川甘孜德格县田野日志 291

参考文献 303

后　记 311

绪　论

一、问题缘起

自2012年博士后进站起，笔者开始进入史诗音乐研究领域，经过三年的努力，最终完成了出站报告《跨民族传播中的〈格萨（斯）尔〉史诗音乐的研究》[1]。在该著中，为了便于在三个民族之间开展跨文化研究，在人类口头表达文化的共性中体探史诗乐传统的认知模式，笔者提出了史诗音乐范式概念体系，其中包括"传统曲库"、"范型部件"（含范型曲调）和"具体曲调"三个概念工具。这样的概念抽绎一方面建立在对中国社会科学院民族文学研究所档案库藏、蒙格萨（斯）尔音乐录音资料和笔者田野采录的土族格萨尔音乐资料所进行的宏观与微观分析基础之上，另一方面建立在史诗音乐庞大的曲式结构及其单曲体重复变异的建构方式，以及对特定社区各种传统音乐体裁（或类别）相互影响、彼此借用的基本判断之上。在口头诗学"传统武库"（repertoire）概念的启发下，笔者意识到在史诗音乐的实际演述之前，歌手脑中或许也会有一个"传统曲库"的存在，并在口头演述现场，歌手可以从中择取和调用传统部件（或组件）进行口头创编。由此，笔者开始在部件之间、部件与整体之间关系的视界中认知传统，思忖史诗歌手如何处理自我与传统、口头创编与传统之间的

---

[1] 出版时更名为《史诗音乐范式研究：以格萨尔史诗族际传播为中心》（中国社会科学出版社，2021）。

关系。

然而，在博士后阶段，概念的提出更多的是在资料分析基础上的理论推演，史诗歌手脑中是否有"传统曲库"的近似观念，笔者并不确定。自 2016 年笔者主持的国家社会科学基金青年项目"口头传统视阈下藏蒙《格萨（斯）尔》史诗音乐研究"立项以来，为了弥补博士后阶段未能兼顾资料分析和田野作业的不足，课题在立项之初便力图在田野研究中去检验"史诗音乐范式概念体系"。"史诗音乐范式"和"具体曲调"从分析录音档案的音声文本中便能捕捉到，而"传统曲库"和"范型部件"是否成立，就必须返回田野、寻找答案。

2019 年 7—10 月，笔者分别赴青海省西宁市、果洛藏族自治州甘德县，以及内蒙古自治区赤峰市阿鲁科尔沁旗和巴林右旗开展田野调查，在对蒙古族格斯尔史诗歌手敖特根巴雅尔和敖干巴特尔的访谈中，他们明确表示在自己的口头创编中确有"传统曲库"和提取"范型部件"的意识。而藏族格萨尔史诗吟诵艺人丹玛·江永慈诚和顿悟艺人班桑虽然没有明确的传统曲库和创编思维，但他们也承认自己有承袭自祖辈且惯常使用的格萨尔曲调储备库，这就意味着"传统曲库"的观念在其史诗演述中是客观存在的。故此，笔者将部件与整体的认知思维贯穿在对四位歌手的采访中，用以把握歌手从演述、创编、接受到解读的文本生成策略，探索他们脑中的创编密码，进而构架自己的研究思路，体认口头史诗流布与传播过程中所呈现的口语文化内在机制及其与书面文本的广泛互动。但藏族格萨尔歌手的类型多样，搭建文本的思维框架不尽相同，很难用同一逻辑来统摄所有歌手类型，因此，这里需要强调的是，传统武库或曲库本质上是学术研究的分析工具。

仔细研读劳里·航柯（Lauri Honko）的《斯里史诗的文本化》（*Textualising the Siri Epic*）[1]，笔者发现"大脑文本"（mental text）是基于"传统池"（pool of tradition）的概念而提出的，而"传统池"在一定程度上酷似笔者创建的"传统曲库"。航柯对"传统池"与歌手、特定史诗、演述行为以及与受众的互文性阐

---

[1] Lauri Honko. *Textualising the Siri Epic.* Helsinki: Academia Scientiarum Fennica, 1998.

释关系的研究向度，与笔者在田野中的发现、验证与探索有诸多不谋而合之处。笔者最初尝试在演述与传统之间架构起一座沟通对话的桥梁，然而航柯已在他的著作中对此进行了完整精细的阐释，基于传统本身是流动的属性，这场隔空对话给予笔者的启示是将"传统"放置在不同的时间维度中加以考量。如果说航柯的史诗文本化为我们呈显了"传统"的"过去"（传统池）与"现在"（演述中的传统），那么对约翰·迈尔斯·弗里（John Miles Foley）《如何解读口头诗歌》（How to Read an Oral Poem）的阅读又为笔者打开了通往传统的"现在"（演述中的传统）与"未来"（对传统的解读与再造）关系的通道。

2019年由中国社会科学院民族文学研究所举办的"第八届IEL国际史诗学与口头传统研究讲习班：口头诗学的多学科视域"在北京举行。作为主办方前期会议议题拟定的参与者，为了寻找思路，我们重温朝戈金在"第七届IEL国际史诗学与口头传统研究讲习班：图像、叙事及演述"上演讲的《朝向全观的口头诗学："文本对象化"解读与多面相类比》，阅读弗里的《内在的艺术：传统口头史诗的结构与意义》（Immanent Art: From Structure to Meaning in Oral Traditional Epic）[1]，跨界研读吕品田的《中国民间美术观念》[2]。这些著述不仅帮助我们完成了工作任务，还对笔者后来的思考、田野访谈问题的设定与追踪，乃至本书第二、三章写作思路的营造产生了深刻影响。而第八届讲习班试图解决的口头艺术如何叙事的会议宗旨，以及"在不同口头艺术的表达话语体系中，何为叙事表达单元、叙事结构关系是如何搭建的；在口头演述或表演语境中，各艺术门类如何赋予局部与整体结构以传统意义，如何通过传统认知分类的结构或特定符码来索引传统，如何以音乐的独特视角思考人类口语表达的阐述维度"等具体议题也在不知不觉间成为笔者的学术兴趣，并逐渐将其延伸到本书的研究与探索之中。因此，以田野作业与口述访谈为手段，从歌手的立场出发提炼歌手脑中的"口头创编"图谱、思维过程与替换法则，在博士后的基础上

---

[1] John Miles Foley. *Immanet Art: From Structure to Meaning in Traditional Oral Epic.* Bloomington and Indianapolis: Indiana University Press, 1991.
[2] 吕品田：《中国民间美术观念》，湖南美术出版社，2007。

继续探究资料分析—概念建构—田野检验—回证理论的研究路径，打破民间文学与民族音乐学之间的学科藩篱，在口头传统的观察维度上实现跨越学科边界的学术对话，便构成了本书的研究目标。

在课题实施和本书的写作过程中，一个问题反复闪现在笔者的脑海中：究竟该如何理解和认知传统？或者传统该如何被阅读和读解？在我们惯常观念中，传统似乎是模糊不清、难以揣测的，被当作常识储存在大脑中的，却又难以用言语清晰描摹的。回顾晚近国际民俗学理论，帕里（Milman Parry）、洛德（Albert B. Lord）的口头程式理论是在句法与意义结构层面（程式、主题/典型场景、故事范型）研究史诗歌手的口头学习、口头创作和口头传递过程；理查德·鲍曼（Richard Bauman）的演述/表演理论是在演述事件的结构中关注新生性（社会）结构的生成与衍异。晚近民俗学从"文本"到"以演述为中心"（the performance-centered approach）研究范式的转换又是在人文社会科学语言学整体转向的背景下完成的，虽然海默斯（Dell Hymes）是在批判自索绪尔以来的语言结构主义中建构自己的研究模型的[1]，但"以演述为中心"的研究方法并未完全脱离关注"结构"的话语语境。作为叙事诗的口头诗歌，其行动序列的叙事法则也同样需要在结构主义叙事形式系统的范畴中进行讨论。那么，在这样的学术研究脉络传承下，口头诗歌如何叙事，如何从中抽象传统性指涉，以及如何解读作为叙事传统的口头诗歌，就不可避免地要触及结构问题。结构与意义的构建又往往需要借助符号，而符号化的过程就是抽象的过程，如何编码就意味着如何抽象。"符号过程从不处理整体符码，而是部分符码"[2]及部分符码之间的关系，"符号学不是基于结构概念，而是基于多个结构共同作用而产生的符号概念"[3]这启发笔者重新看待惯常观念中的"传统"认知，尝试用部分+整体的结构性眼光来看待和解读传统。传统的结构性部件或符码按照传统规约性和

---

[1] 朱刚：《从"语言转向"到"以演述为中心"的方法》，《民族文学研究》2014年第6期。
[2] ［丹麦］斯文·埃里克·拉森、［丹麦］约尔根·迪耐斯·约翰森：《应用符号学》，魏全凤、刘楠、朱围丽译，四川大学出版社，2018，第11页。
[3] 同上书，第15页。

指涉性法则组合成不同形式的文本类型，由文本间性所构成文本谱系及其不同形式的文本之间的相互借鉴、吸收、转换、替换、流动、互动，以致最终构成我们认知的传统。这里，文本特指一套符码的组合结构、类型或框架。

藏族擎纸歌手在演述中"阅读"手中白纸的行为，在弗里看来，"他'读'的是他的诗歌传统，而不是他眼前展开的那张（空白的）白纸或新闻纸。"[1] 换言之，歌手脑中的传统被投射在这张空白纸上。这启发笔者，我们通常所认定的文本形式，无论是书面文本，还是口头的音声文本、图像文本，是否在某种程度上也是传统的投射方式呢？如果传统可以用部分的眼光来认知，那么歌手如何收集传统部件，传统如何被拆解，用什么样的法则一次次排列组装部件，歌手如何重构他自己的传统；如果诸类文本可以被看作传统聚光灯的一次投射，是歌手组装传统部件的某种规则和框架，那么我们可以用耳朵直接听到的口头音声文本是如何生成的，它的生成是否只是音声的一次独立存在，它与航柯所说的"大脑文本"有什么关联；如果只要叙事，就有意义的生成，那么歌手是如何通过脑中的传统部件和文本来构建叙事意义的，受众又是如何在演述过程中参与口头音声文本的构建，又是如何识别部件的组合规则并进行互文性阐释的；如果将格萨尔史诗传统中的各艺术表现形式看作一个文本家族或文本谱系的话，那么史诗的口头文本、书面文本与作为各艺术表现形式的文本类型之间是什么关系，多重文本如何构建格萨尔史诗传统的整体意义表达；如果像弗里所说"文本是创造整体听觉体验的载体"[2]，那么以弗里指向未来的、打破时空限制的、各类受众的解读向度来看，"大脑文本"、音声文本、重构的解读文本共同构合的文本谱系又能为我们认知传统带来怎样的启示，各文本类型如何交互指涉，形塑当代的叙事传统，如何在传统的过去（传统曲库）、现在（现场演述与接受）与未来（跨时空的互文性解读与阐释）之间编织起一条联结的纽带，则是本书尝试探寻的问题。

---

[1] John Miles Foley. *How to Read an Oral Poem*. Urbana and Chicago: University of Illinois Press, 2002, p.188.

[2] Ibid, p.72.

为搜集第一手材料，项目实施期间，笔者曾先后四次赴青海省、四川省和内蒙古自治区对26位史诗歌手、格萨尔唐卡画师和格萨尔羌姆传承人以及1位相关专家开展田野调查，分别包括：

2019年7月21日—8月4日，赴青海省西宁市、果洛藏族自治州和甘德县进行藏族格萨尔音乐的田野调查，其间对格萨尔艺人丹玛·江永慈诚、才仲、班桑、南卡，夏仓部落格萨尔马背藏戏团、哇岩寺藏戏团以及格萨尔音乐专家扎西达杰进行了深度访谈和调研；

2019年10月21—29日，赴内蒙古自治区赤峰市阿鲁科尔沁旗和巴林右旗进行蒙古族格斯尔史诗音乐的田野调查，其间对敖特根巴雅尔、敖干巴特尔和金巴扎木苏进行了专题性的深度采访；

2020年8月1—17日，赴青海省西宁市、果洛和玉树藏族自治州进行藏族格萨尔音乐的田野调查，其间对格萨尔艺人才智、达哇扎巴、旦巴江才，格萨尔唐卡画师生格、三智加进行了深度访谈和调研；

2021年7月21日—8月11日，赴四川省甘孜藏族自治州德格县及麦宿镇、竹庆镇和阿须草原进行藏族格萨尔音乐、唐卡和羌姆的田野调查，其间对格萨尔艺人阿尼、白玛益西、布黑、所加，唐卡画师布黑、泽批，佐钦寺格萨尔羌姆传承人血珠进行了深度访谈。

二、研究方法

在民俗学领域，美国民俗学的口头程式理论、民族志诗学和演述/表演理论是近年来学界广为征引和应用的理论前沿，中国学者亦已为其理论建设添砖加瓦、不断耕耘，其方法论已对中国民间文学乃至民间文学以外相关学科的研究范式转换产生了深远影响，著述丰硕。单就民族音乐学领域而言，20世纪70年代以来，对"表演"问题的分析和研究成为西方民族音乐学的重要话题，比如"20世纪80年代出版的《音乐表演民族志》(*The Ethnography of Musical*

绪 论

Performance,1980）和《表演实践：以民族音乐学为视角》(*Performance Practice: Ethnomusicological Perspectives*,1984)这些代表性研究，拓展了学界对于'表演'研究的视域，也与民俗学等领域基于口头传统研究的'表演理论'遥相呼应"[1]。

有学者认为，《音乐表演民族志》虽然将表演语境作为民族音乐学关注的有价值的研究主题，但该书并未超越描述性而提供一种能够使读者信服的系统化论证和证据，以此来证明交流民族志方法是民族音乐学家焦点转移的关键，进而跨越其批评的焦点，建立一种可供选择的科学研究音乐声音的框架。[2]《表演实践：以民族音乐学为视角》的编者杰拉德·贝阿格（Gerard Béhague）亦曾从有些狭隘的音乐学概念转向民俗学家所阐释的表演理论的重要性出发，认为音乐学家所使用的"表演"并未广泛述及民俗学家们所实践的"表演理论"，而更接近音乐学中"表演实践"的理念。许多民族音乐学家发现，民族音乐学与民俗学、戏剧和人类学中的"表演理论"在解释策略上非常一致。然而，在实践中，则很少有研究能与民俗学、戏剧和人类学论著的理论深度相媲美。[3]

国内民族音乐学界，博特乐图首先成功将帕里-洛德的口头程式理论和鲍曼的演述理论集中应用在蒙古族口头说唱传统之上，此后表演理论[4]也为音乐表演民族志的探研与理论话语建构指引方向，使其成为当下民族音乐学的热点话题之一。然而，由于本书的研究对象格斯尔史诗也在蒙古族口头说唱传统体系之内，其与博特乐图所重点用力和广泛覆盖的蒙古族英雄史诗、胡仁·乌力格尔共享同一套演述策略与地方传统，其间难有继续深拓的空间和可能。故此，本书尝试转换视角，在目前国内外民族音乐学界较少关注的研究向度上下功夫，以图拓展新的工作路径。结合研究的需要，笔者着重研读了与本书直接相关且

---

[1] 萧梅：《中国传统音乐表演艺术与音乐形态关系研究》，《中国音乐》2020年第3期。

[2] Michael I. Asch. "Review: The Ethnography of Musical Performance by Norma Mcleod and Marcia Herndon," in *Ethnomusicology* 26, No. 2（1982）: 317—319.

[3] Ruth M. Stone. *Theory for Ethnomusicology.* New York: Pearson Education, Inc., 2008, p.141.

[4] 民族音乐学学者引用时皆沿用杨利慧和安德明在《作为表演的口头艺术》一书中的翻译，即表演理论。

对写作思路有重要指导意义的三本著作，它们是航柯的《斯里史诗的文本化》、弗里的《如何解读口头诗歌》和斯文·埃里克·拉森、约尔根·迪耐斯·约翰森的《应用符号学》。

（一）劳里·航柯《斯里史诗的文本化》

航柯在具体案例的分析之前用了将近三分之一的篇幅阐述"长篇史诗之谜"，重点对长篇史诗进行了理论层面的论述与开拓，他的"大脑文本"（mental text）、"传统池"（pool of tradition）等概念曾在朝戈金的文章中多有引述。王杰文的《"文本的民族志"——劳里·航柯的"史诗研究"》亦对其基本思想做了概括引荐，认为"围绕着'思维文本[1]、表演以及书面编纂'三个核心词汇，以航柯为代表的国际史诗研究者关注的是史诗的双重'文本化'过程，其中，联结'思维文本与表演'的是史诗歌手的'口头－文本化'过程；联结'表演与书面编纂'的是史诗记录者的'书面－文本化'过程"[2]。对于文本化研究体系，航柯已在该书第一部分的结尾处以图示的方式清晰列出，王杰文曾用表格的形式对其进行了翻译。但在笔者的阅读过程中，发现表格形式似乎容易隐藏航柯诸多概念之间的逻辑关系和整个理论体系的架构用意，为了能够清晰呈现其理论推演过程，故在这里重新还原航柯书中的理论图式（如图1）。

传统池：
Pool of tradition
人类大脑中传统的多形性、文类和语域的共存
Coexistence of traditional multiforms, genres and registers in the human mind
史诗语域：共同的故事线、描述、多形性、片语/短语、程式
Epic register: common storylines, descriptions, multiforms, phrases, formulas
接受1. 歌手反复接触传统且逐渐内化
Reception 1.The singer's repeated exposure to and gradual internalisation of traditions

---

1　朝戈金译为"大脑文本"。
2　王杰文：《"文本的民族志"——劳里·航柯的"史诗研究"》，《文化遗产》2015年第4期。

▼

歌手的主题能力：导向特定的文类和叙事
The singer's thematic competence: orientation toward particular genres and narratives
史诗的个人方言：歌手对作为语言的共享表达的个人选择
Epic idiolect: the singer's individual selection of shared expressions as language

▼

接受2. 内化一部特定的史诗：互文性阐释
Reception 2. Internalising a particular epic: intertextual interpretation
传统的调适：大脑的编辑与永恒的变化
Adaptation of tradition: mental editing and permanent change
（历时性的变异）
(diachronic variation)
大脑文本：故事线（易变的）、排序规则、文本线索
Mental text: storyline (flexible), rules of sequencing, textural cues

▼

歌手的演述能力：传统规则和演述条件
The singer's performative competence: tradtional rules and conditions of performance
演述的策略、演述的模式、演述的风格
Performance strategy, mode of performance, performative style
在演述情境中对传统的调适
Adaptation of tradition to situations of performance
（共时性变异）
(synchronic variation)

▼

歌手在演述行为中对传统意义的加工过程：呈现的文本
The processing of traditional meaning by the singer in action: manifest text
观察受众的反应及其对演述的直接影响
Observation of audience reaction and its immediate impact on performance
演述的可辩性和真实性：最后的演述是最好的
Defensibility and truthfulness of performance: the last performance is the best

▼ ▼

接受 3. 受众的互文性阐释 Reception 3. Intertextual interpretation by the audience （多元意义的加工过程） (processing of multiple meanings) 反馈给演述人（可选择的） Feedback to the performer (optional)	建档的旨趣： Interest in documentation 来自传统社区内外 its origins inside/outside tradition community 建档的策略 Documentation strategy
▼	▼
展望：着眼于未来演述的传统改编 Looking forward: modification of tradition in view of future performances	建档的语境 Context of documentation （自然的、诱导的、人为的） (natural, induced, artificial) 搜集到的文本 Collected text
	▼
	编辑的策略：文本的选择 Editing strategy: textual choice 誊写、翻译、评论 Transcription, translation, commentary
	▼
	出版的策略：附带的形式 Publication strategy: collateral forms 作为书籍的口头史诗（AV 选项） The oral epic as a book (AV options)

图 1　口头史诗的制作（THE MAKING OF ORAL EPICS）示意图
Lauri Honko. *Textualising the Siri Epic.* Helsinki: Academia Scientiarum Fennica, 1998, p.167.

这一图示可谓航柯理论架构的思想浓缩，为了让读者清楚理解其思路衍化过程，笔者结合自己的理解，略对图示做进一步的解释。航柯的"史诗制作"大概分为五个层次：

第一层次是传统本身，也就是"传统池"。"传统池"是人类大脑中传统的多形性、各种文类和语域共同的储备池。这里的"传统池"不仅指向史诗，也包含其他文类，是各类传统的总汇。具体到史诗，语域（register）[1]包含共同的故事线、描述、多形性、片语/短语和程式，它们又共同构成史诗的"传统池"；

第二层次是"传统池"与史诗歌手的关系，即"接受1"。作为史诗歌手，需要反复接触传统，进而逐渐完成吸收传统的内化过程，其间歌手需要逐步具备能够将"传统池"转换为特定文类和叙事的主题能力，同时经过对"传统池"个人化的选择而逐渐形成歌手自己的史诗方言；

第三层次是"传统池"与某一部特定史诗的关系，即"接受2"。在航柯看来，特定史诗也是对"传统池"的接受和内化的过程，吸纳"传统池"中的构件，从而完成自身的转换，与"传统池"构成互文性阐释。在此过程中，大脑完成的是对传统的调适，在传统的规定下做一定程度的编辑从而构成一定的变异。这里的变异指向历时性维度，也可以说是传统的过去与现在的关系。同时，航柯强调这样的变异又是永恒的，是永远都在变化的，朝戈金引述多次的"大脑文本"就被航柯假设在这个历时性维度之中，"大脑文本"包括故事线（易变的）、排序规则和文本线索[2]，其重点是"规则"和"线索"；

第四层次是"传统池"与实际演述行为的关系。在完成演述行为的过程中，歌手需要具备一定的演述能力，能够掌握传统的规则和驾驭演述条件的能力，

---

[1] 从本质上讲，语域是一种特殊的语言，一种在特定环境下对史诗演述人和受众有效的"言说方式"。语境标准在这里比区域标准更重要，尽管语域往往也带有基于区域和/或社会亲缘关系的方言特征。我在戴尔·海默斯的"与重复出现的情境（situation）类型相联系的主要讲述风格"的意义上使用这个术语，这非常符合斯里关于附身（possession）信仰的特殊制度，众人聚在一起，只在特殊场合在斯里史诗的保护伞下进行交谈。正如弗里所指出的，语域概念的要点来自韩礼德（M. A. K. Halliday），他以意义的共同选择来定义语域：语域可以被定义为一种文化成员通常与某种情境类型相关联的语义资源结构。由于这些选择是以语法和词汇的形式实现的，所以语域可以被视作一种词汇和结构的特殊选择，但它是以意义来定义的；它不是由这样或那样的"社会因素"叠加在一些潜在内容上的常规表达形式的集合。它是构成文本所属的多样化的意义选择。Lauri Honko. *Textualising the Siri Epic*. Helsinki: Academia Scientiarum Fennica, 1998, pp.63-64.

[2] "大脑文本"的具体定义详见"概念梳理与阐释"部分。

需要掌握演述的策略、演述的模式，并使其具有自己的演述风格，同时需要在演述的语境和情境中调适传统，与"传统池"或传统在同一时空中形成共时性变异；

第五层次是歌手在演述行为中对文本及其传统意义的加工过程，其中歌手也会通过观察受众的反应来调整文本的呈现样态，这里，航柯强调演述的正当性和真实性，即肯定演述的权威性，因为最后呈现的文本一定是通过演述行为来完成的，所以他称为"最后的演述是最好的"。

航柯用平行排列的两个指向分列此后延展的两个过程，即"口头-文本化"和"书面-文本化"。"书面-文本化"不在本书的讨论范围，故不赘述。"口头-文本化"，即图示中"接受3"受众对演述呈现文本的互文性阐释，此处航柯特意用括号标注其"多元意义的加工过程"。"多元"意味着受众脑中的文本意释与呈现文本间的若干间距。演述人对收集来的受众反馈亦有所选择，而这一层次又延展到未来的无数次演述中，完成一次又一次的传统改编。

对于演述或表演之前的过程或对传统的吸纳，民族音乐学界亦有前期探索，比如博特乐图提出"表演前—表演—表演后"的观点，并将其与民族音乐学家梅里亚姆的"概念—行为—声音"的研究模式相结合，将传统作为表演的前提，将文本作为表演的产品，在时间中关注表演过程。[1] 然而，博特乐图对传统—表演—文本关系的讨论却点到为止、并未深入。杨民康亦曾关注"表演前"和"表演后"两种音乐形态[2]，虽然在所指上他与博特乐图一样都将"表演前"归入概念/概念性，将"表演后"对接声音范畴，但二人的研究起点却并不相同，博特乐图将"表演前"的前置状态归属于传统，而杨民康则将"表演前"定位在书面乐谱及其口传之上。与此相比，航柯虽然也在讨论传统的不同生命阶段，但却更具有方法论的指导意义，重在阐释逻辑关系，高度提炼概念体系，拓展理论抽绎的增长空间。这为我们重新认知和解读传统提供了更加开

---

[1] 博特乐图：《表演、文本、语境、传承——蒙古族音乐的口传性研究》，上海音乐学院出版社，2012，第89—90页。

[2] 杨民康：《以表演为经纬：中国传统音乐分析方法纵横谈》，《音乐艺术》2015年第3期。

阔的视域。因此，本书在前两章尝试借鉴航柯"传统池"、"大脑文本"及其与歌手、特定史诗、演述行为、受众的互文性阐释之间的关系性思维，通过藏蒙格萨（斯）尔史诗的具体实例，来探索口头叙事音声文本的生成过程。

（二）约翰·迈尔斯·弗里《如何解读口头诗歌》

巴莫曲布嫫曾在《民间文化论坛》将"弗里"作为关键词进行专门书写：

> 弗里立足于发扬并拓展"帕里－洛德学说"，在自己的治学中将"口头程式理论"的思想精髓和"讲述民族志""演述理论""民族志诗学""语义指涉""接受美学"等20世纪最为重要的理论和方法论创造性地融汇于口头传统的比较研究中，先后系统地提出了"口头传统的比较法则""演述场""传统指涉性""史诗语域""大词""交流的经济""传奇性歌手""口头诗歌四类型""口头传统／文本技术／互联网技术并立"及"思维通道"等概念工具和理论学说，从而构造出独具学术个性的口头诗学体系和口头诗歌文本的解析方法。在这些概念工具中，弗里对传统口传史诗的意义解码则基于文本性质与接受美学的理论话语及其深刻的理解。他认为"意义"在本质上是一个参与的过程，而非一种纯粹的文本现象，由此提出的"传统指涉性"（traditional referentiality）成为其《内在的艺术：传统口传史诗的结构与意义》一书的理论生长点，为其之后的几部专著进入"传统口头诗学"的建构提供了语境诠释的理论框架，在口头传统研究领域形成深远影响。弗里一向主张在探问什么是传统文本之前首先应该探问文本是如何传达意义的，而意义的生成过程才是口头诗歌的重要特征；不论是口头文本还是源于口头的文本，传统本身也提供了具有阐释力度的编码规则，但需要去发现。换言之，需要研究者将演述者及其受众纳入文本接受史的考察范围，从而按照传统本身所赋予的意义生成机制和美学结构去阐释传统，并从文学接受的立场去理解和揭示口头传统的艺术法则和诗学规律。[1]

---

1 巴莫曲布嫫：《约翰·迈尔斯·弗里》，《民间文化论坛》2016年第1期。

巴莫曲布嫫十分精准地概括了弗里在口头传统研究领域的卓越贡献，《如何解读口头诗歌》正是将20世纪重要理论创造性地融汇于口头传统研究中的一个集中体现。全书重在逻辑缜密、逐层递进地诠释口头诗歌"如何解读"。该书采用关键词的书写方式，聚焦"什么是口头诗歌"（What Is Oral Poetry）、"语境和解读"（Contexts and Reading）、"在那里：演述理论"（Being There: Performance Theory）、"民族志诗学：用它自己的术语表达口头艺术"（Verbal Art on Its Own Terms: Ethnopoetics）、"传统的意义：内在的艺术"（Trdational Implications: Immanent Art）、"一个贫乏解读者的（谚语）通鉴"（A Poor Reader's Almanac）、"解读口头诗歌"（Reading Some Oral Poems）、"南斯拉夫口头诗歌的生态学"（An Ecology South Slavic Oral Poetry）8个关键词。从中可见，弗里是如何在20世纪几大重要理论中融入自己的独到眼光与殊越见地的，又是如何将语义的组构容纳在口头文本的生成过程之中的，如何在此基础之上开拓自己新的研究向度，融会贯通地逐层建构出一套更加符合口头传统创编、接受与解读美学规律的诠释理路。

具体到本书，弗里的影响主要体现在以下四个方面：其一，作为概念工具的"传统指涉性"[1]。尽管"传统的意义"在《如何解读口头诗歌》中只是作为关键词之一来论述的，但在其他理论方法的梳理中阐释传统"内在的艺术"，更容易使读者把握理论生发的来龙去脉，乃至理解弗里何以将"传统指涉性"置放在口头诗歌创编与接受的动态过程之中。其二，如何解读口头诗歌的宏阔视野。其三，从接受美学和受众向度出发，认为口头传统的文本或演述与受众的实际接受（源自口头文本）之间存在一张由明确的符号和不确定性的间距所构成的地图。弥补间距的途径有两种，一方面必须遵循一定的规则和先决条件，其中先决条件是指受众先前的知识或能力（他们对诗歌传统的了解），而弥补文本间

---

[1] 弗里是在《内在的艺术：传统口传史诗的结构与意义》（*Immanent Art: From Structure to Meaning in Traditional Oral Epic*）一书中集中论证"传统指涉性"的，故此笔者会在《如何解读口头诗歌》的基础上综合参考《内在的艺术》一起讨论。对于"传统指涉性"的概念阐释，详见绪论第三部分。

绪 论

距所需要的大部分材料实际上已经蕴含在不断冲击的传统中了。另一方面，借助解读者或受众自己的想象力。其四，通过对绘画艺术的类比，弗里认为传统结构不仅是隐喻符号，而且是认知分类或结构。现实的配置和表达，阐释和再阐释，完全是通过认知分类的设定和传统习语来维系的。

在笔者看来，航柯和弗里从各自不同的角度对文本生成之前的传统编码规则进行了精彩的论述和阐扬。除了前文对航柯理念的梳理，弗里认为结构有超越诗行或段落和"作品"（work）的一个内在语境，即诗歌传统，而结构的意义，不是来自我们在文学文本中所熟悉的各种含义或赋予的内涵，而是至少在很大程度上来自这些结构中自然而然的内在联系，并为知情的受众所接受。[1] 虽然，航柯和弗里皆将作为"演述的现在"推向未来，在传统的过去、现在与未来之间组构勾连阐释的链接通道，但航柯"口头－文本化"过程最后的展望将视线引回到传统演述的原点之上，而弗里却将基于过去的现在引向受众潜有无数解读可能的未来。在口头传统通往未来的道路上，航柯的重点锚定演述的主体，当然这里不包括"书面－文本化"过程，而弗里则在民族志诗学的视野中，将口头传统的未来指向无数打破时空解读口头传统的受众，将演述场域之外的、未来的受众与读者也纳入文本建构的参与列表，进而倡导即使是研究者，在解读口头诗歌时也要大声地朗读出来，这个朗读的过程就是我们理解口头诗歌的过程，这个过程所带给我们的整体体验与视觉的单向阅读大相径庭，只有在自我融入的内化过程中才能真正理解与解读口头诗歌。这样的理念贯穿在弗里十条解读口头诗歌的"谚语"中，其中"口头诗歌乃是一个复数名词"（Oral Poetry is a Very Plural Noun）、"演述使事件成其为可能，但传统乃是该事件的语境"（Performance is the Enabling Event, Tradition is the Context for That Event）、"解读口头诗歌的最佳指南恰恰在未曾刊印的词典之中"（The Best Companion for Reading Oral Poetry is an Unpublished Dictionary）、"创编和接受乃是一枚硬

---

[1] John Miles Foley. *Immanent Art: From Structure to Meaning in Traditional Oral Epic.* Bloomington and Indianapolis: Indiana University Press, 1991, p.39.

币的两面"（Composition and Reception are Two Sides of the Same Coin）、"解读既要深入到符码的背后，也要涵泳其间"（Read Both Behind and Between the Signs）、"真正的多样性需要参考系的多样性"（Ture Diversity Demands Diversity in Frame of Reference）[1]对本书第二、三章的写作产生了重要影响。

航柯和弗里的著作皆已在口头诗歌的创编、接受和解读的过程中深研文本的动态生成过程。然而，假如回到民众的生活世界，将包纳各艺术表现形式的叙事传统视为社会语境中的一个文化整体，将史诗演述的创编与接受作为史诗叙事传统元文本的生成场域，那么在同一社会和文化生境之中，叙事策略的营构和叙事意义的组建又同时在不同时空、不同艺术符号与意义的编码、解码间与元文本构成交互指涉的解读与阐释关系。因此，笔者希望站在两位巨人的肩膀上，在口头艺术如何叙事和抽象的思维框架之下拓展诠释单一演述场域中创编、接受和解读过程的广度与宽度，从叙事传统的整体性着眼，跨越学科艺术分类的阈限和以往解读口头诗歌的演述边界，在民众生活世界的整体认知中建立多模态的广义文本观及研究框架，在动态生成过程中观察文本间的过渡与跨文类转换及其谱系关联，在多模态文本关系性思维中理解、认知与阐释传统。笔者试图从格萨尔史诗传统的具体案例入手，在航柯的"传统池"和"大脑文本"、弗里的"传统指涉性"和解读口头诗歌的概念工具之间构建格萨尔叙事传统的过去、现在与未来的关系通道。然而，当研究重点锁定之后，笔者发现上述理论仍难以回答叙事传统中语义如何抽象指涉、文本如何交互编码的问题，并且航柯和弗里的著作已广涉符号学视角，于弗里而言，去读，就是去解码，从符号中产生意义。[2]因此，笔者将目光投向符号学理论。

（三）斯文·埃里克·拉森、约尔根·迪耐斯·约翰森的《应用符号学》

拉森和约翰森的《应用符号学》"综合了各符号学派观点，从编码、符号、

---

[1] 译文引自巴莫曲布嫫：《约翰·迈尔斯·弗里》，《民间文化论坛》2016年第1期。
[2] John Miles Foley. *How to Read an Oral Poem*. Urbana and Chicago: University of Illinois Press, 2002, p.80.

话语、行动、文本和文化六个基本概念归纳符号学理论,逐步打开符号学视野,展示符号学自身的运作方式及其理据"[1]。通观全书来看,事实上航柯和弗里用于研究口头传统的方法和理念在很多方面与《应用符号学》相互契合,只是航柯和弗里聚焦口头传统,而拉森和约翰森的视线范围相对较广,是对日常生活和文化现象一般意义上的符号学阐释。但有意思的是,《应用符号学》的研究思路却与航柯和弗里有着异曲同工之处,从符号编码到交流行为,再到文本生成。《应用符号学》对本书的影响主要表现在两个方面,一是概念工具"结构性编码"和"过程性编码",二是符号学对文本的理解,即"从元素-结构到对话-结构"的过程。具体涵括以下四点。

首先,对于人类为什么要使用符号,拉森和约翰森认为,人类往往运用的是以往的经验所建立起来的、具有集体性的规则,同时符号可以确保现象可以重复、记忆并存储在习惯中,因此人类可以使用符号来指示世界的本质,并且以一种我们能够将其理解为符号的方式,通过符码来使现象被结构化。[2]他们列举画家作画的例子来说明符码是如何创造艺术作品的:一名画家正在作画,他从调色板上选择不同的颜色,调在一起,一笔一画涂在油画布上,完成画作后,他签上了自己的名字。他们认为这一过程揭示了某些颜色和文字被选择、结合和分配的过程,同时也是用给定的材料创造一个复杂的文化符号(艺术作品)的过程。这是个受规则约束的活动,即使规则可能不明确,或者被不知不觉使用。规则控制了元素的选择和组合,这些元素就是所谓的符码。……符码真正创造的是它们(形状和颜色等特征)的关联。……符码使我们能够从诸多特征中进行选择,给定元素通过它们相关联的特征获得了特定身份。[3]

拉森和约翰森对一般现象符号能力的阐述与口头艺术的叙事法则极为相近,口头艺术和史诗叙事传统也是通过符码与符码的结构关系来进行符号编码的。

---

[1] [丹麦]斯文·埃里克·拉森、[丹麦]约尔根·迪耐斯·约翰森:《应用符号学》,魏全凤、刘楠、朱围丽译,四川大学出版社,2018,封面。

[2] 同上书,第2页。

[3] 同上书,第7页。

假如我们用部分（部件/组件）与部分、部分与整体（文本）之间的关系思维来认知传统，史诗歌手亦是在从"传统池"/"传统武库"/"传统曲库"中选择不同的部件，然后在一定规则的约束下排列部件，并通过现场的口头演述传达给受众，完成一次具体的演述。其中部件被选择、组合和分配的过程既是用传统给定的材料创造文化符号的过程，也是一个受传统集体规则约束的过程，其中对规则的习得、掌握和应用有时是无意识的。对于口头艺术而言，正如航柯所言，文本框架事实上就是口头传统组织符码/部件的规则，或称编码规则，而这套规则控制了部件（符码）如何被选择、被组构和被抽象。由此，拉森和约翰森对画家作画的编码过程与我们所熟知的口头传统的文本编码过程极具相似性，换言之，它们共用同一套人类使用符号来结构现象的思维模式。对于口头艺术而言，符码与符码之间，或部件与部件之间的关联是通过文本来构建的，在人际交流过程中通过文本来创造并交换意义。在拉森和约翰森看来，"符号过程从不处理整体符码，而是部分符码"[1]，以及部分符码之间的关系，"符号学不是基于结构概念，而是基于多个结构共同作用而产生的符号概念"[2]。因此，在拉森和约翰森的影响下，笔者尝试用部件与部件之间、部件与文本之间、多模态文本之间的关系性思维来动态认知叙事传统的文本生成过程。

其次，《应用符号学》提出，符号学通过同时活跃着的两个不同层次的符码运行。第一层被称为结构符码（structural codes）；第二层被称为过程符码（processual codes）。在结构符码中，"符号学通常认为元素集合的存在是理所当然的，这些元素的集合都存在一个或多或少比较清晰的结构，并且能够通过过程符码创造意义——可能是新的意义。过程符码可以被认为从一个结构到另一个结构的转化"[3]。"结构性编码"过程是建造模块的过程，是一个由具有意义生成潜力的元素所构成的知觉框架，而"过程性编码"是对象的建构过程。[4] 我们

---

[1]［丹麦］斯文·埃里克·拉森、［丹麦］约尔根·迪耐斯·约翰森：《应用符号学》，魏全凤、刘楠、朱围丽译，四川大学出版社，2018，第11页。

[2] 同上书，第15页。

[3] 同上书，第10页。

[4] 同上书，第18—19页。

绪 论

之所以会选择这个词或词素,而不是其他,是"因为符号有历史,彼此联系紧密,并且有指称和意义"[1]。

约翰·费斯克(John Fiske)更明确地描述符号过程的5个基本特点:"1. 符码预先假定两套及以上已建构元素的存在,通过符码建立规则,使我们能够在这些元素中选择一个或多个,并且将其组成一个整体,规则控制部件的组合……; 2. 符码创造意义整体,其中选择的元素被置于分层框架之中,这样整体能指向自身以外的东西——如一个游戏可以指社会经历,胜利或者失败,以及伦理、审美和精神价值; 3. 符码由恰当的表现媒介和传播渠道发送……; 4. 符码依赖其使用者所达成的共识……符码预先假定一个共同文化背景作为其框架; 5. 符码执行可辨认的社会或交流功能……"[2]费斯克的概括事实上已经涉及符号过程的预先编码、意义生成、生成渠道、文化共识所建构的框架和交流功能,涵盖了编码、交流与接受的整个符号过程。由此,笔者借用"结构性编码"和"过程性编码"来分析和研究作为口头交流行为和事件的格萨(斯)尔史诗音乐文本如何生成,如何通过符码进行信息传递。

再次,《应用符号学》对文本进行了较为清晰和全面的界定。在拉森和约翰森看来,其一,"文本是行为的一部分或结果,而符号作为潜在意义的携带者可能在文本中或作为文本被实现(被激活)。文本不仅是行为定位的结果; 它们拥有物质存在——即使只有声频——并且它们因此可以在与其他现象和其他文本关系的区别及其多样性中被感知。它们也可以被一个单独的接受者或实际上数量无限的接受者感知"[3]。其二,文本不仅仅是产物,而且是意义的生产[4],是"一连串符号或符号过程"[5]。同时,拉森和约翰森援引文学、绘画和音乐研究者的观点,谈论艺术文本的文本间性及其彼此互涉和引用。其三,一个给定的文本与另

---

[1] [丹麦]斯文·埃里克·拉森、[丹麦]约尔根·迪耐斯·约翰森:《应用符号学》,魏全凤、刘楠、朱围丽译,四川大学出版社,2018,第110—111页。
[2] 同上书,第12页。
[3] 同上书,第113页。
[4] 同上书,第119页。
[5] 同上书,第120页。

一个文本或另一些文本建立对话性关系。[1]一方面,每一个文本都是符号-过程中的一个环节,而为了理解,我们必须将其放置在一个意义语境中;另一方面,他们将文本间性理解为文本彼此之间预期的对话,是文本生产和获取意义的潜在基础。[2]换言之,文本的建构与意义的生成是以文本间性为基础的。他们认为不应将文本视为孤立,而应将其视为意义不间断产生的"部分","这些文本、对话和解释过程既稍纵即逝又稳若磐石——稍纵即逝是因为没有人能够精确地回忆其如何发生,稳若磐石是因为他们通常形成模式……"[3]。这启发笔者,在史诗叙事传统的演述、接受与解读过程中不同形式的文本之间探寻文本间性。

最后,拉森和约翰森认为,作为模型的文本符号指向其他事物,是"一个指向其他文本的文本。……文化中的任何文本都可以作为一个模型运行,只要它被置入一个文本层次中"[4]。他们同时引用雷蒙德·布东的观点,"将文化的义本结构称为在有效的语境中定义的结构。模型不是一个特定的文本,而是一个特定的文本功能(text function)"[5]。接着,他们列举洛特曼将文化文本提升为潜在模型,并且认为文化文本由两个模型系统组成:"第一模型体系(primary modeling system),如一个口语文本或视觉文本,塑造我们和周围世界的关系——感知、行动和交流……;第二模型体系(secondary modeling system)通过神话、传说、艺术、科学等,重建第一模型体系与周围世界关系的组织及其条件。第二模型系统的特征因此在两个系统中都能找到,并且成为文化不变量。……实际上,模型和对象从不一致……"[6]而将文本作为文本功能或模型的观点与航柯的"大脑文本"殊途同归。

虽然航柯、弗里以及拉森和约翰森讨论的话题并不完全相同,但经过梳理,

---

1 [丹麦]斯文·埃里克·拉森、[丹麦]约尔根·迪耐斯·约翰森:《应用符号学》,魏全凤、刘楠、朱围丽译,四川大学出版社,2018,第121页。
2 同上书,第123页。
3 同上书,第139页。
4 同上书,第162页。
5 同上。
6 同上。

读者们也应该发现在他们各自阐释的现象背后，其基本原理却在很多方面是心意相通的。笔者尝试综合应用上述三种理论，以及民族音乐学、多模态研究和叙事学理论等研究方法，吸纳其精华的同时，将其内化为自己认知史诗叙事传统的研究框架，进而探视口头艺术的叙事策略。

三、概念梳理与厘定

为了便于本书观点的论证，从研究需要出发，在此笔者将对与本书直接相关的学界已有的概念工具进行简要梳理，并在此基础上修正史诗音乐范式概念体系。

（一）学界已有概念简梳

1."曲调框架"

曲调框架"是一种结构，是口传音乐的思维方式和音乐建构手法，是潜藏在具体曲调背后的关于曲调的音响形象，并通过口头表演与曲调相联。曲调框架是表演的对象，而表演的结果则生成曲调；它本身没有标题及语义，但是在演唱当中，与特定的主题或故事结合，生成为歌，由此而获得该歌的标签。由于每次表演的不同，同一首歌在'曲调框架'这一层面上是同一的，在'曲调'这一层面上却千变万化"[1]。"曲调框架某种意义上是群体的——与语言一样，是由拥有它的歌手、受众所形成的群体所共享的抽象实体、类型模式和声音形象。"[2]

2."口传文本"

博特乐图在其博士学位论文中将那些依赖视觉符号的书写形式和依赖听觉

---

[1] 博特乐图：《表演、文本、语境、传承——蒙古族音乐的口传性研究》，上海音乐学院出版社，2012，第38页。

[2] 同上书，第47页。

符号的口头形式以及那些依赖录音录像技术而被固化了的声响形式，看作文本的不同形式，分别以"书面文本""口传文本""声像文本"称之。而在《表演、文本、语境、传承——蒙古族音乐的口传性研究》一书中，他又将"文本"解释为"那些以书面的、声音的和以声像记录的话语，不同的文本形式前面冠以定语加以区别"[1]。

3."传统武库与个人才艺"（repertoire）

巴莫曲布嫫曾在《荷马诸问题》一书的"汉译本专名和术语小释"中对repertoire做了一定的解释，即"这是一个常用的民俗学专业术语，但该词的翻译很难找到一个对应的汉语词汇。从字面上讲，它通常有两个层面的含义：（1）指某一个演员或剧团随时准备表演的全部歌曲、戏剧、歌剧、读物或其他作品，也指保留剧目；（2）个人的全部技能和本领，某人的一系列技艺、才能或特殊成就。鉴于要兼顾民俗传承与个人创造性两方面的因素，译者曾译为'传统知识贮备和个人才艺'，旨在同时强调传承人的传统性与创造性。……从repertoire的角度来把握歌手、故事家这类口头文类的传承人及其个人生活史、地方民间叙事资源及其所蕴含的传承性轨范和创造性张力，也是国内民俗学界应当重视的一个学理问题"[2]。根据上下文，巴莫曲布嫫采用了"传统武库与个人才艺""传统武库"或荷马诗歌的"传统篇目"，为了与本书其他概念之间建立有效的关联度，后文采用"传统武库"的译法。

4."传统池"（pool of tradition）

航柯将"传统池"定义为不同歌手所共享的一个储备库，其中包括主题的、诗歌的、演述的和其他的传统模式、元素（elements）和规则。[3] 在"传统池"的概念释义中，与其说是歌或故事本身，不如说是它们的基本元素，如

---

[1] 博特乐图：《表演、文本、语境、传承——蒙古族音乐的口传性研究》，上海音乐学院出版社，2012，第25页。
[2] 格雷戈里·纳吉：《荷马诸问题》，巴莫曲布嫫译，广西师范大学出版社，2008，第265页。
[3] Lauri Honko. *Textualising the Siri Epic*. Helsinki: Academia Scientiarum Fennica, 1998, p.92.

多形性[1]、主题和程式，都存在于一个内化的（歌手的、群体的或地区的）传统系统中，在特定的演述场景中，可以被激活。这样的"池"是由通用规则（generic rules）、故事线（storylines）、史诗事件的大脑意象（mental images of epic events）、关于可重复场景的语言预处理的描述（linguistically preprocessed descriptions of repeatable scenes）、成套的既定术语和属性（attributes）、短语（phrases）和程式（formulas）所支配的。[2] 航柯对"传统池"概念的界定，除了我们一般意义上所认为的传统必须是社会性的、共享的，他还提出，我们对传统的任何了解都是通过个人的思想来实现的。"史诗语域"和"传统池"等术语是指集体资源，它们也应该在各自的实现中被概念化，即作为歌手的史诗语域的共享和作为个体的传统池，其中史诗语域的共享中有个人的调整空间。[3] "对集体传统的描述存在不可避免的被动性，并且似乎以潜在状态而非积极的表现来代表传统。传统的动力必须在个人行为、使用和演述中寻求。"[4]

航柯的"传统池"不仅是各类模式、元素和规则的储备库，而且是社会共享的表达和意义的存储库，但这种存储并不是确切的，即"叙事元素在传统池中自由地涌动，随时准备向多个方向漂浮，并以新颖的方式融合。其中的'池'，既指水域，又指许多人都可以捐款，也可以从中提取资金的基金。长期以来，一直需要谈论传统的存储或存量，并在可用传统的广阔范围与实际使用中更有限的传统实体之间做出区别。"[5] 这只是传统元素池（a pool of traditional elements）概念本身提供的一种情况，也就是说，在这个"池"中，这些元素可以在不同的演述中使用不同的组合。[6]

---

[1] 英文为"multiforms"，这里也可理解为多种形式。

[2] Lauri Honko. *Textualising the Siri Epic. Folklore.* Helsinki: Academia Scientiarum Fennica, 1998, pp.154－155.

[3] Ibid., p.71.

[4] Ibid., pp.71－72.

[5] Ibid., p.70.

[6] Ibid., p.70.

5. "大脑文本"（mental text）

为了能够在实际表演中理解文本的生成，航柯假设了一种"前叙事"（prenarrative），一种前文本（pre-textual）框架，即歌手脑海中存在的相关有意识和无意识材料的有组织的结构。"这种预先存在的模块似乎应当包括：（1）故事线，（2）文本因素，如情节模式、史诗场景的形象、多形式性等，以及（3）重新创编的一般法则，还有（4）语境框架，如对前在演述的记忆，只是这并非随意收罗传统知识，而是诸如在活跃状态的曲目库中那些明确的史诗、被歌手个体完成了内化的成套预先安排好的元素。我们可以将这种可变模块称作'大脑文本'，一个涌现出来的实体，可被切分为不同大小以适应不同演述场景而不失其文本特性。"[1]

同时，航柯认为："一个歌手的'大脑文本'不仅是一个特定的故事，它有叙事片段（episodes）和按序排列的情节单元，而且是实现多重叙事的来源之一，可以通过诗歌或神圣的灵感不断地进行编辑和重组。它以歌手的传统池为基础，以内化（internalised）叙事及其早期演述、歌手的信仰、态度和与之相关的价值观的储备为基础。在这个储备中的任何相关选项，都可能在大脑的编程和特定叙事行为的加工范围内被检索到。这个系统是开放的，大脑文本的边界是流动的，这使歌手能够为特定的演述进行选择、排序和组合表达元素。"[2]"换言之，在一个歌手的传统体系中，有史诗和其他文类的多个大脑文本，并保留了它们的个性。这带来了歌手传统体系内部的互文性，与我们在演述史诗基础上的观察相比，材料具有更强的可利用性。文本元素或许可以跨越文类的界限进行检索，以适应新的功能。"[3]"大脑文本中的一个重要因素可能是歌手对史诗中出现的一些事象所形成的视觉意象（images）。它可以是稻田，也可以是特定的房屋、宅院、宫殿，或者是祭祀、婚礼、葬礼等特殊事件。这些视觉

---

[1] Lauri Honko. *Textualising the Siri Epic*. Helsinki: Academia Scientiarum Fennica, 1998, p.94. 译文引自朝戈金：《口头诗学的文本观》，《文学遗产》2022年第3期。

[2] Ibid., p.96.

[3] Ibid., p.96.

意象是由歌手经验所形成的记忆画面，通过视觉观察刻印在自己的大脑中，交织成史诗中的意象和场景，并在歌唱中为歌手所利用。"[1]

另外，航柯认为："作为一种一般性的故事线（general storyline），'大脑文本'是可约束、可替换和可选择的各种文本可能性的一种储存，在演述的瞬间，歌手可以接受或拒绝，但它不是传统意义上的文本。只有被演述和建档的（'死的'）口头文本才会给人以文本应有的外观，而大脑文本则是没有最终固定性的开放系统"[2]。接着，航柯指出，"在目前的研究中，一种多形性的表现有文本的联系，如共同的语言要素，因此它不是单纯的内容结构层面的某个单元。相反，我们希望在歌手的创编单元和学者对文本的习惯性线性分割之间将其作为一种探索性工具。……目的是帮助我们阐明歌手的创编技巧和史诗艺术，其丰富的传统武库（repertoire）和有趣的评论使我们能够评估我们的客位（etic）观念是否适合主位（emic）传统体系及其描述，歌手需要用自己的语言来表述对史诗演述创编的局内观点"[3]。

6."传统指涉性"（traditional referentiality）

在弗里的著作中，笔者并没有找到十分明确的具体定义。下面，笔者结合书中的论述，从三个方面来梳理"传统指涉性"的内涵。

其一，传统的叙事结构或单元是有指涉意义和功能的，且意义生成的模式也一定是传统的。传统的结构性元素拥有比它们出现的单行、段落甚至文本大得多的指涉领域，从它们出现的直接实例可以延伸到整个传统的丰满整体。传统习语的"如何"包纳了传统口头艺术特有的文本之外的维度。传统指涉性具有调用一个比文本或"作品"本身更大、更有回响的语境，将几代人的诗歌和演述的命脉带入个人的演述或文本中。[4]传统结构具有超越诗行或段落或"作品"

---

[1] Lauri Honko. *Textualising the Siri Epic*. Helsinki: Academia Scientiarum Fennica, 1998, p.97.

[2] Ibid., pp.154—155.

[3] Ibid., pp.154—155.

[4] John Miles Foley. *Immanent Art: From Structure to Meaning in Traditional Oral Epic.* Bloomington and Indianapolis: Indiana University Press, 1991, p.7.

的内在语境,即诗歌传统。[1]

其二,传统指涉性是参考接受美学,从口头传统的接受层面来进行定义的,传统结构之间的内在联系,是被熟悉这一传统的受众所接受的。传统指涉性和隐喻意义规定着解读者或受众的某种参与性活动。[2]意义是在文本和解读者个人想象力的相互作用中生成的。在演述文本与受众接收的源自口头的文本之间存在不确定性的间距,弗里解释为"文本地图上那些未知的区域",其中解读者也被邀请并被要求贡献一个赋予想象力的解决方案,而解读的过程就构成了一种"一致性建设"的努力。[3]

其三,通过与绘画艺术的类比,弗里认为,传统结构之所以具有指涉或隐喻的意义,是因为它们是认知结构,而片语和场景等"单一形式"构成了"解读"过程中必须进行编码和解码的媒介。"简单形式"与其复杂的传统指涉之间的固定关系又意味着一种解读要求(reading imperative),即文本要求按照其习语的性质和假设来解释。当然,这并不意味着受众只能对文本产生单一的"正确"印象,但它确实要求我们对口头传统"作品"(work)的意义生成方式有一定的基本认识。同时,在这种普遍的认识中,会有各种具体差异的空间,口头传统文本的动态存在着解释自由的外部限制,而这些限制恰恰与传统指涉性所确立的符号边界相吻合。[4]

7. 叙事单元

目前,民俗学界对于"什么是叙事单元"并没有十分明确的定义,与之类似的"什么是民间文学叙事基本单位"却是一个经典话题,但似乎又是一个尚未达成共识的问题。丁晓晖认为,"汤普森、普罗普和邓迪斯的研究成果是民间故事结构分析的重要内容。他们分别提出的母题、母题位(功能)、母题位变体这三个概念代表了民间叙事结构基本单位的形式、本质与变形,也代表了结构

---

[1] John Miles Foley. *Immanent Art: From Structure to Meaning in Traditional Oral Epic.* Bloomington and Indianapolis: Indiana University Press, 1991, p.36.

[2] Ibid., p.39.

[3] Ibid., p.43.

[4] Ibid., p.53.

分析的三个层次"[1]。与此同时，胡适、马学良、白庚胜、刘魁立、陈建宪、金荣华、吕微、高丙中、朝戈金、户晓辉、施爱东、万建中等中国学者也先后对相关概念的界定进行过不同角度的探索。在笔者看来，发挥功能作用的"母题位"相对容易理解，但"母题"与"母题位变体"似乎在承认存在某一个本源的基本单位，而其他母题的变体是由它变异而来的，但我们知道，口头传统的活态性是无法追根溯源的。所谓"形式"与"变形"如何区分，似乎仍然没有给出合适的答案。

8. "演述中的创编"（composition-in-performance）

"帕里－洛德学说的基本命题。他们认为真正的口头诗歌文本是'演述中的创编'，'诗即是歌'，'每一次演述都是一次创编'。由于演述涉及演述者和听众，正是二者的互动作用才产生了'文本'；因而'文本'的概念来自于'演述中的创编'。这正是口头程式理论关于'文本'的概念，是在口头创作形态学的意义上被界定的，这显然区别于后结构主义的'本文'概念。从文本概念的界定到口头诗学的文本研究之间，口头程式理论作为一种方法论，在基本架构上利用语文学、语用学和人类学的相关研究成果，主要以史诗文本的语言学解析为基础，论证口头诗歌尤其是史诗的口头叙事艺术、传统作诗法和美学特征。……"[2]

9. 多模态（multimodal）

由一种以上的符号编码实现意义的文本[3]，或指"在特定语境内存在两种及以上符号模态"[4]。

---

[1] 丁晓晖：《母题、母题位和母题位变体：民间文学叙事基本单位的形式、本质和变形》，《民族文学研究》2013年第1期。

[2] ［匈］格雷戈里·纳吉：《荷马诸问题》，巴莫曲布嫫译，广西师范大学出版社，2008，第331页。

[3] 多模式（multimodal）指除了文本，还带有图像、图表等的复合话语，或者说任何由一种以上的符号编码实现意义的文本（李战子：《多模式话语的社会符号学分析》，《外语研究》2003年第5期），这里，李战子虽然译为"多模式"，但对应的英文单词是"multimodal"，现在学界一般将其译为"多模态"。

[4] ［英］艾莉森·吉本斯：《多模态认知诗学和实验文学》，赵秀凤、徐方富译，外语教学与研究出版社，2021，第7页。

（二）本书的概念释义

在《史诗音乐范式研究：以格萨尔史诗族际传播为中心》一书中，笔者曾提出史诗音乐范式概念体系，其中包括"史诗音乐范式"[1]、"传统曲库"、"范型部件"（包含"范型曲调"等）和"具体曲调"[2]四个核心概念工具。然而，当时的研究更多地锚定在对藏、蒙古和土族艺人扎巴老人、琶杰和王永福演述资料的分析之上，概念工具的创建依据亦很大程度上基于音声档案资料所呈显出来的文本观念，而对歌手立场的学术观照却略显不足。故此，参鉴航柯、弗里和符号学理论以及后期的田野验证研究，笔者需要对"传统曲库"和"范型部件"两个概念略作调整或补充。同时，结合研究目的和田野作业中格萨（斯）尔史诗音乐的实际，本书亦会对上述所列口头传统领域的已有概念工具进行一定程度的调适。需要提前说明的是，我们以尽量贴合歌手观念的立场出发来建构概念工具，但究其根本，它们依然是为完成学术研究目的而创建的分析模型，不能完全等同于歌手观念。同时，下列概念的建构与释义是从现有研究对象出发，建立在目前所掌握的田野资料和认识水平的基础之上，未必完全适用所有史诗歌手。

1.传统曲库

"指史诗艺人惯常使用的、基于传统的音乐材料储备库，包括史诗艺人个人通常使用的全部曲目，传统曲库为艺人提供的是现成的具有族群共性、区域共性的音乐材料，其中既包括完整的曲调，也包括基于完整曲调的可提取与重塑的部件材料。"[3]此定义是建立在对档案资料中音声"文本"的观念认知基础之上，没有真正站在歌手演述的立场上来思考问题，导致对传统曲库的构成缺乏清晰的认识，对曲库中储备要素的理解亦仅停留在"材料"和"曲目"的层面上。为了贴合本书的研究对象，完成从脱离演述语境的文本到"以传统作为语

---

[1] 概念界定详见姚慧《史诗音乐范式研究：以格萨尔史诗族际传播为中心》，中国社会科学出版社，2021，第101页。

[2] 同上书，第104页。

[3] 同上书，第102页。

境"的思维转换，我们需要在与学界已有概念"传统池""传统武库"的对话与界分中重新修正"传统曲库"的概念内涵。

本书借用航柯的"传统池"来指代"传统总汇"的含义，但作为"传统总汇"的"传统池"，航柯的论域主要在口头传统，而民众生活世界中的"传统"却是一个融文学、音乐、美术、舞蹈、戏剧等各艺术表现形式的广义认知框架，与学科分类的精细切割不相吻合，它们共同构成了民众生活实践中的传统。因此，本书适度扩大"传统池"的概念边界，使其在口头诗歌文本观和学科互涉领域的框架下，成为囊括主题的、诗歌的、演述的、音乐的传统模式、元素和规则，以及社会共享的表达和意义的储备库。而"传统武库"和传统曲库会用来专指作为个体的史诗歌手的储备库，两者一方面是在歌手成长环境（或学习）中逐步搜集、记忆、选择、吸纳、提取和融合"传统池"的某些要件所构建的；另一方面又是个体歌手惯常性使用且具有特定族群或个人风格的储备库。所不同的是，"传统武库"是个体歌手全部技能和本领的传统总汇，其中既包括基于学科分类中文学叙事层面的故事程式、主题或典型场景和故事范型等，也包含基于音乐学科的、由范型曲调等各类范型部件、传统模式和组合规则及其意义表达所构成的"传统曲库"。以"曲/音乐"为核心的传统曲库不仅仅局限于歌手储备的全部曲目，它既指向歌手个人，也开放地面向不同歌手之间共享的"传统池"。

2. 范型部件

"范型部件是指传统曲库中可以被提取并将其转化应用于史诗具体表演实践的音乐元素，包括范型曲调、范型音型与范型节奏型。因此范型部件可大可小，大到一个完整的曲调，小到一个节奏型或音型，它是构成史诗音乐的基本单位。歌手从传统曲库中提取传统部件进行既遵循传统又赋新意的再加工，歌手在善用传统曲库基础资源的同时，采用自己惯用的提取、变化及文学与音乐的结合方式进行再创编。所谓'范型'具有一定的规定性与模式化的意义，范型节奏型或音型会在艺人的说唱中作为一种相对固定的存在，但同时'固定'只是相对而言，在艺人的应用中，这些范型节奏型与音型常在原初形态的基础上、根据唱词的字数多少、韵律条件等因素被灵活性地替换与变形。同样，范型曲调在形式上同样具有一定的规定性。……一个范型曲调类型就意味着一种词格组合类型，但'范型'只是一个可以被用来进行无数次再造的蓝本，并不是一个特定的或具体的曲调、音型或节奏型。只要是符合当时当下的说唱需要，艺人随时都有可能打破这种'预设'的规定性，但反过来，他的任何一次打破都不会偏离轨道。如同放风筝，风筝可以任意地在空中自由翱翔，但同时绳索又可以将飘向远方的风筝随时拉回到眼前。至于何时收、何时放，全凭艺人的即时把控与发挥。因此，我们没法绝对地认定哪一个曲调、音型或节奏型是原初形态或学界通常所称之'母体'。这里'范型曲调'类似于博特乐图的'曲调框架'，但范型部件的概念又不仅限于完整的曲调。"[1]

上述定义与博特乐图的"曲调框架"基本是不涉及语义指涉的纯音乐结构思维。但笔者在后来的田野研究中发现，这样的定义对传统的理解似乎并不十分准确。博特乐图是从蒙古语"艾"（aya）的词义（"曲""调""曲调""音调"）入手来理解曲调框架的，同时他也注意到英雄史诗、胡仁·乌力格尔等说唱艺术当中，"艾"包括了"词"和"曲"的双层含义。例如，在胡仁·乌力格尔音乐中所谓"agula usu magtahu aya"（《赞颂山河调》），实际上既包括了"赞颂山河"的套语，又包括了与之相匹配的音乐曲调。因此，他认为，曲调框架和唱词在表演过程中相结合，最终生成歌或"艾"。同时，这一过程中，主题被编织为唱词，曲调框架则生成曲调。[2]

本书试图回到史诗语域来定义范型曲调，这意味着范型曲调具有类型化、模式化的传统性意义指涉。由于藏、蒙古族格萨（斯）尔史诗音乐的叙事策略并不相同，格斯尔曲调与主题或场景结合生成意义，而格萨尔曲调的意义指涉却是通过人物来索引"传统池"和传统曲库的。因此，包括范型曲调在内的史

---

[1] 姚慧：《史诗音乐范式研究：以格萨尔史诗族际传播为中心》，中国社会科学出版社，2021，第102—103页。

[2] 博特乐图：《表演、文本、语境、传承——蒙古族音乐的口传性研究》，上海音乐学院出版社，2012，第45页。

诗音乐范型部件不一定是在具体演述过程中置入场景或主题时才生成意义，而是在代际传承和长期生活实践中、在演述之前就已经经历了传统的"结构性编码"过程，形成了某种约定俗成且与主题、场景或人物为媒介符号的规约性指涉法则。同时，以叙事传统的向度观之，以单曲体为呈现方式、具有特定传统性指涉的范型曲调就可被视作口头史诗音乐的叙事单元。以歌手的创编观念观之，范型曲调又是口头音乐叙事的结构单元。在演述场域中，歌手利用音乐叙事单元与主题、典型场景或人物角色等认知分类框架传统性指涉的组构关系，来构建史诗音声文本的叙事意义。

3. 文本

狭义的文本是指具体的"作品"或最终的生成品。这里，笔者尝试建构一种广义的文本观，将其视作一套部件元素选择、排列和组合的认知阐释规则或结构框架，视其为一种意义编码与解码的符号过程，可以被无数接受者所感知的一种不同感官的体验模型。在特定传统语境中，文本间性的构筑一方面发生在历时或共时的双重维度之中，另一方面又生发在不同形式或载体之中。行为主体在规约性传统法则的限定下，在文本交互指涉和彼此引用的关系中建立创编、对话、阐释与解读的符号编码和解码过程。因此，文本既"稳若磐石"，又对无数解读者和编码者无限开放。

依据不同的媒介，可分为口头文本和书面文本。于音乐而言，书面文本是我们通常认知的记录在纸面上的乐谱。根据研究需要，本书从关系性结构和符号化过程的思维入手，来思考作为听觉文本的格萨（斯）尔音乐、作为视觉文本的格萨尔唐卡和作为视听文本的格萨尔藏戏和羌姆的建构规则和生成过程。同时，结合田野调查和演述过程中不同形式的活态文本之间的转换与互文，以及依托文本间性所建构的信息交流过程，本书将活态的文本分为口头音声文本、音声"大脑文本"、意象文本和听赏文本四种类型。它们的构成要素或部件本身是流动的，随时可能因演述语境、行为主体的情绪、互动效果的变化而调换某个部件，使部件间关系、文本及文本间关系发生改变，以至生成新的文本及文本谱系的组构逻辑。[1]

（1）口头音声文本：作为创造整体听觉体验的载体[2]，口头音声文本应该是指以实际发出的声音为呈现方式、涵括音乐和唱词的"歌"文本，但受条件所限，本书暂将其视作一套音乐部件元素选择、排列和组合的认知阐释规则或结构框架，一种意义编码与解码的符号过程，以及一种听觉体验模型。史诗叙事传统中口头音声文本的部件组合又依据叙事单元的大小，分别以主题、典型场景、人物角色，乃至故事范型为法则，构成为叙事和传统指涉意义服务的具体音声文本形式。

（2）音声"大脑文本"：笔者假设在歌手口头演述前，在其大脑中预先存在一种关于音乐组织结构与意义模型的前文本框架，其中既涵括从"传统池"中集纳、选择、提取和记忆而来的部件元素选择、排列和组合的认知阐释规则或结构框架，亦包含通过个人内化过程在歌手大脑中形成的与叙事主题/典型场景/故事范型/人物角色交互嵌套的音乐范型部件的结构与意义模型，以及对其进行再创造的一般规则。同时，在特定的语境框架下，音声"大脑文本"是流动且可变的，可以被拆分、编辑和重组，其中的文本元素既可以跨越体裁边界进行检索，以适应新的功能和不同的演述模式，又能保留其文本身份。

（3）意象文本：是针对某次演述而歌手预先在大脑中设计或构思的文本，具有即时性，帮助歌手回顾记忆的大概图式，但它不能等同于最后实际生成的口头音声文本，因为在即兴场时常会有意外发生，或调度传统曲库出现障碍，或在演述瞬间有设计之外的新的部件或组合规则闪现在脑中，以致与预先设计的意象文本出现偏差。因此，意象文本是存在于个体歌手脑中的、大概的、轮廓式的、开放的组织部件的文本构架，它或许依托于书面文本，或许不需要书面文本。与视觉文本相比，意象文本是在大脑中呈现的、由意象构成的文本，

---

1 本书的"文本"界定与博特乐图从"书面文本""口传文本""声像文本"三个角度的界定范畴有所不同。

2 弗里曾言，文本是创造整体听觉体验的载体，而不是启示性思维的视觉钥匙。John Miles Foley. *How to Read an Oral Poem.* Urbana and Chicago: University of Illinois Press, 2002. p.72.

而不是反映图像部件组合规则的文本形式。

需要提及的是,第一,从目前的研究对象和田野调查资料来看,在演述和创编过程中会经历意象文本转换的史诗歌手尚处于学习阶段,至于成熟歌手是否也需要有类似步骤,还要在日后更多的田野研究中加以验证;第二,"大脑文本"和意象文本虽然都有前文本或前叙事的意涵,但"大脑文本"更多指向基于"传统池"的歌手间共享的前文本框架或类型,而意象文本则是存储在个体歌手脑中且尚未转化为特定介质的文本形式。

(4)听赏文本:是在受众脑中由声音勾勒的想象性文本,听赏文本的生成过程既是对歌手现场演述的口头音声文本的解码过程,也是在受众脑中由想象构筑的再编码过程。听赏文本在一定程度上可以是航柯和弗里所说的"源自口头的文本",因为听赏文本需要经过受众想象的弥合而生成,因此与口头音声文本之间存在一定间距。

第一章

史诗演述"创编"法则的建构与解构

第一章 史诗演述"创编"法则的建构与解构

歌手是演述的中心,而口头音声文本是歌手在口头演述中调用传统曲库中的部件和"大脑文本"在同一时空的现场语境中创编完成的、以转瞬即逝的音声为承载方式的文本形式。在以往的认知中,我们习惯将目光聚焦在这个听觉的音声文本上,但实际上作为现场演述最终的呈现方式,音声文本的生成和编码过程并不是孤立的、一蹴而就的,它需要依托口头文本谱系和关系法则在传统中找到自我的位置,在部件与部件、部件与文本、文本与文本之间的关系中被建构。史诗演述势必与传统相关,但演述与传统究竟是如何建立联系的,歌手是如何处理传统部件、"大脑文本"与口头音声文本之间关系的,又是如何突破传统进行现场即兴创编的,则是本章关注的核心。这里,需要强调的是,本书没有使用"创作"来指代史诗的演述过程,而是基于口头传统的特性,启用口头诗学范畴的"创编"一词。"编",重要的是依托传统,意在表达口头音声文本的生成过程是歌手通过索引传统曲库,依照创编法则对传统部件进行选择、提取、调用、替换和重组的过程,而非书面创作层面从无到有的创新过程。基于传统与演述的关系,本章会从"结构性编码"和"过程性编码"两个角度展开。

第一节　演述创编前传统曲库的组建

　　人类通过符号化过程来完成对客观世界的抽象，通过符码和符号的排列、组合和替换来解释世界、建构意义，将特定社会成员共享的规约性意义隐含在符号的编码与解码中，用抽象的符号来表达意义，从而达到交流的目的。倘若我们用部分和整体的结构性眼光来认知史诗演述的创编过程，那么传统就可以被视作一种历时（社会或文化语境）与共时（口头演述语境）双重向度中的符号化过程，而传统之所以可以被具象为作为符码的范型部件、传统模式及其意义表达，并以具象形式被集体收纳在个体歌手内化后的传统曲库之中，又在特定演述语境以新的组合替换规则开启新的生命阶段，是因为传统是由部分及其关系所建构的。单一文本是部件或符码的组合序列，而文本的累积、叠加、替换、排列、重组又构成流动的传统。不同时空中歌手与受众的创编与接受过程犹如一个对传统进行展开、折叠，以及再展开、再折叠的连续不断的过程。"展开"意味着对传统的解码，"折叠"意味着个体歌手内化之后的再编码，而连接"展开"与"折叠"的纽带则是歌手的传统曲库，传统曲库的构建又孕育在歌手的个人生活史及其对传统有意识或无意识的习得与实践之中，而本节只聚焦个人生活史中的传统曲库，至于其如何在传统演述实践中开启第二次生命，将在本章第二、三节具体讨论。

一、敖特根巴雅尔、敖干巴特尔的个人生活史与传统曲库

目前，内蒙古地区的格斯尔史诗歌手相对较少，这里我们以赤峰市阿鲁科尔沁旗的敖特根巴雅尔和巴林右旗的敖干巴特尔为观察和研究对象。我们先走进敖特根巴雅尔的个人成长史。

敖特根巴雅尔1971年出生在赤峰市阿鲁科尔沁旗农村一个贫穷的牧民家庭。在襁褓中时，妈妈就常常缓慢地、温柔地哼唱着好来宝的曲调哄他入眠，反复多次后，曲调就自然而然得烙印在了巴雅尔的童心中。大约四五岁时，每当他不想睡觉，父母就用"蟒古思来了"的小故事吓唬他，所以害怕是巴雅尔对蟒古思故事[1]的最初印象。小时候去割草，长辈们告诉他，在外生火煮奶茶，走的时候如果不把烧火的东西处理好，就会有蟒古思出没[2]。因此，巴雅尔从小就在东蒙地方说唱传统的浸润下长大，而这些地方说唱文类就滋育在民众的生活实践之中。

七八岁时，父亲教哥哥学唱好来宝，身在一旁的巴雅尔也耳濡目染地受其影响。村里举办文艺晚会类似的活动，巴雅尔向父亲表达了自己想去登台演唱的愿望，在他的一再哀求下父亲找组织者商量，最终圆了他儿时的梦。从十一二岁开始，一位名叫塔尔巴的胡尔奇经常到巴雅尔家中做客，故而他从小就受塔尔巴喇嘛的影响。在巴雅尔的记忆中，塔尔巴不仅好来宝的说唱远近闻名，演述现场即兴发挥的造诣受人称道，而且他表演时的气场强大，声音洪亮，幽默感十足，颇受受众欢迎，且在好来宝之外，他还会演述蟒古思故事和格斯尔史诗。不仅如此，他还是个极好的搏克手，意志力强。13岁时，在父母和塔尔巴的日常讲述中，巴雅尔开始接触格斯尔史诗，喜欢好来宝，并跃跃欲试地拉着四胡演唱，也能演奏一些简单的曲调。刚开始，巴雅尔只是自学[3]，后来逐渐开始模仿其他胡尔奇的表演。十四五岁时，收音机和电视机开始进入牧民的

---

[1] 东蒙史诗一种。
[2] 这表现了蒙古人热爱自然、保护自然的价值观。
[3] 虽然巴雅尔的父亲会制作四胡，会说好来宝，但不会演奏四胡。

图2　敖特根巴雅尔演述史诗（笔者摄）

图3　笔者采访敖特根巴雅尔（从左至右依次为：翻译文霞、笔者、敖特根巴雅尔）

生活，广播中开始播放蟒古思故事和乌力格尔，巴雅尔经常等候在收音机旁，但家乡的村民们不再关注蟒古思故事在内的传统艺术了。十五六岁时，巴雅尔试着用父亲做的四胡演奏，但没有人愿意听。当他对长辈们说自己想成为一名胡尔奇时，老人们多不同意，并认为成为胡尔奇，还不如做一个木匠，但巴雅尔却没有因此放弃。

1998年，巴雅尔28岁，在苏木[1]的一次文艺晚会上，他因四胡演奏开始被大家所熟知。33岁那年，恰逢家乡举办那达慕大会，全村人都去祭祀敖包，巴雅尔第一次拉着四胡与大家一起颂唱祭祀歌。自那以后，每当村民家中有婚礼、孩子满月、祝寿等人生礼仪，都会邀请巴雅尔去表演，慢慢地周边其他旗县的村民也向巴雅尔发出了邀请。同年，在自学的基础上，巴雅尔正式拜塔尔巴喇嘛为师，并为他敬献哈达和美酒，以行拜师之礼。刚开始，巴雅尔只对乌力格尔和具有丰富即兴创造力的好来宝感兴趣，反而对格斯尔史诗有排斥心理。尽管如此，塔尔巴还是为他讲述了很多关于格斯尔史诗的知识，这些讲述至今仍有些许保存在巴雅尔的记忆中。他时常懊悔当时没能跟随塔尔巴多掌握一些格斯尔的相关知识。

虽已拜师，但与现代的教学理念不同，塔尔巴并没有使用固定的教学法来系统教授巴雅尔，而是使其在聊天过程中潜移默化地受好来宝和乌力格尔所熏染，并在演唱的过程中提点和纠正其错误。虽然没有固定的学习时间和场合的限制，但接触交流的每时每刻都是学习的契机，直至塔尔巴去世，只要有时间，巴雅尔就去拜访他。对于巴雅尔而言，唱词是他在放牧时自学的，回家后再将唱词与从塔尔巴那儿学来的曲调组合在一起，连巴雅尔自己也说不清楚他从塔尔巴身上学到了什么。塔尔巴教授的不是具体知识，但在长期的交流过程中，巴雅尔却慢慢懂得了如何将看到或听到的事物立刻延展到正在演述的好来宝中，知悉了不少家乡的习俗。塔尔巴表演时的坐姿、体态和为人的信条至今仍留存在巴雅尔的记忆中，而最令他难忘的则是塔尔巴的演唱状态，这些都在不知不

---

[1] 苏木，蒙古语，意为"乡"。

觉间成了巴雅尔演述风格的一部分。

在塔尔巴之后，巴雅尔受教的第二位老师是著名的胡尔奇劳斯尔。巴雅尔早年曾在收音机中听到过他的演述，而真正的相识却在2004年。跟随劳斯尔学习期间，巴雅尔掌握了一些简谱的基础知识，可以看着简谱演奏四胡。在采访中，他也能按照笔者的记谱现场拉奏。2010年春，巴雅尔正式拜劳斯尔为师，但不幸的是，劳斯尔于同年夏天与世长辞。与塔尔巴一样，劳斯尔的教授亦隐匿在日常交流之中，既无刻意地教，也无刻意地学。阿鲁科尔沁旗的阿尔毕吉胡是巴雅尔的第三位老师。他涉猎广泛，既是木匠、银匠，也会演述好来宝和乌力格尔，对民俗和宗教都很了解，还会一些针线活儿和雕刻技艺等，且各方面能力皆极为出众，亦都有学徒。阿尔毕吉胡会以示范的方式告诉巴雅尔某个曲调用在什么地置。

上述三位老师皆没有专门教授具体的知识或演述技艺，但巴雅尔却自称深受其影响。一位杰出的胡尔奇要掌握的不只是单纯的演述技巧，还有与演述相关的方方面面。于巴雅尔而言，跟随三位老师学艺的过程是一个不断积累并构筑他个人传统武库的过程，在老师身边的所闻、所见、所感及精神引领成为巴雅尔日后演述的宝藏。作为胡尔奇的百宝箱，巴雅尔的传统武库包括故事素材、主题、典型场景、曲调、相关的文化和民俗、表情动作、现场即兴的应对策略等与演述有关的一切。据他讲，他后来的即兴创编能力主要得益于塔尔巴和劳斯尔两位老师的影响，而传统武库的组建也为他未来演述现场的部件调用积蓄了力量。

除了父母和三位老师，巴雅尔还利用一切机会向家乡的老人搜集格斯尔史诗的素材来充实自己的传统武库。他不仅关注史诗素材有哪些，还特别留意这些素材的使用规则。比如，他去拜访兴安盟一位88岁的老人，在老人为他讲述了格斯尔史诗中某座山的故事后，巴雅尔立刻追问，是否可以将这座山的名字来源表述为阿珠莫尔根夫人放羊时所获。老人明确表示反对，她坚信有悖于传统的说法会惹怒山神，而胡乱编造故事的人必会受到山神的惩罚。基于对格斯尔的虔诚信仰，老人相信山旁边的马蹄印是圣主格斯尔可汗留下的。因此，这些从老人口中获取的格斯尔故事，在巴雅尔日后将其再语境化取用时也都遵照老人的讲述观念。

像传统武库中其他部件的储备一样，巴雅尔的传统曲库也是在与父母、家乡的长辈和老师的日常学习和交流过程中耳濡目染、日积月累地构建起来的。据巴雅尔讲，像金巴扎木苏一样的杰出胡尔奇脑中，传统武库至少包括三个子库，即词库、主题和情节库、曲库。巴雅尔的曲库存有12首格斯尔范型曲调。其中，开篇调有3~4种，还有格斯尔的归来调，除此之外的其他曲调皆不固定。而对于哪些曲调可以被纳入巴雅尔的曲库，他有自己的选择和判断的标准，尤其是格斯尔曲调。如有人为他提供格斯尔曲调，他会认真询问，了解清楚曲调的来源与传承的脉络，然后再决定是否将其纳入曲库。他形象地比喻说，识别格斯尔曲调，要像古董专家一样能辨其真伪。现有传统曲库中的12首曲调，大多数是他十几岁时从家乡的老人和年长的医生处搜集而来的。对于这些曲调的使用场合和规则，有些老人知晓，比如用在格斯尔回归的某个场景中，有些老人却并不清楚。

在东蒙地方说唱传统中，因格斯尔史诗、乌力格尔和好来宝三种地方文类的演述主体皆是胡尔奇，故曲调使用的文类边界亦逐渐淡化和模糊。除了传统的格斯尔曲调外，巴雅尔也会在东蒙地方说唱传统中跨文类组建、检索和调用自己的传统曲库，有选择、有甄别、有分寸地吸纳乌力格尔等其他文类的部分曲调。除格斯尔曲调外，巴雅尔的传统曲库中还有大约30首乌力格尔和好来宝的曲调。与视觉的选择性阅读（跳读、略读）不同，只要身在声音包裹的环境之中，听觉的信息接收基本上是被动的、强制的、不容选择的。巴雅尔从小在胡尔奇演述乌力格尔和好来宝的环境中长大，因此聆听的过程就是他无意识或有意识地吸取养分、存储记忆和获取听觉体验的过程。对于胡尔奇而言，曲调只起辅助作用，很少有人专门去学习曲调，故而其获取渠道亦多为耳濡目染和长期浸润。与格斯尔史诗、乌力格尔相比，好来宝的实用性最强、应用范围最广、在受众中的辨识度最高。巴雅尔演述的好来宝也最为大家所熟知，受众一听便能分辨出哪一个曲调是巴雅尔常用的。但专属好来宝的曲调并不多，在经常使用的6首之外，他也会将乌力格尔的曲调用在好来宝的演述中。尽管如此，对于史诗演述，巴雅尔有自己的曲调调用规则，一般情况下他仍谨守着尽量使用格斯尔传统曲调的信念。在他看来，乌力格尔虽然更擅长表现丰富的情感和情绪，能令史诗更加生动活泼，但如非遇到需要抒情、渲染气氛或即兴现场一时无法从曲库中调用合适的格斯尔曲调等特殊情况，他不会轻易跨文类取用乌力格尔曲调来完成格斯尔史诗的现场演述。

接着，我们再移步至巴林右旗，记述敖干巴特尔的个人生活史。敖干巴特尔1971年出生，幼时生活贫困，家庭负担重[1]，没有机会上学读书。祖父和父亲虽然不是胡尔奇，但都会拉奏四胡。在儿时的巴特尔看来，祖父的四胡是非常神圣的，不能轻易触碰。14岁时，祖父开始教巴特尔学习四胡。在没有电视、广播等传播媒介的年代，他们祖孙三人轮流地整晚拉奏四胡。而童年经历中另一件印象深刻的事，就是与中国社会科学院民族文学研究所的乌·纳钦儿时一起玩耍成长的日子。当时纳钦家不仅存有《三国演义》等书籍，还能为小伙伴们提供各类玩耍的"武器"。

18岁前，巴特尔只会演奏四胡，并不会演述好来宝和乌力格尔。加上父亲早逝，作为家中长兄的巴特尔很早就承担起了家庭的重担，更不可能拿出专门的时间来拜师学艺。20世纪八九十年代，父亲购置了一台收音机，祖父、父亲，以及其他村民都到他家来听布仁巴雅尔演述的乌力格尔。布仁巴雅尔也是巴特尔最喜欢的胡尔奇，非他不听。透过收音机的电波，布仁巴雅尔的曲调逐渐被巴特尔不自觉地记在心里。每当他外出放牧，内心特别激动时，征战的曲调便突然闪过脑际。就这样，他开始跟着收音机里的布仁巴雅尔自学，偷偷模仿。在掌握了几首曲调后，巴特尔开始尝试为这些曲调搭配唱词。布仁巴雅尔常用的曲调并不多，但他却总能用灵活多样的变换方式让曲调焕然一新，这样的技艺着实让巴特尔惊叹，心中总是暗想，只要能达到他的程度自己就心满意足了。20岁时，村里开始有两户人家购置了电视机，村民们都被每天播放的《西游记》

1　父亲要养活家中11口人。

图4 敖干巴特尔演述史诗（笔者拍摄）

图5 笔者采访敖干巴特尔（敖干巴特尔妻子拍摄）

所吸引，没人再愿意听乌力格尔等传统艺术。但当时的收音机还是每晚不间断地播放布仁巴雅尔演述的乌力格尔，巴特尔每天坚持听一个小时，直至结束。第二天，他再把昨晚乌力格尔的情节进展口头讲述给村民们听。而此后的十多年，乌力格尔和好来宝几乎被村民们遗忘了。

在巴特尔的成长道路上，开启巴特尔文化启蒙的导引是纳钦赠送的一本字典，虽然巴特尔并没有全部看完，但看字典这件事本身却对他产生了影响。2010年前后，恰逢纳钦返回家乡，舅舅带着巴特尔和四胡一起去纳钦家小聚。在酒过三巡后，巴特尔用好来宝逐一夸耀在场的每一个人，这时大家才发现原来巴特尔可以像胡尔奇一样说唱和演奏四胡。于是，纳钦又赠送给他一本《契僻传》[1]，并叮嘱他多去练习。此后，敖特根巴雅尔因跟随中国社会科学院民族文学研究所所长朝戈金赴哈佛大学演述格斯尔史诗而迅速成了当地的名人。在此事的催动下，周边的旗县也随之纷纷开始关注格斯尔史诗，巴林右旗也开始重视史诗的保护与传承。

促使巴特尔有意识地接触格斯尔史诗，一方面是受敖特根巴雅尔赴美演述的影响，另一方面则因为他后来在家中发现了1956年版蒙古文《北京版格斯尔》上下册和芭杰的《英雄格斯尔》三本书。在此推动下，2012年，巴特尔开始跟随巴林右旗著名的格斯尔史诗国家级非物质文化遗产代表性传承人金巴扎木苏学习演述格斯尔史诗，直至现在，学艺一直没有中断。金巴扎木苏依循胡尔奇传统的授徒规矩，主张在日常的交流沟通中教与学，同时他也会为学生答疑解惑。与手把手地具体教授相比，他更看中学生的领悟能力，他赠送给巴特尔一些书，并告诉巴特尔，如果想在故事情节方面有所提升，就去看书，如果想在曲调方面有所精进，就要多听，要学会自己创编，而不是死板地按照原文本演述，并且要有自己的风格。因此，在这样的提点下，从书面文本到口头音

---

1 《契僻传》是"五传"中的一部。"五传"也称"唐五传"或"说唐五传"，包括《苦喜传》《全家福》《尚尧传》《契僻传》《羌胡传》等五部长篇故事本子新作，是现存蒙古故事本子新作的代表作品。扎拉嘎：《比较文学：文学平行本质的比较研究——清代蒙汉文学关系论稿》，内蒙古教育出版社，2002，第138页。（此项信息由乌·纳钦提供）

声文本的真正转化是由巴特尔自己完成的，这是一个不断摸索、反复练习和熟能生巧的过程。对于年逾五十的巴特尔而言，唯有不断地坚持练习，才不至于忘记。而成为一名成熟的胡尔奇，不但要有演述实践经验的积累，还少不了人生阅历的积淀，只有经历了生活的各种酸甜苦辣，才能真正体会故事情节中的人物，才能更好地抒发感情。

2010年，巴特尔仍对格斯尔史诗知之甚少，学习的目的主要是消遣和娱乐。随后，由中国社会科学院主办、民族文学研究所与国际合作局联合承办的"中国社会科学论坛（2012·文学）——史诗研究国际峰会：多样性、创造性及可持续性"为他提供了一次现场演述的机会，这促使他在23天中创编了27行史诗。但在那段时间里，他只是重复地演述这些诗行，对格斯尔史诗及其文化内涵并不了解。而引起笔者注意的是，媒介、学者、学术机构是如何塑造民间艺人的，尤其是作为学者兼"发小"的纳钦在巴特尔的成长道路上发挥了怎样的作用。因为有纳钦的引领，巴特尔开始识字认字，开始练习像胡尔奇一样演述，也因为有纳钦的举荐，巴特尔才有与中国社会科学院等科研机构发生交集、登台演述史诗的机会，而这些机会又给予他强大的动力，促使其持续不断地努力学习。近些年，巴特尔借参加国际史诗会议的机会，听到了藏族格萨尔史诗，慢慢明白了藏、蒙格萨（斯）尔史诗的区别，也明晰了四胡和潮尔的差异。现在的他还尝试着做一点理论方面的研究，但他表示，深知自己目前的知识有限，还需要更长时间的摸索和积累，才能成为真正的格斯尔史诗传承人。由此可见，在巴特尔成长道路和演述经历中几个关键的时间节点，都有学者及其观念、学术机构及其学术活动的影响、指引和参与性塑造，这也为我们理解和思考现代社会语境中史诗歌手的养成与保护路径的探索提供了切实案例。

2016年，经一位亲友的介绍，巴特尔结识了他人生中的第二位老师，即来自蒙古国的阿勒泰。作为对巴特尔及其妻子盛情款待的回报，阿勒泰开始教授巴特尔格斯尔史诗的相关知识。阿勒泰的教授不同寻常，他连续七晚带领巴特尔走入大山，将剪下来的羊毛用作牛粪点燃，再加入一些蒙古族的食品和香。每晚当火点燃后，阿勒泰及其四五位同行的老师围坐在巴特尔身旁。刚开始并无异常，可到了第四晚，巴特尔突然听到自己的身旁响起潮尔的声音，但环顾四周又找不到演奏之人。这让巴特尔感到异常神奇，那晚结束后，他向阿勒泰询问原因，阿勒泰表示，潮尔的声音暗示着神灵在接近他。听到这样的解释，巴特尔兴奋不已，难以入眠，并且期待着第五晚的到来。然而，奇怪的是，第五、六晚潮尔的声音并没有如约而至，巴特尔心中似有疑惑，以为自己是一时听错。到了第七晚，巴特尔又一次确认听到了潮尔的声音。这时，阿勒泰告诉他不要睁开眼睛，以免不小心看到其他事物而对他的眼睛造成伤害。那一刻的巴特尔感觉到，似乎有 30 个人在一起歌唱，且天地震动。巴特尔坦言，神灵之所以能够降临到他的身旁，是因为有多位老师的护持和召唤，仅有他一人时，是无法感知到的，至于这样的降神过程是如何实现的，巴特尔表示，不可以向外人透露，否则神灵就不能再次降临，学习也会随之中断。

这样神奇的学习体验，一方面使巴特尔对阿勒泰肃然起敬，崇拜之心无以言表；另一方面，阿勒泰告诉他，演述格斯尔史诗一定要用潮尔，这让他萌生了使用潮尔演述史诗的强烈愿望。此外，阿勒泰也为巴特尔的传统武库储备了不少蒙古国现存的、与格斯尔史诗演述相关的民俗知识。比如传统社会[1]会连续7 天、21 天、49 天演述格斯尔史诗。人们相信神灵会降临到史诗演述人身上，也只有神灵降临时，演述才更具感染力，而演述的目的主要是治愈人们的心理疾病。因为格斯尔可汗一年只能镇压两个蟒古思，所以演述人一年的史诗演述不能超过两部，否则会对身体造成极大伤害。因此，七天七夜不间断的史诗说唱，通常是由不同的演述人交替轮流完成的。在此过程中，为了让大家进入睡眠状态，清除心中杂念，所有的格斯尔史诗演述只用一个曲调，以达到治病的效果。在巴特尔看来，他在金巴扎木苏处学到的是经验，而与阿勒泰的结缘却拓展了他的知识结构，他开始转向关注格斯尔史诗的深层文化。因为对阿勒泰的深度认同，巴特尔希望自己有朝一日也可以像他那样治愈人心，而这也改变了巴特尔对格斯尔史诗传承人的认知标准，萌生了与阿勒泰学习更多知识的念

---

[1] 此处指蒙古国的传统社会。

头，并期望结合两位老师的优长与传授，去探索和寻找自己的风格。

在对个人生活史进行大致勾勒后，我们再来观察巴特尔是如何组建其传统曲库的。他的曲库包含四种构成：其一，能够灵活应用的格斯尔范型曲调6~7首；其二，乌力格尔范型曲调12~13首，其中涵括3种开篇调，以及赶路调、思念调、上朝调，甚至还有部分反面人物调和正面（英雄）人物调。初看上去，正反人物的曲调分类命名方式似乎与藏族格萨尔史诗类似，但仔细追问后，笔者发现他对此并没有十分明确的应用意识；其三，金巴扎木苏曾传授的4首格斯尔范型曲调，至今巴特尔能娴熟掌握的只有其中两首；其四，若干首民歌。笔者曾在现场采录巴特尔演述的格斯尔史诗"地狱救母"篇，其中一首曲调与著名胡尔奇琶杰在20世纪录制的格斯尔史诗盒带中使用的曲调如出一辙，从其框架来判断，可视其为同一范型曲调。但巴特尔述及，他并没有聆听过琶杰的史诗演述或录音，之所以同源，有可能因为他们调用的曲调皆来自乌力格尔的地方说唱传统。在格斯尔史诗演述中，巴特尔也像其他胡尔奇一样，会取用乌力格尔的音乐范型部件（大到曲调，小到节奏型、音型）与口头创编法则来演述史诗，但将格斯尔范型曲调反向调用在乌力格尔演述中却并不多见。跟随阿勒泰学习的经历使他对格斯尔曲调的文类归属边界及其与民歌的关系[1]有了较为清晰的认知，认为应该突出格斯尔曲调的特殊性。然而，因为他目前的积累有限、演述技艺尚不娴熟，故而无法将这一理念付诸实践。在结识阿勒泰之前，不论是乌力格尔，还是好来宝演述，巴特尔皆用四胡伴奏。跟随阿勒泰学习后，他对潮尔伴奏格斯尔史诗演述的神圣性深信不疑，因此开始着力改用潮尔。论及两种伴奏乐器的演述效果，巴特尔认为，除音色和音乐感觉不同以外，史诗叙事情节在演述创编方面的变化却并不大。

综合两位格斯尔歌手的个人生活史与传统曲库的构建，有下列共同特征：第一，从小生活在东蒙地方说唱传统及其音乐的文化生境中，潜移默化的熏染是二人之所以走上歌手之路的重要前提，故而传统是歌手成长的语境；第二，

---

[1] 据阿勒泰讲，蒙古国传统中流传下来的格斯尔曲调有些融入民歌中了。

都对格斯尔史诗在内的东蒙地方说唱文类兴趣浓厚；第三，师徒传承；第四，传播媒介的出现，为他们提供了向广播电台录音学习和模仿的机会；第五，传播媒介对当地社区格斯尔史诗等传统艺术存续力造成严重威胁，而两位歌手在关键时刻仍执着坚守；第六，传统曲库的组建是一个动态过程，是在歌手个人生活史的历时演进脉络中同步完成的，呈现构成来源的多元性；第七，虽然在跨文类索引和调用传统曲库上，二人的观念和策略略有不同，但均强调格斯尔史诗在曲调使用上的文类边界，强调其特殊性。

二、四位格萨尔歌手的个人生活小史与传统曲库

目前，学界对藏族格萨尔史诗歌手类型的认定与命名有不同的看法。各种类型艺人的演述思维不尽相同，故本书对研究对象的选择试图尽量兼顾不同类型，但结合目下的田野采录现状，本书只涉猎神授艺人、圆光艺人、顿悟艺人和吟诵艺人四种类型。需要提及的是，鉴于藏族格萨尔歌手的特殊性，这里讨论的传统曲库仅限于歌手搜集、记忆和融合的范型曲调构成，其他曲库要素留待后文逐步论述。

（一）神授艺人达哇扎巴

达哇扎巴[1]生于1978年，青海省玉树藏族自治州杂多县莫云乡人，是国家级非物质文化遗产代表性项目"格萨（斯）尔"代表性传承人。小时候，全家人都特别喜欢格萨尔史诗，有人愿意在聊天时讲述格萨尔故事，有人时常拿着格萨尔的书本演述和念诵，成为其家乡的传统。浸润其间的达哇扎巴自小就耳濡目染地接触到很多格萨尔史诗的相关知识，其中有些是无意识了解到的，有些是有意识记忆的，比如三十大将、七大护卫的名字很早就存储在了他的大脑

---

[1] 达哇扎巴曾在玉树藏族自治州群艺馆负责格萨尔史诗演述、磁带录制、唐卡绘制和雕塑制作的指导与设计等工作，现任玉树州格萨尔研究中心主任。

中。伯父是格萨尔史诗歌手，据达哇扎巴讲，当时还没有对艺人的明确分类，但以他现在的演述经验来判断，凭借当时的篇目掌握情况和应变能力，伯父应该是神授艺人。在他的记忆中，伯父常到他家做客，有时也会演述格萨尔史诗或几个唱段。当年伯父曾演唱过的一些曲调，达哇扎巴至今还记得，尤其是"北地降魔之部"和"霍岭战争"中丹玛和晁同的两个唱腔。他之所以能在众多唱腔中牢记这两首，是因为它们悦耳动听，且伯父经常使用，多次的听觉强化便转换成了听觉记忆，并常被使用在达哇扎巴现在的演述中。

图6　达哇扎巴演唱格萨尔曲调（笔者摄）

大约十三四岁时伯父与世长辞，达哇扎巴并没有机会跟随伯父专门学习史诗演述。有一天，达哇扎巴上山放牧，不知不觉进入了梦乡，梦中一位老和尚来到他的身旁，对他说今天是个特别吉祥的日子，在他生命中有一个殊胜因缘，可以使他在未来获得三种能力，第一种是能听懂鸟禽的声音，第二种是能听懂野兽的声音，第三种是可以流利演述格萨尔史诗。老和尚问他选择哪一种，达哇扎巴思忖片刻，认为即使能听懂鸟兽的声音，别人也未必会相信他，所以这种能力用处不大。相比之下，他反而对格萨尔史诗兴趣盎然，所以他选择了演述史诗。老和尚听后异常高兴，且告诉他这是个吉祥征兆。于是老和尚把手里揉捏着的几颗青稞粒放在达哇扎巴手中，让他握着，同时说自己要去日出的东方，他希望达哇扎巴跟着一起来，言语之间老和尚就消失不见了。这时，达哇扎巴突然被耳边的很多马鸣狗吠声吵醒。回家后，达哇扎巴一直处于生病、发烧和迷迷糊糊的状态之中。几天后当身体恢复时，他格外喜欢出门，尤其是走向大山之间，演述格萨尔史诗可以使他心情舒畅，并且有极欲表达的愿望。由此，他开启了自己的演述生涯。

13—17岁间，达哇扎巴虽然可以流利演述"赛马称王"和"英雄诞生"的格萨尔故事及曲调，但当时的他还不具备长篇演述的能力，更无法像现在这样娴熟自如。梦授前，他只听闻其他艺人演述过"赛马称王"单部史诗。梦授前后，他亦不曾有意识地模仿其他艺人的演述。17岁时，达哇扎巴到西藏拉萨朝圣，当时的第十七世大宝法王尚在寺中，他为达哇扎巴举行了开光仪式，并开启了脉门。在格萨尔艺人看来，只有打开脉门，才能没有任何障碍地把存储在大脑里无限量的史诗部本演述出来。[1]

后来，达哇扎巴又经历了第二次梦授经历。一天，达哇扎巴的家乡在修一座巨大的佛塔，他和几个朋友去做志愿者。修塔间隙，他们来到附近一个美丽的湖边休息聊天，此间他并没有刻意想过与格萨尔有关的任何事。当他向湖面望去，就看到湖水在冒泡，好像有什么东西要从湖底钻出来。此时的达哇扎巴似乎处于一种半梦半醒、意识模糊的状态中，他看到从湖底走出来一个骑白马的白人。此人让达哇扎巴上马，可因为马太高，他上不去。白人就让他从地上抓一把土，撒在马上。他依照而行，果真顺利地上了马。于是，达哇扎巴骑马遍游各地，经过了山谷、大河、草滩和小溪，最后来到一个巨大的草滩之上，看到一个貌似节庆的场合，帐篷星罗棋布，且有人在唱歌跳舞。这时，白人将格萨尔三十大将一一指给他看，有些特征明显的人物他能辨认出来，有些则不能。随后，白人带他走进一个巨大的帐篷，里面坐着一位极其俊俏且右耳戴着

---

[1] 藏族人一般认为，只有一些具有神秘、不可解释能力的人才会去开脉门，比如格萨尔史诗神授艺人或有神奇经历的艺人、降神的人、过阴的人。受访人：达哇扎巴，访谈人：姚慧，翻译：中国社会科学院民族文学研究所助理研究员央吉卓玛，访谈时间：2020年7月1日9:00—11:30，访谈地点：腾讯会议。

一个绿松石耳环的男子,正是格萨尔王,其身旁坐着一位头发花白、自称是总管王的老者,他告诉达哇扎巴,"你知道吗？你是年察阿迪"[1],并为达哇扎巴做了加持和祝福的开光仪式。接着,达哇扎巴看见桌上摆放着一个巨大的盘子,里面全是宝贝,包括米面青稞。之后,达哇扎巴突然从梦中醒来,环顾四周,两个朋友依然在侧,湖面还是像往常一样平静。相比第一次梦授经历,达哇扎巴认为第二次并不重要。

达哇扎巴传统曲库的组构大概包括：第一,达哇扎巴自己在神授状态下演述时曾使用的曲调；第二,记忆中伯父曾演述过的曲调；第三,从其他艺人的演述中听到且记忆的曲调,吟诵艺人的演述是重要的获取曲调的渠道；第四,小时候从收音机里听记的曲调。但据他讲,自己能演唱的格萨尔曲调有300多首,并能将其恰当地放置在每一个叙事唱段中,而且达哇扎巴的曲调来源亦不只是神授。与丹玛·江永慈诚、班桑和才智相比,达哇扎巴对曲库的认知更接近上述两位格斯尔歌手,他认为杰出歌手都要有自己的个性化曲库和代表性曲目。[2]

在他看来,自己的经历可分为三个阶段,即格萨尔史诗口头演述、书面整理和研究。随着年龄的增长,虽然达哇扎巴对史诗内容的掌握愈加娴熟,但因嗓音条件不及从前,有些曲调的演唱无法像年轻时那般得心应手,因此他现在的主要工作转向整理书面史诗文本,计划将他听过的、录音资料中的或大脑中存储的格萨尔史诗整理成文字,付梓出版。此间,如有人邀请他演述史诗（赛马、春节等节日及大型学术会议[3]）,或为学校演讲或授课,他都欣然前往。现在,他致力于将格萨尔史诗抄本或刻本等老版本的书面整理、与其他艺人之间切磋交流的心得体会、自己的演述实践融会贯通,开展研究,最后在脑中形成

---

1 意指达哇扎巴是年察阿迪的转世。
2 受访人：达哇扎巴,访谈人：姚慧,翻译：央吉卓玛,访谈时间：2020年8月12日15:00—17:20,访谈地点：青海省玉树藏族自治州人民政府大楼格萨尔研究中心达哇扎巴办公室。
3 受访人：达哇扎巴,访谈人：姚慧,翻译：央吉卓玛,访谈时间：2020年7月1日9:00—11:30,访谈地点：腾讯会议。

自己的知识体系。[1]

（二）吟诵艺人丹玛·江永慈诚

　　1942 年，丹玛·江永慈诚出生在青海省玉树藏族自治州。儿时的他常常是在母亲的歌声中入眠的，母亲不懂诗歌和藏文，但会念诵佛经，喜欢听格萨尔史诗[2]，因此与其相关的词汇从小就通过母亲之口飞入了他的耳朵里。1947 年 4 月 15 日，江永慈诚开始在玉树州结古寺学习藏文，按照当时藏族人的习俗，学习藏文要很隆重地看日子，因此这个时间他至今犹记在心。授课的老师是结古寺的僧人，每次课间休息时，他都会随口哼唱格萨尔史诗，当时的江永慈诚只是感觉其曲调悦耳动听，却并不懂老师唱的究竟是什么，但因为喜欢，所以过耳不忘。辛巴、丹玛等名字一直萦绕在他的脑海中，于是下课后第一时间跑回家询问父亲。经父亲讲解，他才知道辛巴和丹玛是格萨尔史诗中的两位英雄人物，同时父亲为他讲述了格萨尔王的故事，就此格萨尔王就烙印在了他的心里。但寺院的僧人只教授《解脱经》《大藏经》等佛经，格萨尔史诗归属民间文学范畴，并不在教授范围。

　　学习藏文一段时间后，江永慈诚开始拿着书面文本演述格萨尔史诗，只要到牧民家说唱，就能得到一块冰糖的奖赏，这让他格外欣喜。过去玉树牧区的老百姓平时忙于牧业劳动，只有正月初二到十三之间才可以坐下来享受几天休闲的时光，于是大家聚在一起以说唱格萨尔史诗或民歌为消遣。那时，玉树结古镇一些生活相对富裕的家庭不仅供奉格萨尔王塑像和史诗书面文本，而且还会邀请歌手上门演述，能说唱格萨尔史诗的人以小伙子为主，他们因生活贫困而靠马帮维持生计，在漫长的旅途中，每到一地休息，演述格萨尔史诗就成了他们打发时间的主要方式。在这样的史诗传统和文化生境的滋养下，江永慈诚喜爱格萨尔史诗，尤其对格萨尔曲调兴趣浓厚，每当有史诗演述时，江永慈诚

1　受访人：达哇扎巴，访谈人：姚慧，翻译：央吉卓玛，访谈时间：2020 年 7 月 1 日 9:00—11:30，访谈地点：腾讯会议。
2　直到后来如果江永慈诚演述时个别词句回忆不起来，母亲还可以从旁提醒。

第一章　史诗演述"创编"法则的建构与解构

图7　丹玛·江永慈诚演述史诗（笔者摄）

图8　笔者采访丹玛·江永慈诚（江永慈诚的家人摄）

就在一旁边跑边听，一旦歌声响起，他就跑回来认真听，只要曲调掌握后，就继续出去玩，如此这般循环往复。与其他类型的史诗歌手相比，江永慈诚小时候就已习得格萨尔曲调的主动性，只要听到哪里有人演述或听说谁家存有史诗本子，他一定赶去用心听记。

十几岁时，江永慈诚参加汉文学习预备班，基本掌握了汉语。1958年，江永慈诚在众多考生中脱颖而出，被青海省某大学录取，但因动乱开始而无法入学，又因其有一定的汉语基础，他在杂多县成了一名藏汉文老师。"文化大革命"开始后，教师也失去了用武之地。几年的教学工作使江永慈诚的藏汉文水平有所提升，这时杂多县政府调他到翻译局工作。县委书记被红卫兵驱逐出了办公室，江永慈诚就在那里翻译文件和毛主席的最新指示。因此，他非但没有在"文化大革命"中受影响，反而收集保存了很多老书，其中包括格萨尔史诗的老本子。之后，他先后被调至最偏远的暮云公社革委会（副主任）和玉树州广播电台工作，后又因广播电台办公场所尚未完工而被临时借调到玉树州志办公室，此后一直在那里工作，直至退休。虽然工作几经调动，但江永慈诚对格萨尔史诗的喜爱始终不渝，州志办的工作需要整理史诗相关资料，这让他乐在其中。

据江永慈诚的搜集整理，玉树地区格萨尔曲调大概有200多首，他自己能哼唱的有80多首，而他惯常性使用的范型曲调共有30多首，它们便构成了江永慈诚的传统曲库。这些曲调大多是从玉树各处的老人嘴里听来并储存在记忆中的，同时又在一定程度上与玉树史诗传统中的其他艺人共享。虽然江永慈诚对曲调的搜集与记忆具有较强的主动性，但直至现在，如果有人想跟随江永慈诚学习格萨尔史诗，他依然主张不刻意教授，潜移默化地用耳倾听就是最好的老师。

（三）顿悟艺人班桑

班桑出生在青海省果洛藏族自治州甘德县德尔文格萨尔史诗第一村。德尔文家族（或部落）成员世代信仰格萨尔王，喜爱聆听和演述格萨尔史诗。虽然在该上学的年纪无法接受学校的正规教育，但受家族和父辈的影响，班桑在寻找和阅读格萨尔书面文本的过程中开始认字。然而，虽然识字，他写出的藏文总是会有错别字，必须找人帮忙校正。年轻时的班桑有副天生的好嗓子，能够五天五夜不停歇地演述史诗，一唱起来便不知疲倦。"文化大革命"期间，果洛地区禁止演述史诗，由于长期生疏，改革开放后班桑原先知晓的史诗部本和曲调却无法再脱口唱出。20岁前后，格萨尔史诗在果洛地区复兴，班桑也在时代和环境的影响下重拾旧业，一旦有新的篇章出现，他看一眼即刻便能演述。

在德尔文部落的传承社区内部，格萨尔王被视作莲花生的化身。每年夏季，部落都由头人安排举行煨桑仪式，以供奉格萨尔王。煨桑仪式有性别禁忌，只有男性可以参加，女性不得上前，届时每个部落成员都要佩戴格萨尔王的护身符。这样的信仰习俗在班桑这一代及其上下两代皆一一遵照执行，且每家每户都有自己的格萨尔煨桑台。在班桑看来，格萨尔史诗之于德尔文部落最大的意义就是其与佛教的紧密关系，通过格萨尔史诗的书写与演述能够教化百姓走上正确的路。在这样浓郁的格萨尔文化语境的熏染下，班桑也相信自己在史诗书写和演述方面的禀赋是天生的。与神授艺人不同，班桑可以不分场合，不依托外物，随时演述史诗。因他对藏传佛教宁玛派的大圆满兴趣浓厚，"写不完的格萨尔艺人"格日尖参[1]生前和其他部落成员一致建议班桑将格萨尔史诗的"大圆满"部本书写成文。当时，班桑也有意书写，但却觉大脑空空如也，不知道写些什么，无奈之下只好去睡觉，希望可以像神授艺人一样有梦授的机缘，但一直未能如愿。此后，班桑开始诵经，一天晚里，他的上师找到他，开示他只要先开个头，后面便可以顺利书写了。于是在上师的加持下，班桑成功完成了《大圆满》部本的写作，为班桑的史诗书写奠定了基础，成全了他用格萨尔史诗演述阐释佛教观点的意愿。与演述相比，班桑更擅长书写史诗，且古稀之年仍笔耕不辍，自称能书写包括《霍岭大战》在内的十几部史诗，目前主要关注与《大圆满》相关的部本，计划出版五部（包括已出版的两部）史诗，其框架构拟

---

[1] 生前为国家级非物质文化遗产代表性项目"格萨（斯）尔"代表性传承人。

图9 班桑演述史诗（笔者摄）

图10 笔者采访班桑（右一为翻译羊青拉毛；笔者摄）

均已胸有成竹。

受德尔文家族内部传统的影响，班桑的传统曲库现有格萨尔曲调20多首，大多传自"唱不完的格萨尔艺人"昂仁。但由于演述机会的缺乏，他在调用曲调方面有时略有障碍，笔者在对班桑史诗演述的采录过程中，每当他忘记曲调时都拿出手机，用他预先录制存储的音频文件来提示自己。史诗的口头演述是由音乐或曲调串联而成的，曲调记忆无法在脑中及时调用，意味着史诗演述也只能就此中断。可见，手机的普及对于班桑的史诗演述而言，可谓一把双刃剑，一方面为他记忆曲调提供了便利，另一方面也因依赖手机而使大脑的记忆复现存在一定的障碍。

（四）圆光艺人才智

才智1967年出生，是国家级非物质文化遗产代表性项目"格萨（斯）尔"代表性传承人。才智的家乡在青海省果洛藏族自治州久治县。该地虽然不是格萨尔文化的富集区，且因交通不便而周边并没有太多的史诗艺人，但在才智的儿时记忆中，父亲亦曾邀请一位史诗艺人在酥油灯旁整晚演述格萨尔史诗，吸引了附近的牧民前来聆听和观看，才智就在演述人的吟诵声中不知不觉间入眠。直至现在，才智依然记得个别小时候听过的格萨尔曲调，也会时常将其取用在自己现在的演述中。

才智出生在一个圆光家庭，他的祖辈虽然具备圆光的能力，但他们并不会演述格萨尔史诗。据他讲，承袭自祖辈的圆光铜镜至今已有几百年的历史，后经叔叔传给他，到他这一辈，已是第五代。除铜镜，叔叔当年还曾交给他一张记写着圆光术的黄色砖茶包装纸。9岁时，才智开始上学读书，其间翻看过一些格萨尔的书籍，但因当时的藏文水平差，并不明白书中内容。后来，青海省广播电台不间断地播放孕藏智华的史诗演述录音，才智的父亲尤其喜欢听，每天都期盼着电台的连续播放。13岁时，才智在果洛藏传佛教格鲁派寺院隆噶寺出家，寺院不允许使用录音机和收音机，更不能看格萨尔相关书籍，加之寺院的功课和修行任务繁重，刚入寺时还需要承担很多打水、背水、打扫卫生等杂活

图 11　才智演述史诗（笔者摄）

图 12　笔者采访才智（笔者摄）

儿，因此他几乎再无机会触及格萨尔史诗。

直至21岁，才智才有了重新接触格萨尔史诗的机会。一天，噶玛嘉央活佛和桑丹拉姆空行母[1]得知才智出自圆光传承家族，专门找到他，经过观察，发现才智的眼睛具备圆光师所需的各种要素，因此两位上师加持并为其开启看圆光的"天眼"，指导他修习《格萨尔仪轨》和《度母仪轨》，并告诉他圆光传承的内容在哪本书中有记载。桑丹拉姆指导才智闭关修行，慢慢地才智可以在铜镜中看到一些奇怪的现象，同时会出现诸如头晕、呕心等不舒服的症状，有时又感到十分害怕。活佛和空行母了知后，为他熏香，在他的眼睛上涂抹朱砂，不一会儿他在铜镜中看到的影像便逐渐清晰起来，不适之感就此消失。[2]此后，才智又在白玉寺得到白马东宝法王的灌顶，修持了麦彭仁波切的《格萨尔阿嘎光明威尔玛圆光修功大法》后，他看到的圆光范围逐渐扩大，眼前的房屋等大规模物体亦无法遮挡，由此他看到了一个由穿盔甲的将领、拿兵器的军队，以及战争所构成的古代世界。他再次找到在山上闭关的空行母，向她讲述自己的所见，空行母告诉他那是格萨尔王的世界，并叮嘱他开始修习宁玛派的《格萨尔仪轨》，就此才智开始与格萨尔史诗演述结缘。在他看来，每个人来到这个世界都是负有使命的，而演述史诗并将其发扬光大就是他的使命。

才智的史诗演述以说为主、以唱为辅，曲调应用相对较少。同时，他也认为不需要刻意学习曲调，加之自己的嗓音条件并不理想，因此除了小时候储存在记忆中的一些格萨尔曲调外，其余多借自他人。

综合四位歌手的个人生活小史与传统曲库，在上述两位格斯尔歌手的参考框架下，我们来思考格萨尔艺人传统曲库的特征：第一，两位蒙古族歌手经历

---

[1] 空行母分两种，一种是活佛的妻子，一般是人道的空行母转世来到人间，另一种是前世修行成功的女性。指点才智的这位空行母既不是活佛的妻子，也不是受戒的出家人，但她的修行很精深，她的前世是佛母。在才智看来，活佛和空行母的性质是一样的。她们一般不结婚，在山上修行。受访人：才智，访谈人：姚慧，访谈时间：2020年8月4日13:00—16:00，访谈地点：青海省果洛藏族自治州群众艺术馆。

[2] 受访人：才智，访谈人：姚慧，访谈时间：2020年8月3日9:00—11:00，访谈地点：青海省果洛藏族自治州群众艺术馆。

了从无意识记忆到有意识组建曲库的过程，个体的主观性创编意识与策略尤为突出。相形之下，虽然四位藏族歌手的类型不同，演述思维迥然有异，但他们传统曲库的构成皆重在对传统的无意识接受、认同与传承。传统既是不同类型歌手成长的共同语境，亦几乎在演述观念上是范型曲调实践性应用的全部，曲库构成相对单一，除吟诵艺人江永慈诚外，其他三种类型艺人的个体主观性创编意识相对淡薄，强调集体性和共享性。第二，在四位歌手内部，达哇扎巴与江永慈诚来自康方言区的玉树藏族自治州，而才智和班桑则共同来自安多方言区的果洛藏族自治州，他们又分别在史诗音乐思维上呈现出较为明显的区域差异。玉树是著名的歌舞之乡，因此虽然两位歌手的类型不同，但他们皆呈现对曲调的重视程度，而同属于果洛的才智和班桑又皆与藏传佛教密切相关，曲调并不是他们关注的重点，传统曲库的容量有限。这与同在东蒙地方说唱传统中两位格斯尔歌手曲调演述观念的趋同性南辕北辙。第三，相比蒙古族歌手的师徒传承，四位格萨尔歌手传统曲库的传承方式大相径庭，且神圣的文化属性显而易见，即使吟诵艺人亦不以拜师学艺的师徒传承为习得方式，这在一定程度上反证了史诗在传承社区的神圣性认同。第四，由于年龄层次的差异，20世纪60—70年代出生的达哇扎巴和才智皆有通过广播电台获取格萨尔曲调的经历，而已步入老年的班桑和江永慈诚却不曾有，反映了传播媒介对特定时代歌手的塑造作用。第五，四位藏族歌手皆无跨文类索引和调用曲调之念，他们谨守格萨尔曲库的边界归属。

三、个人经历·范型部件集纳·传统曲库

回顾上述六位格萨（斯）尔史诗歌手的个人生活史，虽然他们的经历千差万别，艺人类型各有差异，但有一点是共同的，即他们的成长环境都被今天我们所认知的地方传统包裹着，如东蒙说唱音乐传统和玉树、果洛的格萨尔史诗演述传统。而传统的传递又是由人来构成的，如敖特根巴雅尔的父辈和老师、

敖干巴特尔的祖父和父亲、达哇扎巴的伯父、才智的圆光家族、江永慈诚的母亲以及班桑的德尔文家族皆是地方传统的承载者与传递者，他们又都在六位歌手的个人生活史中扮演过举足轻重的角色。正如杨恩洪所言："几乎所有的说唱艺人都出生在偏远的牧区，他们生活成长在史诗《格萨尔》广泛流传的地区，其中1/3的艺人出生在有说唱传统的家庭，他们的父辈或祖辈曾经是《格萨尔》说唱艺人，这一背景对他们成为说唱艺人至关重要……"[1]

符号学家皮亚杰认为，在生命的第一个14年，儿童会通过三阶段式（triple-phrased）的发展，即感觉－运动（senso-motor）阶段、规约符号（symbolic）阶段、口头语言在规约时期被替代的阶段。此三阶段决定了儿童如何建构现实存在，其中每个阶段都融合并调整前一个，最终彼此结合、相互影响。[2] 三阶段之间又呈现现实建构及其观念形成的发展过程，孩子从牙牙学语开始就在上一辈人的文化习惯和社会语境中被培养社会化的听觉感知，最终生成文化听觉的感知习惯。具体到史诗，传统本身就是一种语境，浸润其间的儿童也要经历皮亚杰提出的三阶段，而笔者关注的是与决定文化听觉感知习惯的传统直接相关的规约符号阶段。社会成员在有意或无意地完成社会规约的符号化过程，而这些规约符号是由社会和文化传统所形塑的。作为一种隐匿的无声契约，传统总是在儿童的无意识中发挥作用，建构其对客观世界的认知，而这样的认知以及文化听觉感知习惯的养成又是通过文化的社会化过程完成的。社会成员在14岁以前通过无意识地习得来掌握社会的编码规则。在地方传统社会，我们所称之口头艺术也是社会和文化符号化过程的一个重要方面。正如拉森和约翰森所言："文化是非遗传的，它必须基于社会化；并且因为它是集体的，社会化必须基于信息交换，即符号。……文化作为记忆不仅包含记忆的内容（content）（如一套关于家庭、民族、教育、着装等稳定的价值观），还包含收集、交换和存贮的信

---

[1] 杨恩洪：《民间诗神——格萨尔艺人研究（增订本）》，中国社会科学出版社，2017，第142页。
[2] ［丹麦］斯文·埃里克·拉森、［丹麦］约尔根·迪耐斯·约翰森：《应用符号学》，魏全凤、刘楠、朱围丽译，四川大学出版社，2018，第157－158页。

息建构、记忆过程。此外，由于文化是社会化过程，因此它受变化支配。"[1]

很多歌手是在儿时的无意识状态中，受周围环境的影响而习得史诗的规约符号且构成口头传统文化记忆的，而这记忆中包纳收集、存储与史诗有关的一系列作为符号的部件，如语言、人物、固定程式、典型场景、故事范型和曲调等。因此，当笔者询问敖特根巴雅尔从老师那儿习得了什么时，他反复强调什么也没学，只是在交流的过程中自己领悟，而且达哇扎巴、才智、江永慈诚和班桑更是没有过专门的学艺经历。达哇扎巴只是因为曲调好听而无意识地记住了伯父的曲调；江永慈诚除了后期有意识地收集和学习，曲调很多就是在儿时边跑边玩中刻印在记忆中的；班桑也是在德尔文家族无意识地耳濡目染中习得和记忆曲调的；同为德尔文家族的顿悟艺人，被誉为"写不完的格萨尔艺人"格日尖参也与班桑一样，在曲调方面深受其家族"唱不完的格萨尔艺人"昂仁的影响。此外，更多的曲调是社会成员小时候经常听到的格萨尔曲调，因多次重复而逐渐转换为文化记忆与听觉感知习惯。格日尖参认为，这些曲调与他书写格萨尔史诗一样，都是天生的，并不是通过专门的学习和练习所获得的。达哇扎巴也同样否认习得的作用：

> 传统和我的史诗演述是高度相合的，但不能把这种高度相合理解成是我刻意安排的。在演述的压力之下，我没有时间去想，去思考，哪怕是现在，您说让我唱哪个曲调，我也需要再想一下。在演述的压力下我根本就不用想，就直接倾泻而出了，但结果是曲调、叙事与我们的传统观念是相合的。晁同的曲调就应该是那样的，珠牡的曲调就应该这样的优美悠长，但一定要说我是从哪儿学来的，这是不对的。[2]

---

1 [丹麦]斯文·埃里克·拉森、[丹麦]约尔根·迪耐斯·约翰森：《应用符号学》，魏全凤、刘楠、朱围丽译，四川大学出版社，2018，第160－161页。
2 受访人：达哇扎巴，访谈人：姚慧，翻译：央吉卓玛，访谈时间：2020年8月12日15:00—17:20，访谈地点：青海省玉树藏族自治州人民政府大楼格萨尔研究中心达哇扎巴办公室。

第一章　史诗演述"创编"法则的建构与解构

博特乐图通过对胡尔奇的研究，也发现了类似规律：很多时候"自然传承中并没有明显的施授和受授互动，甚至不能形成师与徒（生）的对应关系。因为，习得方不是通过拜师，而是通过其他方式——例如，观看、模仿、参与等方式掌握知识，习得技艺的。在这种传承中，传承主体之间没有建立师徒关系，也没有直接的授受互动。……这种习得传承没有形成'施授—受授'的两极关系，没有人刻意在教，也没有人刻意在学，学习者是在音乐事象发生的场域中通过观摩、浸染而习得"[1]。故此，歌手感知传统的过程是无意识完成社会化"结构性编码"的过程，是无意识或有意识积累传统部件的过程，也是一个被传统规约和建造基于传统的知觉框架的过程，而家庭、所成长的社会语境，以及充斥在眼耳之间的文化传统就是人类完成社会符号化的第一位"隐身"塑造者。其中，部分社会成员之所以能够跨越单纯的社会化过程、日后成为格萨（斯）尔史诗歌手，是因为在潜移默化中隐匿性完成文化传统的第一次编码后，或凭借个人兴趣通过有意识地观察、模仿、与同行交流逐渐累积、充实自己的传统武库和曲库，或是通过某种特殊机缘（如神授艺人、顿悟艺人和圆光艺人）而获知传统，乃至最终能够获得在众人面前公开演述的能力。

因此，格萨（斯）尔史诗口头音声文本的生成需要经历建造模块的"结构性编码"和构建对象的"过程性编码"两个过程。被社会规范和传统语境规约的过程属于"结构性编码"，即歌手有意识或无意识地收集部件，组构部件关系类型或认知框架的过程，而有着文化集体规约性的史诗传统的现场演述或特定叙事文本的生成过程可被视作"过程性编码过程"。"结构性编码"与"过程性编码"共同作用才构成完整的交流模式中演述符号的传递过程。随着演述理论的引荐与本土化实践的兴起，我们更多地把焦点放在了某一次演述过程上，却在一定程度上忽略了口头传统的流动性及基于口头创编法则的口头艺术在演述过程之前，需要有一个传统部件及部件组合关系的"结构性编码"过程，没有

---

[1] 博特乐图：《表演、文本、语境、传承——蒙古族音乐的口传性研究》，上海音乐学院出版社，2012，第230—231页。

这个前在过程的发生与准备，某一次现场演述的过程性编码则无从展开。

"结构性编码"包括三个元素组：部件、"大脑文本"（文本框架，既包括语词的，也包含音声的）和歌手（艺人）。第一个元素组部件，主要指叙事传统的部件，如程式、主题、典型场景、范型曲调等；第二个元素组，指各类传统文本的框架和类型，或曰传统部件的排列组合关系、规则或逻辑结构，即航柯的"大脑文本"，也是传统意义的某种生成模式，如不同部件的不同组合规则或关系构成故事范型（主题/典型场景的组合），以及格斯尔曲调与典型场景（主题）的搭配框架、格萨尔曲调与人物角色的搭配组合关系等；第三个元素组是歌手，在"结构性编码"中，歌手需要掌握排列、组合和应用前两个元素组的技巧、方法、策略和能力，除了上述传统部件的组合法则，更需要不断地积累各类传统部件并将其组织整合成自己的部件储备库，即传统武库和曲库。其中的部件、传统武库（包含传统曲库）和"大脑文本"是在演述开始之前就已经在数代人的生活实践中约定俗成地形成并固定下来、成为传承社区内部集体共享的"结构性编码"方式，即我们通常所称之特定"传统"或地方性知识。

再者，叙事的本质是为意义服务的。在口头传统中，传统部件的意义指涉也已经在惯常性使用中被建构起来，而部件与传统意义指涉之间的编码也是在某一次具体的演述之前便已经在约定俗成中规定好的，而这样的意义指涉的规约性往往又是相对隐匿的，社区成员内部共享，包括歌手和受众，但对于局外人而言，却是无法识别或者需要长期浸润在其中才能解读的密码。当然，"结构性编码"并不是一蹴而就的，可能最早符码与意义之间、主题与曲调之间、人物与曲调之间、程式与主题之间并没有固定的搭配组合关系，而是在长期的学习浸润和惯常性使用中逐渐形成的。但这些已经在传统规约性中规定好的系统符码并不是封闭的，反而是开放的。这种约定俗成的结构性的编码方式和规则是通过歌手观察、自学和模仿所获得的，而不是老师手把手地教会的。"结构性编码"的过程是个体歌手建造模块和建构属于自己的演述"图书馆"的过程。在那里，模块和部件的秩序是通过歌手个人的传统系统所维持的。学习和储存、

第一章　史诗演述"创编"法则的建构与解构

搜索和回忆、选择和适应的机制有条不紊地进行，并构成了导致某一特定演述过程的基础。[1]其中，学习和储存是个人经历中对传统素材的储存和积累过程，搜索和回忆意味着已进入准备演述的阶段，而选择和适应的机制便是迈入实际演述的阶段。没有预先的储存，就不可能实现搜索、回忆，以及根据现场语境进行选择和调适的阶段。

对于地方传统而言，传统部件的汇总构成"传统池"，并受地方性知识体系所塑造，如上述玉树和果洛所呈现的不同的地方知识认知体系。而对于个体歌手而言，因经历、体验和兴趣的差异，以及不同歌手所关注的和能获取的文本范围千差万别，导致不同歌手所搜集和储备的前文本亦不尽相同。因此，每个歌手在脑中完成的前文本的累积性聚合又具有个体性，这些从传统池中被提取的前文本的聚合构成每个歌手个人的传统武库，武库中又包括传统曲库。这就完成了由传统整体到歌手个体传统资源的转化。对于传统与创新的关系，博特乐图在《表演、文本、语境、传承——蒙古族音乐的口传性研究》一书中其实已经注意到了在演述前的传统的力量，"口头表演同时也是创作过程。而它又是如此地离不开传统——所谓口头'表演-创作'并非无源之水、无根之木。相反，它是传统基础上创新，是按照传统规则，用传统的方式手段，运用根据传统所提供的材料而进行的'创造'。这里所谓的传统因素包括故事、主题、典型场景、程式、套语以及曲调等表达所需材料，同时还包括表演所依据的规则、技艺、方法、手段等因素。而所谓即兴，是表演者对这些传统因素的积累以及自如地组织运用这些传统因素进行口头表演的能力"[2]。但对于演述之前的传统以及传统与即兴之间如何互动却缺少更为深入的学理剖析。

个人武库和传统曲库在歌手大脑中形成无数个潜在的"前文本框架"，也就是"大脑文本"，这些"大脑文本"的积累就是在为歌手的武库和传统曲库收集和储备演述和创编所需要的系列要素和素材，以及任何与演述相关的一切可用

1　Lauri Honko. *Textualising the Siri Epic.* Helsinki: Academia Scientiarum Fennica, 1998, p.93.
2　博特乐图：《表演、文本、语境、传承——蒙古族音乐的口传性研究》，上海音乐学院出版社，2012年，第279页。

资源。威廉·汉克斯（William Hanks）将"前文本"定义为"包括为文本的生成或阐释做准备或证明其合理的任何东西"。[1] 比如作为一个胡尔奇，需要掌握各种本领：

> 七八年前大家是要跟胡尔奇拼酒量，得把他们喝趴下，自己才能走的程度。现在大家不会这样了，也不会这么逼胡尔奇了，有的胡尔奇跟听众有口舌之争的时候，说不过他们，肯定是不行，开玩笑也要超过他们，打架也得要打得过他们，事事都要比听众强，这样的话，大家才认为胡尔奇是称职的。做事方面也有很多，比如被请到一个家里去的话，不会去冒犯家里父母的信仰、女性，这家人给多少就拿多少，不要多想，也不会去学残疾人的动作，这样会伤害他们，这些都做到才能在大家心里受到尊重，才能有威望。到一户人家说唱好来宝，不能挑人家的礼，不管人家端上来的是什么饭菜，也都不要挑剔，胡尔奇不能给大家太随便的印象，这样的话，也不会得到大家的拥戴。有些请我们的人说，这些艺人有点不雅，如果是团队去，团队成员之间如果有矛盾，也不可以在人家家里起争执，出来以后把对方打死都没关系，但是不能在人家家里起冲突，这些都是我们胡尔奇的习俗。[2]

这些虽然看上去与胡尔奇实际演述文本的构建没有直接关联，但它们是武库的重要基础。这里，笔者并非执着地要在歌手大脑中真的寻找某一个具体的大脑文本或前文本，之所以借用航柯"大脑文本"的概念工具，只是试图强调它作为一种经验的预先性存在、存储与记忆，对我们理解史诗歌手动态的口头创编规律是有意义的。口头交流的艺术是通过符号的选择来塑造意义的，多个

---

1 Lauri Honko. *Textualising the Siri Epic*. Helsinki: Academia Scientiarum Fennica, 1998, p.98.
2 受访人：敖特根巴雅尔，访谈人：姚慧，翻译：内蒙古民族大学硕士研究生文霞，访谈时间：2019年10月25日 10:00—12:00，访谈地点：内蒙古自治区赤峰市阿鲁科尔沁旗阿鲁科尔沁文化旅游公司录音棚。

符号被歌手组织进一个文本时，之所以会选择这个词或词素，而不是其他，是因为符号有历史，彼此联系紧密，并且有指称和意义。[1]甚至有时连歌手本人也不知道为什么选择这个而非其他要素，这恰恰是传统语境规约的结果。

---

[1] ［丹麦］斯文·埃里克·拉森、［丹麦］约尔根·迪耐斯·约翰森：《应用符号学》，魏全凤、刘楠、朱围丽译，四川大学出版社，2018，第110—111页。

第二节 现场演述与创编

应用符号学认为,"结构性编码"是建造模块的过程,"过程性编码"是对象的建构过程。[1]如果"结构性编码"是有意识或无意识储备和习得传统部件和部件编码规则的过程,那么"过程性编码"则是在某一次史诗演述中调用、替换、重组和调适部件的过程,是在具体语境下特定音声文本的生成过程。在笔者以往的研究中,不同族群、不同格萨(斯)尔史诗艺人在对传统曲库范型部件的调用方式上彰显文化多样性的人类创造力。那么,当下口头史诗的音声文本如何生成,歌手如何进行现场的即兴创编,藏蒙格萨(斯)尔歌手在创编策略上存在哪些异同,则是笔者关注的问题。

一、敖特根巴雅尔与敖干巴特尔的口头创编

从敖特根巴雅尔和敖干巴特尔的创编策略来看,即使是某一次现场演述也是一个分步完成的动态化过程,口头音声文本的生成并非只仰仗现场语境中的临场发挥。为了更为深入地理解两位格斯尔歌手的创编规律,洞察其如何在短时间内和现场创编压力下构拟鸿篇叙事文本,即兴如何实现,我们需要分层次

---

[1] [丹麦]斯文·埃里克·拉森、[丹麦]约尔根·迪耐斯·约翰森:《应用符号学》,魏全凤、刘楠、朱围丽译,四川大学出版社,2018,第18—19页。

地逐步拉近聚焦镜头。

第一，两位歌手在"结构性编码"和现场演述的口头创编之间还存在一个预先准备的过程。在每次演述的前一晚，敖特根巴雅尔会拿出以前听老人或其他歌手演述后记写在纸面上，又经过自己概括的情节线索进行复忆，并根据故事梗概在大脑中预演曲调布局的设计意象，在脑中形成预制的音声意象文本，为第二天的现场演述做准备。对于同一篇章叙事的再次演述，巴雅尔每次回眄的皆是情节的导引"地图"，这个经他内化概括记写下来的"地图"并不是细致入微、有血有肉的具体细节，而是高度凝练、能够起到提示结构作用的骨架文字，其血肉和曲调是要在演述过程中增添的。之所以如此，是因为作为职业胡尔奇的巴雅尔，为了养家糊口，平时更多说唱的是好来宝和胡仁·乌力格尔，能够演述格斯尔史诗的机会相对较少，导致他对史诗情节的记忆尚未娴熟练达，脑中谙忆的只是大概内容，而无法复现全部的情节框架，因此需要靠书面记写和演述前复忆来强化记忆。无独有偶，敖干巴特尔在演述前也会在脑中对将要演述的音声文本做必要的叙事主题和曲调布局的设计，他不仅看过格斯尔史诗的书面文本，而且他本人演述的《地狱救母》业已经乌·纳钦记录、誊写并出版。因此在每次演述的前一晚，不管他次日会使用潮尔，还是四胡作为伴奏乐器，他都会像敖特根巴雅尔一样有回看史诗书面文本的习惯，以帮助其回忆故事梗概。

然而，预先构拟的意象文本因只存在于大脑之中，形态上并不稳定，因此在具体语境和紧急状况下会再次变身。正如巴雅尔的比喻："有时候紧急情况下会有变化，这就像是穿鞋，本来是登山时穿这双鞋，运动时穿那双鞋，去商场再穿另一双鞋，但着急时，因为来不及看就随便拿了一双穿。而曲调的节奏长短也是一样，可以比喻成系鞋带，可以松一点，也可以紧一点，着急了直接拽上后脚跟、不系鞋带也可以走。"[1]因此，虽然已有预制意象文本的存在，但歌手

---

[1] 受访人：敖特根巴雅尔，访谈人：姚慧，翻译：文霞，访谈时间：2019年10月22日15:00—19:00，访谈地点：内蒙古自治区赤峰市阿鲁科尔沁旗阿鲁科尔沁文化旅游公司录音棚。

在演述中也会紧急更换曲调及其位置布局，同一个曲调，原本设计置于史诗的开头，实际创编时却被用在了结尾处。巴雅尔会根据倏瞬的想法和需求从传统曲库中调用曲调，但在演述的瞬间，他优先取用的往往是脑中即刻闪现的曲调，这样的选择具有随机性。

巴特尔在演述过程中也会出现类似现象，脑中有时突然闪现要在正在说唱的主题之后跟接意象文本设计之外的其他主题，然而如遇演述瞬间无法顺利调用接续的主题时，他会再次回到意象文本的预置主题上来。可见，意象文本与歌手大脑的现场反应和感知之间始终在不间断地交互发生"化学反应"，这既是歌手应对演述现场口头即兴创编的策略之一，也是意象文本之所以存在的价值所在，更是吸引受众、确保演述顺利进行的重要保障。因为大脑瞬间的信息编码永远在变化之中，因此意象文本与大脑符码交换所产生的互动也会导致最终音声文本随时变异的活态属性。敖干巴特尔对此也有生动的讲述：

> 在同一个主题素材用得差不多了，没法再往下说的时候，我就得赶紧想，接下来要唱什么，这个时候我就让他们打仗，一旦大脑反应到打仗的场景，打仗的曲调就很快反应到手的行为上，四胡就开始拉征战调的前奏了，我就是这样的民间意识。在曲调前奏的拉奏过程中，我脑子里就在准备接下来的唱词。当征战的唱词几乎用尽时，我就赶紧让战争分出胜负，英雄战胜敌人，接着马上更改主题，此时此刻也许先让老天爷降雨。当这一主题的唱词也穷尽时，就赶紧让他回家，几段描述之后，让他进屋喝酒……如果现场真的无话可说时，我就把提前准备好的一些唱段或素材填充进去。敖特根巴雅尔老师也是这样，比如说一个医生，他有一个套，事先准备好，但是开始说唱的时候先不用，先是即兴的说唱，可能先唱来了个什么人，天是啥样的，风是从哪儿来的，即兴说完时，才会调用他自己词库中事先备好的素材和唱段。这个方法外人看不懂，但胡尔奇一听便能发现我用了什么方法，别的胡尔奇也一下就能看出来。他到这儿的时候，看见一个好东西，就先说这个，说到没话说的时候，可能又看到另一个东

西，就又去说它，这些东西其实都是装在他的库里。每个人的面相能够反应一个人的性格，就像算卦一样，所以我看到一个人，就会用算卦的这套方法来夸耀他，而这些东西必须得事先准备好。如果明天请我去祝寿，那我必须要今天晚上准备好他们的情况、有什么人参加等等。不知道的人看起来觉得了不起，实际上不是了不起，而是提前就做了准备。[1]

第二，词库、主题和情节库，以及曲库的概念认知。在史诗演述中，两位格斯尔歌手会根据不同的故事情节，选择不同的范型曲调，进而利用曲调的联缀将故事的不同主题（如征战调、走路调、赞颂山河、皇帝上朝等）串联起来，形成有血有肉的大型叙事，每个范型曲调代表着一个主题类型，用曲调的联缀勾连主题的链接，而不同的情节线索决定了主题和曲调的排列组合序列。正如巴雅尔的举例，"叙事刚开始一个人物正在赶路，这时用赶路调，行路之中遇到山，就要对山进行一番赞颂。当正在欣赏山河的时候，路遇山贼，这时就用征战调"。因此，这样的叙事逻辑构成决定了歌手大脑在传统部件的累积层面存有词库、主题和情节库，以及曲库的概念认知，三库的部件储备是否丰盈，决定着歌手演述的精彩程度。据巴雅尔讲，国家级非物质文化遗产代表性项目"格萨（斯）尔"代表性传承人金巴扎木苏即使任意从此三库中的某一库调用某一种部件，他都知道该从其他两库中调取哪两种部件与之相配。但巴雅尔自己目前还无法得心应手地勾连和调用以上三库，虽然他有曲库的概念，但如何将曲库中的曲调应用在合适的情节上，他仍在探索中。正如巴雅尔所言："这就好比金巴扎木苏老师和我都有酱油、醋和盐这三种调料，但金巴老人可以把调配的比例掌握得很好，我可能就不知道比例多少才是合适的，哪一个该多一点，哪一个该少一点。但比例多少，每个艺人可以按照自己的口味去调节。"[2] 故此，即

---

[1] 受访人：敖干巴特尔，访谈人：姚慧，翻译：文霞，访谈时间：2019年10月27日13:30—16:00，访谈地点：内蒙古自治区赤峰市巴林右旗查干沐伦苏木毛敦敦达嘎查。

[2] 受访人：敖特根巴雅尔，访谈人：姚慧，翻译：文霞，访谈时间：2019年10月22日15:00—19:00，访谈地点：内蒙古自治区赤峰市阿鲁科尔沁旗阿鲁科尔沁文化旅游公司录音棚。

兴建立在词库、情节和主题库、曲库的资源储备基础之上，至于这三库中的各类组件如何建构部件间关系，则每个艺人各有自己的策略。谱例1则是巴雅尔在笔者的访谈中即兴创编的好来宝片段，他认为其间的处理手法，受众一听便知是他的风格。

谱例1

敖特根巴雅尔演述
姚慧记谱
2019年10月24日采录

第一章　史诗演述"创编"法则的建构与解构

第三，传统曲库、个人风格与即兴创编。在区域共享的"传统池"范围内，每位歌手拥有自己独具特色且惯常使用的个人曲库，之所以具有个人风格一方面是因为歌手对曲调的选择、累积、演绎与应用皆经历了内化过程，在各种因缘际会之下构建起了区别于他者的曲库类型，进而在长期的惯常性使用中逐渐摸索出抽取曲库部件及其序列关系的演述策略，而这便编织了即兴创编的经纬。另一方面，胡尔奇也将自己家乡当地的山水、风物和传说融入格斯尔史诗的演述中，巴雅尔和巴特尔都有将阿鲁科尔沁和巴林右旗的山水集纳到演述文本中的经历。[1] 地方传统的文化多样性在一定程度上形塑了史诗歌手的词库、情节和主题库、曲库的本土化特征，以此为基础的即兴创编既呈现共同的区域属性，又为个人风格的形构添砖加瓦。

保罗·祖姆托（Paul Zumthor）发现，特别是"复杂的文类会唤起人们假设演述之外的特定资源和文本存在的需求，他在大脑文本和传统池之间寻找这种需求：因此，在系列文学（传奇、史诗、故事、歌系）的经济（economy）原则中，我们发现虚拟的超级共同体，其属性是永远无法作为一个整体来实现的——一个巨大的宝库，讲述人、歌手或口头演述人似乎可以根据自己的需求，在每次表演时，从这个宝库中提取"[2]。东蒙的地方传统亦如此，格斯尔史诗、蟒古思故事、胡仁·乌力格尔、好来宝彼此交融地形成了一个巨大的传统部件及其组合规则的储备库，而歌手的即兴创编正是基于对此超级宝库的部件调用以及跨越文类边界的检索文本元素，进而适应新的文本功能。

在创编方法上，格斯尔曲调应用的程式更多体现在曲调与主题或典型场景的组接上。譬如，巴雅尔惯常使用的开篇调有4~5种，但在具体的演述语境中使用哪一种却具有随机性，虽然依据的都是情节线索，但同一个开篇调，他有时用于征战，有时又用在传唤坐骑的典型场景中。同时，同一个曲调，巴雅尔

---

[1] 扎鲁特旗与巴林右旗的格斯尔演述存在差异，扎鲁特旗的歌手更多讲述的是蟒古思故事，其十八部的最后一部才述及格斯尔叙事，而巴林右旗的歌手则以演述格斯尔叙事为主，因此二者在英雄人物和曲调取用上也迥然相异。

[2] Lauri Honko. *Textualising the Siri Epic.* Helsinki: Academia Scientiarum Fennica, 1998, p.98.

也会根据不同的主题在速度和情感上做一定微调。所谓的即兴并非凭空而造，而是在歌手掌握一定的曲调范型之后，在曲调框架下替换、拆分、重组唱词，使音节在曲调的作用下延展或压缩。即使叙事线索不变，曲调依然有变化的可能，即使是同一个故事情节，巴雅尔在每一次演述中择选的范型曲调也不尽相同。

据巴雅尔讲，一般胡尔奇有两种，一种是其储备的传统曲库丰硕多样，且在调用曲调方面有精深的造诣，另一种则是虽然曲库库存有限，但能够对其灵活应用，演化出无数千变万化的曲调文本，随时可为受众创造出意外的惊喜，那么这样的胡尔奇也是技艺超群的。在演述过程中，除了惯用的曲调，巴雅尔脑中有时会突然闪现某个新曲调，而这也会为受众带来新的期待。一般胡尔奇会将形式上相对简单的曲调作为范型曲调，但同一个曲调框架，每位歌手最后呈现的音声文本亦千差万别。正如巴雅尔所言，"同一个曲调对于扎拉森老师来说是得心应手的、简单的，但是对我来说却是比较难的，所以它就不适合我，那么反过来，也许我的曲调对于扎拉森老师来说也不是得心应手的，也就不适合他"[1]。如果要在演述过程中回忆某一个范型曲调，巴雅尔通常会选择慢节奏的版本，在四胡慢速的拉奏中，边拉边思考，为其调取部件预留时间和空间。[2]

在敖干巴特尔看来，如果在生病、祝寿等语境中演述格斯尔史诗，情节线索不可随意改变，如果只是为了娱乐或听故事，那么歌手可以将情节编排得曲折复杂、环环相扣。比如，格斯尔可汗的夫人、儿子、宫殿，以及弓箭、马等标示身份的符号表达不可更改，而他到某地的传说则可以重组，或者可以穿插组排两个地方不同的蟒古思。词库愈丰富，唱词的细节愈丰盈，叙事则愈精彩。同时，同一主题类型下的曲调组合同样是可以调整的。因此，即兴的主要内容是调整部件的排列组合序列和关系。如果在演述过程中出现常识性错误，巴特

---

[1] 受访人：敖特根巴雅尔，访谈人：姚慧，翻译：文霞，访谈时间：2019年10月22日15:00—19:00，访谈地点：内蒙古自治区赤峰市阿鲁科尔沁旗阿鲁科尔沁文化旅游公司录音棚。

[2] 受访人：敖特根巴雅尔，访谈人：姚慧，翻译：文霞，访谈时间：2019年10月25日10:00—12:00，访谈地点：内蒙古自治区赤峰市阿鲁科尔沁旗阿鲁科尔沁文化旅游公司录音棚。

尔也会想办法在受众尚未发现之前以闪电般的速度迅速弥补。假如他不小心将关云长的大刀表述为匕首，那么为了及时纠正错误，他会使本该结束的战争拖延片刻，在难分胜负的战争情节中加入原本没有的情节来加以弥补，如主人公"今天因为一时着急拿错了兵器，等明天拿大刀与你再战"。据巴特尔讲，金巴扎木苏曾就将发生在别处的故事即兴穿插到格斯尔史诗的演述中。

第四，即兴需要具备三种能力：天赋、记忆力和对周边的人、事、环境等的熟悉程度，三者缺一不可。[1]巴雅尔认为，没有天赋的人很难成为胡尔奇，即兴的技能是教不会的，而需要在交流过程中靠悟性慢慢领悟。胡尔奇掌握的部件数量和驾驭能力是即兴创编的基础，而长年累月的部件储备又需要超群记忆力的支撑，以致能够将从不同地方吸纳而来的部件或元素按照部件组合规则整合在一起，构建起只属于歌手个体的传统曲库。"记忆基于信息的交换。"[2]为了达到事半功倍的记忆效果，巴雅尔经常使用诗歌套用曲调的方式来帮助记忆，即把一首诗套用在曲调上，用哼唱的方式去提示记忆，而这样的内化过程事实上是对信息的重新编码过程。胡尔奇创编好来宝、乌力格尔以及格斯尔史诗使用的也是这样一种基于口头信息交换机制的套用思维模式。巴雅尔认为，套用思维并不是老师教授的，而是凭借天赋在日常交流和反复听赏中领悟而得的。

对于如何记忆，不同的胡尔奇有自己的方法与策略。扎拉森曾言："'说书其实只需要记忆四个问题：谁？什么时间？哪里？做了什么？'在他看来，记住了故事中的人物、时间、地点和事件——也就是故事的基本框架之后，便可以将其与自己固有的传统因素——程式、主题、曲调框架等相结合，以此来完成新故事的演述了。"[3]敖干巴特尔的记忆套路是，如果演述的主题涉及故乡，一般的描摹顺序是由远及近，从远处的骆驼、马、牛步步推进到离家最近的羊群，

---

1 受访人：敖特根巴雅尔，访谈人：姚慧，翻译：文霞，访谈时间：2019年10月22日15:00—19:00，访谈地点：内蒙古自治区赤峰市阿鲁科尔沁旗阿鲁科尔沁文化旅游公司录音棚。
2 ［丹麦］斯文·埃里克·拉森、［丹麦］约尔根·迪耐斯·约翰森：《应用符号学》，魏全凤、刘楠、朱围丽译，四川大学出版社，2018，第163页。
3 博特乐图：《表演、文本、语境、传承——蒙古族音乐的口传性研究》，上海音乐学院出版社，2012，第193页。

接着是山水和蒙古包；如果刻画的是英雄人物，那么首先记忆的是英雄气概，然后是他的马、武器装备和坐骑；如果"雕琢"的是一位女性，那么主要记忆的则是服装和容颜；如果描述的是一个事件，那就先从最难、最危险的场景记起，其他的叙事就可以自己添加和即兴创编了，往往叙事的高潮也是创编难度最大的部分。这里，通过对场景由远及近的视觉透视，对人物角色的视觉形象描写，以及对事件主次次序的可视化编辑，巴特尔在内化经验的转换过程中形成视觉记忆的套用模式，进而构成具有个人风格的部件序列关系。通过阅读书籍，巴特尔亦将算命先生对人物形象和性格的描摹套路投射到史诗中，用以丰富场景的可视化效果，对其进行全新的视觉演绎。

巴雅尔的即兴并不是老师手把手教会的，而是建立在对塔尔巴和劳斯尔两位老师的演述进行观察、模仿和自悟的基础上，而观察则是胡尔奇即兴创编的基本技巧之一，传统曲库与现场观察的交互作用才能完成即兴的口头创编。有一次塔尔巴盘腿坐着演奏，四胡拉奏的速度非常慢，巴雅尔注意到老师一边演奏一边在观察周围环境来为自己的演述寻找即兴的素材。而另一位老师劳斯尔之所以可以滔滔不绝地演述也基于他对巴林右旗历史和人物的熟悉程度。胡仁·乌力格尔、好来宝、格斯尔史诗共同构成了东蒙地方传统的"传统池"。虽然胡仁·乌力格尔和好来宝的曲调与主题的组合关系是要遵照传统法则的，其中八成是规定好的，但好来宝依然可以作为一种特定文类被应用在胡仁·乌力格尔、英雄史诗、叙事民歌中用以拓展具体场景或主题的即兴表现空间，成为描摹特定主题或典型场景的重要手段。而这种即兴描摹却建立在对现场环境、人物和事件的观察和了解之上，巴雅尔自己也有类似的经验：

> 到别人家里会聊牲畜的情况，因为这方面我比较熟悉，如果聊农业的东西，就聊不下去了，所以到一个地方会有一个熟悉当地情况的过程，比如整个村子、周边山水、四面八方的景色情况，这个地方有没有出过什么名人，这个家庭以前有没有出过一个有成就的人，我不会特别直接地有目的性地去问这些，而是在一个正常的交流当中了解，比如问他们的家人或

周边的人，当时一定要记住主人的名字，开始说好来宝的时候，心里就已经有底了，说好来宝的时候，我会把这些都加进去，这样的话，大家就会特别开心，就会受到大家的欢迎。[1]

第五，巴雅尔和巴特尔在已有的地方传统基础之上努力对格斯尔曲调做分门别类的概念界分，认为格斯尔曲调应有其独立的特定曲库，比如巴雅尔对格斯尔曲调有着明确的认知边界，巴特尔亦认为乌力格尔中的索拉艾（汉族曲调）不能用在格斯尔史诗的演述中，这与当下地方传统文类互涉的现有观念略有出入[2]。

二、在口头与书写之间创编的丹玛·江永慈诚与班桑

藏族格萨尔史诗神授、圆光、顿悟、吟诵和闻知等艺人类型虽然皆依托口头演述，但不同类型的艺人构建文本的方式截然不同。在以往的观念中，格萨尔歌手音声文本的生成方式皆为口头创编，但通过田野调查，笔者发现能够与这样的概念认知（或与蒙古族格斯尔歌手所应用的口头创编法则）相吻合或类似的只有吟诵艺人。从歌手立场出发，神授、圆光艺人的史诗演述无法直接与口头创编画等号。这里，我们只谈吟诵艺人丹玛·江永慈诚和顿悟艺人班桑口头与书写交互组编的文本构建模式[3]。

---

1 受访人：敖特根巴雅尔，访谈人：姚慧，翻译：文霞，访谈时间：2019年10月25日10:00—12:00，访谈地点：内蒙古自治区赤峰市阿鲁科尔沁旗阿鲁科尔沁文化旅游公司录音棚。
2 这样的认知或许受到了学术观念的影响。同时，巴雅尔和巴特尔均表示，他们的个人风格尚未定型，仍在持续不断的探索中。虽然敖特根巴雅尔已掌握了十二三首格斯尔曲调，但它们具体用在哪里，他还尚未形成一种体系化的创编套路，但他坚信，随着时间的累积，他会逐渐形成自己的风格。
3 闻知艺人的口头演述应该也属于口头创编之列，但因为时间关系，笔者尚未对闻知艺人进行采访，故先不做讨论。

第一，书面框架的构拟与设计。玉树地区的吟诵艺人经常使用3~5人的合唱形式，这既是康巴传承社区内部多年实践的传统，也是在其他类型的艺人群体中少见的演述形式。[1]对江永慈诚而言，仅凭他一人完成现场的口头演述是有困难的，长期的实践操演使以江永慈诚为首的合唱团队逐渐磨合出一套集体口头创编的策略。对于玉树地区吟诵艺人而言，一部格萨尔史诗的传统演述需要7~8个小时，其中大概有40首曲调贯穿整部史诗，因此不论是唱词，还是曲调，吟诵艺人皆需要合唱成员以集体的智慧进行预先准备。演述前，他们会在口头说唱所依托的书面文本上明确标示团队成员如何各司其职[2]，以帮助他们了解并熟悉口头文本的呈现方式。

经过共同遴选、集体协商、充分讨论[3]，合唱成员之间形成惯常使用、彼此共享的传统曲库。他们将选定的曲调记录在案，并按照范型部件的组构法则在曲调与人物角色之间建立组合关系，构建出自己的史诗音声文本范型曲调的布局设置模式。在统一意见的过程中，如遇成员之间对同一唱段的曲调选择不一致时，他们会以好听为最终裁定的标准。史诗演述一般由江永慈诚的独唱与其他成员的合唱交替进行，每一唱段皆由江永慈诚首先开始，随后合唱成员依照

---

[1] 在西非史诗表演中也有类似现象，在利比里亚（Liberia）克佩列人（Kpelle）的史诗表演中，受众成了不断歌唱的合唱团（在低声部回应的人），在叙事和戏剧化过程中为史诗做背景。克佩列人很难想象会有只观看表演的人，因为他们认为音乐对于那些满足于站在原地的人来说是不成功的。Ruth M. Stone. "Performance in Contemporary African Arts: A Prologue," in *Journal of Folklore Research* 25, No.1/2（1988）: 8.

[2] 据说玉树嘎鲁的抄本就有这样的特点，在唱词方面使用"柏簇体"，而在散文体方面使用"簇玛丘体"。采用这种书写的办法，据说也与演唱娱乐有关。因为"柏簇体"比较雄浑粗壮（易于辨认），而"簇玛丘体"比较细小（节省纸张）。据丹玛·江永慈诚告知，在逢年过节时，玉树藏族有喜欢众人围聚读唱《格萨尔》史诗的传统习惯。那时候一人通读散文体部分，到了唱词部分众人阅读歌词合唱。两种字体相得益彰，而演唱者们的声音雄壮浑厚，非常震撼，众人沉浸在无比快乐的享受史诗与节日的气氛之中。《格萨尔》抄本中，字体的颜色主要以黑色为主，但其间也或杂有少量红色字体。红色字体的作用，主要用来表示"佛、菩萨、神"的名字以及"惯常用语或提示用语……"李连荣：《〈格萨尔〉手抄本和木刻本的传承与文本特点》，《中国藏学》2017年第1期。

[3] 此外，江永慈诚还经常与原玉树藏族自治州州长杨学武一起讨论情节与曲调的搭配问题。

预先的设计逐渐加入，此间某一次具体演述中音声文本传统部件的选择，唱词与曲调的即兴组合规则皆掌握在江永慈诚手中，合唱成员承担的更多是跟唱。当江永慈诚偶尔出现记忆空白时，其他成员亦会在第一时间及时提醒，以弥补和解决演述过程中的突发状况，形成彼此之间交互补充的合作关系，从而为顺利构建即时完整的音声文本奠定基础。虽然合唱群体会在书面文本上做一些提示性标记，但预制的意象文本只是一种意象，而非实际发声的音声文本，因此在具体演述过程中仍有活态变异的可能。

我们再来看顿悟艺人班桑。他因来不及记写脑中浮现的全部内容而有用只有他能辨识的概览式符号来记录脑中情节线索的习惯，为了回看笔记时能完整书写史诗叙事[1]，他只记情节梗概或史诗开头的若干字。因此，可以说他的创编是在书写中完成的，这些记录符码是班桑由书面框架转换为书面文本的关键要素，细节是在二者转换过程中填充的。

第二，传统曲库与部件的组合规则。据江永慈诚讲，玉树地区有格萨尔曲调200~300首之多，其中有关战争的曲调最为丰富，而他自己的曲库共包纳范型曲调20多首。藏族人认为念诵和抄写《达赛施财》多有益处，能够为念诵者或抄写者带来福报和财运，因此老百姓经常在家供奉《达赛施财》的书写本，江永慈诚将其最后一章单独抽取出来，形成一个以分财宝为主要内容的简缩本，然后进行演述、录制光盘，其中的20多首曲调便构成了江永慈诚的个人曲库，谱例2则为其中之一。

他认为，吟诵艺人在曲调选择与调用上一般会考虑两方面因素，一是史诗的唱词和故事情节，二是人物角色。江永慈诚有着明确的创编意识，以人物角色为索引传统曲库的关键词，在曲调与人物的正反角色之间构筑起互相链接的编码序列，将动听悦耳的曲调搭配给正面角色的岭国人物，同时用不那么动听的曲调勾连敌方。此外，江永慈诚会根据自己对人物角色的好恶和理解来决定

---

1 参见康巴卫视："《杰诺》：格萨尔史诗第一村"，http://www.kangbatv.com/kbwsjm/grzt/folder279/2019-07-29/313529.html?from=timeline&isappinstalled=0，访问时间：2017年5月10日。

谱例 2

丹玛·江永慈诚演述
姚慧记谱
2019年7月19日采录

与之组链的曲库部件，悦耳的曲调连属他喜欢的人物，反之，将不那么动听的曲调续配他不喜欢的人物。在格萨尔史诗流布区，歌手与受众对史诗人物角色的形象与评判准格有内部的传统规定性，每个人物的身份由史诗的故事情节所规约，又由身份体认连动价值判断，在传承社区内部形成文化和情感认同以及关于曲调组合关系的认知习惯，而它们则决定了江永慈诚在调用传统部件与启用创编法则上的敌我之分。

相形之下，顿悟艺人班桑的口头演述高度依赖他自己创编的书面文本，其在口头演述前完成，经过多次修改、定型，最终成为口头演述的书面底本[1]。他认为，自己的口头演述既不会更改书面文本的情节内容[2]，亦不会考虑曲调如何布局，因为曲调的调用法则受德尔文家族内部传统所规制。同为德尔文家族的顿悟艺人，南卡虽然在书写前亦会设置情节大纲，但亦不会考虑曲调的排列组合，鉴于史诗传承社区内部曲调与人物的组链规则，他只需清楚哪些人物出场

---

1 因未接受过正规教育，班桑的书面文本会出现很多错别字，因此书写本初稿是无法拿来直接演述的，需要在多次修改后，甚至是在他人的帮助下完成正字，然后才能被用作口头演述的底本。
2 但事实上是否真如班桑所言，还需要对他演述的口头文本进行誊写之后才能确定，笔者因为时间紧张，尚无找到合适的誊录人，所以现在还无法做出判断。

即可[1]。据"写不完的格萨尔艺人"格日尖参的女儿羊青拉毛讲，德尔文家族社区的传统曲库共有格萨尔曲调32首，它们都有各自接属的人物身份，而其人物与曲调的榫接则度却是由社区的叙事传统所规构的，其中发挥主导作用的则是果洛著名的"唱不完的格萨尔艺人"昂仁，在他之后，德尔文家族便将此32首曲调以光盘的形式出版，而出版意味着此套榫接法度以特定形式被固定下来，成为家族内部其他成员共承共享的曲调链接法则。由于德尔文史诗村所传承的格萨尔史诗具有浓厚的藏传佛教色彩，其曲调的锚定也被赋予了伏藏师加持的宗教意义。加持后的曲调被赋予了宗教的权威性而不可更改，成为后世艺人尊崇的规范。故而，对于德尔文家族来讲，只要人物确定，曲调则随之确立。[2]

谱例3

果络德尔文家族曲库之一
姚慧记谱

格日尖参与上述班桑和南卡略有不同，在演述一整部史诗前，他会对曲调布局做若干设计和准备，看即将演述的史诗部本中每个人物分别有多少个唱段，并将曲调一一代入预先演练一番。如果书面文本中明确点明出场人物的调名，那么格日尖参便用家族传统曲库中相应的范型曲调进行演述，如若没有，他就

---

[1] 格萨尔史诗的叙事文本中每一个人物出场，都会自报家门，不仅报出我是谁，还要点明我唱的是什么调。

[2] 在此规约中，书面史诗文本中曲调会因人物、场景、情绪情感、性别、动物等诸要素而发生变化，曲调应用亦在敌我之间、性别之间、人与物之间、场景之间、情绪情感之间等方面均有明确的分类意识，比如在德尔文家族社区，格萨尔王名下有两到三首常用曲调，分别可被应用在他小的时候（觉如）、征战的时候，以及在为百姓讲法的时候，即同一人物在不同场景中使用的曲调是有变化的。但在笔者的采访中，班桑认为，书面叙事文本中文学化描绘的曲调名称与实际说唱的曲调之间是无法无缝对接的，因为无论文本中的人物高兴与否，曲调都是预先规约好的。

按照自己的想法更换曲调。学者们曾对格萨尔曲调做过分类，譬如边多曾将其分为金刚古尔鲁系列、虎狮龙鹏系列、战歌系列、六声系列等，但格日尖参并没有曲调的分类意识，他甚至认为没办法分类，因为史诗区分悲欢离合、表达情绪情感的关键不是唱腔或曲调，而主要是唱词。贾察无论在高兴时，在战场上，还是牺牲后，调用的都是同一首专属于贾察的范型曲调。尽管他可以严肃地唱或者笑着唱，但曲调框架却是同一个。在格日尖参看来，格萨尔曲调不具备情感表达的功能，人物与唱腔的组合关系亦与场合、情境、情感表达无直接关联。于他而言，词、曲是各自独立的，且史诗唱词中的丰富曲名也只是由文辞修辞所描绘与构建的格萨尔音乐的想象世界，与实际演唱的曲调或旋律并无直接关联。

图 13 格日尖参演述史诗（笔者摄）

第三，传统曲库、语境转换与即兴创编。在江永慈诚看来，格萨尔史诗的书写一般要尊崇佛经抄写的严格规制与传统。在整理过程中，他可以适度删除某些段落，但一旦抄写完成，书写本如同藏传佛教佛经一样，外侧要涂刷金黄色的涂层[1]，以象征文本的定型状态，此后其作为口头演述的底本则不再会有任何改动。因此，吟诵艺人演述的主要方式是照本说唱，即兴创编的驱动力则来自对传统曲库中范型曲调的替换与变身，同一个篇章在不同时间演述，其曲调布局亦有若干变化。与上述两位格斯尔歌手类似，当史诗人物出现时，江永慈诚的脑中有时会突然闪现超出预先设计或个人曲库范围的曲调，以致造成偶然的即兴变异。

如果有人邀请江永慈诚去演述格萨尔史诗，他首先要了解邀请方的村落环境和受众的基本情况。为了吸引受众，江永慈诚会挑选受众喜欢听唱的曲调来进行演述。如果受众是年轻的姑娘，他会尽可能地演述与年轻姑娘有关的唱段，倘若恰好碰到尼琼[2]的唱段，他就会着重描述尼琼的美貌和思想，将其描述为世界上最好的姑娘；如果受众是老人，他会加大史诗演述对老人的叙事比例；如果受众结构相对多元，江永慈诚的演述会以占大多数的受众群作为音声文本详略选择的依据。同时，受众对曲调的偏好也是江永慈诚组建音声文本的重要参考系数。比如格萨尔王是社区内部成员喜爱和尊敬的人物，江永慈诚就会选择受众喜欢的曲调进行演述。因受众的组成是不确定的、流动的，故而江永慈诚音声文本的组编也具有不稳定性。

三、书面框架·传统曲库·音声文本

过程性编码是特定演述的一次交流事件，是歌手与受众进行信息符码传递与交换的符号化过程。从演述和创编的向度观之，口头音声文本不仅是最终的人工声音产品，而且包含了多种文本的互文性阐释关系和文本生产的动态转换过程。在口头与书写双重媒介信息交换的互动机制中，通过对上述蒙藏四位

---

1 由牛粪制成。
2 据江永慈诚讲，尼琼在玉树藏区被认为是女性的典范，无论是在美貌，还是在精神道德层面。

格萨（斯）尔歌手的研究，我们可以勾勒出从书面框架到口头音声文本的生成图谱。歌手的过程性编码是在传统曲库的基础上，在不同的现场语境中，将预先存在的、可变的模型和框架内化，实现其新一次的身份承转，在"大脑文本"—书面框架—意象文本—口头音声文本或书面文本之间构建起互文性阐释的文本间性。

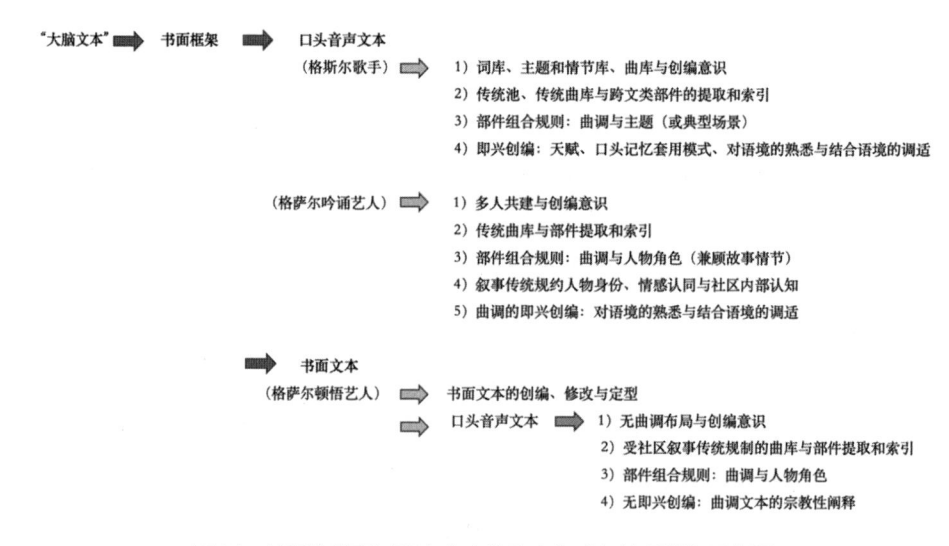

```
"大脑文本" ➡ 书面框架 ➡ 口头音声文本
                        （格斯尔歌手）  ➡ 1）词库、主题和情节库、曲库与创编意识
                                         2）传统池、传统曲库与跨文类部件的提取和索引
                                         3）部件组合规则：曲调与主题（或典型场景）
                                         4）即兴创编：天赋、口头记忆套用模式、对语境的熟悉与结合语境的调适

                        （格萨尔吟诵艺人）➡ 1）多人共建与创编意识
                                         2）传统曲库与部件提取和索引
                                         3）部件组合规则：曲调与人物角色（兼顾故事情节）
                                         4）叙事传统规约人物身份、情感认同与社区内部认知
                                         5）曲调的即兴创编：对语境的熟悉与结合语境的调适

                ➡ 书面文本
                  （格萨尔顿悟艺人）➡ 书面文本的创编、修改与定型
                                    ➡ 口头音声文本 ➡ 1）无曲调布局与创编意识
                                                    2）受社区叙事传统规制的曲库与部件提取和索引
                                                    3）部件组合规则：曲调与人物角色
                                                    4）无即兴创编：曲调文本的宗教性阐释
```

图14 过程性编码过程中文本的动态生成与符码转换示意图

如图14所示，综观上述四位不同类型的蒙藏格萨（斯）尔史诗歌手的演述与创编，不论歌手类型如何不同，归属于哪一族群，歌手在实际演述之前都曾借助书面符码或提示标记绘制过一个书面文本框架，这是歌手在现场语境缺席的前提下将模型"首次"[1]内化的过程。比如，格斯尔歌手敖特根巴雅尔在每次演述的前一晚有回看记写在纸面上，又经过自己概括的情节线索的习惯，并根据故事梗概在脑中创建曲调文本框架；敖干巴特尔也会在演述前一晚翻看史诗书写本，并在脑中对将要演述的音声文本做必要的主题设计；江永慈诚同样在演述前会与合唱成员一起在书面文本上明确标示演述分工、预先设置曲调布局

---

[1] 这里的"首次"只是针对某一次的具体演述和音声文本的生成过程而言，不是真正的第一次，也无法确认哪一次是第一次。

及停顿的位置；班桑在生成书面文本之前要用只有他能辨识的符号概览式地记录大脑中的情节线索。这里，不论是蒙古族格斯尔歌手，还是藏族格萨尔歌手，不论是口头还是书面创编，都有依托书写符码进行预先设计与回看框架"地图"的重要环节。这就提示我们，通常理解的"演述与创编"可能是一个多模态的符号编码过程，文本框架由纸面的视觉感知输入大脑并形成文本意象，同时向音声和书面文本无限开放。

格斯尔歌手巴雅尔和巴特尔，以及格萨尔吟诵艺人江永慈诚都在某一次的演述中完成了从书面框架到口头音声文本的信息转换过程。虽然所属民族不同，但他们在口头创编规律上共享基于传统曲库的部件编码思维模式：如有演述中创编、从曲库中调用曲调部件的明确意识，以及在文本谱系中重构口头音声文本与书面框架的交互索引关系，进而在对语境预先熟悉的基础上依循现场语境做即兴调适。顿悟艺人班桑并不是从书面框架直接转向口头音声文本，而是借叙事的书面文本桥接而完成信息的传递与符号编码过程。于他而言，"创编"[1]的意义更多在书面文本的营构中，在书面文本定型后，才进入口头音声文本的生成过程。

抛开班桑不谈，格斯尔歌手巴雅尔、巴特尔和格萨尔吟诵艺人江永慈诚又在某种程度上与中国汉族的民间音乐在书面与口头音声文本之间的符号转换和互动过程有着异曲同工之处。据张振涛的研究：

> 文人填词入乐，每个歌词对应于哪个音符，都要在谱面上标出。为了文人略知所归，乐谱需要标出填词位置。这就是谱面上看到的"谱字"。"谱字"对应"文字"，"音符"对应"歌词"。有了模本，越来越不认谱的文人就知道该在什么地方安插歌词。以此而论，乐谱在相当程度上是为了诗人、词人看的，让其知道一首曲牌该在什么地方填词。填词入乐时过境

---

[1] 这里没有使用"书面创作"一词，是因为顿悟艺人班桑的书面文本是基于传统部件的编码而形成的，与作家的自我创作仍有区别。

迁，但填词方式却在民间科仪中保留了下来，转移到另一类人的实践中。和尚道士按文人填词方式，将唱词安置在乐谱有"字"的地方。"诗歌"被"科仪"替代，"词牌"被"宝卷"更换，但填词位置，固定不移。可以说，今日和尚道士填入唱词的地方，就是昔日诗人词人填入诗词的地方。[1]

雷蒙德·布东认为，"将文化的文本结构称为在有效的语境中定义的结构。模型不是一个特定的文本，而是一个特定的文本功能（text function）"[2]。格萨（斯）尔史诗歌手的书面框架、意象文本、口头音声文本和书面文本之间之所以可以交互转换，能够构建文本谱系，一方面依据的是某个特定的文本功能。汉族文人与民间道人之所以能够跨越时空的填词入乐，实际上乐谱的书面文本与口头实践的音声文本之所以能够互文对接，也是因为共享的传统曲库与曲调部件组合规则的文本功能，这种功能可以使文本谱系既接通历史，又向未来无限伸展。歌手之所以选择这个词或词素，选择那个曲调或曲调部件，是因为符号有历史。[3] 口头艺术的叙事不仅在曲库上，在可选择和调用的部件上，还是在结构上皆是传统的，文本功能在历时的代际间与共时的人际间永续传延；另一方面，是因为文本谱系的搭建基于"同质性（相似性）和异质性（相异性）"[4]的概念分类和结构思维，而口头创编之所以以套语为手段、以套用为应用法则，能在即兴现场以闪电般的速度完成音声文本的构拟，正是因为这种基于经验的、以类似和对照关系来组建部件，将不同来源的感知汇总、分类，并放入可以被反复使用的解释图式中，使文本通过类比而获得意义，并依托符号秩序表现出来。类比化思维把现场的、经验的、曲库的、叙事要素的一切部件网罗在一个由传统规约好的模式网络中，在现场语境中重新排序与重组，进而构建出一个

---

[1] 张振涛：《记谱与韵谱》，《音乐艺术（上海音乐学院学报）》2017年第3期。
[2] ［丹麦］斯文·埃里克·拉森、［丹麦］约尔根·迪耐斯·约翰森：《应用符号学》，魏全凤、刘楠、朱围丽译，四川大学出版社，2018，第162页。
[3] 同上书，第110—111页。
[4] 同上书，第68页。

基于具体语境的独一无二的文本逻辑。

因此，文本和互文的构建皆是从"部分"而非"整体"的向度出发的，由"部分"组件文本语料库，借助"部分"与"部分"相似或相异的关系来提取和索引"文本伴侣"（textual companions）[1]，构成口头演述生产和接受的解释过程。在演述过程中，歌手往往会受到语境、听众反馈和临场发挥的影响，使其在演述的瞬间从传统曲库中选择和调取的部件发生变化，或临时替换某一个部件。这种替换可能是在特定语境中主动选择的，也可能是被动出现的，而部件的变化导致某一次音声文本的独特生成。某次演述中偶尔出现的新鲜部件和即兴短暂的部件组合，既在一定程度上激活了演述传统，又在创建特定的解译过程。如果这些新鲜元素及其组合框架在歌手感知和受众反馈方面被广泛接受，那么它们便会被纳入传统，成为新的结构模式，而由"新"到"旧"的身份转换表征着不断流动的传统。

虽然歌手的口头创编必须要仰仗共享的、社会性的集体资源，但最终激活文本特性和传统动力的依然是歌手个体的创演。口头创编基于经验而又不是经验本身，文本变异的"变"不在文本功能，而在构建文本整体的部件以及部件关系上。"新"的动力很多时候来自语境的变异和即时信息的输入，比如巴雅尔、巴特尔和江永慈诚将演述现场的人与事作为流动叙事的素材，将其纳入文本构建新生性结构，在熟悉与不熟悉的平衡中找寻新的编程空间，以达到吸引受众的目的，使文本成为交流事件的一部分，成为那一次事件中独特意义的表达方式。

---

[1] Lauri Honko. *Textualising the Siri Epic.* Helsinki: Academia Scientiarum Fennica, 1998, p.68.

第三节 对"演述中创编"的概念解构

"演述中创编"通常被认为是口头传统展示、流布与传承的基本环节，是音声文本生成所不可或缺的重要手段，因此我们往往用"创编"思维和艺术性创造来想象格萨尔史诗的口头演述思维。然而格萨尔艺人类型多样，若回到歌手的观念立场，不同类型艺人的音声文本生成逻辑各不相同，艺人类型与演述思维之间存在交互同构的阐释关系。神授和圆光艺人在地方传统中又是极为特殊且极其重要的歌手类型，在笔者的田野调查中，达哇扎巴和才智否认自己在史诗演述中有主观的创编思维与艺术性表达策略，这对我们以往的认知提出了挑战。这即本节对格萨尔神授和圆光艺人史诗演述个案予以反思性探析的出发点。

一、神授艺人达哇扎巴音声文本的生成逻辑

进入田野前，笔者努力从神授和圆光艺人的立场出发来设置采访提纲，但在实际访谈中发现：脑中已有的口头和书写"创编"观念与受访艺人的神授或圆光思维之间仍有诸多碰撞与交锋！那么，如何理解和诠释神圣性演述思维？这恰是我们全面认知格萨尔叙事传统、反思既定概念工具的一个契机。布鲁诺·内特尔曾言：我永远也不会用他的同胞的那种方式来理解他的音乐，也许

我最大的期望就是找出一些他们没有注意到的但有意义的方面。[1]故此，笔者尝试以达哇扎巴和才智为研究案例，在歌手的观念立场和笔者自反性思考的理解与对话中呈现音声文本的生成过程。

到目前为止，达哇扎巴能够完整演述格萨尔史诗150部[2]，在他看来，这样的演述能力由梦授而得[3]，最初只能掌握"英雄诞生"和"赛马称王"，随着梦授内容和形式的不断变化，他有时因梦到阅读《卡切玉宗》而顿时具备了该部史诗的演述能力，甚至有时只是脑际闪过一个念头，觉得自己应该能读某个新部本，几天后便能演述了。一般史诗歌手演述能力的获取大致要经过"传统研习""演述实践"与"经验积累"几个环节，而达哇扎巴的观念却与此截然不同，他认为神授艺人之所以能够获得演述能力，大致源于佛教的因果轮回。[4]因此，在他看来，无论是演述者、书写者，还是研究者，皆因这样的因果关系而具备了为格萨尔"做事"的条件。

神授艺人在演述前需要施行降神仪式。演述场域的搭建须有神佛力量的加持，故仪式无论简繁皆不能省略，只有仪式在场，达哇扎巴的脉门才会在演述的瞬间被打开，史诗才能顺利说唱。虽然祈请不受任何因素制约，但歌手的身体和精神状态有时会影响演述的流畅程度，以及他能否顺利进入神授状态。[5]这意味着，即使神授状态不受人的主观意识控制，但文本的最终呈现仍会因偶然

---

[1] ［美］布鲁诺·内特尔：《民族音乐学研究：31个论题和概念》，闻涵卿、王辉、刘勇译，上海音乐学院出版社，2011，第135页。

[2] 其中的20部已经整理成了文字，已出版5~6部，还有14、15部正在与出版社协商或细化。达哇扎巴记录下了150部史诗的具体名称。每个部本的长短不一，如果详细说唱像"霍岭战争"或"朱古兵器宗"这样的部本，使每一个细节得到扩展，需要5~6个月，而像"大食财宝宗"等篇幅较短的部本，两三天即可完成。若想把150部全部演述完，可能需要花费一生的时间。

[3] 有时五六天一个梦，有时一两个月才能梦到一个部本。

[4] 或是其前世与格萨尔的某种因缘，或在"格萨尔时代"与其本人或岭国的某种交集，或是自己曾祈愿与格萨尔发生关联，受此心力磁场的吸引而产生一种佛教因缘的相生关系，进而能让他们在此生获得与格萨尔相关的知识。

[5] 受访人：达哇扎巴，访谈人：姚慧，翻译：央吉卓玛，访谈时间：2020年8月12日9:00—12:00，访谈地点：青海省玉树藏族自治州人民政府大楼格萨尔研究中心达哇扎巴办公室。

因素的出现而发生变异。此外，神授艺人更注重演述场域的"因缘和合"。达哇扎巴认为，神授艺人在演述中不能对情节做好或不好的界分与选择，但如果天时、地利、人和俱足，那么其情节、唱词和曲调皆会精彩。[1]因此，他的观念也是基于场域而生成的。但此"场"非彼"场"，一般类型歌手的"演述中创编"建构的是一种"艺术性创造"的场域，而神授艺人与神佛、受众和诸缘共同构筑的是一个藏传佛教观念认知和行为阐释的信仰与实践场域。

达哇扎巴认为，神授艺人的认定标准有二：（1）无须学习，便可自如演述；（2）具备故事情节和曲调的伸展和压缩能力。伸展和压缩是一般史诗歌手必备的口头创编技巧，而达哇扎巴观念中的"伸展"和"压缩"却基于口头音声文本的"详略处理"。最初，笔者是在"演述中创编"的观念里理解其"详略"认知的，将其视作以叙事为目的的主观能动行为。[2]但达哇扎巴的"详略"却与此不同。他既认为格萨尔史诗归根到底是历史，不可由艺人增减修改，同时又表示，同一部史诗可以有详、中、略三种演述类型：

> 在神授的过程中歌手是没有办法选择演述详、中、略具体哪一版本的，之所以会出现详、中、略三种演述类型，是因为在演述之前，我会对当时的场合有一个基本的判断，那么我会告诉自己，今天要唱详版，我就向上天和神佛祈请，请赐予我详版说唱，这个时候我再演述就自然是详版。如果根据现场的场合判断，今天不适合说唱详版，我就向神佛祈请，请赐予我简版，那么我唱的就会是简版。但假如在演述过程中我想把简版扩充成详版是绝对不可能的，因为我没有自主意识。[3]

---

1 受访人：达哇扎巴，访谈人：姚慧，翻译：央吉卓玛，访谈时间：2020年8月12日9:00—12:00，访谈地点：青海省玉树藏族自治州人民政府大楼格萨尔研究中心达哇扎巴办公室。

2 具体表现为调用歌手传统武库和曲库中的程式、典型场景/主题、故事范型等模块或部件，在现场语境中进行重组，有意识地伸展和缩减故事情节。在对格斯尔史诗歌手的访谈中，一般口头创编中所谓音声文本的"详版"在一定程度上意味着"系列"修饰语的增加，而简版则相反。

3 受访人：达哇扎巴，访谈人：姚慧，翻译：央吉卓玛，访谈时间：2020年8月12日9:00—12:00，访谈地点：青海省玉树藏族自治州人民政府大楼格萨尔研究中心达哇扎巴办公室。

第一章 史诗演述"创编"法则的建构与解构

格斯尔歌手或格萨尔吟诵艺人会结合语境进行即兴创编，达哇扎巴也会通过观察语境来祈请详、中、略三种演述类型，但前者是歌手的主观行为，后者却需依靠神佛的降临。在达哇扎巴看来，无论哪一种类型，他皆须祈请自己的本尊莲花生大师[1]。演述类型的祈请意愿决定着仪式过程的繁简，以及念诵什么样的咒语或颂词。倘若祈愿演述详版，那么演述前便要在心中观想详版，并完成祭祀、煨桑、供灯、供唐卡、供果、供花、供水，以及念诵指引其进入神授行业的神佛咒语、经咒或者口诀等仪式过程，只有施行了系列仪式，相应的演述类型才有降临脑中的可能。同时，演述目的和时间也是祈请三种类型的参考依据，若目的是使史诗书面文本化，便祈请详版；若是庆典场合只图一个吉祥的开端和祝福，那便祈愿最简版；若演述给受众听赏，则祈请中版。倘若时间充裕，达哇扎巴会为格萨尔王的三十大将做完整套仪式；假使时间有限，便默念一遍密咒或咒语[2]来简化仪式[3]。

莲花生大师有寂静相和忿怒相之分，所以达哇扎巴相信，通过祈请，莲花生大师定能赐予他演述寂静版（zhi ba）或愤怒版（khro ba）[4]格萨尔史诗的能力：

> 演述愤怒版时，我自己的灵魂完全是出窍的，说唱时像是丹玛、格萨尔等人物进入了我的身体，这时外界任何外力我都感受不到，比如丹玛在射箭，我摆出来的姿势也是射箭，如果故事情节是到炭火中去取炭，我的手也可以做得到，而且我感受不到疼痛和灼热感。演述寂静版就与我平时

---

[1] 也就是引领他进入行业的神，并且一般主尊只有一位，且不会随易更换。神授艺人的本尊通常是莲花生大师，但也会因不同地域而有差别，有些地区的史诗歌手可能会把当地的山神作为自己祈请的对象。

[2] 祈请仪式和咒语是融合在一起的，但经文和咒语又是有区别的。如果念诵的是莲花生大师的经文，那么就会涉及莲花生的本生故事等，但如果只是念诵他的咒语，用时则很短。

[3] 因其相对私密而外人不易察觉。

[4] 采访中央吉卓玛将这两个术语译为文版和武版，杨恩洪曾将其译为"寂静相"和"愤怒相"，这里参考杨恩洪的译法。杨恩洪：《民间诗神——格萨尔艺人研究（增订本）》，中国社会科学出版社，2017，129—130页。

的演述状态一样，是在一种相对平和的环境中说唱。寂静版主要是莲花生大师进入我的脑际，赐予我神授的能力，我获得能力后进行说唱，但是愤怒版却是格萨尔史诗中的三十大将和我的身体融为一体，我的灵魂被逼到一个闭塞的角落，大将占据了我的身躯来演绎史诗。这时，我就是扮演的这个角色，而且进入身体的人物可能是岭国的三十大将，也可能是魔国的某个人物。[1]

神圣与世俗是我们通常持有的分类观念，但"寂静"与"愤怒"又可在神授艺人内部指涉神圣性关于"特殊"与"一般"的不同面相，即神授艺人亦可分为愤怒型和寂静型。前者是真神授，掌握神授艺人的所有技巧，神佛或史诗中的人物在演述中进入艺人的身体，借其之口进行演述。歌手则跟随史诗人物一起说唱、舞动、愤怒或高兴，脱口而出的故事和曲调既不受其主观意识的控制，也不受外界的影响。演述后，艺人全身酸痛、体力不支，需长时间的休息方可恢复。但在达哇扎巴看来，此类艺人并不多见，如今大多数神授艺人属寂静型，他们只是神佛意志的翻译者，在神佛降临的同时将脑中感知的信息口头表达出来，发挥传声筒的作用。他们能够按照外界的要求迅速终止演述，也可以学习和吸纳其他艺人的唱段、情节或曲调，并对其进行一定的设计和组排。[2] 达哇扎巴认为自己是愤怒型神授艺人。无独有偶，杨恩洪在玉树杂多的洛桑次仁身上也发现了类似的分类观念，"我说唱时有两种状态：一种是寂静相（zhi ba），另一种是愤怒相（khro ba）。以寂静相说唱时，是睁着眼睛说唱，可以感觉到自己以及周围的人，边看外边的一切，心中可以显现，边说唱；以愤怒相说唱时，外界的一切都看不见了，甚至也感觉不到自己的存在，人家看我睁着

---

[1] 受访人：达哇扎巴，访谈人：姚慧，翻译：央吉卓玛，访谈时间：2020年8月12日9:00—12:00，访谈地点：青海省玉树藏族自治州人民政府大楼格萨尔研究中心达哇扎巴办公室。

[2] 受访人：达哇扎巴，访谈人：姚慧，翻译：央吉卓玛，访谈时间：2020年8月12日9:00—12:00，访谈地点：青海省玉树藏族自治州人民政府大楼格萨尔研究中心达哇扎巴办公室。

眼睛，我自己感觉不到，这时说唱就不能自控"[1]。

在玉树藏区流传着一则传说：莲花生大师通过掘藏获取了一顶神奇的帽子，后将其赐予格萨尔王。辞世时，格萨尔捧起这顶帽子抛向远方并许下宏愿，希望帽子落下的地方，就是格萨尔故事的传颂之地。后来帽子落在了现在那曲的辐射地区，还有当雄、阿里、安多等黄河沿线地区，包括玉树、杂多、治多和昌都的类乌齐。这则传说与现在史诗艺人的流布区域完全吻合，并能在该地找到与格萨尔有关的遗迹遗址、灵塔和棺椁等。达哇扎巴据此认为，格萨尔的宏愿确已实现，传说中的故事真实不虚。[2] 因此，他对莲花生大师赋予其演述能力深信不疑，相信格萨尔史诗是不可改易的历史，并非是神授艺人创编而得，只有"创编"才需要选择和布局，故而神授艺人没有"创编"的概念认知。

二、圆光艺人才智音声文本的生成逻辑

圆光艺人的口头演述建立在视觉图像的"观看"基础上。那么圆光艺人如何将图像的视觉文本转换为口头演述的音声文本则是下文关注的重点。

才智的口头演述需要借助铜镜。如同电影画面的剪辑切换一般，他能在铜镜中看到格萨尔史诗动态流动的画面，史诗人物的外貌、盔甲、兵器、性格，以及故事情节的推演皆能在铜镜的一方天地中尽览无余。然而，铜镜的画面切换靠的不是剪辑之功，而是需要在演述人面前放置一盘开过光的青稞或大米，通过念咒和加持付诸实践。铜镜中的视觉呈现如同观看哑剧一般，才智看到的只是人物的行为，并由此感知人物的言语表达和内心世界。他一边观望铜镜，一边将图像转换为音声。他认为，之所以能够在两种媒介间自由转换，是因为格萨尔王是莲花生大师的化身，圆光本尊又是格萨尔王的化身，有此因缘，他

---

[1] 杨恩洪：《民间诗神——格萨尔艺人研究（增订本）》，中国社会科学出版社，2017，第129—130页。
[2] 达哇扎巴同时强调，假如把"霍岭大战"单独拿出来，说它是历史，他也不敢这么说，只能说是历史插上了神话和传说的翅膀。

才能在演述过程中借助说唱帽、法器[1]、观想圆光本尊、系列供养仪轨[2]、经文念诵等加持作用与圆光本尊融为一体，使格萨尔史诗叙事呈现在铜镜中。

为了让笔者更容易理解如何将图像转化为音声，才智以一个场景为例进行说明："假如我们从室内往外看，通过走廊能够看到大厅，大厅里的人走来走去，他们在讲述什么，我们听不到。那么我会将其描述为：某人走过来，拿起兵器进行搏斗，接着他们讲了什么话等。"[3] 由此可见，他在某种程度上是以旁观者的视角来对铜镜中的人物和画面进行观察与描摹的。换言之，在从图像文本到口头音声文本的转化过程中，渗入了才智的观察、理解、描述与判断。尽管他不承认演述过程中的主观阐释行为，但音声文本是用他的语词和曲调布局构建的，在客观上形塑了音声文本的组构方式。

圆光术可分为眼圆光和心圆光。[4] 眼圆光不需要圆光本尊附身在演述人身上，亦不需要演述一部完整的故事，因此才智在演述前就会有圆光本尊附身于铜镜的心理准备，只要依据铜镜中的画面演述即可。此间，才智就是他本人，既能看到铜镜，也能看到受众的反应，不仅不会有疲劳之感，而且受众也可以提问，此时若拿走铜镜，他的演述则无法继续；而心圆光一般需要有很高的修行造诣，通过观想使圆光本尊附身演述人，一旦获得心圆光的能力，他就不再需要借助铜镜，这时铜镜只是一件法器或一种观想依托的凭借，眼前的任何障碍物（包

---

[1] 包括五彩旗、护法杯、铜镜。

[2] 如朵儿玛、火供（煨桑）等。才智可以根据现场语境而调整仪轨施行的繁简程度。

[3] 受访人：才智，访谈人：姚慧，访谈时间：2020年8月4日13:00—16:00，访谈地点：青海省果洛藏族自治州群众艺术馆。

[4] 采访中才智的讲述是将圆光术分为心圆光和眼圆光。但在他提供给笔者的文字材料中，圆光术的分类略有不同：青藏高原现行圆光术可分为脉圆光、心圆光和形圆光（眼圆光）三种。脉圆光专门用来诊病治疗，通常只有学医之人才会修炼；心圆光依靠感悟获取相关信息，即不借助任何器物而能心灵感知的圆光；形圆光是借助铜镜、指甲盖、净水碗、天空等显示的图像推断吉凶祸福，分"他圆光"和"自圆光"两类，"他圆光"即占卜师自己入定观修，由他人代为观察镜中或占卜师指甲上显现出的景象，这些景象如同电影画面，一幕幕出现后由扎定如实叙述，占卜师依此分析和推断吉凶祸福。"自圆光"，即占卜师不需要假借他人的眼睛，自己就能观看铜镜上显现的画面。形圆光需要按仪轨获得神力，念诵密咒修持本尊，到一定程度后还要请上师开光确认，方才获得圆光目。摘自《圆光术探秘：开启时空隧道的钥匙》，文稿由才智提供。

括铜镜）都无法遮挡他的视线。一旦才智看到将铜镜放大后的空像，那么意味着圆光本尊已附身在他身上，此时即使拿走铜镜，演述也不一定会受影响，但心圆光对身体的损伤极大。一旦附身，他便只能不间断地演述，且无法顾及受众的反应，更无法接受受众的提问。[1]

尽管才智反复申明，他完全依照铜镜中的图像显现进行演述，但在多年的实践中，他也发现铜镜中的动态图像有重复的迹象，这意味着他演述的音声文本中亦曾有重复出现的典型场景/主题或故事范型。刚开始，他只能实践眼圆光的演述类型，在铜镜中看到的图像相对模糊，演述内容亦不甚清晰，重复现象较多，而当他能够驾驭心圆光的演述类型时，上述迹象便消失不见了。他认为，自己之所以可以在两种演述类型之间自由切换，无论演述到哪个场景或故事范型皆能自如控制，是因为他30年坚持不断地修习圆光术。[2]于他而言，自如演述能力的获取需经历一个漫长的修行过程。

修行与训练对于才智的史诗演述来讲尤为重要。刚开始，他在空行母和活佛的指导下修习度母和护法仪轨，一段时间后，他获得了祈请神佛降临和观想佛母、护法的能力，接着闭关，上、下午修习不同的仪轨。[3]经法王灌顶、传授格萨尔仪轨后，当他再度进入圆光状态时，铜镜中突然显现诸如山、大帐房、身穿盔甲、骑马战争的军队等有别于占卜功能的圆光符号，这使他感到头晕恶心，身体不适。询问空行母后，他才方知这些"奇怪"的图像是格萨尔王的故事显像。由此，空行母指认他与格萨尔有前世因缘，并为其施行格萨尔仪轨，为其诵经。但才智强调，不论是空行母，还是他的师傅们都没有格萨尔圆光的

---

[1] 受访人：才智，访谈人：姚慧，访谈时间：2020年8月3日9:00—11:00，访谈地点：青海省果洛藏族自治州群众艺术馆。

[2] 受访人：才智，访谈人：姚慧，访谈时间：2020年8月4日13:00—16:00，访谈地点：青海省果洛藏族自治州群众艺术馆。

[3] 比如上午和中午念诵三宝和上师的咒语，接着供佛，上午是才智借助光（如酥油灯的灯光或自然光等）来观看圆光的最佳时间，光的辐射有助于祈请。下午观看铜镜、修习观想，晚上修习回向仪轨。

仪轨传承[1]，也没有演述格萨尔史诗的能力。虽然格萨尔仪轨是可以教授和修习的，但格萨尔圆光仪轨则不然，将圆光术和格萨尔仪轨交互融合是由他自己独立完成的，[2]因为他是格萨尔三十大将中第二十一位将军唐泽因多的第九代转世灵童。[3]

才智一方面强调，在演述过程中无法根据自己的喜好来选择和设计故事情节，只能按照铜镜里显现的图像进行演述，另一方面又提出，在不同的演述时间内，同一部史诗即使情节梗概基本稳定，"系列"亦会发生变化[4]，不同"系列"的调用又使史诗叙事得以伸展和缩减。他将这里的"系列"例释为某一将军的服饰、坐骑、动作、周围环境、想法，以及老百姓的判断等[5]，"系列"的增加可使演述延长至几天几夜。然而，具体演述的长短或调用哪一系列则不受他主观意识的控制，取决于演述时的身体、心情、时间、环境和磁场等圆光状态[6]。换言之，虽然无论时间、语境如何变化，才智的演述始终高度依赖铜镜显现的画面，但铜镜里呈现的只是情节图像，并不涉及名称指代和表达，这便意味着当

---

1 他们传承的只是格萨尔仪轨，而不是格萨尔圆光的仪轨。圆光的格萨尔仪轨和格萨尔仪轨不能等同。圆光的格萨尔仪轨比较少见，但它应该包含在格萨尔的仪轨中。受访人：才智，访谈人：姚慧，访谈时间：2020年8月4日13:00—16:00，访谈地点：青海省果洛藏族自治州群众艺术馆。

2 受访人：才智，访谈人：姚慧，访谈时间：2020年8月4日13:00—16:00，访谈地点：青海省果洛藏族自治州。

3 他还同时列举了其他几位艺人的类似案例：如果洛格日尖参的史诗演述中哲·噶德怯迥贝拉（此名有多种译法：尕德却江外尔乃亥、尕代迥贝尔那、噶德曲炯柜纳、呷德曲江白腊、伽德却迥白那）将军儿子的部分相对突出；玉树达哇扎巴的演述更多是晁同的儿子年察阿迪。受访人：才智，访谈人：姚慧，访谈时间：2020年8月3日9:00—11:00，访谈地点：青海省果洛藏族自治州群众艺术馆。

4 类似口头传统领域的"套语"。才智解释为，就像在同一社区内部，对于帽子、太阳等事物有很多种不同的称谓一样。

5 以"赛马称王"为例，可能他第一天在铜镜中看到的只是30位大将在排队，第二天演述时，他可能还能看到排队的大将们的性格和想法、每位将军的马的特点以及赛马过程中的故事等。

6 如果身体太疲惫，才智很难进入圆光状态，演述的效果也不会很好。在大脑清醒，保证充分休息，没有太大压力下，半个月进入一次圆光状态进行演述，就能得到较好的发挥。但如果太长时间不演述，才智也会感到心情不佳，甚至开始生病。受访人：才智，访谈人：姚慧，访谈时间：2020年8月4日13:00—16:00，访谈地点：青海省果洛藏族自治州群众艺术馆。

将图像转换为音声时，每次演述中同一事象的称谓和言语表达亦会随着演述人状态的变化而变异，但他并不承认唱词的随机性和可变性是其主观选择与创编的结果。

同时，在图像文本和口头音声文本的转换过程中，才智也像其他格萨尔艺人一样需要借助曲调来串联叙事线索。由于他史诗讲述的比例远大于附加曲调的史诗演述，故而他既没有曲库的观念，也对曲调的组编没有独立的判断，脑中存储的曲调亦相对有限。尤其是为牧区的老百姓演述时，曲调的取用完全依靠大脑在演述现场的无意识反应，因为老百姓听的是故事和内容，对嗓音和曲调并不太关注。随着语境和受众的变化，他在州、省两级专家对他的研究中，在参与格萨尔史诗会议和州县两级政府接待宴席的再语境化过程中开始有了"表演"的概念。应舞台展演的需求，他逐渐有意识地向其他歌手习得悦耳动听的格萨尔曲调。故此，才智亦将人物角色作为取用曲调的基本法则，认为史诗书面文本中同一个人物会根据场景或情绪变化而更换曲调，但现在的艺人不仅不具备这样的曲调调用能力，也没有统一的标准，实际演唱的曲调数目与书面文本中的文学描述相去甚远，有时从头到尾只用一个曲调。[1]

三、局内与局外视角的理解与对话

通过对口头诗学理论的研习和对普通史诗歌手的田野调查，"演述中创编"成了笔者观察、理解和阐释口头史诗生成规律的一种基本工作方法。然而，这固有的解读框架却在与达哇扎巴和才智的交流和对话中逐渐被解构，两种观念立场的碰撞与冲突成了笔者不得不面对的首要问题。

---

[1] 这些曲调以前可能存在过，只是没有传承下来。同时，才智将曲调演唱的难易程度作为区分通用调和专用调的标准，在他的观念中，专用调是指不容易唱的、对嗓音条件有要求的、需要经过专门训练的格萨尔曲调，反之则是通用调。受访人：才智，访谈人：姚慧，访谈时间：2020年8月4日13:00—16:00，访谈地点：青海省果洛藏族自治州群众艺术馆。

第一，明确的曲调分类观念与音声文本的无意识生成。若从口头创编的向度观之，与一般的格萨尔歌手相比，达哇扎巴有着清晰明确的曲调分类意识，几乎符合对杰出歌手创编技巧的所有假设，这意味着他对曲调类别应该具有基本的判断和分析，然而他却将此归结为神授状态下的无意识生成，与口头创编的理解与阐释南辕北辙。很多格萨尔歌手仅以人物角色作为曲调分类和布局的依据，很少见到其他的分类标准。然而，达哇扎巴一方面强调曲调是神授予的，进入神授状态后曲调布局既不受他本人自主意识的控制，也不受外界影响，所有情节和曲调自然而然地倾泻而出，范型曲调与人物角色的组编关系他亦无暇顾及[1]；另一方面当笔者试图从人物、性别、场景、情感等不同分类向度进行提问时，他不仅能对答如流，而且皆可现场示范，其分类标准包括如下三个层面：

1.以人物角色的性别为准格。女性的曲调一般细腻、温柔和绵长，而男性的曲调则粗犷、有力量，且两类曲调很少混用；

2.以场景为标准。曲调与典型场景的续接编码是蒙古族格斯尔歌手惯用的音乐叙事法则。虽然格萨尔史诗书面文本的文学描写中也有曲调与典型场景的组链关系，但很少有人能将其付诸实践，达哇扎巴却为我们带来了惊喜。虽然他没有才让旺堆所言之攻取十八大宗、十八中宗和十八小宗的专用调[2]，但他能演唱格萨尔王在不同场景中的20~30首范型曲调，如征战前的大型集会时、作为觉如[3]时、称王后、征服霍尔国后[4]、晚年成为修佛之人时，曲调因场景和身份

---

1 受访人：达哇扎巴，访谈人：姚慧，翻译：央吉卓玛，访谈时间：2020年8月12日15:00—17:20，访谈地点：青海省玉树藏族自治州人民政府大楼格萨尔研究中心达哇扎巴办公室。
2 达哇扎巴认为，虽然书面文本中记写了征服四大魔国各自的曲调名称，但它们在每个艺人的具体演述中是有差别的。
3 觉如是格萨尔王赛马称王之前的名字。
4 霍尔国被征服后，格萨尔王把马鞍架在白霍尔王的脖子上，把霍尔国的魔教改成了正教后所唱的曲调，这个曲调也在玉树的民众中流传广泛。同时，格萨尔一方的岭国和霍尔国在曲调开头的衬词上也有明确的界分，"阿拉塔拉"是岭国曲调开头的衬词，而"a be"是霍尔方曲调开头的衬词。受访人：达哇扎巴，访谈人：姚慧，翻译：央吉卓玛，访谈时间：2020年8月12日15:00—17:20，访谈地点：青海省玉树藏族自治州人民政府大楼格萨尔研究中心达哇扎巴办公室。

的变化而改变;[1]

3.以情绪情感为标准。与一般的格萨尔歌手不同,达哇扎巴认为,演述中的叙事、情感和曲调是交互组构的。为表达"霍岭大战"中岭国人悼念贾察的悲伤之情[2]和"朱古兵器宗"中岭国获胜的喜悦之情[3],他分别为笔者现场展示了葬礼上演唱的悲调(谱例4)和一首用于描摹欢乐情绪的曲调(谱例5)。有意思的是,在笔者对玉树吟诵艺人土登久乃的采访中,后一首"欢乐之曲"却被用于格萨尔王面对众将士发号施令的场景中(谱例6)。可见,即使在同一流布区域,同一范型曲调也可以在不同的歌手观念中与不同的场景建立不同的部件组合关系,被赋予别样的意义。

谱例4　　　　　　　　　　悲调

谱例5　　　　　　　　　　欢乐之曲

1　受访人:达哇扎巴,访谈人:姚慧,翻译:央吉卓玛,访谈时间:2020年8月12日15:00—17:20,访谈地点:青海省玉树藏族自治州人民政府大楼格萨尔研究中心达哇扎巴办公室。

2　在岭国贾察的葬礼上,大家都要表达对他的痛心和思念,总管王的嗓音就是低沉的、悲凉的,这时就使用悲调。同时,"霍岭大战"中有很多情节在藏区是有演述禁忌的,有些部本是大家喜闻乐见的,比如格萨尔王的弟弟被杀死,对岭国的打击是致命的,他牺牲后,接着岭国的20位大将都死于霍尔之手,前面死的那个小将是岭国的林中之宝,他死了就意味着岭国进入了一个低谷期,像这部分就很少有人去唱,即使配上悲调,我们也基本不唱,是有禁忌的。但是像丹玛在霍尔国胜利了这样的情节,大家就大唱特唱,但是有禁忌的这部分曲库就会慢慢丢失。受访人:达哇扎巴,采访人:姚慧,翻译:央吉卓玛,访谈时间:2020年8月12日15:00—17:20,访谈地点:青海省玉树藏族自治州人民政府大楼格萨尔研究中心达哇扎巴办公室。

3　朱古国打到了卫藏地区,要把大昭寺里的释迦牟尼佛18岁等身像夺走,卫藏求助于岭国,岭国派部支援卫藏,最后岭国获胜,贾察的儿子喜出望外,不仅保住了佛像,而且保卫了岭国和卫藏。受访人:达哇扎巴,访谈人:姚慧,翻译:央吉卓玛,访谈时间:2020年8月12日15:00—17:20,访谈地点:青海省玉树藏族自治州人民政府大楼格萨尔研究中心达哇扎巴办公室。

谱例6

达哇扎巴认为，衡量一个歌手优秀与否的标准，首先是演述的情节不能前后矛盾，其次是曲库是否丰富，是否有个人风格，声音条件如何？他对性别、场景、情感与曲调组合关系的认识，以及对个人风格的强调，均表现出较为明确的主体意识和曲调调用策略。但当笔者问及是否有经常使用的曲调时，他表示，"没有这种说法，我神授的时候曲调与内容是在一起的，不能说我经常用哪个曲调，也不能把好的东西收集在一起，把不好东西去除掉"[1]。当笔者问及同一个人物在不同场景和情绪情感中是否会更换曲调时，他谈道："神授艺人没有这样的意识，神授状态下唱什么曲调，并不受我自己控制。"[2]相比演述中的无意识，他又表示可以在演述结束后回忆史诗的故事情节和曲调。因此，主体性意识与神授过程中的无意识所构成的逻辑矛盾是笔者的第一个困惑。

第二，演述能力的获得与习得实践的缺席。在口头创编的逻辑下，演述能力一般建立在习得传统或在公众面前多次公开演述的基础之上。但达哇扎巴却表示，在获得神授能力之前，他一直生活在牧区，无求学的经历，所以他的演述既不是从书本中学来的，也不是从其他歌手那儿习得的。[3]他认为，不仅自己

---

[1] 受访人：达哇扎巴，访谈人：姚慧，翻译：央吉卓玛，访谈时间：2020年8月12日15:00—17:20，访谈地点：青海省玉树藏族自治州人民政府大楼格萨尔研究中心达哇扎巴办公室。

[2] 受访人：达哇扎巴，访谈人：姚慧，翻译：央吉卓玛，访谈时间：2020年8月12日15:00—17:20，访谈地点：青海省玉树藏族自治州人民政府大楼格萨尔研究中心达哇扎巴办公室。

[3] 受访人：达哇扎巴，访谈人：姚慧，翻译：央吉卓玛，访谈时间：2020年7月1日9:00—11:30，访谈地点：腾讯会议。

的演述能力是通过梦授而获得的，就连他所掌握的史诗部本也来自神授，在受众面前的多次实践与技艺是否娴熟、演述文本是否精彩没有必然的联系。假如格萨尔史诗中有100位人物，他就能唱出与之相链接的100种曲调，其中很多曲调是全新的，因此亦不存在他调用别人曲调的现象。[1]同时，他强调，阅读史诗书面文本，或与其他艺人的切磋皆不会对其演述造成影响。

第三，词曲整体神授与词曲分离的观念矛盾。虽然达哇扎巴和斯塔多吉皆强调，进入神授状态后，曲调和故事是作为一个整体进入其大脑的，但前者梦授时听不到声音和旋律，只是在开口说唱的瞬间，曲调自然唱出，后者则不仅能看到动态的画面，还能听到人物的唱腔。[2]由此可见，同样是神授艺人，歌手之间也有个体差异。此外，在对史诗中"调"的理解上，达哇扎巴又认为词与曲是各自独立的，这似乎又构成了笔者困惑的第三种逻辑矛盾：

> 姚：上午我们聊到，在神授的过程中，是词和曲都是神授的那一刹那作为一个整体传授给您的，但如果曲和词是分开的话，这又应该如何理解呢？
>
> 达：在神授的过程中，词曲是一起进入我的大脑的，落实到实际当中，又是一个分开的体系。
>
> 姚：咱们前面说，神授艺人在神授过程中对曲调是不做安排的，是无意识的，因为词曲都来自神授，但是前面说曲调与人物性格和特征有密切关系，那我想问这样的匹配观念来自哪里？
>
> 达：这是一种基本的常识判断，比如在格萨尔史诗传统浓郁的地区，大家都知道晁同是什么样的人，所以他的曲调也应该是比较奸猾的。不说人物，就是史诗中的动物都可以开口唱歌的，比如仙鹤的曲调"冲冲调"，丹玛和格萨尔的战马和坐骑都有自己的曲调，曲调中都有与它们声音相匹

---

[1] 其中也有一部分曲调的使用与其他艺人相同。
[2] 姚慧：《摘下"自我"的眼镜：对藏族〈格萨尔〉神授艺人斯塔多吉采访个案的反思》，《中国音乐学》2015年第3期。

配的衬词。

姚：是不是在您的生活环境中已经有约定俗成的、大家公认的来自传统的一种常识？

达：这种常识也还是来自神授，为什么晁同的曲调和格萨尔的曲调不同，那是因为大家对这两个人物的判断不同。神授完全是无意识的，你之所以有这样的困惑，是因为你把神授艺人也想成了吟诵艺人。吟诵艺人确实是这样的，他看到一本书，比如"霍岭大战"中仙鹤要唱，他要想想什么样的曲调能够适合仙鹤唱，他听到别的艺人说唱或者自己录制过的磁带，他知道哪一个是仙鹤的曲调，然后他就可以把这个曲调应用到他下次的"霍岭大战"演述中，但巴仲（神授艺人）却不同，他们不需要想，神授时随口就唱出来了，内容和曲调的布局在神授的时候就已经安排好了，是不需要艺人自己设计的。[1]

达哇扎巴曾否认作为语境的传统对其演述的实际影响，而此处又强调将曲调与人物的组合关系作为格萨尔地方传统中的一种常识，且将其源头再次指向神授。在他的观念中，不仅格萨尔史诗及其曲调取用法则来自神授，而且神授状态亦不受外界的影响，传统语境、歌手和受众共同构建了一个以神授为中心的闭环知识系统，而笔者上述所有困惑的产生皆因以普通歌手主体性创编为参照物，忽略了地方知识体系自身的阐释框架。下面，通过表1的比勘，我们试图从神授艺人和圆光艺人的共性思维入手，来捕捉神圣性歌手的内部思维逻辑。

---

[1] 受访人：达哇扎巴，访谈人：姚慧，翻译：央吉卓玛，访谈时间：2020年8月12日15:00—17:20，访谈地点：青海省玉树藏族自治州人民政府大楼格萨尔研究中心达哇扎巴办公室。

表1 达哇扎巴和才智的演述思维对照

内容	神授艺人达哇扎巴	圆光艺人才智
演述能力的获取	来自神授,不需要学习和实践	需要经过一个漫长的修行过程;格萨尔圆光仪轨并不是通过习得而获取的
	依靠前世的因缘(佛教轮回观念)	是格萨尔三十大将中第二十一位将军唐泽因多的第九代转世灵童
演述前的仪式	通过降神仪式进入神授状态	需要说唱帽和降临仪式的加持,在戴说唱帽之前,需要完成一整套供养仪轨
	仪式过程的繁简决定演述文本详略的不同版本	根据现场语境而调整仪轨施行的繁简程度
	祈请本尊念诵的咒语或颂词决定详、中、略三种版本或演述类型	
	需要观想	通过观想圆光本尊进入演述状态
演述类型	寂静相与愤怒相,前者接近日常的演述状态,虽然莲花生大师进入他的脑际,赐予他神授的能力,但并未成为达哇扎巴身体的一部分;后者灵魂完全出窍、无法感受外力,神佛或史诗中的人物与达哇扎巴的身体融为一体,对其身体的损伤极大	眼圆光和心圆光,前者不需要圆光本尊附身在演述人身上,演述过程中才智既能看到铜镜,也能看到受众的反应;后者通过观想使圆光本尊附身在演述人身上,一旦获得心圆光的能力,则不再需要借助铜镜中的画面来演述史诗,铜镜只是一件法器和观想依托的凭借。心圆光对身体的损伤极大。一旦附身,他就只能不间断地演述,无法顾及受众的反应
演述状态	无法构成与神佛的交流和沟通[1]	可以与神佛交流和沟通
创编意识	无创编意识,不受人为的主观意识控制	无创编意识,只能按照圆光状态下铜镜中显现的图像进行演述

---

[1] 达哇扎巴也不认为神佛降临的演述过程是与神佛交流和沟通的过程,并且强调,他没有办法跟神佛进行商量和沟通。

（续表）

内容	神授艺人达哇扎巴	圆光艺人才智
音声文本的呈现	注重演述现场的"因缘和合"	受演述时圆光状态等诸要素影响，比如当天的身体状况、心情、时间、环境和当时的磁场等
	因偶然性因素的出现而发生变异	演述中的"系列"会发生变化
曲调布局	无创编意识	曲调的调用完全依靠演述现场大脑的无意识反应
	神灵降临的刹那，曲调布局已规定好，没有吸纳其他歌手曲调的意识和实践	有意识地选择一些适合自己的曲调，部分吸纳其他歌手的曲调

抛开一些细微差别不谈，达哇扎巴和才智的演述思维呈现共同的、与我们所熟知的"创编"逻辑几乎相反的认知框架：演述能力依靠前世的因缘，不是由习得而获取；演述前需要有降神仪式，凭借观想和念诵经咒来祈请神佛，可以结合语境调整仪式的繁简；对演述类型具有类似的分类观念[1]；无创编意识；无曲调布局意识；音声文本的生成依靠演述现场的诸缘具足，等等。前辈学者曾对格萨尔艺人的神圣性演述做过探索性研究，但在原理阐释上未达成共识。

回到社区内部的传统语境，神授和圆光艺人脑中已然形成了一个以藏传佛教文化体系为核心，由梦授、灌顶、加持、开启脉门、祈请、咒语、仪轨等实践进路所构成的逻辑自洽的阐释系统。达哇扎巴认为，无论是真正的神授艺人，还是传声筒式的神授艺人，都只是神佛的送信人，至于"信"的对与错、好与坏，皆不能掺杂任何个人的主观意识，因为人的观念与神佛思想之间有着明确的、不可逾越的边界，二者不可并列同构。出离神授状态后，史诗歌手只是一个普通人。[2] 通过观想、仪轨和咒语等身份转换媒介，神授和圆光艺人在日常生活、格萨尔史诗人物和莲花生大师之间架构起一个世俗和神圣世界交互切换的

---

[1] 达哇扎巴的寂静相与才智的眼圆光在表现方式上类似，同样，愤怒相和心圆光亦有共通之处。
[2] 受访人：达哇扎巴，访谈人：姚慧，翻译：央吉卓玛，访谈时间：2020年8月12日15:00—17:20，访谈地点：青海省玉树藏族自治州人民政府大楼格萨尔研究中心达哇扎巴办公室。

便捷通道，进而打破普通人的身份阈限，突破日常知识的结构，实现结构与反结构的耦合与对接。神授艺人的演述行为建立在对日常生活的出离，由此构成格萨尔口头演述传统的编织路径，为地方文化传统的传承和知识体系的构建奠定基石。

达哇扎巴和才智的演述实践是对口头诗学"演述中创编"解释框架的一种解构。加之，鲍曼的"演述（表演）理论"认为，"表演被理解为一种特殊的交流模式，依赖表演者对观众所承担的展示技巧和效力的责任。表演凸显的是交流得以完成的艺术性方式，而不仅仅是交流行为的其他特征。从观众的角度说，表达行为得以完成的技巧及其有效性因此受到公开的品评"[1]。其中的核心要点是"艺术性""表演者展示技巧和效力的责任"，以及"观众对表演技巧及其有效性的公开品评"。"艺术性"是人类的一种主观创造，其中包含对表演技巧有意识的调用或设计，然而，据上文可知，达哇扎巴和才智对此均予以否认[2]。他们以敬畏之心来观世格萨尔史诗不可人为更改的历史性和神圣性[3]，甚至当进入人神一体的神圣状态时，受众亦可以缺席，这又使"表演"所搭建的交流模式失去了另一个重要支点。

那么，在与达哇扎巴和才智的理解与对话中，我们该如何阐释史诗演述中的新生性结构？这需要明确我们站在谁的立场上讨论问题。从局内人的视角来看，神佛降临的史诗演述并不是一种艺术性"创编"，而笔者在自反性思考中发现自己试图在用"演述中创编"的文本营构法则来逆向重构神圣世界的语法规

---

[1] ［美］理查德·鲍曼：《作为表演的口头艺术》，杨利慧、安德明译，广西师范大学出版社，2008，第104页。

[2] 虽然鲍曼也曾述及"表演的否认"，认为表演者声明不愿意对他的听众承担展示故事讲述技巧和有效性的责任（理查德·鲍曼：《作为表演的口头艺术》，杨利慧、安德明译，广西师范大学出版社，2008，第151页），然而达哇扎巴和才智的否认与鲍曼的"否认"却不是同一层面的问题。

[3] 杨恩洪曾在研究中指出，史诗演唱与严格的表演存在内涵上的差别，艺人认为说唱不是娱乐，而是一件神圣的事情，是在颂扬格萨尔王的丰功伟绩，是神赐予他们的一个神圣的使命，为此说唱的内容不能人为地进行改变。杨恩洪：《民间诗神——格萨尔艺人研究（增订本）》，中国社会科学出版社，2017，第140页。

则，从中得到的启示是，神圣性或仪式性的史诗演述实践是目下的口头诗学理论所无法完全涵盖的。对于"表演"，除了自俄国形式主义至布拉格学派，再到罗曼·雅格布森和鲍曼所提倡的以口头语言艺术为焦点的研究理路，还有关注"表演"事件的迪尔凯姆和维克多·特纳等学者的象征人类学研究。在共享史诗传统知识的社区内部，神圣性的史诗演述发挥的是一种仪式功能，达哇扎巴和才智的演述似乎更符合"文化表演"的界定范畴。而从局外人的向度观之，史诗演述生成的音声产品又可为口头语言艺术的"表演"技巧和艺术创造性提供文本分析的样本。因此，歌手如何检视神圣性、演述传统与个人创造的关系，本身暗示着一种社会建构法则，即格萨尔神授和圆光知识体系在赋予传统和神圣以权威的同时，弱化"自我"的个体性表达，而"演述中创编"突出的恰恰是个体的主体性和创造性，这是两种价值观的认知边界。因此，本文强调回到歌手立场，目的不是去证明歌手言语表达的真实与否，而是试图去探析局内人的观世向度与阐释框架。

第二章

"演述场域"内外的史诗歌手

第二章 "演述场域"内外的史诗歌手

  本章我们将镜头捕捉的重点从歌手的"演述/创编"转向"演述场域"内外的交流过程。弗里曾对"演述场域"（performance arena）做过如下释义，即："既定传统中的所有诗歌和演述发生在同一个演述场域中。依据'内在的艺术'（immanent art）的定义，场域不是一个实际的物理地点或是时间顺序中的某个时刻，而是一个虚拟的时空，诗人和受众们在其中做他们的传统业务（traditional business）。从这一视野出发，场域是口头诗歌特定施行（enactment）或仪式所创造的场所（place）……"[1]此定义涵括三个要点，其一是"演述场域"由口头诗歌演述所塑造的特定虚拟时空；其二是特定时空中行为主体（歌手与受众）间的交流互动关系；其三是互动以传统规则为准绳。本章以"演述场域"和关系性思维来设定我们的问题域，一方面观察"演述场域"内歌手如何采集和吸纳语境信息，如何辨识受众的反馈符码，进而即兴调整音声文本的生产过程，如何构建音声文本的叙事意义；另一方面，将目光投射到与歌手内化能力相关的"演述场域"之外，探索作为接受者的歌手如何与媒介构成形塑与被形塑的双向关系。

---

[1] John Miles Foley. *How to Read an Oral Poem.* Urbana and Chicago: University of Illinois Press, 2002, p.116.

第一节 "演述场域"中的歌手与交流框架

理查德·鲍曼（Richard Bauman）的演述（或表演）理论（Performance Theory）不仅催动了美国和中国民俗学从"文本"到"语境"的研究范式转换，而且关注"接受"层面受众所发挥的重要作用，即对演述人的演述进行品评，范围包括演述人叙事活动完成的方式、展示的技巧、表达的有效性、适当性或正确性等[1]。本节虽然也试图在"演述场域"中的语境、受众与接受之间勾连音声文本的生成机制，但本书所锚定的研究视界不是受众的"品评"，而是歌手对受众反馈的符码识别，以及受众在特定演述中对口头音声文本的参与性建构与想象性重构，进而在特定时空的"演述场域"中发现格萨（斯）尔音乐的阐释性框架。一次交流对话的开展往往需要有规约意义和语境意义的编码与解码。本节先从歌手与受众的互动中考察基于语境意义的过程性解码过程。

一、"演述场域"中的敖特根巴雅尔和敖干巴特尔

当演述被视作一种场域中的交流行为时，鲍曼将"表演作为一种阐释性框架"，且通过"表演框架"在歌手与受众之间的流动来实现或明或隐的信息输出

---

[1] [美]理查德·鲍曼：《作为表演的口头艺术》，杨利慧、安德明译，广西师范大学出版社，2008，第78页。

与接收,以及在接收基础上的再输出。"表演框架"的建立与流动一方面需要求诸传统的交流机制,另一方面也需要作为信息输出者的歌手对语境与受众反馈信息进行主动收纳,以及在演述场域中及时完成符号的转译,进而以最快的速度再次完成叙事信息的输出任务。对于胡尔奇敖特根巴雅尔而言,这一信息接收与集纳的过程需要借助以下几种策略。

第一,观察受众和处理人际关系。当巴雅尔进入一个演述场域时,他首先要观察现场受众的年龄段。如果老人居多,他会选择一些具有哲理性的情节内容,比如如何教导孩子等;如果大多数是年轻受众,他就会调用行军调演述行军的场景,接着再取用征战调使其马上过渡到战争的场景中。因为依据巴雅尔的经验,如果演述的情节一直停留在行军上,就会导致受众的流失;如果受众中既有老人,也有年轻人,既有男性,也有女性,那么巴雅尔就会在他们中间挑选最主要的、最具权威性、地位最高的人,并按他的喜好来演述史诗。巴雅尔有着通过眼神、脸部表情和身体动作的变化来观察和判断受众反馈的习惯。[1]

如果受邀到某村庄说唱乌力格尔、好来宝或格斯尔史诗,为了能够受到大家的欢迎,让在场的所有人都能更快地融入演述语境、进入故事,巴雅尔首先要尽快熟络演述场域内外的人际关系,尤其是锁定重要线索人。他首先会找到邀请方的管事,与他拉近距离,基于对当地社区的了解,巴雅尔知道管事一般认识的人多,又能够得到大家的认可,与村庄内部各色人等的关系都很融洽,每个人的座次也由管事安排。如果第一时间能与他相处融洽,那么他就会带领场内受众为巴雅尔捧场。同时,与管事维系良好关系的另一个重要目的则是能够快速全面地了解演述语境的整体情况,了解场域内部的各种关系网络,为接下来的演述积攒即兴的素材。此外,巴雅尔还要与这个村庄中不是特别友善且

---

[1] 巴雅尔每到一个地方都会有观察的习惯。一次,巴雅尔和他的朋友一起到一户人家,看到女主人的神情和脸色都不好看,就上前询问她是否有不适之感,她说胸有点不舒服,巴雅尔就为她演唱了一段祭祀歌,她听后便感到有所缓解了。通过观察,巴雅尔看一眼便知那位女主人主要是心理和精神方面的问题,祭祀歌唱完后,她心理上认为得到了治愈,所以自然就好了。受访人:敖特根巴雅尔,访谈人:姚慧,翻译:文霞,访谈时间:2019年10月25日10:00—12:00,访谈地点:内蒙古自治区赤峰市阿鲁科尔沁旗阿鲁科尔沁文化旅游公司录音棚。

大家都畏惧的一类人搞好关系，用他来保护自己，如此就不会有人在演述过程中"砸场子"。

第二，基于演述语境的即兴夸赞。这项策略最适合使用在好来宝的现场即兴创编中。在当下东蒙地方说唱传统的民间生态中，好来宝和乌力格尔占据主要位置，不仅最能吸引人、最合民众口味，而且能以最快的速度与受众拉近距离，而史诗则相对边缘。原因是史诗有固定的情节布局，是不太可能将演述现场中的各类参与人融入其间的，虽然也可以在格斯尔史诗的开头添加若干好来宝的唱段，但如此结合显得有些牵强，会给受众带来一种画蛇添足之感。相形之下，虽然乌力格尔也有相对固定的故事情节，但在其开头、中间和结尾处则都可以穿插好来宝的唱段来渲染气氛、塑造典型场景或主题，因此好来宝的即兴演述会经常被应用在乌力格尔的演述中。虽然即兴夸赞的策略很少被调用在史诗演述中，但因其是口头艺术叙事策略的重要手段，也是歌手与受众之间建立交流机制的一种要具，更是承接东蒙地方说唱传统的胡尔奇师徒间代际传承的要点[1]，故在此稍加论述。

对于胡尔奇而言，演述场域内究竟应该夸赞谁、如何夸赞都需要把握尺度、拿捏得当。在巴雅尔的讲述中，塔尔巴老师就是用即兴夸赞的手法在演述中与受众互动的。他在演述伊始要先把大家夸奖一番，比如夸老人特别有福气，夸倒水的人多么好看，夸做饭的厨师多么善良。如此一来，倒水的人为受众加的是热水，厨师也会把菜肴烹制得更加美味可口。如果夸奖邀请方的主人，可能原定的演述报酬也会由5元增加到10元等。同样，巴雅尔在说唱好来宝时也会先将场内的一些重要人物夸奖一番，同时他会根据受众的反应随时调整，因为他深知，人不会对一件事物长期保持新鲜感，虽然夸赞能够让受众高兴，使他的演述广受欢迎，但过度夸赞，受众也会感到厌烦。如果考虑不周，没有照顾到受众中的"狠角色"，惹他生气，就有被"砸场子"的风险。因此，看似小小的夸赞却牵涉社区内部社会关系的方方面面，且建立在歌手对其熟稔把握的基

---

1 当然这种代际传承未必是由师傅亲传，也有可能是徒弟在对师傅演述的观察中自悟而得的。

础之上。此外，在好来宝的演述现场，门口往往会有很多喜欢凑热闹的受众，每当这样的情况出现，巴雅尔也会从中挑选一位进行夸赞，如此当巴雅尔的水喝完后，被夸赞的人就会为他续茶。

至于如何夸赞，巴雅尔举例说，在夸赞掌勺的厨师时，他会从做饭的工具讲起，比如他的菜刀把是什么形状的，用什么材料制成的，切的是什么样的美味佳肴等。同时在乌力格尔演述中，胡尔奇可以拿乌力格尔中的人物与演述现场的受众或潜在受众进行比较，比如将现场的某个非常厉害的男性受众比作与故事中的某个英雄一样勇猛和义气，也可以将某位女性受众说成与故事中的某位女性一样美丽温柔[1]。事实上，受众在演述中经历了一次寻找自我的过程，而即兴夸赞的叙事策略恰好满足了受众对自我存在的求证心理。

第三，借情感抒发将受众带入叙事。在演述场域，巴雅尔会在观察的基础上通过迎合受众的喜好和要求来架构叙事与抒情之间的关系。因为情感把控的合适节点至关重要，它决定着歌手能否在演述中始终吸引受众的注意力，使他们感到愉悦与尽兴，所以歌手需要通过对受众反应的观察来拿捏情感抒发的程度。在巴雅尔看来，口头艺术的演述需要将唱词、曲调、叙事与抒情交互耦合，而情感则是叙事、唱词和曲调的黏合剂。

演述中的情感可以分两种，一种是故事叙事中人物角色的情感，第二种是歌手个体基于叙事的演述情感的表达。巴雅尔认为："在说唱乌力格尔的时候，心得诚，带着这样的情感去说唱，大家也会从心底里接受和欣赏胡尔奇的演述。如果想说唱某个故事，就先要让自己成为故事中的主角。"[2] 相比乌力格尔和好来宝，格斯尔史诗歌手在情感表达方面的发挥空间相对较小，勾连歌手和受众的更多是信仰，抒情娱乐并不是史诗演述的目的，并且对演述语境也有一定的要求和禁忌。但在现在的格斯尔史诗演述中，为吸引受众，歌手偶尔也会加入一些抒情的部分，当然唱词的抒情一定要适度，并且保证在情节框架不偏离史诗

---

[1] 这样的类比是不可以被移植到史诗人物身上的。
[2] 受访人：敖特根巴雅尔，访谈人：姚慧，翻译：文霞，访谈时间：2019 年 10 月 25 日 10:00—12:00，访谈地点：内蒙古自治区赤峰市阿鲁科尔沁旗阿鲁科尔沁文化旅游公司录音棚。

内在规定性的前提下略有发挥。为了让笔者明了歌手是如何处理格斯尔史诗演述中的情感问题的，巴雅尔用阿穆尔朱拉（格斯尔母亲）被官兵追赶的一个唱段进行了现场展示（谱例7）。

"米歇尔·克雷恩（Michael Klein）基于听众审美过程中的'主动期待'理论，提出'音乐叙事是不同情感状态连续的情节化过程'。"[1]巴雅尔这一次的演述却让笔者体认到由情感状态勾连的音乐叙事过程。唱段的开始，阿穆尔朱拉本是个无忧无虑的姑娘，在家中充满了欢声笑语，这时官兵突然闯入。她的第一反应是惊讶，然后走出家门，看到官兵的情绪反应是害怕，于是匆忙跑出去，试图摆脱官兵的追赶，接着在奔跑的过程中摔倒在冰面上，摔断了一条腿。对于这样一个场景的描摹，巴雅尔将阿穆尔朱拉的情绪情感做了环环相扣的分层处理，他用曲调将开心（在家）—惊讶（官兵闯入）—害怕（逃跑摔倒）—悲伤（因摔断腿的疼痛）四种情绪串联在一起，描摹阿穆尔朱拉身体和内心所经历的情感变化，完成四种情绪之间的转化。在范型曲调的调用上，巴雅尔先是用连续不协和的sol、la二度音的交替来表现阿穆尔朱拉害怕紧张的心理[2]。

演述结束后，巴雅尔告诉笔者，唱段最后取用的曲调并不是他演述前设计的范型曲调，但在那一时刻，他就是无法在四胡上拉出自己想用的曲调，所以只能临时更换。虽然最后实际调用的曲调在情绪上也是符合的，但他认为在词曲的表现力上，预先设计的曲调才是最好的、最恰当的。故而，笔者又请他用他想启用的曲调将刚才不理想的部分重新演述一次。这一次在理想曲调的烘托下，重点描摹官兵们在她受伤前后的情绪变化，巴雅尔先是对阿穆尔朱拉在家时的感受和情绪做了更为细腻的刻画，官兵们也因为她长得漂亮而喜欢她的美貌，但在她受伤之后，因为身体和心理的疼痛和悲伤使她的容颜变得憔悴，看上去也瞬间变得似有衰老之感，官兵们不仅不再喜欢这样的阿穆尔朱拉，还把她赶了出去。接着，又因为她一条腿摔断而失去维持生计或者照顾自己的能力，

---

1 王旭青：《言说的艺术：音乐叙事理论导论》，人民音乐出版社，2018，第223页。
2 由于尚未找到合适的唱词誊录人，因此目前只完成了记谱工作。

谱例 7

敖特根巴雅尔演述
姚慧记谱
2019年10月25日采录

跨越边界 格萨(斯)尔史诗的演述、接受与解读

第二章 "演述场域"内外的史诗歌手

跨越边界 格萨(斯)尔史诗的演述、接受与解读

渐慢

于是森伦老人把她带回了家。

至此，我们看到巴雅尔是如何在一个简单的情节场景中，用曲调来描绘人物角色和心理的，也会看到歌手会因突发状况而临时改变音声文本的组织框架。虽然对于史诗而言，作为叙事的唱词是主要的，四胡的伴奏只起辅助作用，但由上例可知，在演述过程中，四胡拉奏的身体实践依然会对包纳唱词、叙事和曲调在内的音声文本的组构发挥举足轻重的作用。对于巴雅尔而言，在范型曲调架构桥接起来的叙事结构中，情感的酝酿与抒发是一个循序渐进的过程，他将人物角色身体上的疼痛到内心和情感上的痛苦描摹得淋漓尽致，而对此变化过程的刻画来自他对日常生活的细致观察以及对人物角色内心世界的用心感受，乃至将自身的情感表达注入史诗叙事之中。因此，在巴雅尔看来，叙事与抒情是相互影响的，而情感的抒发又会对叙事产生反作用。如果想让阿穆尔朱拉悲伤的时间再久一些，他可以增加对悲伤细节刻画的比例，因为短时间是无法直抒悲伤情感的，但为了不让受众长久沉浸在悲伤之中而产生疲厌，巴雅尔又会依据受众的反应来随时调整情绪情感的收放。

虽然敖干巴特尔的史诗演述经验不及巴雅尔，但对于叙事与情感，巴特尔也有自己的设想，譬如在"格斯尔·锡莱河之战"哲萨[1]去世的场景中，因为哲萨是格斯尔史诗的重要人物，因此为了调动受众的情绪，他会让自己掌握的四种悲伤的曲调全部登场来渲染哲萨的死和大家的悲伤，在天地听闻、人民悲伤、格斯尔悲痛和格斯尔的母亲听到噩耗的不同场景中更换不同的悲调[2]。但同时他表示，如果做这样的曲调布局，也需要提前准备，而准备的过程就是与传统曲库和音声"大脑文本"发生交集的过程。

综上所述，对于巴雅尔和巴特尔而言，尽管胡尔奇的身份转换机制为他们提供了施行跨文类检索、提取传统部件和调用创编策略的便利，但史诗的文类边界及其传统内部的规约性与叙事功能的履行决定了歌手与语境、受众之间交

---

[1] 格斯尔王的哥哥。
[2] 这样的曲调布局目前只是巴特尔的意象化设计，由于实践能力不足，他掌握的曲调相对有限，还没能将其付诸实践。但他表示，当他的技艺达到一定程度，他一定会这样处理。

流框架搭建的拓展空间,在限定性与变异性平衡关系的调节机制中,同系东蒙地方说唱传统的乌力格尔和好来宝可以赋予变异性更多的可能性,而格斯尔史诗则更强调传统的限定性与边界感。

二、"演述场域"中的四位格萨尔歌手

"演述场域"因格萨尔艺人类型的不同而在主体间呈现更为多元的交往模式。下面笔者依据现有的田野调查资料,从四位吟诵、神授、圆光和顿悟艺人各自的"演述场域"分别来谈。首先来看与蒙古族格斯尔歌手的"演述场域"最为接近的吟诵艺人丹玛·江永慈诚。

据江永慈诚讲,玉树的老人特别喜欢听格萨尔史诗,且具有一定的听赏经验,他们不仅了解史诗的情节梗概,而且熟悉格萨尔曲调,甚至有些受众还可以自己说唱,依据曲调来判断将要出场的人物,而受众对曲调的熟知程度是其能否做出判断的基本前提,因此曲调应用是否恰当也是歌手能否赢得受众认可的重要指标。[1]与格斯尔歌手敖特根巴雅尔类似,观察受众群体也是江永慈诚史诗演述的一种打开方式。

为了吸引受众,江永慈诚会挑选受众喜欢听唱的曲调来进行演述。如果受众是年轻的姑娘,他会尽可能地演述与年轻姑娘有关的唱段,倘若恰好碰到尼琼[2]的唱段,他就会着重描述尼琼的美貌和思想,将其描述为世界上最好的姑娘;如果受众是老人,他会加大史诗演述对老人的叙事比例;如果受众结构相对多元,江永慈诚的演述会以占大多数的受众群作为音声文本详略选择的依据。同时,受众对曲调的偏好也是江永慈诚组建音声文本的重要参考系数。比如格萨尔王是社区内部成员喜爱和尊敬的人物,江永慈诚就会选择受众喜欢的曲调

---

[1] 受访人:丹玛·江永慈诚,访谈人:姚慧,访谈时间:2019年7月19日9:00—12:00,访谈地点:青海省西宁市江永慈诚家。

[2] 据江永慈诚讲,尼琼在玉树藏区被认为是女性的典范,无论是在美貌,还是在精神道德层面

来演述。如果在演述过程中出现某个社区成员不大熟悉却能即刻赢得民众认可的曲调，那么江永慈诚也会将其吸纳到他的传统曲库中，扩大其惯常性使用范围。

受众对人物角色的喜好也取决于故事情节的推进程度，以及叙事传统所赋予人物的褒贬价值，而这种价值判断又会影响到史诗歌手对曲调的选择。比如"霍岭大战"中当辛巴[1]投降岭国后，江永慈诚会有意设计受众喜欢的曲调来演述辛巴的唱段，与之前作为敌方大将的辛巴曲调有所区别，以标示人物身份的转换和叙事的推进进度。而江永慈诚之所以能够把握受众的喜好，是因为他与受众之间建立了相对熟络的人际关系，很多受众就构成了他日常生活的朋友圈，他们中很多与江永慈诚从小一起长大，在传承社区内部建立了关于曲调的传统规约性和文化认同。因为喜欢而经常唱，又因为经常唱而成为一种约定俗成的传统。江永慈诚认为，受众之所以对格萨尔史诗百听不厌，是因为他们对歌手是如何演述的，唱词中比喻的应用和艺术性处理感兴趣。

接着我们把目光转向神授艺人达哇扎巴。由于艺人类型的特殊性，达哇扎巴"演述场域"也是神佛降临的神圣时空，其间如果演述愤怒版格萨尔史诗，他完全受制于降生到身体中的三十大将而不受"演述场域"中的受众或事件的影响，无论在什么样的语境下皆能自如演述。但此时场域之中的主体关系却失去了实际的交往功能，不论是在达哇扎巴与受众之间，还是在达哇扎巴与降临的神佛之间。正如前文所述，达哇扎巴否认神授演述时会与神佛发生某种交流与互动。如果他在"演述场域"中演述的是寂静版格萨尔史诗，那么他就会像其他类型的歌手一样对现场语境会有一定的感知力，受众的数量及其反应都会对他的演述及音声文本的生成产生影响。

此外，在神授"演述场域"之外，与其他艺人的切磋与对话又构成了达哇扎巴与史诗演述有关的另一个交流时空，其间艺人们会讨论演述部本之间的差异与区别，以及与格萨尔史诗相关的历史和社会生活的方方面面。由于每个艺

---

[1] 在"霍岭大战"中，辛巴本是作为敌方的霍尔三汗的大将，后归降岭国。

人各自擅长的部本不同,[1] 受众的喜好又决定着史诗歌手所擅长的具体演述部本,[2] 这便构成了艺人之间切磋技艺的主要内容,包括各自擅长哪个部本,哪个部分更好,如果出版,会有什么样的社会影响,以及曲调使用方面的问题等。据达哇扎巴讲,因为他的演述经验丰富,因此虽然相互切磋的都是神授艺人,但是其他艺人在情节方面拿不准时会经常询问他,达哇扎巴会根据自己的演述经验和他看过的一些老版的手抄本告诉他们答案。抄本所能提供的不仅是史诗内容的文本参照,而且蕴含着受众的趣味和民间流传的审美标准。[3] 同时,如果达哇扎巴认为其他艺人的某种演述方式不是特别恰当时,他也会提供如何修改的建议与方案。反之,如果其他艺人为达哇扎巴提出建议,他也会虚心吸收和借鉴。当然他再次强调,于他而言这样的修改主要不是发生在神授的"演述场域"中,而是在将他的演述整理成文字出版之时。

与神授艺人达哇扎巴一样,当进入神佛附身、人神融合之后的心圆光演述状态时,才智对"演述场域"中的语境和受众几乎没有清晰的感知,而在眼圆光的特定场域中,才智与受众之间的互动反而是几种艺人类型中最为活跃的。

---

1 达哇扎巴擅长演述《霍岭大战》。
2 降边嘉措亦曾述及,每个艺人有自己的"听众群"。熟悉扎巴老人的群众,很喜欢听他讲这几部。他也就想方设法、千方百计把这几部讲好,讲得有特色。于是,他将别的人、别的事、别的章节中的精彩部分,也逐渐糅到里面去了。玉梅能讲《嘉察诞生史》和《丹玛诞生史》。嘉察和丹玛都是岭国著名的将领,但别的艺人没有专讲他们的诞生史,只在《英雄诞生》之部讲到他们。玉梅就专讲这两部《诞生史》,在反复的艺术实践中,不断得到补充和发展,使这两个英雄的形象更加丰满,故事更加引人入胜。……西藏那曲专区78岁的老艺人阿达自报篇目,说能唱20多部,他讲的《马赞》最有特色。……青海省果洛藏族自治州的艺人昂仁,会说唱20多部,其中讲得最好的是《赛马称王》之部……果洛州的另一位艺人才多,自称是辛巴的化身,他专讲《辛巴诞生史》和《霍岭大战》上半部,即霍尔人侵岭国的那一部分。讲得有声有色,通过各种艺术手段塑造辛巴的英雄形象。降边嘉措:《〈格萨尔〉的结构艺术》,《西藏民族学院学报(社会科学版)》1986年第1期。
3 在史诗歌手短缺、史诗善本缺乏的年代,嘎鲁常将自己记录和整理的文本拿到内葱中为客商和当地人诵读。也恰恰是在这种时候,原本结构并不完整,且在情节和内容方面尚有缺陷和缺失,在语词和表达方面不符合听众趣味的部分会得到完善和修改,并最终达到《格萨尔王传》在民间流传的审美标准——"snyan"(悦耳)。央吉卓玛:《取法民间:口传史诗的搜集、整理及抄写机制——以"玉树抄本世家"为例》,《西北民族研究》2017年第3期。

眼圆光演述类型不需要说唱一则完整的史诗篇章或部本，因此才智的演述一般要与穿插在唱段起止空隙之间的受众提问共同构成，提问越深入，他大脑中的记忆就越容易被激活，他的演述也会越精彩。铜镜中的画面显现一般分两种，一种是动态的叙事，另一种是单独的器物，受众的提问可以涵盖人物的性格、盔甲、兵器等。如果有人请才智演述"赛马称王"，故事中的山水和人物的装扮在铜镜中的图像显现不一定会事无巨细，此时如果一旁的受众向他发问，比如赛马称王在什么地方，有雪山、树木、河流和湖泊吗？那么，才智就会在下一段落的演述中对受众的提问做出进一步的解答。因此，提问在才智的说唱中发挥着重要的补遗作用，可以促使他将铜镜的图像细节演述得更加清晰和完整。在此意义上，画面的细节和最终呈现的音声文本是由才智和受众提问共同建构的，受众提问的发展走向亦在一定程度上决定音声文本的生成过程。

提问的受众一般分为两种，一种是研究格萨尔史诗的专家和学者[1]，另一种是民间的百姓。前者的提问能够激发才智不断地创造新故事。比如有一次，降边嘉措曾询问才智阿达拉姆的故事，大部分艺人更多演述的只是阿达拉姆本人的情节，对于她父亲却着墨较少。但降边嘉措的提问却激发了才智对阿达拉姆父亲故事的重新开掘。[2] 相形之下，民众虽然对"霍岭大战""赛马称王"等传统故事比较熟悉，但对于诸如佛教的专业知识或古代语言并不了知。格萨尔史诗有300~400多部，老百姓熟悉的只是常听的几部，没听过的故事版本仍不在少数，故而才智一般会在演述间隙为受众留下提问的空间。他们的提问意识并不会锁定在从未演述过的故事上，而一般集中在不甚了解的情节上。每当这样的情形发生，才智都会在恰当的空隙为民众做进一步的解释。除了历史和故事，他们也会对精彩纷呈的唱段感兴趣。比如可以将一个烟袋讲述得极其细

---

[1] 这样的提问方式有可能是经过学者参与重构之后的演述方式，但目前尚未与才智求证。
[2] 才智的演述版本与其他艺人不同的是，对阿达拉姆父亲的家族200多户最后的归宿做了描述。才智在铜镜里看到，阿达拉姆之所以割草，是因为她是从草中长出来的。父亲去世时，她刚5岁，就住在一个草做的小毡房，且经常练习弓箭，通过射杀动物来维持生活，她的性格也因此暴躁怪异。受访人：才智，访谈人：姚慧，访谈时间：2020年8月3日9:00—11:00，访谈地点：青海省果洛藏族自治州群众艺术馆。

致,描述它有多么神奇无比[1]。有时艺人的描述并没有明确指明事物的名称,但有经验的受众却可以辨认出。受众虽然对史诗结局早已知晓,但他们感兴趣的恰恰是歌手如何一步步走向结局的。在眼圆光的演述状态下,受众的反应也会影响到才智的演述,当受众心不在焉、互相聊天、走来走去,或者人数逐渐减少时,才智会因失去演述的兴趣而无法继续说唱。反之,如果受众的目光都聚焦在他身上,对他的演述充满兴趣,且提问深入,那么他的演述也会随之渐入佳境。

顿悟艺人班桑也表示,如果受众愿意听,他自己的情绪也会异常高涨,脑中浮现的故事和曲调也会丰富多彩,反之,如果受众不愿意听,他也会觉得有些沮丧,史诗演述也会因此受到影响。此外,班桑在曲调选择方面也会考虑受众的喜好,因为德尔文家族的内部成员都对格萨尔曲调相当熟悉,对每位艺人擅长的曲调也了然于胸,并在家族成员间共享格萨尔曲调。因此,受众会结合不同艺人的嗓音条件进行点唱。如果受众主动要求班桑用某个曲调演述某个人物的唱段,他也会尊重受众的意见,用他们喜欢的曲调演唱。

比勘蒙古族两位格斯尔歌手,在"演述场域"中四位藏族史诗艺人的不同类型之间呈现既相近又相远的多元交流模式。"相近"一方面体现在神授艺人达哇扎巴和圆光艺人才智之间,受"演述场域"的神圣性规约,他们在特定演述类型(寂静型和眼圆光)中对受众与语境更多地表现为被动接受和受其影响,在主动吸引受众和调适演述策略方面主体意识淡薄。虽然才智也在与受众的提问中建构特殊"演述场域"中的交往模式,但曲调或音乐并不在他的互动范围之内;另一方面呈现在吟诵艺人江永慈诚和顿悟艺人班桑之间,二者均有依据受众兴趣进行布局曲调的意识。其中作为唯一真正具有主观创编意识的艺人类型,吟诵艺人在个体性布局上表现出与众不同的特征,与格斯尔歌手一样,江永慈诚具有观察集纳语境信息、依照受众偏好主观调适的应对策略,与受众形

---

[1] 藏族人不直接叫烟袋,叫作野牛的皮,它的角和腿没有剪,里边装着50多斤的烟叶,而且烟叶也是有说法的。老百姓喜欢这样的唱段。

成较为密切的双向互动模式,而这两两"相近"之间又形成类型"相远"的鲜明对比。

三、格萨(斯)尔音乐的交流阐释框架

作为弗里称之为能够唤起口头诗歌传统语境的第三种信号,用人声和乐器构建的音乐或旋律[1]在交流事件中是可以被歌手和受众交互识别,进而形成交流模式的。那么当"演述场域"中音乐符号成为交流事件的一部分和演述经验的一种实践方式时,音乐符码组合的传统法则是什么?为了解答这一问题,我们先从音乐符码的交流关键谈起,其大概涵括以下要素:特定部件(范型曲调)、音声文本、传统曲库和范型曲调的传统指涉性。"传统曲库"已在第一章做过详细论述,范型曲调的"传统指涉性"留待本章第三节集中讨论。这里,我们着重探讨特定部件(范型曲调)和音声文本。

第一,范型曲调与解释框架[2]。在交流模式中,口头演述传统中的解释框架(interpretive frame)是贯穿在歌手与受众之间符号编码—符号表达—符号接收—符号辨识/感知—符号解码的完整交流过程之中的,其中音声文本的生成框架就是由取自传统曲库的曲调框架(即范型曲调)链接而成的,而这些曲调框架在交流模式中又是叙事文本阐释框架的音声表达。

符号的互动之所以能够顺利完成,需要发出者的观念与表达符号之间的正确桥接,传递给接收者后,通过声音符号的识别,在脑中完成音声符号与观念之间的转换,进而实现从脑—口—声—耳—脑,从意念—声音—意念—

---

[1] John Miles Foley. *How to Read an Oral Poem.* Urbana and Chicago: University of Illinois Press, 2002, p.86.

[2] 格列高里·贝特森在《关于戏剧与幻想的理论》中,首次系统地发展了"框架"的观念,认为框架是一个有限定的、阐释性的语境(defined interpretive context)。[美]理查德·鲍曼:《作为表演的口头艺术》,杨利慧、安德明译,广西师范大学出版社,2008,第10页。

系列的信息符号的编码与解码过程。[1]具体到口头诗歌"演述场域"中的交流模式，信息交换的循环过程之所以能够施行，是因为符号发出者（歌手）和接受者（受众）之间共享一套可以传递和识别的解释框架或编码和解码的集体规则，其公开性与集体性暗示音声背后的一套反映社会分类规则的方式、思维或观念，歌手和受众只有掌握这套识别码才能具有编码和解码的能力。而口头传统中的符码输入者与输出者有时是可以角色互换的，二者关系并不是凝固不变的，可能在同一"演述场域"中，受众也能瞬间成为口头诗歌的演述人。与此同时，观念与符号的表达和传递也未必在每一次循环中都能顺利进行。如果接受者对符号代码不熟悉，或者现场情境嘈杂混乱、接受者心不在焉等因素都会影响此循环的成功施效，这在前文中藏蒙格萨（斯）尔歌手的案例中已然明了。

由音声信息符号的输入与接收为途径编织而成的音声文本，之所以可以在歌手的信息编码与听众的解码之间发生文本的编制与流动，是因为它们之间共享着基于传统的音声文本框架。作为传递信息符号的途径与载体，各类范型曲调（包括取自"传统池"或传统曲库的音声"大脑文本"）的交互链接构建的不仅是叙事框架，也是交流的解释性框架，而其之所以能够被歌手应用、被受众识别，是因为基于相似性和相异性所构拟的文本间性，而建构文本间性的纽带则是传统曲库和音声"大脑文本"。参比格萨（斯）尔史诗歌手，我们看到藏、蒙史诗歌手与受众之间共享的解释框架的构建模式并不相同。格斯尔歌手以主题/典型场景与范型曲调的部件间关系来拟构音声文本的叙事和解释框架，而格萨尔歌手则是通过人物角色与范型曲调的组合关系来编织音声文本的叙事纹理和构建阐释框架的。两种框架分别在各自的传承社区内部被惯常性使用，在社会成员间共享。从史诗音乐听赏的角度而言，"演述场域"中的受众接受信息的方式是基于传统的解释性框架的，而不是基于音乐专业结构分析所提炼的音的技术，如"核腔"，这也在笔者的田野访谈中得到了证实。

第二，受众对音声文本的参与性建构。在鲍曼构建的演述交流模式中，除

---

[1] ［瑞士］费尔迪南·德·索绪尔：《普通语言学教程》，高名凯译，商务印书馆，2017，第19—20页。

了歌手自身需要承担展示技巧和交流能力的责任，受众对歌手演述行为与技巧的品评构成了交流模式的另一个支点。在格萨尔史诗传承社区内部，有经验的受众也会对歌手的演述进行品评。比如杨恩洪曾述及，"玉树群众最忌讳那种'一曲套百歌'的艺人，认为他们的说唱无大变化，比较乏味"[1]。因笔者尚未在受众间开展田野访谈，暂且从"演述场域"中的歌手向度出发来关注鲍曼"表演/演述理论"中被反复提及的"新生性结构"。这里的"新生性结构"是在歌手与受众共享解释框架的前提下，由受众和语境参与性建构的，建构的主体依然是演述的歌手，而解释框架本身就具有传统性和新生性的双重属性。

胡尔奇敖特根巴雅尔表示，演述语境中可变的、不可控的因素较多，包括他自己的状态，故而演述文本的呈现样貌亦多有变异。对于巴雅尔而言，演述的故事之所以吸引人，很大程度上是基于对现场语境的观察，进而将受众中的人与事纳入叙事文本进行即兴创编，使其成为构建文本的基本要素。因为语境会因时、因地、因人而发生变化，故而音声文本也始终处于游移之中，不断生成新的叙事结构和部件关系的重组框架。再者，演述前巴雅尔一般会针对叙事中人物角色的情绪情感做大概的设计，比如他认为某一唱段需要将自己的情感融入人物角色及其叙事中，但在现场语境中经常会有意外发生。当演述进行到他预先计划要着重演述的事件时，可能旁边突然某件事或受众的某个反应立刻使巴雅尔感到不悦，这时他自己的情绪亦发生变化，以致口头音声文本阐释框架的结构亦随之变异。倘若史诗演述备受受众欢迎，那么就能即刻调动起巴雅尔演述的积极性，情绪上的投入使只唱10个段落的原计划临时改为12个唱段。反之，如果受众听不懂或者昏昏欲睡，歌手的情绪也会受其影响而终止演述或草草收场。这种由受众和语境所带来的情绪变化对于巴雅尔而言是不由自主的，取决于与受众的互动情境以及受众对音声文本的参与性建构过程，同时音声文本也在叙事文本的不断位移中生成和变异。

同样的情形，我们亦在敖干巴特尔、江永慈诚、达哇扎巴和才智的采访中

---

[1] 杨恩洪：《民间诗神：格萨尔艺人研究》，中国藏学出版社，1995，第56页。

频频遇见。巴特尔的演述文本会随着心情变化和现场受众的反应而随时调整，借活跃的曲调来调动受众的情绪；受众的反馈同样会在人物和范型曲调的搭配上对江永慈诚产生影响，能够让受众高兴的唱段一般是江永慈诚浓墨重彩的演述环节。受众的组成是不确定的，甚至是流动的，这就为江永慈诚的音声文本的组编带来了不稳定性；虽然达哇扎巴是神授艺人，但在他演述寂静版格萨尔史诗时，语境和受众反应依然会对他的公开演述和音声文本造成影响；在眼圆光的演述类型中，才智的音声文本在一定程度上是由受众提问与他对铜镜画面的口头诠释共同建构的，受众构成和现场提问的随机性又形塑了音声文本的变异性。杨恩洪也曾指出："有的地区的听众在艺人说唱的中间会随声附和，如说到某一位神祇时，听众会附和艺人一起念诵六字真言。说唱艺人与听众间感情的互相交流和感染，往往帮助艺人在故事情节的铺排、人物的塑造乃至曲调等方面作出最佳的处理与选择。"[1]

无独有偶，在博特乐图的研究中，"胡尔奇时刻观察受众的反应，以此来调整自己的表演。在'授'方中自觉地反映来自'受'方的信息，根据需要来调整自己的表演"[2]。航柯也在对斯里史诗的研究中发现类似现象，"受众创造了大量的文本，其中大部分是不可能记录下来的。接受在演述中开始，并以多种方式作用于演述。一些受众可能会成为演述人的合作者，在附身仪式（possession rituals）上的斯里女性就是这样，歌手为她们演唱，她们不仅回应且部分导引着演述的进行。有些时候，主唱歌手会在很长一段时间内保持沉默，而歌唱交由其他的合作者来承担；他的独唱让位给合作者的轮唱（antiphonal singing）、二重唱、合唱或音乐剧"[3]。在限定之下出现新鲜元素既是歌手在音声"大脑文本"和传统曲库框定下的独立创编，也是为什么尽管是

---

1 杨恩洪：《民间诗神——格萨尔艺人研究（增订本）》，中国社会科学出版社，2017，第140页。
2 博特乐图：《表演、文本、语境、传承——蒙古族音乐的口传性研究》，上海音乐学院出版社，2012，第104页。
3 Lauri Honko. *Textualising the Siri Epic.* Helsinki: Academia Scientiarum Fennica, 1998, pp.159–160.

已知叙事，受众也愿意一次又一次听赏、回味和品评的原因，是即兴创编的鲜活魅力为受众带来意外之喜的妙趣。新生性结构与"大脑文本"、音声文本的互文性在特定"演述场域"中被激活，而互文性之所以能够形成是因为新生性结构与传统池、传统曲库中"大脑文本"之间的"可识别性"和"家族相似性"和"文本惯性"[1]。因此，在特定"演述场域"的交流模式下，歌手和受众赋予音声"大脑文本"以新的身份特征，重建新的叙事与意义，音声文本的阐释框架亦在受众群体和现场语境的激活下，由演述人重新开启其新的生命旅程。

第三，受众大脑对音声文本的想象、填补与重构。关于受众的大脑是如何想象与重构音声文本的，可以说在田野作业中很难观察到。这里先从笔者自身的感知体验入手予以阐释。在对巴雅尔演述的阿穆尔朱拉人物唱段的听赏过程中，笔者不自觉地跟随巴雅尔的演述节奏、唱词大意、曲调和表情在大脑中勾勒出阿穆尔朱拉开心（在家）—惊讶（官兵闯入）—害怕（逃跑摔倒）—悲伤（因摔断腿而疼痛）四种场景和情绪起伏的画面。在唱词和旋律的引导下，几个场景和情绪表达的画面切换和细节呈现是由笔者的大脑通过联想和想象来填补和重构的。由于阿穆尔朱拉所经历的叙事与笔者曾观看的一部影片极其类似，因此在巴雅尔声情并茂地演述的同时，笔者的大脑亦在将其二者的画面和场景进行不自觉地拼接与联想，形成了一个只属于笔者自己的听赏文本。同时，又因每位受众的经历、经验和兴趣千差万别，同一个音声文本的输出在不同受众的接受之间也会形成迥然不同的文本间性，而每位受众脑中特定的听赏文本亦因想象和细节填补的不同而判若鸿沟，进而形成对音声文本的解构与重构。据

---

[1] 口头叙事是通过它的梗概（outline）和组成元素（composite elements）来被认识的，或者如上文所述，通过它的大脑文本和多形性来认识的，尽管它比书面作品的相应要素"在语义上更稳定"，但在我们所说的传统池或史诗语域中，它显示最大的流动性和（再）连接性（re）connectivity）。口头故事能够容忍变化而又不失其可识别性（recognisability），主要是由于其构建组块（building blocks）的可识别性，其通用的"家族相似性"（family resemblance）。文本的惯性（inertia of text）使故事能够在代际之间被识别出来，且必须存在于取自传统池的宽容和有限表达之中。Lauri Honko. *Textualising the Siri Epic.* Helsinki: Academia Scientiarum Fennica, 1998, pp.144—145.

杨恩洪的调查，"当玉树艺人江永群佩唱到幼小的格萨尔受到叔叔晁同的迫害，被驱除到玛域地区，经受苦难的不幸遭遇时，他自己悲痛不已，而听众则义愤填膺，一位听众拔刀奋起对他说：'你告诉我晁同在哪里？我去捅他一刀！我会送你一大块砖茶做报答。'形成了一种群情激昂的氛围"[1]。显然，这里的受众已然脑补了情景的"真相"并沉浸在其中，将其视为了真实。

类似的例子也会在昆曲等戏曲表演中遇到，比如《西厢记》"佳期"一折戏舞台呈现的主角不是相会的主体崔莺莺和张生，也不是他们二人第一人称的唱念做打，舞台之上只留红娘一人，通过她的表演来构建场景、生成音声文本，具体崔莺莺和张生是如何相会的亦是借红娘的唱腔描摹输出音声文本的，通过声音符号传递给受众，再在受众大脑中通过想象的整合与加工来重构听赏文本，而这其中的文本细节是由受众自己的联想和推论所填补的。这个填补过程是音声文本与储存在受众大脑中的过往知识和经验产生勾连、发生碰撞的过程，将不在场的、文本外的部件、符码和意义一起编入音声文本，进而弥补信息符码之间的漏洞、文本间差距和认知鸿沟，以至重组符码之间的关系网络和编码序列。

弗里曾言，"口头诗人含蓄地邀请他的受众以惯用的方式去'解读'，以同样的波长来接收与发送信息。在这个场域内，既有个人的空间，也有传统的意义"[2]。"不熟悉整个传统的解读者将无法在文本暗示的可能性范围内理解特定文本的意义。"[3] 传承社区的受众植根于史诗传统，因此这些听赏文本又与传统池、传统曲库中的"大脑文本"构成文本间性，进而在交流框架的规约内才有可能在输出者和接受者之间搭建起沟通的桥梁。然而，在史诗演述的交流事件中，从音声文本到受众脑中听赏文本的生成转换还需要考虑现场语境，甚至是受众当日所经历的现实事件所产生的感受与体验都有可能与演述人的音声文本发生共振，生发共鸣，从而对受众听赏文本的生成发挥作用。与此同时，即使在同

---

1 杨恩洪：《民间诗神——格萨尔艺人研究（增订本）》，中国社会科学出版社，2017，第140页。
2 John Miles Foley. *How to Read an Oral Poem*. Urbana and Chicago: University of Illinois Press, 2002, p.139.
3 John Miles Foley. *Immanent Art: From Structure to Meaning in Traditional Oral Epic*. Bloomington and Indianapolis: Indiana Universty Press, 1991, p.59.

一个"演述场域"中，同一个演述人的音声文本，折射到不同受众脑中所形成的听赏文本亦不尽相同，其中也有由受众大脑构拟的新生性结构。

结构性解码是一个对由传统部件或元素所构成的知觉框架进行传统指涉意义的读出过程，并且在某一次具体演述之前、在传统的语境中解码能力已具备，只需要在具体演述或过程性解码过程中被激活。过程性解码包括两个层面，一是指受众对特定的某一次演述中所生成的口头音声文本的解读和想象性重构的过程，二是歌手对受众反馈的符码识别与调整，以致形成受众对音声文本的参与性建构。对于口头艺术而言，编码与解码在某种程度上是同一个过程的两个方面。因此，作为交流符号传递的演述过程实际上是结构性编码和解码与过程性编码和解码共同作用的过程，而由音声信息符号的输出与接收为途径编织而成的口头音声文本之所以可以在歌手的信息编码与受众的解码之间促成文本的编制与流动，是因为它们之间共享着基于传统的"大脑文本"。同时，每一个听赏文本又是独一无二的，受众的重构性自我建设也是其百听不厌的又一原因。口头音声文本在交流过程中要经历解构与重构的双向旅程。因此，过程性解码与编码在"演述场域"中亦是双向的，既有歌手对受众传递符码的解码与音声文本的编码，也有从受众对音声文本的解码以及在其大脑中重建想象文本的编码过程。

正如拉森和约翰森所言："意识不断为其处理的事物创造符号，我们与展现给我们的事物之间的关系，被主体性渗透。它们是我们的（our）世界中的事物。但是符号必须是可理解的，即可共享的，这样关于展现给我们的事物的知识才能是主体间性的（intersubjective），并且总是能成为使用符号的人之间的对话（dialogue）的对象，其可能是脑海中的内心对话的对象。这就是为什么口头语言是如此重要的符号系统的原因：它充满了指向其他事物的符号，并且用这样的方式规定符号过程，即意向性和主体性被证明是可能的对话。"[1]

---

1 ［丹麦］斯文·埃里克·拉森、［丹麦］约尔根·迪耐斯·约翰森：《应用符号学》，魏全凤、刘楠、朱围丽译，四川大学出版社，2018，第67页。

第二节　交流框架中格萨（斯）尔音乐的叙事指涉

作为一种交流模式，口头史诗的演述之所以可以实现信息的交换与传递，是因为在特定社区歌手与受众之间约定俗成地共享着一套符号系统。一个由符码构成的文本，如同一份加密的文件，其隐含的意义需要通过特定的组织原则来进行解码。解码规则一旦确定，那么就可以从一次演述迁移到另一次演述中。那么，什么是格萨（斯）尔史诗音乐的叙事单元？叙事意义如何通过音声符号编码与解码？什么是特定社区史诗音乐的交流法则？音乐叙事结构如何索引其背后更大的叙事传统？

一、敖特根巴雅尔和敖干巴特尔的音乐指涉规则

格斯尔史诗的叙事结构与意义是通过程式、典型场景和故事范型由小到大地逐层构建的，其中典型场景又具有"传统指涉性"。朝戈金曾言："在歌手的个人曲目单中，特定的典型场景总是与特定故事范型相联系的。举例来说，关于英雄变形为乞丐，英雄的骏马变形为长疥疮的两岁马的题旨，往往与求婚的故事范型相联系。这个典型场景于是就有了预示后面将要发生的事件的功能，它为史诗旅程提供了某种'地图'。再举例说，当唱歌欢饮的场合出现送信人，则经常预示后面的故事将要围绕着战争进行了。再联想到英雄或他的夫人经历梦魇的典型场景，它同样预示某种凶兆，后面经常是敌人入侵，故事当然就隶

属于征战史诗的基本范型。在上面这些情形中，典型场景就超越了一个符码的意义，超越了某种构造故事的手段，它预示未来事件，指明故事范型的发展方向。"[1]

在格斯尔史诗和胡仁·乌力格尔中，故事范型由若干范型曲调与典型场景/主题的组合单元交互组接而成。据博特乐图的研究，"英雄史诗、胡仁·乌力格尔等说唱艺术中，'艾'包括了'词'和'曲'的双层含义。例如，在胡仁·乌力格尔音乐中所谓'agula usu magtahu aya'（《赞颂山河调》），实际上既包括了"赞颂山河"的套语，又包括了与之相匹配的音乐曲调"[2]。"胡仁·乌力格尔音乐曲调，一方面指向整体体裁，……另一方面指向主题和典型场景，如《上朝调》《苦难调》《山水颂》《打仗调》《行军调》等，曲调往往与故事中某一特定的主题或典型场景相关联。"[3]

笔者在对敖特根巴雅尔和敖干巴特尔的田野作业中也发现了类似现象，在东蒙地方说唱传统的知识储备与代际传承中，借用乌力格尔创编法则进行演述的格斯尔音乐惯常性地使用一整套范型曲调与典型场景/主题的模式化匹配序列。序列一旦建立，由典型场景/主题构连而成的故事范型也与范型曲调的横向联缀构成相对稳定的指涉关系。故而，一个范型曲调往往类指一套与典型场景/主题参互组链的叙事套语。当典型场景超越单一符码意义、预示未来事件时，范型曲调在一定程度上也具有提示故事范型发展方向的符号意义。更为重要的是，范型曲调—典型场景/主题—传统指涉性之间的模式化构列关系是在东蒙地方说唱传统的代际传承和交流实践中逐渐形成的，成为特定社区约定俗成的一套交流法则。对于有听赏经验的受众而言，这不仅是歌手口头创编的叙事策略，也是受众解码的重要依凭。据敖特根巴雅尔讲，只要"上朝调"响起，有

---

[1] ［美］约翰·迈尔斯·弗里、朝戈金：《口头诗学五题：四大传统的比较研究》，王邦维主编：《东方文学：从浪漫主义到神秘主义》，湖南文艺出版社，2003，第50—51页。

[2] 博特乐图：《表演、文本、语境、传承——蒙古族音乐的口传性研究》，上海音乐学院出版社，2012，第45页。

[3] 同上书，第63页。

经验的受众在叙事的诗句尚未完全展开之时便能识别其听觉指涉，预知皇帝/可汗/英雄召集大臣、商议国事的故事情节。敖干巴特尔常用的行军调、征战调、赶路调和面君调亦同样在社区内部具有传统性指涉。除此之外，格斯尔歌手有时将情绪和情感作为调用和组接范型曲调的规则，并在特定社区中与受众共享。因此，在交流模式的搭建中，思念调、思恋调和悲调也具有指涉特定叙事与情绪情感的功能和意义。

同时，格斯尔音乐的交流法则在演述实践中又不是生搬硬套的。巴雅尔的三位老师鼓励他要形成自己的风格，并提示他可以不受组合规则的束缚，在规则内变异。为了弥补曲调数目的不足、完善曲调的表现力，他会在演述中根据情节和人物角色内心的变化，对同一范型曲调做即兴处理，使速度变化成为赋予同一曲调以不同指涉意义的重要手段。譬如，他有时会通过速度和细节的处理，将同一范型曲调分别用作赶路调和行军调[1]（如谱例8）。

谱例8　　　　　　　　　征战调（行军调）　　　　　　　敖特根巴雅尔演唱
　　　　　　　　　　　　　　　　　　　　　　　　　　　姚慧记谱

在同一个故事范型内，如遇相似的典型场景/主题/情感，巴雅尔的曲调布局也有多种选择的可能。如遇赶路的典型场景，在一定的距离内，他可以只用一个曲调完成整段的赶路叙事，也可以调用几个不同的曲调来交替实现，歌手的意愿决定其具体的选择方案。在田野采录中，笔者发现，巴雅尔和巴特尔在同一史诗篇章的伸展版与压缩版的演述中使用了不同的范型曲调联缀序列，这

---

[1] 用作"行军调"时速度放慢，用作"征战调"时速度加快。

第二章 "演述场域"内外的史诗歌手

意味着在同样的叙事意义规约下，音声文本也可以有多种编码进路。巴雅尔因储备的格斯尔曲调数目有限，故说唱中只能穿插调用其娴熟掌握的 12~13 首。他表示，假如自己能有 20~25 首，那么他可能会常用 15~16 首，剩余的 7~8 首只偶尔使用一次，以增加受众的新鲜感，如此便可以赋予典型场景、主题或情绪情感及其组合序列以更加丰富完整的指涉意涵。

　　露斯·芬尼根曾言，"被称为'传统'的事象往往被认为在某种程度上属于整个'社区'，而不是特定个人或利益集团；是不成文的；是有价值的或（固守的）过时的；或者标志着一个群体的身份"[1]。格斯尔范型曲调的交流法则和传统指涉性也同样需要依赖作为整体的社区。因此，在传统社区内部，格斯尔史诗、蟒古思故事和胡仁·乌力格尔在地方文类的分类体系中分别承担着不同的社会功能。牧民邀请歌手演述格斯尔史诗或蟒古思故事，更多的是为家中牛羊驱病等实用功能，故而歌手和受众并不太关注史诗的艺术性，曲调数目有限，且结构单一，少有变化，也没有太多情感表达的可能性。随着现代社会的变迁，传承格斯尔史诗的传统社区逐渐式微，以传统的实用功能为目的的演述机会亦愈加减少。在巴雅尔的胡尔奇生涯中，为牧民演述史诗只有两次：一次是在 2010 年一位牧民乔迁之喜的宴会上，他受邀在宴饮期间演述史诗，目的是为烘托气氛；另一次则在 2011 年前后，他受邀为牧区的一位老母亲演述格斯尔史诗，因老人信奉格斯尔可汗，故而演述过程中她双手合十，虔诚聆听。如今，蒙古族社区邀请胡尔奇在喜庆场合演述曲调丰富[2]的胡仁·乌力格尔更受民众的欢迎，而受邀演述格斯尔史诗的大多是科研机构、学术会议或者政府组织的城市舞台展演活动，演述功能逐渐发生变化。史诗在传承社区内部遭遇困境，能够识别和解

---

[1] Ruth Finnegan. *Oral Traditions and The Verbal Arts: A Guide to Research Practices.* London and New York: Routledge, 1992, p.6.

[2] 巴雅尔认为，格斯尔史诗的曲调原来有很多，后期由于社会的发展和人们的兴趣爱好发生了变化，格斯尔史诗的曲调很多被借用到乌力格尔中。巴雅尔之所以这样认为，是因为他有一本格斯尔歌手的传记，从中可以看到，当时有多少格斯尔曲调。巴雅尔现在使用的格斯尔曲调都是来自家乡的一位老人，还有从他父母那儿听来的，然后他再用四胡演奏出来。

码格斯尔音乐交流法则和传统指涉性的受众相对较少[1]，史诗音乐在传统社区的交流语境逐渐消失，歌手与受众之间的信息交换与传递通道或将受阻。

二、五位格萨尔歌手的音乐指涉规则

虽然格萨（斯）尔音乐叙事的编码与解码规则皆在各自社区的歌手与受众间共享，但与格斯尔音乐的"范型曲调—典型场景/主题—传统指涉性"不同，格萨尔音乐叙事以"范型曲调—人物角色—传统指涉性"为交流法则。

第一，范型曲调的叙事指涉。据吟诵艺人丹玛·江永慈诚讲，在玉树的格萨尔传承社区内，不仅受众对史诗故事的情节梗概耳熟能详，而且在日常聚会中，除了喝茶、喝酒和聊天，民众还要说唱格萨尔史诗。伴随着史诗演述，在当地的日常生活中，还有一种翻阅格萨尔书面文本来占卜吉凶的习俗。歌手将史诗文本置于眼前，唱诵一段颂扬三宝的赞偈后，随手翻启书写本，翻到哪一页，就唱该页的人物唱段。假如有幸翻到格萨尔王，他们认为当日一整天都会福星高照；倘若翻到晁同[2]，那么就意味着时运不佳。譬如有人准备去拉萨，出发前会用这样的方式来占卜吉凶，若随手翻到晁同的唱段，那么便即刻取消出行计划。假使翻到格萨尔王的唱段，那么占卜人便会喜出望外，并嘱咐江永慈诚用最悦耳的曲调为他演述史诗，甚至结束后还要专门记录这一唱段。后来，笔者在四川省甘孜藏族自治州德格县也发现了此习俗。

对于江永慈诚而言，判断曲调好坏的标准，除了是否好听悦耳，还要根据演述现场的受众构成来决定，看所挑选的范型曲调是否符合听赏之人的身份指认。一个群体或一种身份往往具有共同的偏好和潜在的曲调遴选区间，所谓身份指认，是指他会基于以往经验在史诗演述中依据受众的身份特征来调用特定

---

[1] 受访人：敖特根巴雅尔，访谈人：姚慧，翻译：文霞，访谈时间：2019年10月24日9:30—12:00，访谈地点：内蒙古自治区赤峰市阿鲁科尔沁旗阿鲁科尔沁文化旅游公司录音棚。

[2] 格萨尔的叔叔。

的范型曲调。假如受众是一位姑娘，江永慈诚就从传统曲库中调用年轻女孩子们喜欢的、声音柔软清脆的曲调。然而，珠姆虽然花容月貌，但她存有私心，被霍尔抢走后背叛了格萨尔王，如此叙事建构了民众对珠姆这一人物的价值判断。因此，在史诗叙事传统的规约下，反倒是珠姆的妹妹尼琼更受玉树姑娘们的青睐，因为史诗中的尼琼不仅意志坚定，而且是佛母的化身。生活中，如果哪位姑娘翻到了尼琼的唱段，那么她会喜不自胜，在场的受众也会为她高兴。但假如抽到了珠姆，她还有重新占卜的机会。倘若受众是女性，而随手翻到的是格萨尔王的唱段，也会因身份特征不符而获得第二次机会[1]。在江永慈诚的记忆中，有位喜爱格萨尔史诗的玉树老妇人曾用这种方式卜卦，当她翻到贾察[2]母亲的唱段时，老人格外欣喜，直到临终之时依然相信自己就是贾察的母亲，心中无限满足，因为在史诗叙事中贾察的母亲尤其受人尊敬。

  从中可见，其一，社区对史诗书面文本的尊崇；其二，从口头演述到书面文本，再借助占卜吉凶的方式来重构口头音声文本，形成了口头与书写在生活语境中的互动机制；其三，由于受众构成的随机性和灵活性，抽取的唱段和江永慈诚所调用的曲调皆会因受众的不同而发生变异，进而构成受众对音声文本的建构意义；其四，江永慈诚在为诗行配置曲调时，会故意取用动听的曲调来组链辛巴的唱段，这里，曲调的调用方式恰可以起到索引格萨尔叙事传统的作用。辛巴本是敌方霍尔国的大将，按照吟诵艺人的曲调调用法则，是不会把悦耳的曲调配置给敌方人物的，而这里的反常取用则有意暗指辛巴已投降岭国的叙事逻辑。与此同时，受众对史诗人物的喜好取决于叙事传统的情节规约及其连带赋予的、对人物角色的价值判断，这种判断又会影响歌手的曲调取用序列。

  在叙事传统规约曲调调用法则的问题上，神授艺人与其他类型的歌手并无二致。[3] 达哇扎巴指出，史诗的书面部本已经设置好了如何调用曲调的布局规则。

---

1 还有一个规则是可以抽取三次，直到抽到吉祥和满意的人物为止。
2 贾察是格萨尔王的哥哥。
3 受访人：达哇扎巴，访谈人：姚慧，翻译：央吉卓玛，访谈时间：2020年7月1日9:00—11:30，访谈地点：腾讯会议。

譬如，当部本述及"丹玛用塔拉六变调唱道"时，达哇扎巴便会在丹玛的唱段实践中直接取用塔拉六变调。同时，他认为，人物唱腔总是与其性格杂糅在一起的。比如，在史诗叙事中，晁同是一个急躁之人，做事无始无终，集奸诈、邪恶于一身，因此为使曲调风格与人物性格相适应，达哇扎巴所调用的"哈热哈同调"亦给人一种不完整感（如谱例9）[1]。

谱例9　　　　　　　　　　哈热哈同调　　　　　　　　　达哇扎巴演唱
　　　　　　　　　　　　　　　　　　　　　　　　　　　　姚慧记谱

因此，曲调的分类标准主要是人物角色，格萨尔王的三十大将是见证邻国兴衰的史诗人物，他们重复出现的频次高，与之建立组链关系的典型唱腔或范型曲调亦经常出现，且与故事情节一道构成史诗叙事的指涉网络，构建起格萨尔音乐"范型曲调—人物角色—传统指涉性"的交流法则。这意味着，这套法则不仅是歌手编码音声文本的主要依据，也是受众共享的解码径要。因此，丹玛、晁同、总管王的唱腔都是独一无二的，格萨尔王的王妃珠牡的曲调亦很少被调用在其他人物身上，典型唱腔具有明确的身份指涉意义。[2]

接着，我们再将目光投向青海省果洛藏族自治州甘德县的德尔文部落。据著名"唱不完的格萨尔艺人"昂仁的女儿才仲[3]讲，她的父亲曾对格萨尔曲调做

---

1 这里的"不完整感"是达哇扎巴对曲调的听觉判断，同一首曲调，在笔者听来却没有相同的乐感，这也反映出局内人与局外人不同的听觉感知，前者的听觉感知可能受社区的感知习惯所影响。
2 受访人：达哇扎巴，访谈人：姚慧，翻译：央吉卓玛，访谈时间：2020年7月1日9:00—11:30，访谈地点：腾讯会议。
3 才仲是著名的唱不完的格萨尔艺人昂仁的女儿，是果洛德尔文家族的女性歌手。她能演述格萨尔史诗的20多个篇章，但唱不了整部史诗。

过严格的分类，三十位大将均有各自专属的曲调。昂仁不仅确立和规范了格萨尔唱腔的模式化认知框架，而且在演述实践中严格遵守。在他之后，德尔文家族的歌手和受众一般皆以此为格萨尔音乐的交流法则。格日尖参和南卡[1]共同遵循家族内部的曲调调用规则，比如贾察、珠姆、丹玛、乃琼等六位人物的六种"六变调"[2]，霍尔王子寄魂鸟的冲冲调，以及霍尔国大将的专属唱腔绝不能调配给岭国大将等。[3]虽然这套规则在演述实践中尚有一定的游动空间[4]，而且在史诗的文学叙事中人物唱腔会随着典型场景和情绪情感的变化而随时调整，但格日尖参和南卡的演述实践并不考虑上述因素[5]。依靠书写来完成史诗创编的顿悟艺人

---

1 南卡是昂仁的侄子，1990年出生，全国《格萨（斯）尔》工作领导小组办公室将其鉴定为顿悟艺人，同时他也是果洛甘德县多利多卡寺的堪布，已完成3本格萨尔史诗的书面文本。南卡12岁时，有一天梦见一个年龄不大、骑白马的人给他一个103页的格萨尔史诗书写本，他感觉到四面八方都非常宽敞。当时多利多卡寺的堪布就告诉他，说他可能要写一部格萨尔的书，让他做好准备，他也深信不疑。一开始，他拿着纸笔却写不出来，当时寺院的活佛为他安排了一位年长的老师，当时他只写了七八篇关于格萨尔的文字。在赴阿尼玛沁雪山后，回到寺院就有了不一样的感觉，他拿着纸笔就能够自如书写了。即使在一边跳藏戏，一边打鼓的嘈杂环境下，他也可以顺利书写。德尔文史诗村大多数人都会唱格萨尔史诗，南卡从小也受到他的爷爷和叔叔昂仁的影响。据南卡讲，他能唱岭国30位大将的30个曲调，还有其他故事中一些人物的曲调，大概估算有60~70首。他能说唱大概16部格萨尔史诗。他说在他圆寂后再转世，能写113本。受访人：南卡（昂仁的侄子），访谈人：姚慧，翻译：果洛藏族自治州甘德县政协工作人员赞拉，访谈时间：2019年7月29日17:00—19:00，访谈地点：青海省果洛藏族自治州甘德县多利多卡寺。

2 格日尖参认为，所谓"六变调"是指曲调中的波折与其他曲调不同，这里的波折应该是指装饰音的使用。

3 受访人：才仲，访谈人：姚慧，访谈时间：2019年7月27日14:30—15:30，访谈地点：青海省果洛藏族自治州甘德县第二届格萨尔文化旅游艺术节会场草原。

4 受访人：格日尖参，访谈人：姚慧，翻译：格日尖参的女儿羊青拉毛，访谈时间：2015年8月3日，访谈地点：青海省果洛藏族自治州紫金大酒店。

5 格日尖参认为，在史诗叙事中，如珠姆和格萨尔王结婚时演唱"九曼六变调"，而当她被霍尔抢走时唱的却是另一首悲伤的歌，但实际的史诗演述却未必如此，具有丰富曲库的优秀歌手会在曲调配置方面略下功夫，但对于一些曲调贫乏的歌手而言，多数情况是从头到尾通用一个曲调。即使是格日尖参自己，虽然掌握的曲调有80多首，但演述的机会和经验比较少，也无法将上述关系自如应用。受访人：格日尖参，访谈人：姚慧，翻译：羊青拉毛，访谈时间：2015年8月3日；访谈地点：青海省果洛藏族自治州紫金大酒店。

图15　格萨尔歌手才仲（左）（笔者摄）

班桑亦认为，史诗叙事中人物唱腔的再语境化调适更多表现在唱词的文学描写中，却无法将其付诸实践。

与格斯尔史诗的形式构成不同，格萨尔史诗是由不同人物第一人称的唱段连贯而成的，这在一定程度上凸显人物角色对于史诗叙事的重要性。范型曲调的意义指涉亦更多地表现在人物角色上，人物在社区内部被赋予了好与坏、正与反、吉与凶、福与祸的传统指涉性，其褒贬属性又被融入民众的日常生活[1]，成为索引格萨尔叙事传统的关键词之一。对于德尔文家族中有经验的受众而言，曲调一旦唱出，他们便能识别出曲调的身份指涉，尤其格萨尔王和三十大将等典型唱腔。南卡指出，倘若他启用家族规约之外的曲调来演述人物唱段，那么受众会提出异议。[2]因此，格萨尔音乐的传统指涉性在歌手与受众以及社区内部

---

[1] 直到现在，藏族妇女还把49岁这一年叫作"珠牡坎"，为了平安地度过这个"坎"，要念经拜佛，消灾祈禳。降边嘉措：《〈格萨尔〉的结构艺术》，《西藏民族学院学报》1986年第1期。

[2] 受访人：南卡，访谈人：姚慧，翻译：赞拉，访谈时间：2019年7月29日17:00—19:00，访谈地点：青海省果洛藏族自治州甘德县多利多卡寺。

第二章 "演述场域"内外的史诗歌手

图16、17 采访格萨尔歌手南卡和多利多卡寺藏戏团成员（图16左一和图17左四为南卡、图17左三为翻译赞拉；多利多卡寺僧人摄）

共享，由此构建起特定社区共同的格萨尔文化认同与认知框架，乃至民众生活中的交流与补救机制。

第二，圆光术的图像隐喻与史诗演述的语境隐喻。对于圆光艺人才智而言，占卜和演述格萨尔史诗是两个不同的知识系统，虽然二者皆需借助铜镜，但两种功能的转换需要借助不同的仪轨和祈请不同的本尊。在史诗演述体系中，才智在铜镜中看到的是具体而动态的场景或图像叙事；占卜体系中铜镜显示的图像虽然也有真实场景的显现，但更像是一套具有象征意义的符号。两套体系既可以借助观想和相应的仪轨交互切换，又不会相互影响。[1]在藏传佛教的文化体系中，用于占卜功能的圆光符号隐喻可以为我们理解格萨尔史诗的传统指涉性提供另一种观世向度。

据才智讲，在占卜的圆光术中有360种图像具有隐喻意义，其中的120种有直接的隐喻指向，如白塔、莲花、水和鸟等。如果占卜事业、学业或婚姻等，他也要通过表征符号和隐喻之间的链接规则进行一定的阐释。[2]虽然格萨尔史诗演述时的铜镜显像没有具体的隐喻和象征，但史诗演述的语境深受藏传佛教文化的影响。譬如，圆光铜镜需要像佛像一样装藏[3]，说唱帽中间会夹带象征佛、法、僧的护身符[4]，铜镜上缀的五彩带的五种颜色隐喻所祈请的五方佛母；说唱帽需要活佛开光，其形制中的每个部分都有特定的隐喻指涉[5]，而这些是圆光艺

---

[1] 受访人：才智，访谈人：姚慧，访谈时间：2020年8月3日9:00—11:00，访谈地点：青海省果洛藏族自治州群众艺术馆。

[2] 受访人：才智，访谈人：姚慧，访谈时间：2020年8月3日9:00—11:00，访谈地点：青海省果洛藏族自治州群众艺术馆。

[3] 分别放入舍利子、甘露丸、藏红花等药材、莲花生大师的头发等佛法僧三宝的象征物。

[4] 如前面是佛，后面是佛母，有时候右边是佛，左边是佛母。才智的几个说唱帽不一样，有的四个方向都有护身符。

[5] 比如帽子的形状仿自莲花生大师的帽子，因此说唱帽本身象征着佛或莲花生大师。帽子前端之上的圆形代表天眼，帽子两边的圆形代表绿度母和白度母。因为前端的圆形是光滑的表面，所以当它的光折射到铜镜上时会产生交互作用。另外，帽子上不同神鸟的羽毛也各有象征意义，比如猫头鹰的羽毛寓意戴帽之人可以拥有猫头鹰的眼力，能够看到夜晚人眼看不到的事物。才智认为自己的眼睛是鸟的眼睛，所以有这些鸟的羽毛，就能够帮助他看到不同的世界。

人史诗演述的必要条件。

此外，藏传佛教的认知体系也贯穿在才智对圆光本尊的祈请仪轨中。如演述前、尚未戴上说唱帽时，他会念诵咒语祈请自己的上师和佛、法、僧三宝。接着，他一边手持象征圆光本尊的帽子，一边观想圆光本尊，口中念诵圆光本尊的咒语，三者交互融合，才能顺利祈请、进入神通状态。在格萨尔史诗传统中，格萨尔王被认为是莲花生大师的化身，说唱帽也具有沟通神佛的作用。[1]因此，才智笃信圆光本尊（董智威尔玛）会附身在说唱帽上，戴上说唱帽的瞬间，就意味着董智威尔玛或格萨尔王已降临到才智身上，他已不再是肉身的自己，并已出离演述现场，进入另一个世界。[2]由此可见，圆光艺人借助铜镜、护身符、五彩旗（达塔）、说唱帽、圆光仪轨所构建的演述场域是一个佛教文化的意义指涉系统，并借此将史诗演述纳入地方性知识的神圣表述体系之中，使演述本身成为神圣观念的一个符号表征，而格萨尔叙事传统却在社区内部将神圣和生活世界交互勾连，建构出一套由以史诗叙事为核心、以藏传佛教文化为根本的地方性知识系统。

三、音乐叙事单元·"传统指涉性"·社会规约

什么是史诗音乐的叙事单元，一直是笔者试图探析的论题。最初，笔者只将单曲体结构的范型曲调视作史诗音乐曲式结构的一部分，随着研究的不断深入，逐渐认识到演述人与受众之间所共享的不只是音乐形式本身，形式亦是意义的携带者。按照传统指涉性的隐匿契约，史诗传统已经在特定社区的演述人（或歌手）与受众之间设置了解释性交流框架，规定了什么样的信息才能被理解

---

[1] 受访人：才智，访谈人：姚慧，访谈时间：2020年8月3日9:00—11:00，访谈地点：青海省果洛藏族自治州群众艺术馆。

[2] 受访人：才智，访谈人：姚慧，访谈时间：2020年8月4日13:00—16:00，访谈地点：青海省果洛藏族自治州群众艺术馆。

和传递，信息如何编码与解码，如何通过符码来建构叙事意义、规范社会成员的言语与行为。然而，隐匿契约从建立到接受，再到约定俗成、无意识地付诸行动，需要一个较长的见习期。

对于由音乐符号编码的格萨（斯）尔音声文本而言，藏族和蒙古族社区的歌手与受众分别设置了同中有异的解释性交流框架，二者的史诗叙事皆是由范型曲调的纵向扩展和横向联缀构建而成的：纵向上，范型曲调以各自的交流法则组建范型乐段，范型乐段又与典型场景/主题共同构成一个史诗叙事的组合单元；横向上，范型乐段之间的交互构连又为更大的史诗叙事结构——故事范型所服务。因此单曲体结构的范型曲调可被视作史诗叙事和意义表达的基本单元。对于格萨（斯）尔歌手而言，脑中提取的是作为叙事单元的范型曲调，其重复调用代表着传统对歌手演述的控制力，代表着符号意义与传统观念的强化，代表着对地方知识体系的再度指认。历代歌手是在传统语境中定义如何组建结构、如何生成意义的，格萨（斯）尔音乐的叙事单元亦不仅仅是曲式结构本身。正如弗里所言，"传统指涉性就需要调用一个比文本或'作品'本身更大、更有回响的语境，将几代人的诗歌和演述的命脉代入个人的演述或文本中。遣词造句或叙事主题中的每一个元素都不仅仅代表着那个单一的事例，而是代表着文本化无法企及的复数性（plurality）和多样性（multiformity）"[1]。

蒙古族格斯尔史诗构列音乐叙事单元的依据是典型场景，藏族格萨尔史诗组链音乐叙事单元的关键却是人物角色，由此通过典型场景（主题）之间、人物唱段之间的构连牵引出更大规模的故事范型。藏蒙格萨（斯）尔音乐叙事规则的不同事实上亦是认知结构和分类模式的差异，由此决定了两个族群在信息加工过程中遵循着不一致的匿名契约，歌手和受众亦是在此认知结构中感知、记忆、调用和组合诗行与音乐的，由此确立符号的边界。生产者和接受者之间的契约一旦达成，二者的编码与解码的交流范围就会被定位在共享的、相沿成

---

[1] John Miles Foley. *Immanent Art: From Structure to Meaning in Traditional Oral Epic.* Bloomington and India napolis: Indiana University Press, 1991, p.7.

习的认知分类中，没有这样的分类，信息交换与传递的惯习行为则无法正常进行，歌手和受众间的感知与反馈亦无法互通，演述中共建音声文本的交流机制也将受阻。

在弗里看来，诗歌传统本身就是诗行结构的内在语境[1]，且结构元素之间存在着历时性和共时性的内在联系，而这些联系又共同构成作为整体的内在语境——传统。藏蒙族群格萨（斯）尔音乐的认知模式应该也有其历史渊源。笔者在以往的研究中曾述及，藏族的格萨尔音乐以人物角色为核心的曲式结构思维，可能源自藏族历史上古老音乐舞蹈和口头传统的戏剧化基因。在西藏原始社会的击石兽舞—喜戎仲孜—打狼歌舞—吉达吉母—仲鲁这一传承发展的脉络中，人物角色（猎人与野兽、人物与动物、正方与反方）始终是串联叙事的基本认知分类。[2]至于为什么藏族格萨尔音乐不像蒙古族格斯尔音乐，乃至其他汉族长篇叙事的文类一样，用典型场景（主题）作为音乐叙事的线索，笔者将在后文中予以讨论。这里，首要的问题是我们应该如何认识人物角色对格萨尔音乐叙事的重要性。

在藏族传统社会，格萨尔史诗虽是一种叙事传统，但叙事模式背后的传统指涉性是社会关系、结构和伦理，以及规约制度的一种构建方式，而传统意义如何指涉本身属于认知范畴。除了前文述及的"翻人物定吉凶"的习俗，据已有研究可知，史诗叙事的特定诗章也与特定社区群体的人生礼仪和日常生活紧密相关，其背后指涉的是人生的某一重要时刻与类指意义。每逢婴儿出生，主人会请歌手演述"英雄诞生篇"，在成年礼或者婚礼的场域中演述"赛马称王"，每遇社区成员去世，则会演述"雄狮归天"。可见，格萨尔叙事贯穿社区成员生命仪礼的重要节点。再者，史诗具有解决社会内部矛盾的教育功能。如果有人邀请江永慈诚去演述格萨尔史诗，他首先要了解邀请方的村落或单位的

---

[1] John Miles Foley. *Immanent Art: From Structure to Meaning in Traditional Oral Epic.* Bloomington and India napolis: Indiana University Press, 1991, p.39.

[2] 姚慧：《史诗音乐范式研究：以格萨尔史诗族际传播为中心》，中国社会科学出版社，2021，第252—260页。

基本情况。如果社区内部有矛盾，他便演述辛巴和丹玛的唱段，因为史诗中二人关系的处理充满了智慧，且口战尤为精彩，所以江永慈诚就以此来化解邀请方的内部矛盾。如果有的父母要求孩子在家劳动，江永慈诚就用格萨尔王小时候的故事来影响民众[1]。经过劝导，父母也愿意送孩子上学了。因此，格萨尔王的故事不仅数量众多，而且能够为民众生活中的种种问题找到解决方案。

歌手与受众共建的不仅仅是叙事文本本身，还有叙事意义，而意义的新生又会对社会规范的构建形成新的推动力。正如鲍曼所言，"只要表演被视为交流性的互动，那么互动的社会结构的诸方面就会从互动自身中新生出来……"[2] 就此而论，格萨尔叙事传统是藏族民众个人认同与民间社会规范的一种建构媒介，通过叙事传统所规约的人物评价来为现实生活中社会成员的道德伦理树立行为轨范与精神旨归，从而达到规范社会成员言语行为的目的。史诗的演述过程实际上是被编码的传统意义、社会规约和伦理规范的持续强化过程，从符号表意的随意性，到几代人协商的隐性交流契约，再到赋予特定意义之后的约定俗成，其交流的最终目的是维系社区的内部运行机制。

同样的现象也发生在中国的汉族戏曲中，戏曲承担着教育国民、塑造中华民族精神的使命，正如田青所言：

> 在中国传统社会，……一个农民，他没有受过教育，他不识字，甚至连自己的名字都不会写，甚至根本没有名字——没有学名。什么叫学名？进学校上私塾的头一天，老师赐给你的名字，不是你的爸爸妈妈给起的。你的爸爸妈妈是见物命名。出门时看见了磨盘，你就叫磨盘，看见了黄狗，你就叫小狗子，没有学名——但是你不要小看这个小狗子，也不要小看这个叫二妮儿、二丫头、二妞的姑娘，她不知书而达理。一个男孩儿，他会

---

[1] 比如"格萨尔是神，他在天上学习了500年，学会后降生人间，所以我们现在要好好学习藏文"。受访人：丹玛·江永慈诚，访谈人：姚慧，访谈时间：2019年7月19日9:00—12:00，访谈地点：青海省西宁市丹玛·江永慈诚家。

[2] ［美］理查德·鲍曼：《作为表演的口头艺术》，杨利慧、安德明译，广西师范大学出版社，2008，第48页。

知道春耕夏锄，知道什么季节经营什么农事；一个女孩儿，会学女红，会做针线，会绣花、会做饭、还知道孝顺公婆，她都知道。这个道德，这个仁义礼智信，谁教给他们的？一天书没念过，没有人专门告诉他，你要从小孝顺爹妈，你要孝顺公婆，没有人讲过。而且最重要的是，他的道德感会在某一个特定的环境充分显现出来。邻居着火了，他知道去救火；国家危亡时刻，男儿会去从军，女人会唱"妻子送郎上战场。母亲叫儿打东洋"。谁教给他的？他看戏，她从小听说书，他到春节的时候会在集上买一幅年画，这幅年画可能就是赵子龙、关云长、"杨家将"、"穆桂英挂帅"。所以，一个普通的农民他可能不识字，但是北方冬天农闲的时候没有活儿干，你听他在炕上一坐给你讲"杨家将"，可以连着讲一个月。他所有的这些知识，从生产知识、生活知识，一直到我们中华民族的历史、道德，都在非物质文化遗产里面包含着。所以中国的传统戏曲在传统社会里起着教化民生的作用，它是大学校。[1]

"符号在本质上是社会的。"[2] 作为符号的曲艺（说书）、戏曲、民间美术和音乐共建着特定社区地方性知识体系和符号隐喻系统的整体网络布局，而其中的每一项皆是规约社会成员行为的指涉手段和承载方式，包括作为口头传统的格萨尔史诗。作为歌手与受众间无声契约的隐匿条款，传统指涉性几乎是含蓄而不明确的[3]，从作为产品的音声文本来看，神授艺人和圆光艺人的格萨尔音乐分类及其人物组链规则，乃至由人物角色索引叙事传统的演述模式与其他类型的艺人并无二致，但回到歌手的观念和立场，编码与认知法则却是无意识的、不自知的，但它们隐匿地遵守着以传统为语境、受传统指涉性所规约的交流契约。虽然无声，却发挥着巨大威力。

---

[1] 田青：《中国戏曲的昨天、今天和明天》，《中国非物质文化遗产》2020年第1期。
[2] ［瑞士］费尔迪南·德·索绪尔：《普通语言学教程》，高名凯译，商务印书馆，2017，第25页。
[3] 参见 John Miles Foley. *How to Read an Oral Poem.* Urbana and Chicago: University of Illinois Press, 2002, pp.84—85.

第三节　作为媒介的接受者："演述场域"之外的史诗歌手

本章前两节都在口头"演述场域"中探究史诗音声文本和叙事意义的生成过程，本节试图跳出"演述场域"的特定时空，从歌手与媒介的历时互动关系中探察场域之外的文本构建及歌手的内化过程。综观20世纪，信息媒介技术的革新在逐步影响整个世界人类文明的演进，从口头到纸质媒介、印刷术，到广播、电视，再到当下的自媒体技术，信息媒介的几次革命皆深刻作用和改变了人类认知世界的方式，重塑了人类在传统社会语境中的信息存储、提取和加工模式。在时代发展的大潮下格萨（斯）尔史诗歌手亦不可避免地与媒介参与构成了主动与被动的双向关系。虽然我们将焦距定位在"演述场域"之外，但媒介对歌手认知的参与性建构又与"演述场域"之中音声文本的生产交互勾连。

一、多元媒介的渐次介入

在调查与研究中，笔者发现书写与印刷、广播、电视和自媒体等多种媒介皆在格萨（斯）尔史诗歌手构建认知模式和叙事文本生成等方面发挥着重要作用。前文已通过对藏族吟诵艺人江永慈诚和顿悟艺人班桑、蒙古族敖特根巴雅尔和敖干巴特尔的口头与书写的互动创编进行了研究，书写在口头演述中的深度参与已经显现了作为媒介的书写是如何影响格萨尔歌手创编与构建文本的。不仅如此,在采访中笔者了解到格日尖参、达哇扎巴、班桑、敖干巴特尔等格萨(斯)尔歌手演述的史诗都曾以印刷的书面形式出版。如桑珠作为中国社会科学院与西藏社会科学院重点抢救的艺人,由上述两个单位拨专款进行录音和整理,并将其演述的45部史诗全部以书面形式印刷出版。[1]在果洛甘德县草原深处多利多卡寺的南卡也希望有朝一日能将自己演述的格萨尔史诗出版。

很多歌手像才智一般受父辈影响逐渐开始熟悉史诗,如在格萨尔歌手单增智华小时候,他的父亲经常照本念诵格萨尔史诗,在父亲的影响下,随着年龄的增长,他开始自己看《霍岭大战》《姜岭之战》等书面文本。[2]不仅如此,《格萨尔》的书/本子也出现在诸如西藏昌都边坝的歌手斯塔多吉、果洛久治县的单增智华、玉树莫云乡的洛桑次仁,那曲的艺人扎西多吉等一些歌手的梦中。[3]据杨恩洪的调查,梦中"看"书的情节也在老一代艺人中反复出现[4],还有往肚子里装《格萨尔》的书,或者梦中吃《格萨尔》的书、梦中读《格萨尔》的书等等。[5]这里,书面文本已经不只是信息传播媒介之一种,而且成了歌手梦文本的常见构件。由此可见,书写也与格萨尔史诗的传承、创编、记忆和信息加工与处理密不可分。它提供给我们的思考是,如何从信息媒介和人类文明演进的向度出发来重新观察与窥探书写之于史诗的意义。

如果我们用媒介参与的目光进行审视,事实上藏族格萨尔歌手的五种类型内部本身就可以是观察媒介转换的一个窗口,进而为我们提供了观世艺人类型的历时性坐标,即在艺人类型内部本身存在时代演进的烙印,神授和圆光艺人完全依赖口头媒介进行演述,而吟诵艺人必须照本说唱,顿悟艺人的创编更是

---

[1] 杨恩洪:《民间诗神——格萨尔艺人研究(增订本)》,中国社会科学出版社,2017,第124页。

[2] 同上书,第115页。

[3] 同上书,第115—120页。

[4] 如桑珠在一次梦中,梦见自己像活佛一样在看《格萨尔》的书(尽管他不识字),一部接着一部,十分有趣,醒来时书中的内容竟然历历在目。杨恩洪:《民间诗神——格萨尔艺人研究(增订本)》,中国社会科学出版社,2017,第201页。

[5] 同上。

发生在文本的书写之间。因此如果可以做一简单的脉络推断，那么神授和圆光艺人的出现时间应该早于吟诵艺人，书写不仅改变了格萨尔艺人原有的认知模式，而且为格萨尔史诗歌手开拓了记忆、存储、加工、输出信息的新模式，使具有主体性的人为"创编"成为史诗传承的另一进路，也使创编意识成为特定艺人类型的一种认知自觉。在此过程中，由传统和神佛等不可控力量所形塑的集体无意识逐渐走向人主体意识的觉醒。在书写之外，活跃于当下的格萨（斯）尔歌手亦不同程度地受到广播、电视和自媒体的影响。

20世纪末，敖特根巴雅尔通过收音机的电波收听乌力格尔和蟒古思故事的歌手演述；敖干巴特尔借助收音机里播放的布仁巴雅尔演述的乌力格尔，储存乌力格尔曲调的听觉记忆，跟随收音机里的胡尔奇自学模仿；达哇扎巴小时候是从收音机里听到并无意识记忆一些格萨尔曲调的；格日尖参和才智都曾在特定时间段通过广播不间断地收听过甘肃著名歌手尕藏智华的格萨尔史诗演述[1]，而且格日尖参的很多曲调也是跟随广播里尕藏智华的演述而自学的；为了帮助年轻人记忆，四川省甘孜藏族自治州竹庆镇佐钦寺也会在广播里循环播放格萨尔史诗故事情节的提示性说唱。回顾前辈学者的研究成果，我们也找到了可以与之相互印证的诸多案例。如杨恩洪从30多年的田野调查经验与史诗的演进历程出发，宏观解释了这一现象出现的缘由。她认为，20世纪80年代末是中国大规模抢救、整理、出版格萨（斯）尔史诗的年代，西藏、青海、甘肃、四川、云南与北京的科研单位以及西藏人民出版社、青海民族出版社、四川民族出版社、甘肃民族出版社以及北京民族出版社都参与了史诗的抢救工作，出版了大量格萨尔史诗的出版物。"据统计，至今共出版藏文《格萨尔》125部，印刷近300余万册，《格萨尔》汉译本30余部；同时，各地报纸、杂志刊登《格萨尔》史诗的片段，如青海日报社；广播电台安排出较长时段播放格萨尔艺人的说唱，如四川人民广播电台录制了格萨尔说唱艺人卓玛拉措、塔新和阿尼说唱的《霍

---

[1] 在才智八九岁时，因为父亲喜欢听尕藏智华演述的格萨尔史诗，每天都期盼着电台的连续播放，才智也深受其影响。

岭之战》等史诗章部；甘肃甘南藏族自治州广播电台长期播放著名说唱艺人尕藏智华的说唱等……"[1] 由此，在全国特别是在藏族地区掀起了格萨尔热，而年青一代的史诗歌手正是成长于这一时期，借助录音、广播、电视、报纸或出版物等媒介，他们不同程度地受到了史诗的熏陶，这为新一代歌手创造了一个难得特殊的成长机遇，[2] 完成了格萨（斯）尔史诗从口头到书面、广播，再由书面、广播到口头的反哺之旅。

这样的案例比比皆是，如有的人把艺人的说唱录下来，放在家里反复听，同时艺人为群众录制格萨尔说唱的磁带也可以得到相对优厚的报酬[3]；青海果洛州的艺人达白当进入状态时，脑子里的东西用笔写来不及，只能先用录音机记录下来[4]；玉树治多县的查瓦因19岁时看过《水浒》（汉族文学名著）的电视连续剧（自述只是一二集），故根据其故事情节自己编创出了以史诗演述为承载方式、在叙事文本上区别于电视版本的《水浒》[5]，由此催生了新的叙事文本和史诗演述的创编空间；随着现代化进程的推进，年青一代有了更多的机会接触新鲜事物及外来文化，新一代艺人达白、嘉央洛珠、单增智华等将相声、小品、戏剧、弹唱等形式作为格萨尔史诗新的传播方式[6]。至此，我们看到，虽然信息媒介革新的重镇多数在城市，但远离城市中心的藏族地区也在不同程度地处于现代社会的转型期。此间，媒介在一定程度上成了信息编码、解码与传递的重要工具，对于20世纪70、80年代成长起来的年青一代歌手而言，不论是书写、广播，还是录音和录像，既是歌手获取史诗知识和集纳传统部件乃至存储信息的基本路径，又是他们打破地理区隔跨区域构建传统曲库的重要桥梁。

---

1 杨恩洪：《民间诗神——格萨尔艺人研究（增订本）》，中国社会科学出版社，2017，第135-136页。
2 同上书，第112-113页。
3 同上书，第131页。
4 同上书，第115页。
5 同上书，第123页。
6 尤其体现在近几年果洛州州庆文艺会演以及春节晚会上，……他们把这些节目包括《格萨尔》说唱、《格萨尔》赞词、《格萨尔》相声制作成光盘，在群众中传播。杨恩洪：《民间诗神——格萨尔艺人研究（增订本）》，中国社会科学出版社，2017，第128页。

在笔者录制史诗部本的长篇演述过程中，个别歌手因无法在脑中瞬间回忆与唱词相匹配的曲调而中断，同时在采访中，也一度出现忘记曲调的现象。有的歌手在手机中录制了十六七首由他自己演唱的格萨尔曲调。每当无法复忆时，他都借助手机中储存的曲调音频来提示记忆，导致他无法在演述现场不间断地演述长篇史诗。手机的普及使歌手在一定程度上用手机储存代替大脑记忆，以致格萨尔曲调传统的口头记忆模式亦正在发生改变。如果说传统史诗歌手音声文本的构拟是在演述现场调用大脑中存储的范型曲调及曲调部件的组合规则来实现的。手机的介入使歌手在一定程度上正在脱离口头记忆与大脑调用部件符码进行口头创编的传统模式。与此同时，有的歌手还在手机中创建微信群，群内成员都是格萨尔史诗的演述者，在群内分享史诗唱段，但即使是在微信群说唱，其依然需要对照书面文本从头至尾地演述，否则也会出现无法复忆的现象。因此，信息媒介在渗入歌手生活的同时，也时刻在影响着格萨（斯）尔歌手的传统叙事策略和音声文本的生成规律。

二、媒介对特殊类型歌手认知观念的参与性建构

在采访中，神授艺人达哇扎巴和圆光艺人才智均表示，录音录像等媒介已深度介入他们的史诗演述中，即使在没有局外人的采访与演述录制任务，通过音视频的媒介形式来录制和保存自己的口头史诗演述已然成为两位歌手的自觉意识[1]，且此后都有回听录音或回看录像的环节，而这引起了笔者的兴趣，即录音录像是否只是作为一种物理存储介质而存在，它的介入本身是否会对两类艺人的认知模式造成影响？音视频录制在对局外人理解两类艺人的神圣性演述思维可提供怎样的理解与反思向度？这依然要从歌手与笔者的观念间距谈起。

第一，媒介参与与个人曲库观念。根据达哇扎巴的讲述，笔者最初的理解

---

[1] 这种意识可能来自于学者、记者等局外人进入田野采录格萨尔歌手的史诗演述等行为。

是，他的个人曲库可能包括两部分，一部分是他在日常生活中积累并存储在大脑中的范型曲调，来源可能是其他歌手的演述，或是长期受地方传统所浸润和受父辈们所影响，或是在回听回看音视频录制后所记忆的曲调；另一部分是他在神授状态下脑中无意识闪现的曲调，其中可能既有传统的、重复的，也可能会有超越传统语域的新曲调，但无论哪一种，都是他个人曲库的组成要件。同时将他神授状态中的无意识作为判断依据，似乎借助回放音视频而记忆的曲调也不会出现在神授时刻的口头演述之中。但达哇扎巴并不认同，他认为，我们在民间听到的所有格萨尔曲调和神授艺人在神授状态下唱出的曲调最早都应该来自一个纯正的神授艺人，后经他的演述而代代相传，这些曲调共同构成了一个民间的格萨尔曲库，所以细致区分两个曲库大可不必。因为他在演述后回听录音和回看录像时发现，一些在民间流传且传唱率高、使用面广的格萨尔曲调也会经常出现在他神授的状态中。

达哇扎巴举例说，曾经有位那曲的歌手将他在玉树听到的格萨尔曲调带回了那曲，后来这部分曲调不仅保存在了玉树，而且在被带回那曲后，又与当地的格萨尔曲调相互融合传唱至今，之后也被应用在了神授艺人的演述中。同时他反问笔者，在神授过程中可能会出现新的曲调，但谁又能敢说它没有在历史中出现过？从中可见，在达哇扎巴看来，这两个曲库并不是截然分开的，反而是相互借鉴的，而且回看音视频的方式在一定程度上帮助神授艺人建构他自己关于格萨尔曲库的认知观念。然而，他虽然否认笔者将日常记忆与神授状态中的曲调截然分开，但对其二者共同构成他的个人曲库并不反对，并且形象地将其比喻为，"就像在一个巨大的货品仓库里，我是这个仓库的主人，我拥有所有的货品，但是其中的部分货品正在街上售卖，我这儿也有，也可以在外面售卖，但所有这些货品的主人都是我自己"[1]。

第二，媒介参与与认知标准。根据达哇扎巴的讲述，在他脑中似乎存有一个关于格萨尔故事情节框架的规范意识，故而笔者追问，在实际的演述中他如

---

[1] 受访人：达哇扎巴，访谈人：姚慧，翻译：央吉卓玛，访谈时间：2020年8月12日 9:00—12:00，访谈地点：青海省玉树藏族自治州人民政府大楼格萨尔研究中心达哇扎巴办公室。

何处理神授的无意识和规范框架的有意识之间的关系。他回应道，无意识和有意识是截然分开的两种状态，在演述史诗过程中，他完全处于无意识状态[1]，而有意识只存在于做研究时，而且这两种状态不会相互混淆。如某个歌手因天时地利等因缘条件不具足而在演述中出现一些不好的片段、情节或故事，此时达哇扎巴就会与他商量是否介意对"不好"的部分进行修改，也就是说主观意识只在这样的商议和研究过程中才会出现。所谓是否遵照了传统，以及好与不好的认知标准，只有在达哇扎巴演述后整理文本时才有发挥作用的空间。[2]换言之，所谓价值判断的标准是通过回放音声文本和整理研究书面文本而逐步建立起来的。

然而，对于故事情节和曲调的好坏之分，达哇扎巴认为，格萨尔史诗传统才是根本，史诗歌手需要依照此传统和大家所熟知的线路去演述，歌手的演述不能与旧本子或者大家熟知的情节不符，或掺杂不符合史诗产生的时代和社会环境的内容。而达哇扎巴眼中的史诗"传统"是在尊重老本子，尤其是旧的史诗抄本的基础上建立起来的。对于同一部史诗书面抄本与口头演述在长度上的差异，达哇扎巴也有自己的思考，他认为之所以书面文本中的《霍岭大战》有500页而口头演述却可以将其扩充到1000页，是因为当时的纸、笔和书记官比较缺乏，他们书写的速度跟不上歌手的口头语速，所以中间就有很多断词和断句，甚至还有大段的缺漏。如果现代的格萨尔歌手能够将其扩充到1000页，使人物和情节得以充盈也是可以的，但这种充盈不能违背老版本的故事结构和线索[3]。由此可见，书写与纸质媒介对达哇扎巴的传统认知标准，以及如何认定传

---

1 这意味着有意识的状态并不会发生在他的演述过程中。
2 受访人：达哇扎巴，访谈人：姚慧，翻译：央吉卓玛，访谈时间：2020年8月12日9:00—12:00，访谈地点：青海省玉树藏族自治州人民政府大楼格萨尔研究中心达哇扎巴办公室。
3 达哇扎巴以《霍岭大战》为例进一步解释，认为人物的名称、特定身份、肖像特征是不能错的，其次是情节，比如黄霍尔是被格萨尔大将尼奔所杀，如果其他歌手演述成黄霍尔是被丹玛所杀，这也是不允许的。第三个就是部本的起因，比如霍尔国打过来的，或者魔国打上来，还是岭国主动去入侵的或者是复仇去的，这个起因也是不能改变的。受访人：达哇扎巴，访谈人：姚慧，翻译：央吉卓玛，访谈时间：2020年8月12日9:00—12:00，访谈地点：青海省玉树藏族自治州人民政府大楼格萨尔研究中心达哇扎巴办公室。

统与当下演述关系的观念意识产生了重要影响，在他看来，老的抄本在一定程度上代表着"传统"。同时，他坚定地认为，史诗本质上是历史，诸如诞生时间、地点等关键信息一定要遵崇老的书面文本，歌手的演绎也一定要建立在此基础之上。[1] 由此看来，达哇扎巴史诗历史观的形成在一定程度上也与书面文本紧密相关。

第三，媒介参与与对曲调调用策略的认知。达哇扎巴表示，当他从神授状态回归现实之后，他很难记得史诗演述中的曲调，但科技的发展可以使他借助回看音视频的方式来观察和聆听自己在神授状态下使用的曲调。当笔者问及，他是否有经常使用的曲调时，他明确否认，"我神授的时候曲调与内容是在一起的，没有我经常用哪个曲调一说。没有说把好的东西收集在一起，把不好东西去除掉的说法"[2]。但他同时表示，当回看自己的演述录像时会发现有经常出现的曲调，且因史诗中的三十大将等主要人物频繁出现而他们的曲调也会随之高频现身。[3] 这意味着达哇扎巴在神授状态与非神授状态时，对同一问题的认知是有区别的。神授状态中他基本处于无意识状态，无创编和调用曲调策略的主观意识，而录音录像等媒介为其提供了自观的客观条件，进而使其产生对曲调调用策略的认识，但他依然强调，与其他艺人切磋、阅读史诗书面部本，以及回看录像只是对他在格萨尔史诗知识的积累和研究方面有所助益[4]，并不会对其神授状态下的史诗演述产生影响。

---

[1] 受访人：达哇扎巴，访谈人：姚慧，翻译：央吉卓玛，访谈时间：2020年8月12日9:00—12:00，访谈地点：青海省玉树藏族自治州人民政府大楼格萨尔研究中心达哇扎巴办公室。

[2] 受访人：达哇扎巴，访谈人：姚慧，翻译：央吉卓玛，访谈时间：2020年8月12日15:00—17:20，访谈地点：青海省玉树藏族自治州人民政府大楼格萨尔研究中心达哇扎巴办公室。

[3] 除前文已述，格萨尔史诗的人物和曲调高度匹配，达哇扎巴提出，也有特殊个例，比如"霍岭大战"中白帐王去世后，他的曲调被霍国大将穆穷喀德借用，但他在使用这个曲调之前做了说明，这其实不是他的曲调，是白帐王的曲调，因为白帐王去世了，他现在借用白帐王的曲调来演唱。受访人：达哇扎巴，访谈人：姚慧，翻译：央吉卓玛，访谈时间：2020年8月12日15:00—17:20，访谈地点：青海省玉树藏族自治州人民政府大楼格萨尔研究中心达哇扎巴办公室。

[4] 受访人：达哇扎巴，访谈人：姚慧，翻译：央吉卓玛，访谈时间：2020年7月1日9:00—11:30，访谈地点：腾讯会议。

正如前文所述，达哇扎巴认为自己对曲调的使用是无意识的，即没有所谓的"策略"可言，曲调的产生和调用是不受他个人意志控制的。比如，岭国三十大将的某一人物是不善言谈的，不论在集会场合，还是在战争场合，他都没有专用的曲调，但在演述某一部本时，这个人物可能突然变得很健谈，在集会的现场很善于表达，那么此时就会出现他的曲调，而且这个曲调是达哇扎巴之前完全没有唱过、听过的，也是完全不熟悉的。当演述结束后，达哇扎巴回看自己的录像或录音时，他才发现，原来这个人物还有这样一个曲调，他就会把这个曲调记在心里。[1] 并且他表示，回看录像时他本人唱过的曲调，或从其他艺人嘴里听来的曲调也有可能会出现在达哇扎巴下一次的史诗演述中。在唱词和曲调作为一个整体神授的前提下，达哇扎巴的演述既有反复使用的曲调，也有新曲调的闪现。[2] 可见，音视频的录制为达哇扎巴提供了日常观念中建构史诗知识系统（包括曲调）的路径。除神授状态下的史诗演述，也像其他歌手一样，达哇扎巴在日常生活中储备的各类知识也是通过习得而获取的，并且他认为自己已有几十年的学习、阅读和研究经验。

第四，媒介参与与词曲搭配观念。前文已述，虽然在演述中词曲作为整体进入达哇扎巴的大脑，但在采访中，他却认为格萨尔史诗的词与曲是各自独立的。那么这样的词曲观念来自哪里？

姚：您脑中有诗行的概念吗？或者是说诗行的概念里包括词和曲吗？还是只是唱词？

达：在我看来，曲调可以搭配诗行，有些曲调只能配 9 个字的诗行，有些曲调只能配 7 个字的诗行，如果有出入的话，就不协调了。本质上诗行和曲调是两个分开的系统。

姚：那就是曲和词还存在一个"搭配"的问题，是吧？

---

1 受访人：达哇扎巴，访谈人：姚慧，翻译：央吉卓玛，访谈时间：2020 年 8 月 12 日 9:00—12:00，访谈地点：青海省玉树藏族自治州人民政府大楼格萨尔研究中心达哇扎巴办公室。
2 同上。

达：一般而言，曲调和唱词是搭配着的，因为词太长的话，就没有办法用曲调唱出来了，一般7~9个字是最合适的，史诗中大部分的诗行也都是7~9个字。

姚：那是依据词来配曲，还是依据曲来填词？

达：就神授艺人而言，在神授状态下唱出的唱词和曲调是完美搭配在一起的，是不需要考虑这个问题的，但是反观来看，我想应该是词要配曲。比如曲的音位有9个的话，下面的词也得要配9个字。如果曲比较短，只有7个音位的话，那就是配7个字。但这又不是很刻意地一定要这样排列，就是自然而然的，传统中就是以7~9个字为多，这不像我们藏文的诗歌。藏文创作的诗歌是要考虑很多因素的，平仄押韵等等，但是神授艺人的民间史诗是不需要有太多思考的。

姚：阿拉塔拉是否代表的是词位？在重复的旋律中，只要按照阿拉塔拉的词位来搭配词就可以吗？

达：阿拉塔拉塔拉惹呀，这个"惹呀"是"是这个"的意思，如果是个吟诵艺人，你拿到部本唱的时候，必须要把最后这两个字加上，但在书面本子中是看不到的，一音配一字。一般来讲，格萨尔的唱词都是7~9个字的，在配曲调的时候，会出现一些无实义的衬词，如 re、ya，如果把这些衬词去掉，曲调就不好听了。衬词补充的其实是婉转细节的部分，这应该是长期演唱过程中积累的经验吧，知道哪一部分需要补一个音，哪一部分需要在后面垫两个音。如果不垫这两个音也能唱，但是不好听。该不该垫两个音，我在演述的过程中是没有这样的意识的，也不会考虑这些因素，而是在看书和看史诗本子时发现的，如果这里不垫这两个音或词缀的话，词曲就不完整，也不对称了。

姚：这种经验是不是在神授时产生，又通过后来翻看录音录像后知道并记住，经过长期不断的练习实践和多次演唱而形成的？

达：对，我回看或者回听的过程，发现有这些曲调，然后就把它们记在心里了。还有就是我也有一个研究的过程，所以遇到这些曲调，我也会把它们记下来。[1]

从中可见，书面文本、录音录像等媒介的介入使神授艺人在神授状态的无意识之外，建构起了日常生活状态下对于词曲搭配的规律认识。印刷术的作用使功能分离在一切层次和一切领域都迅速展开[2]，包括印刷文本对神授艺人词曲分离观念的形塑。

第五，媒介参与与"大脑文本"的生成。在才智脑中，一部史诗故事的情节发展脉络会有一个大概的印象，即"大脑文本"之一种，但这种印象有时会与他在铜镜中看到的图像有所不同。这有时会让才智感到疑惑，不知道他脑中的印象与铜镜里看到的图像或风物遗迹究竟哪一个是正确的。由于这一分辨意识非常短暂，只发生在才智看铜镜的一刹那，可就在这一念之间，他需要马上将铜镜里的图像转化为口头的音声唱出。因此此时的才智只能是按照他在铜镜中看到的图像进行演述，来不及回忆存储在他脑中关于情节梗概的"大脑文本"。当笔者问及其"大脑文本"的来源时，他认为一方面可能是受其他格萨尔歌手的演述或史诗书面文本的影响；另一方面是从回看录制的音视频中获取的。才智一般在演述后无法复忆演述中的情节和曲调，加之史诗音声文本的呈现每天皆不同，因此，如今他的每次演述都会安排专人为他录音、录像或做文字记录。当他回看音视频或文字记录时，会发现他现场演述的音声文本与他脑中日常积累和记忆的情节梗概不一致。[3] 他发现不同时间演述同一篇章或部本时，具体的唱词会发生变化，但他在铜镜中看到的图像基本是一致的，不同的只是"系列"。[4] 因

---

[1] 受访人：达哇扎巴，访谈人：姚慧，翻译：央吉卓玛，访谈时间：2020年8月12日15:00—17:20，访谈地点：青海省玉树藏族自治州人民政府大楼格萨尔研究中心达哇扎巴办公室。

[2] ［加拿大］马歇尔·麦克卢汉：《理解媒介：论人的延伸》（55周年修订本），何道宽译，译林出版社，2020，第217页。

[3] 受访人：才智，访谈人：姚慧，访谈时间：2020年8月3日9:00—11:00，访谈地点：青海省果洛藏族自治州群众艺术馆。

[4] 受访人：才智，访谈人：姚慧，访谈时间：2020年8月4日13:00—16:00，访谈地点：青海省果洛藏族自治州群众艺术馆。

此，对于"系列"套语的认知也是通过媒介的回放来获取的。

除此之外，他在阅读扎巴老人演述整理本后，发现自己的演述文本与扎巴老人说唱的情节略有不同；才智曾受父亲的影响，喜欢听尕藏智华演唱的故事版本，但这个版本也与才智在铜镜里看到的图像不一致；其他艺人的演述版本神化色彩浓郁，但才智在铜镜中看到的故事版本却更像是历史人物的历史故事。所有这些都让才智感到困惑。不仅如此，与达哇扎巴不同，阅读的书面文本中的情节有时也会突然出现在才智的演述中。为了尽可能不受外界影响，能够按照自己在铜镜中看到的图像进行演述，现在的才智很少看书。[1]

为了适应学术机构长篇史诗的资料录制与保存或舞台展演的需要，在没有受众提问的情况下，才智采取了一种帮助记忆的方法来提示自己从叙事文本的何处开始。在录制或展演前，他会在纸上简短地写出用来提示情节位置的文字，放在眼前。当他"打开"圆光通道之后，看到这个（或行）字时，他就可以按照这个（行）字的提示观想圆光本尊，当圆光本尊附身到才智身上后，他就能回忆起来从提示字（行）的位置开始唱起。如果不做这样的提示，才智就无法从史诗诗章中间的某个情节开始说唱。在演述前，才智会与史诗录制者或要求人进行商量来确定演述开始的位置。对于才智而言，演述中的受众提问与写字提示发挥同等作用，都是为了引导他进行观想，但实际上这两种方式都是遗产化进程中受外界力量（包括学者的调查与研究）介入的影响而产生的变化，在一定程度上改变了才智传统的演述习惯。如果不做这样的调整，无论什么时间演述，无论用多少天，才智每一次都只能从故事的开头唱起，如此便无法完成对整部史诗的演述录制。但才智并不承认他脑中存储着一个固有的情节线索，写字或者提问只能提示他从哪里开始，自此以后的情节如何发展，能唱多久，他就无法掌控，依然需要通过铜镜显现的图像来确定。虽然情节的结局基本不变，但在具体情节安排上不同歌手的演述仍有一些差别。进而言之，不同歌手

---

[1] 受访人：才智，访谈人：姚慧，访谈时间：2020年8月3日9:00—11:00，访谈地点：青海省果洛藏族自治州群众艺术馆。

的叙事，开头和结尾或者出发地和终点基本不变，但每个人走的却是不同的路。对于才智而言，从出发地如何到达终点、具体走哪条路皆由铜镜做主。[1]

三、从整体场到切割性

通过前两章的论述，格萨尔音乐已然形成了一个以口头演述为内核，从创编到接受，再到音声文本的生成和意义阐释的整一性闭环认知体系。口头传统要求人人参与的现场感与歌手、受众、语境、演述和意义等要素共生共在的整体场，由此构成社区的"部落化"结构。按照传播学家麦克卢汉的界定，言语是一种低清晰度的冷媒介。"冷"，意味着言语所能提供的信息有限，大量的信息需要由受众自己去填补，因此冷媒介要求的参与度高[2]，而这也恰恰是口头演述的基本特征，但当其他媒介介入史诗演述与传承序列时，言语便开始与言语之外的其他媒介发生交集。

麦克卢汉认为，媒介即讯息，换言之，一种全新的环境被创造出来标志着对旧环境的彻底再加工，并在新环境的催动下，将旧环境转变为一种艺术形式，而我们所能觉察的，只是其"内容"，即原有的环境。[3]在麦克卢汉的解释中，随着社会转型的逐步推进，新环境与旧环境呈现逐一接续与替代的关系。例如，"萧伯纳把新闻媒介纳入戏剧，让戏剧舞台接过新闻媒介争论和人情味的世界，狄更斯在小说中接过了这些东西。随后，电影又接过小说、报纸和舞台等媒介，一股脑儿全都接过来。继后，电视又渗入电影，把'表现无遗的戏剧'奉还给

---

[1] 受访人：才智，访谈人：姚慧，访谈时间：2020年8月4日13:00—16:00，访谈地点：青海省果洛藏族自治州群众艺术馆。
[2] [加拿大] 马歇尔·麦克卢汉：《理解媒介：论人的延伸》（55周年修订本），何道宽译，译林出版社，2020，第37页。
[3] 同上书，第11—12页。

公众"[1]。虽然在后期发展中，口头传统也开始分别与广播、书写、音视频和自媒体渐次相遇，然而与上述麦克卢汉所列的"新闻媒介 — 戏剧舞台 — 小说 — 电影 — 电视"新环境对旧环境再加工的接续序列不同，口头演述并没有与其他媒介构成连续性的替代链条，而是形成了以口头演述为中心的扩散圆环式关系，如图18所示。

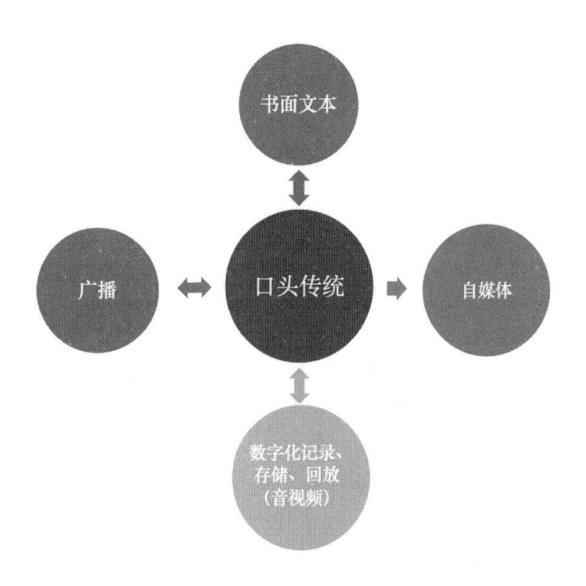

图18 口头传统与其他媒介的关系图（笔者绘制）

结合前文论述和图18来看，在与其他媒介的相遇中口头传统始终处于核心位置，这意味着传承与传播链条的起点很多时候是口头传统，广播、书写、数字化与自媒体之间并没有形成接续性的媒介与内容的传递。通过当下的知识生产与流动路径来看，以口头演述为基础而生成的史诗手抄本或印刷的书面文本俯拾即是。在此过程中，作为媒介的口头演述充当了书写和印刷媒介的内容。这里不仅是为藏族格萨尔吟诵艺人提供了口头演述的底本，而且"格萨尔热"

---

1 ［加拿大］马歇尔·麦克卢汉：《理解媒介：论人的延伸》（55周年修订本），何道宽译，译林出版社，2020，第74页。

之后，大量印刷的史诗书面文本又返回民间，成为歌手如何认知和界定传统的依据以及口头演述的"标准化"文本，并由此打开新一轮口头演述的传承之链，其间书面文本成为形塑歌手的口头文本和认知观念的重要手段，而此时书面媒介又成为口头演述的"讯息"。同时，书写和印刷将口头传统从现场语境中剥离出来，使稍纵即逝的口语词汇及其隐蔽的含义定格在书面文本之中，打破"演述场域"、社区、受众的种种传统阈限，将其推向跨越时间、空间和不同人群的超时空对话，塑造并重新安排人的协作模式。史诗的知识生产从口头传统到书面文本，尤其是印刷文本的转移，完成的是从听觉向视觉官能的延伸，而受印刷物所规约的视觉官能又具有自身的特性要求，即整齐划一和连续性。比如，有些有文化素养的格萨尔艺人或地方精英为了追求书面文本在故事情节上的前后一致，会将口头演述中情节中的矛盾之处进行调整，使时间空间化，而这是口头演述所不以为然之处，既是口头记忆模糊性的体现，也是转瞬即逝的瞬间记忆所无法捕捉到的，还是由听觉艺术的多样化走向视觉艺术的标准化原则。

广播将口头演述位移至电波，像书面文本一样，既取自口头演述，又脱离原语境将超时空的歌手与受众相勾连，将"现场"延展至不同主体的参与性"在场"，同时广播的内容又作为口头演述的讯息返回到民间歌手的说唱中，比如格日尖参和才智借助广播学习尕藏智华的曲调，在习得掌握之后形成自己的音声文本。然而，与书写与印刷不同而与口头传统类似的是，广播是声象的延伸，采取的是一种集体收听的形式[1]，"复兴的是深刻的部落关系和血亲网络的古老经验"[2]。但与口头传统不同的是，据麦克卢汉的研究，广播是热媒介，可以被用作背景，也不是一定要有人的介入。[3]因此，广播使口头传统"演述场域"的整体场被部分切割，受众的不在场使信息输入与输出的双向交流机制变为单向的信息输出，受众的反馈与反应无法在同一时空直接与歌手演述形成互动，音

---

1 ［加拿大］马歇尔·麦克卢汉：《理解媒介：论人的延伸》（55周年修订本），何道宽译，译林出版社，2020，第374页。
2 同上书，第368页。
3 同上书，第381页。

声文本的生成也因受众与语境交互作用的缺席而无法实现活文本的传统构建。

勘比广播，达哇扎巴和才智等格萨尔艺人所使用的音视频录放方式应该是受进入田野的学者或媒体的数字化记录与建档所影响，其影响的渠道可能涵括以下三种可能：第一，学者或媒体记者的现场录制，社区受众并不在场，局外人成为受众；第二，大型展演活动的现场录制，可能有社区受众的在场参与，这是较为接近口头传统演述的一种方式，录制者可能是主办方或学者；第三，史诗演述时歌手的自我录制，为日后的回放品咂提供依据。后两种可以使不在场的学者跨越时空研究也许未曾谋面的歌手的演述。与书面文本和广播一样，音视频记录也有反哺民间的案例，比如内蒙古艺术学院音乐学院所实践的史诗抢救工程之一，年轻人奇山就是通过模仿当年博特乐图团队录制的布仁初古拉音视频（包括 CD）资料而习得史诗的。显然，这样的超时空模仿已经超越了当年布仁初古拉的"演述场域"，音视频资料亦被超时空的新受众赋予了新的意义，成为奇山传统曲库构建、模块提取和获取创编法则的样本。

实际上，史诗的演述和接受与学者的建档策略不同，口头文本生成的目的是交流，而作为学术文本化的依托形式之一——音视频录制的最初目的是保存，以便为研究者在演述事件之后多次回顾提供便利。而由学者的建档方式到歌手自我建档工具的转化过程也对特殊类型歌手的史诗演述传统认知造成了一定的影响。如上文述及的达哇扎巴和才智，脱离神圣语境、回归日常生活之后的音视频回放使歌手在神圣"演述场域"之外具有了关于史诗演述的分类意识和独立判断的认知能力，这在另一个时空中打破了神授状态下的无创编、无词曲搭配、无曲调调用等策略的无意识状态。录制的音视频为我们提供了感知环境的媒介，同时又在一定意义上成了训练歌手分类感知和判断的手段。回看录像实际上突破了时间与听觉、空间与视觉感知模式的区隔，扩展了时空的宽度与广度，进而重组从神圣到日常的信息交换和认知模式。当从神圣世界回归日常逻辑与信息交换的一般法则之后，再用神圣世界中的价值观来构拟和规范传统。如果从日常生活进入神圣世界是一种从世俗到神圣的时空转换，那么从神圣回归世俗，更是一种符号系统和认知框架的转化过程。日常生活中的达哇扎巴和才智借助音视频媒介为大脑输入信息实际上与蒙古族巴雅尔从传统语境中集纳信息并无二致，不同的只是来源与渠道。

麦克卢汉认为，"媒介即讯息"是因为"媒介对人的协作或活动的尺度和形态发挥着塑造和控制的作用……实际上，任何媒介的'内容'都使我们对媒介的性质熟视无睹……"[1]。就像书写、广播、音视频作为口头传统的视觉或视听感知的延伸时，我们关注的是媒介转换过程中叙事内容的传递，却很少注意到口头演述本身已然变成了其他媒介的"内容"，与此同时口头传统的歌手、受众、语境、演述、意义同时在场，主体、生产过程、交流过程同时在线的"整体场"也随之被肢解和切割。随着新媒体时代的来临，电子媒介和自动化依靠电脑、网络、自媒体的驱动建构起了新的整体"场"，使不同主体跨越地理空间和时间维度同时在场且交互作用，口头史诗的"演述场域"也在网络社区中得以重构，网络直播、微信群和短视频使"在场"的内涵和交互作用的广度和深度进行了跨时空的延展。

在笔者目前的田野访谈中，几位歌手都有组建或参与格萨尔史诗微信群的经历，包括甘孜藏族自治州德格县的阿尼和布黑，也包含果洛藏族自治州甘德县的班桑。阿尼和布黑都有各自建立的用于交流学习的格萨尔微信群，群内成员每天持续不断地用60秒语音的方式分享格萨尔唱腔。布黑所在微信群的群主和成员大多不是来自甘孜本地，而是以青海省玉树藏族自治州的格萨尔歌手或学习者为主，之所以跨省建群是为了向布黑习得传承脉络清晰且被视为"正宗"的格萨尔唱腔。在微信群的网络社区中，成员间构建起互为主体的主体间关系，每位成员既是歌手，也是受众。在口头史诗新的"演述场域"中，史诗唱腔的口头展示、口头语音反馈和表情动图等共同构列着符合微信群交流规律的互动模式，使信息回路的指向更具符号化特征。以60秒为单位的音声矩阵由超时空的多位歌手或学员共同建构，打破了现有行政区划的地理区隔，同时因以学习

---

[1] ［加拿大］马歇尔·麦克卢汉：《理解媒介：论人的延伸》（55周年修订本），何道宽译，译林出版社，2020，第19页。

为目的而制定的人人参与规则又使网络社区的交互性得以充分彰显。

此外，班桑、阿尼和布黑还会将格萨尔唱腔录制并保存在手机或平板电脑（ipad）上。他们在录制长篇史诗或史诗唱腔时，都曾出现演述中间忘记曲调，停下来翻看手机或平板电脑来帮助回忆的现象。因此，口头传统的"交互性"在电子媒介上"复活"的同时，以长篇著称的史诗叙事文本也因手机微信60秒的碎片化呈现而出现记忆的模糊地带。麦克卢汉曾言："人不像单纯的生物，他具有传递和转换的装置，这一装置建立在储存经验的能力上。人的储存能力，比如语言里的储存能力，同时又是转换经验的手段。"[1]也就是说，人的储存能力是知识传递和转换经验的基础。当依托人脑存储、检索和调用曲调的信息处理方式长期被弱化，甚至被取代时，人类自身的储存能力与经验亦会随之逐渐退化。访谈中，史诗歌手都承认依靠电子设备记忆和存储曲调的方式不利于格萨尔史诗的传承。在图18中，书写、广播和音视频虽然改变了口头传统的"整体场"，但上述三种媒介都与口头传统形成双向反哺的互动知识生产过程，而包括微信群和短视频的自媒体技术虽然可以像书面文本、广播和音视频一样为口头传统提供知识转换的通道，但其使史诗叙事的长篇属性被切割，碎片化的音声呈现在一定程度上可能会肢解史诗音声文本的结构法则，使其无法再重返史诗口头演述的现场，其间改变的不仅仅是知识生产的方式，而且变革了人的思维和评价模式。因此，于史诗而言，自媒体的交互性和切割性相互交织，矛盾共存。正如麦克卢汉所言，"对媒介影响潜意识的温顺的接受，使媒介成为因禁其使用者的无墙的监狱"[2]。

---

[1] ［加拿大］马歇尔·麦克卢汉：《理解媒介：论人的延伸》（55周年修订本），何道宽译，译林出版社，2020，第83页。

[2] 同上书，第33页。

第三章

格萨尔史诗传统的多模态解读

第三章 格萨尔史诗传统的多模态解读

前文从口头史诗的演述、创编、接受层面探究格萨（斯）尔史诗口头音声文本的生成过程，本章将音声文本的生产与接受过程进一步延展，进入与前述几个环节息息相关的解读层面，其中既包括作为学术研究的学理解读，也涵括传承社区内部成员对口头史诗的多元阐释路径，以及笔者与调查对象理解与对话的互释向度。作为口头传统的史诗，在民众生活中并非单一的文类概念，而是多种艺术互涉领域的集大成者。朝戈金曾提出"全观诗学"，认为口头传统与民间艺术之间有"共享相通的审美法则。……口头文学作为一个独立自足的整体，与音乐、舞蹈、绘画、雕塑、表演、服饰，乃至建筑艺术等相邻的艺术领域相互依存，合起来构成一个谱系。在人类巨大的艺术创作体系中，口头文学与诸艺术形式彼此配合，共同营造艺术世界的整体图景"[1]。自20世纪末以来，多模态研究的理论与方法已在国内外各领域遍地开花，不仅在理念上与"全观诗学"有着异曲同工之妙，而且研究成果丰硕，能够在认识论和方法论上提供现成的参考框架。因此，本章力图在同一文本观念之下，在多模态研究的视域中，勾连听觉、视觉，以及视听模态感知的文本谱系和文本间性，探察口头艺术如何调用各自的语汇来解读和重构格萨尔史诗传统，发现口头艺术互涉共享的叙事策略和表达通则，进而探索跨学科的研究理路，解答应该如何解读口头诗歌的现实之问。鉴于研究需要，本章只以藏族格萨尔史诗传统为研究对象。

---

[1] 朝戈金：《"全观诗学"论纲》，《中国社会科学》2022年第9期。

第一节　从文学叙事到多模态叙事传统

　　通过前两章的论述，我们基本厘清了格萨（斯）尔史诗音乐"演述场域"内外口头音声文本的生成机制，那么本节首先回到史诗传统文学叙事的核心范畴，观察格萨尔学者是如何解码史诗的叙事策略的，检视文学叙事的结构方略是否与史诗音乐文本的组构法则有共同的规律可循。接着，我们在多模态文本观的视野下反思单一学科视界在史诗传统研究中的局限性，在对民族志诗学阐释维度的反思中建构多模态解读的可能性，进而在"超级文类"叙事传统的宏观视域下探寻史诗传统背后共同的营构机制，探索解读口头诗歌的跨学科进路。

一、叙事策略研究概观

　　在格萨尔史诗研究领域，老中青三代学者都曾对史诗叙事问题进行过相关讨论，已经积累了一大批细致深入、可资借鉴的研究成果，因此这里笔者主要以梳理现有成果为径途来呈现格萨尔史诗文学的叙事策略。在中国知网以"格萨尔"为主题词进行检索，笔者找到相关论文共117篇。归纳来看，学者们的研究视角大概包括以下几类：一是在格萨尔史诗分章本、分部本等不同书面文本之间描述和分析史诗的情节结构；二是在格萨尔史诗不同版本的族际比较中研究藏族格萨尔史诗情节的结构特征；三是在与《伊利亚特》《罗摩衍那》等外国史诗的比照中探析藏族格萨尔史诗的情节结构；四是在三大史诗的类比中研究中国史诗的共性和差异；五是以人物为聚焦点总结其典型性格与特征；六是在口头诗学视野中研论格萨尔史诗的口头叙事规律。就目前的研究现状来看，对格萨尔史诗情节结构的关注是以上诸类研究的重点，但很多成果局限于简单的情节罗列与对比，能够上升到理论层面进行规律总结与理论抽绎的成果却相对较少。

综观来看，目前讨论格萨尔史诗叙事研究的路径主要有两种，一是在书面文本（包括手抄本、木刻本、印刷本等）之间开展互文性比较研究；二是应用口头诗学研究方法进行探研。若从格萨尔史诗叙事研究历时性发展的焦点与重点来看，第一种路径多出现在20世纪80、90年代。21世纪以后，随着口头程式理论、演述理论和民族志诗学等国外民俗学理论被引荐到中国，格萨尔史诗结构叙事研究亦在方法论上发生了一定程度的转移，但此类研究大多聚焦在语词程式的探析上，应用"典型场景"和"故事范型"两个概念进行学理研究的学者却并不多见。与此同时，当下专注于史诗情节叙事研究的学者逐年递减，而这恰恰是民间文学需要持续坚守、捍卫与深耕的专业领地。下面笔者将"格萨尔王传"的总体叙事作为体探向度，尝试从口头诗学的三个基本概念"程式"、"典型场景"与"故事范型"的视界着眼，对何天慧、马都尕吉、徐国琼、扎西东珠、索南措、央吉卓玛等几位学者的已有研究进行重新梳理与归纳。需要说明的是，鉴于当下的研究现状，这里暂且悬置史诗演述中的语境要素，仅从叙事结构维度入手。

第一，若将"格萨尔王传"整体视作史诗结构中的故事范型，那么就构成了以下情节基干的构拟组合模式："在天界（《天界九卜》）—降人间（《英雄诞生》）—称君王（《赛马称王》）—战邪魔（降伏四魔、十八大宗、十八中宗、几十小宗）[1]—救亲人（《地狱救母/妻》）—返天界（《安定三界》），

---

[1] 如《降服魔国》《霍岭大战》《门岭大战》《保卫盐海》《大食财宗》《索波马宗》《阿扎玛瑙宗》《歇日珊瑚宗》《卡切玉宗》《象雄珍珠宗》。马都尕吉：《论〈格萨尔〉的程式化结构特点及其传承规律》，《西藏研究》2005年第1期。

173

其中'战邪魔'是史诗的主体部分。……"[1]据李连荣的长期调查,上述六种典型场景/主题都可以作为民间格萨尔艺人伸展或缩减情节叙事的创编策略。[2]若将"格萨尔王传"整体视作一个大型叙事结构,那么在书面文本框架下的分章本与分部本之间实际上是史诗歌手口头演述策略中故事范型与典型场景/主题的结构关系,大量出现的分部本是"王传"大故事范型中典型场景/主题扩展口头创编法则的书面呈现,只是20世纪80、90年代的格萨尔研究前辈们更多地从书面文学情节结构的研究视角来审视作为口头文学的格萨尔史诗结构,未将二者整合观世,从而在一定程度上遮蔽了书面文本与口头文本之间的内在联系。

第二,如果在大故事范型框架下,进入多数格萨尔史诗的战争("战邪魔")典型场景/主题,那么又会发现其"大故事套小故事"[3]的构型规律,于是小故事内部又有自己的故事范型,即"外敌入侵—出征降敌—消灭恶魔—策立新君—取战败国财物"[4],这里暗含叙事冲突的预设机制和创编法则,即问题的产生/起因(神的授意;外敌入侵:抢婚、盗马、劫商、争夺土地财物等)[5]、问题的展开(出征降敌)、问题的解决(消灭恶魔、策立新君、取战败国财物)。

除降伏四魔,其他大宗、中宗和小宗组合一方面遵循上述战争典型场景的叙事策略;另一方面以"宗"作为一套叙事模式又有其自成一体的规则:

---

1 马都尕吉:《论〈格萨尔〉的程式化结构特点及其传承规律》,《西藏研究》2005年第1期。
2 受访人:李连荣,访谈人:姚慧,访谈时间:2022年3月15日11:30—12:00,访谈地点:中国社会科学院餐厅。
3 因格萨尔史诗结构是大故事套小故事,所以这里也将"战争"视作"全传"大故事中的小故事。参见降边嘉措《〈格萨尔〉的结构艺术》,《西藏民族学院学报》1986年第1期。
4 马都尕吉:《论〈格萨尔〉的程式化结构特点及其传承规律》,《西藏研究》2005年第1期。
5 抢婚,如《降伏妖魔》《霍岭大战》《阿扎玛瑙宗》等;盗马,如《大食财宗》《香香药物宗》等;劫商,如《香雄珍珠宗》《米努丝绸宗》等;争夺土地财物,如《保卫盐海》《雪山水晶宗》等;人命血案,如《门岭大战》等。何天慧:《试论〈格萨尔〉诸多分部本产生的原因》,《西北民族学院学报》1990年第4期。

①以所取财物为模式化命名方式[1]，有时出现同"地"不同"物"或同"物"不同"地"[2]；②"以'宗'命名的叙事片段实际上是一场场以攻城破堡为主题的叙事单元"；③将"宗"视为切分格萨尔史诗长篇叙事的单位；④借"城堡"喻邦国，通过描述"城堡"交代叙事走向，典型场景往往连接着更大的叙事情节；⑤"每一个以'宗'命名的分部本，都可以视为一组以'缺失和缺失得到弥补'为核心情节的叙事片段。只是演述人在创编具体的分部时，对导致缺失的原因和缺失获得弥补的过程进行了或同或异的安排。……在演述人的史诗世界里，特定的典型场景总是与特定故事范型相联系"；⑥"在传统法则的规约下，'宗'在构筑诗行，推进叙事和构建叙事结构方面发挥了重要且难以替代的作用"。[3]

第三，除了上述"格萨尔王传"大故事范型中在构建叙事结构发挥情节基干作用的几个典型场景或主题（在天界、降人间、称君王、战邪魔、救亲人、返天界），其他主题或典型场景亦在歌手的演述中被经常应用，如攻取城堡、幻变、征战前会商、驻扎大营、问答山水、慈母劝阻、敌将劝主勿入侵等。[4]据李连荣讲，在格萨尔史诗的演述实践中典型场景并不缺席，而且在史诗歌手的创

---

[1] 降魔四部以后的绝大多数分部本，都是以所取的财物来命名篇名的。比如《大食财宗》是夺取大食国的金银财宝。《香雄珍珠宗》是夺取香雄地方的珍珠，《朱古兵器宗》是打开朱古国的兵器库，取出各种武器运回岭国，《木古骡宗》是打开敌方山中的紫骡宝库，引出无数的宝骡赶回岭国，进行分配。……这些分部本中，战争的目的，是为了降魔伏怪，也是为了夺取财产，二者兼而有之。何天慧：《试论〈格萨尔〉诸多分部本产生的原因》，《西北民族学院学报》1990年第4期。

[2] 可能是由于流传地域的差别与说唱艺人的不同（或作者不同），他们所创作的分部本唱部中，有的是同一个地名，而所夺取的财物不同，如《雪山水晶宗》《雪山丝绸宗》《雪山佛法宗》《雪山水宗》《甲那礼法宗》《甲那茶宗》《甲那宝藏宗》《甲那乳牛宗》《尼泊尔绵羊宗》《尼泊尔米宗》《尼泊尔水晶三宝宗》等等。还有的攻占的地方不同，所取的财物却相同，如《朱古恺甲宗》《木雅恺甲宗》《拉日国恺甲宗》《甲罗恺甲宗》《阿扎珍珠宗》《贡巴珍珠宗》《印度珍珠宗》；《阿扎玛瑙宗》《朱古玛瑙宗》《大鹏玛瑙宗》《香雄玛瑙宗》《保如玛瑙宗》等。何天慧：《试论〈格萨尔〉诸多分部本产生的原因》，《西北民族学院学报》1990年第4期。

[3] 央吉卓玛：《"宗"：格萨尔史诗的叙事程式、传统法则与故事范型》，《民族文学研究》2020年第6期。

[4] 徐国琼：《论〈格萨尔〉史诗分部本创作上的几种"模式"》，《西藏民族学院学报（社会科学版）》1994年第1期。

编中发挥着重要作用，成为歌手缩减与伸展情节的叙事策略之一，如丹玛抢马、宴会、出征等典型场景都有程式化的创编法则，只是目前的研究中很少有人从口头诗学的维度谈及或做更为深入的文本细读。[1] 央吉卓玛的新近几篇论文在此层面上做了较为出色的探索性研究。[2]

第四，程式性表达。从史诗文学形式结构上论，一般包括：①开篇词（祈祷辞+颂词+内容简介+谦语）；②唱段引子（衬词"啊啦塔啦"，史诗体裁的标志）；③向神佛致敬与祈愿的歌诗；④介绍"角色"所在方位的歌诗；⑤人物自我介绍的歌诗；⑥介绍曲牌的歌诗；⑦唱段的主旨性歌诗（主要内容）；⑧唱段结尾歌诗。其中，主旨性歌诗在构成方式上更为灵活，不同艺人口头演述的《格萨尔》分部本的"容量"增缩与篇幅的长短差异，也主要体现在这部分。[3]

从修辞上论，格萨尔史诗经常使用大量程式化比喻，且遵循"由虚及实的叙述习惯，前边若干段为设喻，最后一段为实，即全诗的中心和要说明的事物"[4]，其中在特定典型场景或主题中也有常用的、类型化的喻体集合，如表2。同时，大量运用藏族传统的诗词格律，便于艺人记忆，并且一般遵循藏族由远及近、自上而下（天界、中界、下界）[5]的程式化叙事传统。[6]

---

[1] 受访人：李连荣，访谈人：姚慧，访谈时间：2022年3月15日11:30—12:00，访谈地点：中国社会科学院餐厅。

[2] 当目标任务是描绘典型场景或主题时，以核心语词及其特性修饰语为基础（这些往往是演述人和书写者构思场景的核心），综合句法和声学模式，通过调用传统武库中的相应片语并对其进行个性化创编，从而构筑和扩展诗行往往是史诗书写的关键所在。……通过增添细节内容并借助各类比喻手法构筑和铺排诗行，史诗传统形成了可以缩减或扩展的场景描写模式。央吉卓玛：《朝向"悦耳"：反思格萨尔史诗的文本化实践及其路径》，《青海社会科学》2021年第6期。

[3] 扎西东珠：《藏族口传文化传统与〈格萨尔〉的口头程式》，《民族文学研究》2009年第2期。

[4] 索南措：《〈格萨尔〉说唱艺人表演程式内部成因》，《青海社会科学》2010年第6期。

[5] 如一般从天际的雪山到远方的大海，再至近处的草滩，而后才是眼前的事物。纵向上，先从天界神灵到中界神祇，再到下界龙神的叙事顺序进行。索南措：《〈格萨尔〉说唱艺人表演程式内部成因》，《青海社会科学》2010年第6期。

[6] 索南措：《〈格萨尔〉说唱艺人表演程式内部成因》，《青海社会科学》2010年第6期。

表2　格萨尔的程式化比喻[1]

常用喻体	本体和象征
雪山与雄狮	雄伟、勇武、不可战胜
森林与猛虎	深奥、勇猛无比
原野与雄鹿	广阔无际、自由无羁
大海与金眼鱼	广大、珍贵、珍爱
"南云翻滚"与"苍龙吟啸"	险恶环境、威势、名声巨大
须弥山、大鹏	尊贵、权势
丝绸、哈达	顺利、吉祥、安全、柔顺
白	美好、善、吉祥、崇高
黑	恶、魔、不净、异教、邪魔外道

当对格萨尔史诗文学叙事策略有了一定的了解之后，我们再对上述研究成果所揭示的史诗叙事结构分析进行一定的视觉简化处理，以图示的方式编织起文学叙事与格萨尔音乐、唐卡、羌姆、藏戏交互勾连的纽带，从而寻找民间艺术各门类共享、格萨尔史诗传统背后的通用叙事法则。下面，我们借用施爱东在《故事法则》中对同题故事的节点[2]及其异文关系的图示（原书图7[3]）研究法来简要分析格萨尔的同题史诗。虽然他在研究史诗的可持续生长机制时，结合史诗自身圆形结构的特点及其与民间故事叙事单元的差异，在同题史诗的框架下从"故事节点"扩展到"情节基干"[4]，从故事中的"附着性母题"[5]扩展到"叠

---

[1] 该表由笔者根据扎西东珠的研究绘制而成。扎西东珠：《藏族口传文化传统与〈格萨尔〉的口头程式》，《民族文学研究》2009年第2期。

[2] 围绕同一标志性事件，围绕同一主人公而发生的各种故事，我们称之为"同题故事"；我们把这些在同题故事中高频出现的、在故事逻辑上必不可少的母题，称为同题故事的"节点"。施爱东：《故事法则》，生活·读书·新知三联书店，2021，第78—79页。

[3] 同上书，第87页。

[4] 同题史诗存在一些共有的、不可更改的情节单元及其排列顺序。这些情节单元及其秩序是所有该史诗的演述者共同遵守的。我们把这些情节单元与秩序的组合称作"情节基干"。施爱东：《故事法则》，生活·读书·新知三联书店，2021，第139页。

[5] 附着性母题是从节点间衍生出来的故事异文。施爱东：《故事法则》，生活·读书·新知三联书店，2021，第87页。

加单元"[1]，绘制出史诗结构模型（原书图 12）[2]，但这里重点关注的不是结构模型。对于史诗情节基干及其异文关系，反而是"图 7"的图示方式更能形象地呈现民间叙事稳定性与即兴性（变异性，或施爱东所称之"自由度"）的基本规律。故而，笔者整合施爱东书中"图 7"与"图 12"的标示方法，以前述格萨尔史诗模式化叙事的具体实践为基础，绘制图 19。

如图 19 所示，假设我们将"格萨尔王传"整体作为一个故事范型 G，那么其中的 A（在人间）、B（降人间）、C（称君王）、D（战邪魔）、E（救亲人）、F（返天界）就是"格萨尔王传"同题史诗的情节基干，即共有的、不可更改的情节单元及其排列顺序。其中，A、B、C、D、E、F 既是故事范型 G 的叙事节点，又可以抽离出来单独成篇（或部），如"天界九卜""英雄诞生"等。我们以分部本中占比较大的"战邪魔"典型场景（或主题）为例来看独立成篇的叙事单元，其内部又有共有且不可更改的情节基干：1（外敌入侵）、2（出征降敌）、3（消灭恶魔）、4（策立新君）、5（取战败国财物），图中用实心的黑点表示。图中用空心的圆表示叠加单元，如 h、i、j、k、l。在实际的演述实践中，不同格萨尔艺人的演述文本可以是 1—2—3—4—5，也可以是其伸展版 1—h—2—3—i—4—5 或 1—2—j—3—k—4—l—5 等，其中 1 是"战邪魔"叙事单元的起点，而 5 是其终点，起点和终点不可更改，而如何从起点到终点则有多种可能，只要保证情节基干不变即可，叠加单元遵循"即时加减"和"回到原点"的结构机制[3]，并不影响情节基干的传统规约预设和故事范型的架构。正如才智所言："同一个部本，情节的结尾基本是不变的，但在具体情节安排上仍有一些差别，不同艺人的叙事，开头和结尾或者出发点和终点基本是一样的，但走的是不同的路。对我而言，从出发点如何到达终点、具体走哪条路皆由铜镜决

---

[1] 我们把那些不属于情节基干部分的，而是史诗流传过程中由不同的史诗艺人演绎出来的，而又能够得到听众认可的情节单元称作叠加单元。施爱东：《故事法则》，生活·读书·新知三联书店，2021，第 140 页。

[2] 同上书，第 165 页。

[3] 同上书，第 166—173 页。

第三章　格萨尔史诗传统的多模态解读

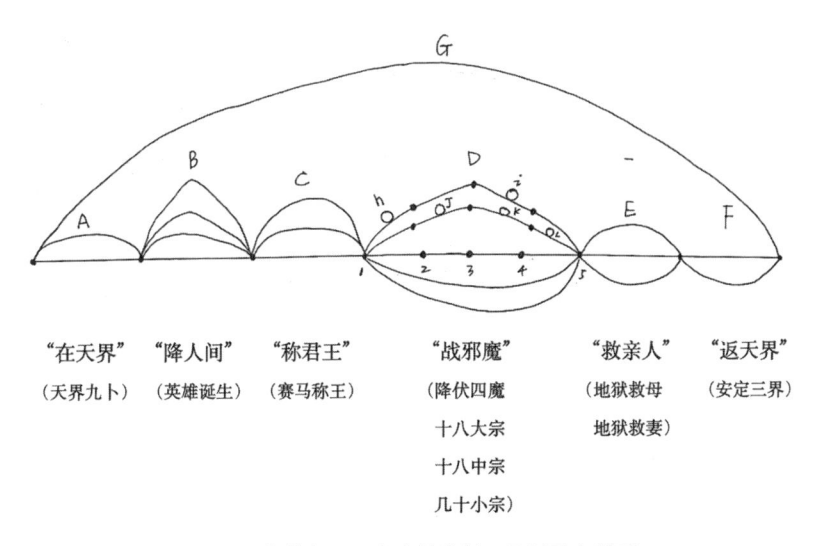

"在天界"　"降人间"　"称君王"　"战邪魔"　　"救亲人"　　"返天界"
（天界九卜）（英雄诞生）（赛马称王）（降伏四魔　（地狱救母　（安定三界）
　　　　　　　　　　　　　　　　　十八大宗　　地狱救妻）
　　　　　　　　　　　　　　　　　十八中宗
　　　　　　　　　　　　　　　　　几十小宗）

图19　格萨尔同题史诗情节基干及其异文关系

定。"[1] 徐国琼和何天慧也在研究中发现类似规律："在不少史诗分部本中，在题材上，尽管所叙故事纷呈各异，但在其创作方法上，则是有一些共同的或相似的'模式'可循的，正因为如此，在不同的分部本中，常常出现彼此相似情节。艺人们在说唱史诗时，也可以将甲部的个别情节，移植到乙部来说唱。"[2] "艺人们在说唱十八大宗的时候，是各具特点的，其内容并不完全一致。"[3] 由此可知，格萨尔史诗的文学叙事与格萨尔音乐[4]一样，在结构上共同遵循着"限定内变异"（varying within limits）[5] 的口头艺术创编规则，格萨尔史诗传统框架下的民间艺术共享同一套叙事法则。

---

1 受访人：才智，访谈人：姚慧，访谈时间：2020年8月4日13:00—16:00，访谈地点：青海省果洛藏族自治州群众艺术馆。
2 徐国琼：《论〈格萨尔〉史诗分部本创作上的几种"模式"》，《西藏民族学院学报》（社会科学版）1994年第1期。
3 何天慧：《藏文〈格萨尔〉分部本浅论》，《兰州大学学报》1990年第4期。
4 具体音乐结构的分析详见姚慧《史诗音乐范式研究：以格萨尔史诗族际传播为中心》，中国社会科学出版社，2021，第98—179页。
5 "限定内变异"是弗里的归纳见 John Miles Foley. *How to Read an Oral Poem.* Urbana and Chicago: University of Illinois Press, 2002, p.44. 施爱东称其为"有限变异的结构"。施爱东：《故事法则》，生活·读书·新知三联书店，2021，第172页。

179

二、反思民族志诗学的研究向度

在解读叙事传统的维度上，与口头程式理论、演述（表演）理论并称美国民俗学"三大理论"的民族志诗学的国内外学者做了很多回到声音的努力。以丹尼斯·特德洛克（Dennis Tedlock）和杰诺姆·鲁森伯格（Jerome Rothenberg）创办刊物《黄金时代：民族志诗学》为开始，以质疑将美洲本土叙事认定为散文/韵文二分法中的"散文"为契机，学界反思一直以来对口头讲述缺少艺术性、单调乏味的刻板印象，认为以往的呈现方式在很大程度上剥夺了原有叙事表现的潜在空间和优雅风格。[1] 在这些呈现方式中，呆板、随意、正式体的英文翻译是其中之一，其间丝毫没有捕捉和再现原作模样的努力。[2]

《黄金时代：民族志诗学》在面世时就昭示了它的办刊宗旨：

拓展我们理解一首诗该当怎样的问题

提供一个场所，使得我们对部落的、口头的诗歌的翻译，进行实验；提供一个园地，使得我们可以基于极为不同的语言和文化，探讨这种翻译中的问题以及翻译的可能性

鼓励诗人积极参与部落的、口头的诗歌的翻译

鼓励民族学家和语言学家从事在他们领域的学术著述中被长期忽视的相关研究，具体说就是强调部落诗歌自身所具有的价值，而不仅是它们作为民族志材料的价值

在诗人、民族志学者、表演者和其他人之间开展合作项目

通过样例和评述，强调部落诗歌在今天对我们的意义

（引自 Rothenberg 和 Tedlock；着重号为引者所加）[3]

---

1 巴莫曲布嫫、朝戈金：《民族志诗学（Ethnopoetics）》，《民间文化论坛》2004年第6期；[美]托马斯·杜波依斯：《民族志诗学》，朝戈金译，《民族文学研究》2000年增刊。
2 [美]托马斯·杜波依斯：《民族志诗学》，朝戈金译，《民族文学研究》2000年增刊。
3 [美]托马斯·杜波依斯：《民族志诗学》，朝戈金译，《民族文学研究》2000年增刊。

第三章 格萨尔史诗传统的多模态解读

以上办刊宗旨在以往学者们的论文中多次被引用，但重新再读依然给笔者很多启发。以往的研究将关注的重点放置在民族志诗学的翻译策略及其背后学术方向与理论主张的转移上，却较少留意鲁森伯格和特德洛克开篇所言，即我们如何理解口头诗歌。在笔者看来，这是办刊宗旨的核心，而托马斯·杜波依斯强调的"翻译"和口头诗歌"自身所具有的价值"皆是理解口头诗歌的呈现方式和解读路径。从检索的文献来看，自口头程式理论、演述理论和民族志诗学被引荐到中国以来，前二者都在中国本土开枝散叶、发扬光大，引用、应用和接续的研究者众多，相比之下民族志诗学除了朝戈金、巴莫曲布嫫和杨利慧的引荐文章，承袭者寥寥，但民族志诗学所提出的"如何理解（或解读）口头诗歌"却是一个需要持久探索的重要命题。下面，我们以此为线索，来勾连学界前辈的已有成果，进而反思既定的书面文本呈现与分析模型。

为了能将口头诗歌的口头性、艺术性和表演性通过翻译、转写而表现在书面空间中，民族志诗学的学者们进行了多种实践，并在理论和方法上取得了诸多的成就。[1]其中贡献卓著者当数鲁森伯格和特德洛克，他们共同的努力是将语境中的活态声音视觉化和定型化，调用各种标记符号[2]，竭尽全力地在纸面上翻译和呈现口头叙事的听觉声景，建立了一种"以演述为中心"、以揭示"口头交流基本特性"[3]为宗旨的文本建构与阐释模型，因为从听觉到视觉、从活态到定型的两种媒介之间的转换本身必然无法完整呈现声音与声境互动的真实，两种介质转换后的文本呈现必定是研究者剥离了语境之后的主观建构，虽然文本书写者的主观愿望是再现语境中的文本生产，但文本的最终命运依然是产品，是重构的"客观存在"。因为民族志诗学的迻译不应该是语言学层面的词句翻译，而所译文本嵌入的应该是语言中的"思维模式"。那么什么是口头诗歌语言中的

---

1 杨利慧：《民族志诗学的理论与实践》，《北京师范大学学报》（社会科学版）2004年第6期。
2 声音重的词语用大写字母表示，低声细语的词语则用细小的字体，表述中的停顿用句子的中断来表示，带有表情的声调和拉长的声调通过印刷符号中的长线来体现。［美］托马斯·杜波依斯：《民族志诗学》，朝戈金译，《民族文学研究》2000年增刊。
3 杨利慧：《民族志诗学的理论与实践》，《北京师范大学学报》（社会科学版）2004年第6期。

思维模式？弗里曾在《如何解读口头诗歌》(*How to Read an Oral Poem*)一书中列举过一则民族志诗学的对比案例[1]，见图20。

```
line = breath-group bounded by pauses
# = short pause (less than one second)
## = long pause (one second or longer)
rising letters = rising intonation
falling letters = falling intonation
CAPITALS = loudness
italics = words spoken rapidly and to-
         gether
undividedwords = phrase spoken as a
                 single word
underlining = hand gestures (as observ-
              able)
[] = a continuous poetic line
(occasional stage directions) bold &
parentheses
```

Published Text

I want to be some kind of elemental
woman
the original born before my time
i have lived this life before;
on the banks of the orinoco,
the ganges,
the nile …

Live Performance

I know I need to be someKINDof
elemental woman
you know # the original
SORTof
born before my time
because we have
lived this life before
on the banks of
the Orinoco # the Ganges # and the Nile

图20　弗里所列举的民族志诗学对比案例

除了民族志诗学一般使用的标记停顿、音调、动作、呼吸、音量等复杂符号，难得的是，弗里列出了现场演述文本与书面翻译本之间的对视之差，使我们十分明显地看到，两种文本对诗行的不同理解与阐释框架。上图左侧的书面文本是以语义为中心的句式排列，而右侧的现场演述本却是在语用层面具有口语交流功能的诗行架构。"诗行是书写文化/视觉文化的产物，诉诸听觉的口头诗歌，诗歌意象和意群是由'间隔'来划分的。有鉴于此，看印刷符号的

---

[1] John Miles Foley. *How to Read an Oral Poem.* Urbana and Chicago: University of Illinois Press, 2002, p.98.

诗行，音步是否齐整，不能完全说明演述中的诗行是否齐整。"[1]根据笔者对大量史诗音乐的誊写记谱经验，弗里在诗行之上对标记符号的解释及其在演述诗行中的应用，我们能够较为清晰地捕捉到，右侧文本以口头演述作为切分叙事单元的依据和标准。透过弗里的誊写、翻译和转写，音乐在上述口头诗歌演述的诗行建构和切分"间隔"中发挥着重要作用。换言之，歌手的现场演述不仅有音乐的参与，而且音乐是歌手建构口头诗行的基本要素。为什么这样讲？在弗里的符号解释中，"呼吸"（breath）、"停顿"（pause）、"快速且一起讲述的语词"（Words spoken rapidly and together）、"作为一个单一的词讲述的短语"（Phrase spoken as a single word）在实际演述中应该对应着音乐节奏节拍的变化。也就是说，音乐的节奏和节拍规定了口头诗行中这些词语的组合和排列方式，而音调的走势则是受音高变化驱动的结果。歌手在旋律进行中切分唱词或口头诗歌大结构中的小结构，用音乐的句逗、节奏来完成对唱词叙事单位的切割与重组，但同时音乐的句逗划分又源自口语表达的习惯，从右至左的差异是从口头到书面、从有音乐参与到音乐脱落所呈现的文本样貌。但在音乐学者的思维中，诗行（唱词）与音乐是一种整体构成，是口头诗歌诗行的一个完整表达单元。因此，民族音乐学的乐谱誊写多数是词与曲交互阐释的文本样态，一般不会拆解分割音乐与唱词而使其一独立存在，但受学科壁垒的束缚和影响，这恰恰是文学研究者的常见阐释模式。当然，虽然音乐学者将词曲整一化再现，但对唱词的理解与分析却无法使用文学或民俗学所规制的概念工具进行专业化解读。当我们回到演述主体歌手或民众的生活世界中时，口头诗歌的诗行建构本身就是一个包纳了音乐和唱词双重阐释框架的口语交流整体，是不同背景的学者用学科的边界切割了民众生活实践的"文化文本"。

这样的现象并非只出现在弗里的案例中，在笔者对格萨尔艺人扎巴老人的音声文本誊写中也曾发现类似规律。对于一首韵体的口头诗歌而言，范型曲调的旋律框架是构筑诗行、布局音节的基本框格，格萨尔史诗在以人物唱腔为范

---

[1] 朝戈金：《国际史诗学术格局中的中国史诗研究进路和走势》，《广西民族大学学报》（哲学社会科学版）2022年第1期。

型曲调的结构规则下，一音节对应一音符是词曲榫接的基本原则，调整节奏型是扎巴老人用来适应诗行音节数目紧缩与扩展的即时策略，有时为了填补范型曲调的骨架音节位置，扎巴老人会调用程式化衬词。[1] 在笔者的调研中，也发现在青海省果洛藏族自治州德尔文部落的格萨尔艺人班桑的概念中，音乐中的一个乐句对应他口头演述观念中的一个诗行。这也让笔者反向思考对扎巴老人的录音记谱，按照书面文字的诗行切分句式来看，似乎诗行与乐句并不是一一对应的关系，有时看上去像是乐句对一个书面完整诗行进行了切分或将两个不完整的句式进行了合并。但如果我们从口头诗歌中音乐对诗行的建构作用来看，那么恰好可以反证班桑所言，也就是口头诗歌的诗行观念需要加入音乐的向度。格斯尔艺人琶杰也在史诗演述中经常以替换节奏型和节拍、改换速度的方法来拆分重组音节、临场更换音节与音符的对应原则，从而缓解语义变更、诗词格律变化所带来的音节增减的演述压力。同时，由于琶杰的口头演述使用乐器四胡，因此乐句的尾音亦是诗行构筑的要件之一。[2] 无独有偶，弗里也在南斯拉夫的演述传统中发现，古斯勒琴的伴奏技巧既是歌手缩减或伸展韵律、填补音位缺失的手段，也是建构大词的策略性技巧。[3] 因此，口头诗行的理解与阐释，不

---

[1] 姚慧：《史诗音乐范式研究：以格萨尔史诗族际传播为中心》，中国社会科学出版社，2021，第208—218页。

[2] 琶杰"锡莱河之战"史诗音乐以2/4拍为主，在2/4的韵律循环周期中，如果以每一音步对应一拍为计算单位的话，2/4的两个小节恰好对应"锡莱河之战"诗行的四音步。换言之，四音步通常由2/4拍的两个小节来完成，但如果我们听录音资料，会发现琶杰格斯尔史诗常在两个小节的四音步结束后，乐节或乐句的最后一个音是由乐器四胡拉奏出的，此音上并不配置唱词，有时也会放置并不具有实在意义的"hui"等衬词。这是蒙古族说唱音乐中普遍存在的一种唱腔与伴奏的结合形式。但试想，如果将诗句的末尾音节配置在由乐器演奏的乐节或乐句的结束音上，就会打破诗行的四音步以及重读与非重读的韵律结构；如果去掉这个音，乐节或乐句就没有了落音，又不符合音乐的结构规律，同时，歌手也将没有喘息的机会。因此，这样的搭配方式在一定程度上与四音步的诗行韵律密切相关，这也是格斯尔艺人普遍使用这种伴奏方式的原因之一。详见姚慧：《史诗音乐范式研究：以格萨尔史诗族际传播为中心》，中国社会科学出版社，2021，第218—233页。

[3] John Miles Foley. *How to Read an Oral Poem.* Urbana and Chicago: University of Illinois Press, 2002, pp.12—14.

能缺少音乐的参与性建构。

虽然民族志诗学力图实现"经由文字的转写和翻译之后仍然能直接展示和把握口头表演的艺术性,即在书面写定的口头文本中完整地再现文本所具有的表演特性","认为世界范围内的每一特定文化都有各自独特的诗歌,这种诗歌有着独自的结构和美学上的特点。它强调应该充分尊重和欣赏不同文化所独有的诗歌特点,并致力于对这些特点的揭示和发掘"。[1] 然而,正如托马斯·杜波依斯提醒的那样,民族志诗学的翻译"不仅要关注原来叙事中的声音和结构,还要关注学者——呈现者的阐释性视阈"[2]。因为"文本的呈现本身就是一种分析模型"[3],"作为民俗学等学科研究对象的所谓'文本',……是被研究者制造出来的产品"[4],而调和听觉和视觉、活态与定型、口头与书面、在场与离场交流之间的深刻矛盾与转换挑战则成为民族志诗学不得不面对的一大难题,使其核心思想很容易变为一种难以付诸实践的理想与愿景。正如上文对口头诗歌诗行的分析,以文学语言的单一学科视阈来复原多种艺术表现形式共同建构的叙事传统显然是不完整的。不得不说,口头文本的停顿、声响、言说形式等语言活力在纸张上的复原[5]力始终是有限的。民族志书写的过程本身是一种建构与异文化关系的过程,这可能也是为什么即使标记符号如何复杂,研究者也一定要将口头声音视觉化,文本的背后依然无法摆脱书写者生产文本的权力主导,因为书写本身是一种权力。正如弗里所言,"从文本的角度来看,我能够看到,我(与其他人一起)一直在太过文本化地定义口头的诗行,把它的音节从演述中誊写出来,到页面上进行视觉消费(consumption),通过剥离其自我定义的关键方面,使诗行的真实形态变形。从声音现实到纸页束缚的翻译过程当然是由技术和心态所支持的,这种技术和心态受制于我们对口头艺术的预设,以致引起了一种毁

---

1 杨利慧:《民族志诗学的理论与实践》,《北京师范大学学报》(社会科学版)2004年第6期。
2 [美]托马斯·杜波依斯:《民族志诗学》,朝戈金译,《民族文学研究》2000年增刊。
3 同上。
4 杨利慧:《民族志诗学的理论与实践》,《北京师范大学学报》(社会科学版)2004年第6期。
5 巴莫曲布嫫、朝戈金:《民族志诗学(Ethnopoetics)》,《民间文化论坛》2004年第6期。

容式的视差"[1]。

　　由此，笔者思考的是，民族志诗学书面翻译的目的究竟是什么？如果仅仅是为了用文字呈现声音的"口头性"和"表演性"，确如杨利慧所言，文字的功用是否真的能发挥这么大的作用值得怀疑。[2]这让笔者想到中国的传统乐谱，以及瓦尔特·翁所研究的手稿文化，它们共同的指向皆是借助书面符号或书面文本使演述者回到口语世界，对乐谱的表演者和手稿的阅读者来讲，书面文字符号只起帮助他们回到声音语境的提示作用。[3]民族志诗学迻录文本的受众更多的是读者，或更准确地说是作为学者的读者，那么这种文本的功能或用途又该是什么？民族志诗学书写符号的迻录是否可以像中国传统乐谱和手稿文化一样，成为帮助作为受众的学者从书面符号回到口语世界的一种路径或解读工具呢？与使用乐谱的表演者相比，虽然行为主体发生了变化，但在理解与解读口头诗歌的宗旨上却是相通的，即最大限度地呈现"口头性"和"表演性"。

　　鉴于民族志诗学文本转写中的不足和缺憾，为了更好地理解与解读口头诗歌，詹姆斯·贝克（James Baker）主张将文本"解读"看作一种阐释活动和一种社会意义上的重要实践，即拿起一个文本，按时间顺序将题写的文字转化为实际操作的过程。[4]于是弗里倡导大声"去读"，因为"去读"就是去解码，从符号中产生意义。我们需要一种可以破解交流符码的方法。[5]花时间认真"去读"的过程是一种由书面返回口语世界、由视觉回归歌手或民众生活实践中听觉阐释框架的过程。如果我们将民族志诗学的转写或翻译文本视作符号的重新编码过程，那么这个过程同时也是为潜在的观者或读者重新创造接收符码的过程，

---

[1] John Miles Foley. *How to Read an Oral Poem.* Urbana and Chicago: University of Illinois Press, 2002, p.33.

[2] 杨利慧：《民族志诗学的理论与实践》，《北京师范大学学报》（社会科学版）2004年第6期。

[3] 姚慧：《走出二元对立的思维模式：对中西音乐比较的再反思》，《音乐研究》2021年第6期。

[4] John Miles Foley. *How to Read an Oral Poem.* Urbana and Chicago: University of Illinois Press, 2002, p.71.

[5] 参见John Miles Foley. *How to Read an Oral Poem.* Urbana and Chicago: University of Illinois Press, 2002, p.80.

也是受众用补充感知的办法自动为书写符码提供声道的过程。如此而言，民族志诗学文本书写者与解读者之间所发生的就不只是一次交流事件，而是为面向跨越时空的无数后来者的无数次信息传递和新的互文解读关系打开大门，让解读者转换为新的演述者，实现意义的再阐释，共建新的文本间关系。

纳吉"古希腊的英雄"的公开课每一段视频的开始，都先邀请不同的人/学生对荷马史诗进行英文文本的放声朗读，似乎与弗里一再强调的"让你大声地朗读，让演述再来一次"形成一种互涉性呼应。新的演述者又在书面文本的规定下构建新的"演述场域"和新的交流事件，而用书写符号表象的传统则是交流模式所规制的回到口语语境的导引，这样回到声音的重演实践是理解与阐释该传统的必要路径，因为由声音构建的"演述场域"是基于传统的生成模式，且"声音的意义往往要大于其他许多因素"[1]。即使是用文字和符号转写后的视觉化声音也比单纯文字符码更贴近地方性知识自身的美学价值。当然，正如塔拉勒·阿萨德所言，"翻译是对一个特定的读者群说话，这个读者群正等着了解另一种生活方式，等着按照已经确立的规则来控制它所读的文本，而不是学习过一种新的生活方式"[2]。解读和阐释无论如何都无法完全排除解读者或阐释者自身的主观认知边界，但我们的目的不是成为局内人，而是更贴近地观察与理解局内人的思维模式及其口头艺术的运营法则，其间回到声音的切身感知与体认则是最好的老师。正如弗里所言，"文本是创造整体声学体验的载体，而不是启示性思想的视觉钥匙"[3]。对于口头诗歌而言，回到声音假如剥离了音乐的参与性建构，民族志诗学语境中文本的整体声学体验就是不完整的，民族志诗学呈现口头诗歌的完整性、"口头性"和"表演性"的宗旨也将不可避免地成为一种悖论。

---

1 杨利慧：《民族志诗学的理论与实践》，《北京师范大学学报》（社会科学版）2004年第6期。
2 ［美］塔拉勒·阿萨德著，谢元媛译：《英国社会人类学中的文化翻译概念》，［美］詹姆斯·克利福德、［美］乔治·E.马库斯编：《写文化：民族志的诗学与政治学》，高丙中、吴晓黎、李霞等译，商务印书馆，2006，第202页。
3 John Miles Foley. *How to Read an Oral Poem.* Urbana and Chicago: University of Illinois Press, 2002, p.72.

三、多模态解读的范式转向

　　合理完整阐释口头诗歌的分析模型或研究框架首先需要建立在对史诗传统的正确理解上。因此，我们需要跳出文学叙事文本的单一解读视界。在弗里看来，史诗是古代世界最大的文类（master-genre）[1]。以往"文类"的边界多数是以学术研究和文化间对话为目的而加以界分的，我们对史诗的认知又不自觉地被"文类"的学科分类所束缚，以致对史诗的理解很多时候是从民众生活世界中被提取出来的"文本"概念，而"超级文类（super-genre）"的概念阐释有意弥合"文类"间的边界间距。理查德·马丁（Richard P. Martin）认为，作为"超级文类"的史诗是整个社会事件，具有宏阔性（expansiveness），其"实际演述的功能是一个声场（soundstage），是一个引发各种小型文类的环境，所以史诗作为可能的演述，相当于文化环境本身，随时准备着被实例化和被唤起。除非由局外人（如民俗学家）引出，否则整个'史诗'实际上从未被演述"[2]。因此，从单一学科、单一叙事文本的视域来观察和理解，就无法用社会交流事件的整体眼光来检视作为"超级文类"的史诗传统。不得不指出的是，"超级文类"依然是作为学者的我们对"文类"概念反身性思考之后所建构的另一个力图更贴近史诗传统实际语境的学术概念，而我们对"超级文类"的理解也依然是在纠偏以往片面认知中试图还原史诗根本属性的一种实践过程。

　　回到民众的生活世界，作为"超级文类"的史诗案例不胜枚举。果洛藏族自治州德尔文部落"通过《格萨尔》叙事来进行交流和理解人与事件，理解《格萨尔》史诗与生活的关系，在叙事中表达他们的思想和情感。……有关《格萨尔》的各种风物遗迹传说、唐卡、造像、藏戏等都是史诗传承链中的重要载

1　John Miles Foley. "Introduction, " in *A Companion to Ancient Epic*. ed. John Miles Foley. UK: Blackwell Publishing Ltd, 2005, p.16.

2　Richard P. Martin. "Epic as Genre, " in *A Companion to Ancient Epic*. ed. John Miles Foley. UK: Blackwell Publishing Ltd, 2005, pp.17－18.

体，从而在多重叙事层面上保留了完整的史诗传统"[1]。进一步讲，格萨尔史诗传统是包纳听觉叙事（格萨尔史诗演述和音乐）[2]、视觉叙事（格萨尔史诗书面文本和唐卡）和视听叙事（格萨尔藏戏）的一个文化整体，且各种叙事文类之间又构成交互指涉的互文性。放眼非洲，在刚果的姆温多（Mwindo）史诗叙事中，尼扬加（Nyanga）人所实践的谚语、谜语、祈祷诗（prayers in poetic form）、歌功颂德的朗诵（eulogistic recitations）、占卜者（diviners）和药师使用的程式、个人歌曲、动物故事、命令（instructions）和政治建议等一系列其他口头艺术形式都能在姆温多史诗中找到自己的位置，并且这样通用的包容性在整个非洲史诗叙事中都是很常见的。[3]作为一种植根生活模式中的社会交流实践，史诗除了通过一代又一代的演述者和受众勾连个人生活的过去、现在与未来，合奏出跨越时空的更大和声，史诗叙事传统又往往是社会功能、文化隐喻、行为规范、价值判断和意识形态的建构路径和具象指涉。

因此，史诗传统的宏阔性决定了我们需要建立广泛性、多元性的检视向度。那么，什么样的研究思维和解读框架能够更加贴近口头诗歌在民众生活整体实践中的本来面相？我们需要打破学科壁垒，建立一种能够相对完整地呈现叙事传统中各口头艺术交互指涉领域的整体认知框架与文本观，而各艺术门类之间的跨界融合已然成为时下很多学科的研究热点，虽然着眼点和研究方法各有不同，如多模态理论、跨媒介研究，乃至新文科，但研究范式的转换殊途同归，即从单一学科走向跨越学科边界的视域融合。结合史诗叙事传统的属性特征，以及口头诗学理论（口头程式理论和演述/表演理论）与语言学、结构功能和符号学之间的亲缘关系，笔者重点关注多模态理论与方法。当然，以多模态向度

---

[1] 措吉：《〈格萨尔〉叙事文本的多样性——以青海果洛甘德县德尔文部落为个案》，《西藏大学学报》（社会科学版）2013年第2期。

[2] 实际上，活态口头史诗调动的不仅是听觉模态，演述过程中还有演述人的动作、表情以及演述人与受众现场互动的视觉感官的参与，但因本书尚未触及这部分内容，所以这里的"史诗演述"暂从听觉模态向度入手。

[3] Richard P. Martin. "Epic as Genre," in *A Companion to Ancient Epic*. ed. John Miles Foley. UK：Blackwell Publishing Ltd., 2005, p.16.

来解读史诗叙事，并非为了用中国的案例去检验多模态理论的适用性，而是试图借用其概念工具和研究方法来调整我们观察和理解叙事传统的定焦镜头，以便相对完整地呈现史诗叙事的美学特质。

近年来，多模态被语言学、现代脑神经科学、认知科学、计算机、传媒技术、符号学、哲学、社会学、人类学[1]、政治学、新闻学、心理学、法学、美学和医学等国内外多个领域广泛应用，而多模态分析和研究方法同样也被口头传统的研究者捕捉到，用来阐释叙事传统的"多形性"。赫尔辛基大学的卡蒂·卡利奥（Kati Kallio）在研究西英格里亚（West-Ingrian）口头诗歌的历史和地方特定文类时发现，早先研究很难为各种文化中的地方（emic, local）文类找到综合全面的分类方式，因为每个地方系统都是灵活的，而且地方分类又是相互交叠的，她无法解释档案记录中不同的诗歌、音乐和演述模式以及对各种演述情境（situations）的引用是如何结合在一起的。[2]同时她还发现，"在早期的学术研究中，人们习惯按照西方古典诗歌的思路将卡勒瓦拉韵体（Kalevala-metric）诗歌分为史诗、抒情诗、仪式诗、谚语和符咒，然而在英格里亚，这样的分类亦同样遇到了困难。大多数诗歌既包括史诗又包括抒情诗特征，其他的则包括抒情诗和仪式或谚语的特征"[3]。在这样的背景下，她开始将语域、多模态和演述场域的概念相结合，且认为"多模态的概念有助于把握不同文本、音乐和演述特征的意义潜势"[4]。于是她

1　20世纪80年代中期，民族志表述危机引发了批评和反思，人类学家更加自觉地进行不同路径的尝试，"多模态人类学"正是在此背景下提出的。……当代人类学认识论和方法论的反思也指向了多模态议题（王建民、曹静：《人类学的多模态转向及其意义》，《民族研究》2020年第4期）。作为人类学研究的重要领域和理论与方法论命题的"多模态人类学"（multimodal anthropology）也已经引起了学界的高度关注。曹静：《多模态》，《广西民族大学学报》（哲学社会科学版）2021年第5期。

2　Kati Kallio. "Multimodal Register and Performance Arena in Ingrian Oral Poetry," in *Registers of Communications*, ed. Asif Agha and Frog. Helsinki：Finnish Literature Society, 2015, p.322.

3　Ibid., pp.323-324.

4　Ibid., p.322.

将英格里亚作为复数的口头诗歌[1]放置在婚礼语域中，用多模态的分析方法开展研究，发现"挽歌和卡勒瓦拉韵体诗在诗歌、韵律和音乐上都有不同的语域，但在婚礼语境下，它们在从措辞到演述特征的许多层面上皆相互关联"[2]。

在国内学界，杨杰宏曾用多模态研究东巴叙事传统，认为口头与书面互文的复合型文本与仪式叙事中的东巴音乐、东巴绘画、东巴舞蹈、东巴工艺等多模态的文本交织融汇于一体，从而体现出多元模态的文本形态。[3] 王治国以格萨尔史诗为切入点，研究活态史诗的多模态叙事与传播，认为"活态史诗自身的意义构建具有多模态话语属性，是多模态综合艺术的典型体现。活态史诗凭借说唱艺人的说唱、唱词、声音、动作、曲调、服饰、场景、演述语境等多种表意符号的协同融合，构建活形态史诗意义。……多模态话语分析对活态史诗叙事研究具有强大的阐释力，可以用来阐述活态史诗的生成机制与传播接受"[4]。并且，结合格萨尔活态史诗传播轨迹，他将活态史诗的多模态叙事分为三种，即"听觉主导的口语文化叙事、视觉文化的图像叙事和媒介融合的数字文化叙事"[5]。虽然多模态已进入口头诗学研究者的视野，但其研究成果更多的是在宏观层面上讨论问题，并未进行精细且深入的多模态文本细读，对于多模态研究方法的核心命题，即不同模态之间究竟如何交互指涉共建意义，却尚未提供切实有效的概念工具与实操框架，这便形成了笔者的工作方向。

---

[1] 几乎所有的英格里亚口头诗歌都以这样或那样的方式与婚礼诗歌的主题相联系，事实上，各种卡勒瓦拉韵体诗歌也在仪式中使用，仪式持续数天，一些相关的事件发生在之前和之后。婚礼仪式包括婚礼歌仪（ritual wedding songs proper）、抒情诗（lyric）、抒情的史诗（lyrical epic）、嘲讽歌曲（mocking songs）、舞蹈歌曲（dancing songs），等等。然而，所有各种文类在仪式中都有自己的位置，且地位并不均等。参见 Kati Kallio, "Multimodal Register and Performance Arena in Ingrian Oral Poetry," in *Registers of Communications*, ed. Asif Agha and Frog. Helsinki：Finnish Literature Society, 2015, p.328.

[2] Kati Kallio. "Multimodal Register and Performance Arena in Ingrian Oral Poetry," in *Registers of Communications*. ed. Asif Agha and Frog. Helsinki：Finnish Literature Society, 2015, p.329.

[3] 杨杰宏：《多模态叙事文本：东巴叙事文本性质探析——基于东巴书面与口头文本的比较研究》，赵心愚、和继金主编：《纳西学研究》（第一辑），民族出版社，2015，第207页。

[4] 王治国：《表演与叙事：〈格萨尔〉史诗传播多模态话语阐释》，《西藏研究》2021年第4期。

[5] 同上。

多模态研究的跨学科性和多元性的优势使其被多个学科领域广泛使用,但因各学科的立场差异导致多模态研究方法在各学科或各领域间难以形成系统化和整一性的概念与理论共识,多模态经常与多媒介、多感官交互混用。故此,在具体研究开始之前,我们首先需要划定本书多模态方法的应用边界,以明晰笔者研究的问题域。据杰维特的概括,多模态研究的主要路径包括社会符号学、话语分析和交互分析。[1]"从语言学出发,多模态涉及文化表达的多种语言方式(mode)和符号形式的选择。符号研究拓展至非语言方式,关注能够在多层面产生和表达意义的多样性符号资源(semiotic resource),这种意义上的多模态(multimodal)是符号学意义上的'多种符号形式',即多符号系统(multi+mode)。"[2]继承了韩礼德的功能语言学之后,纲瑟·克雷斯(Gunther Kress)和提奥·范·列文(Theo van Leeuwen)在社会符号学领域为多模态研究开疆拓土。克雷斯用模态来泛指能够产生意义的任何符号资源,如文字、图像、颜色、版式、手势、音乐、动漫画,甚至包括发型、化妆等,这些都可以用来传达意义,因此都是mode。同时混合使用多个这样的mode,就被称为multimodal,普遍译为"多模态"。[3]佩奇(Page)认为,多模态分析中的"模态"专指符号模态(semiotic modes),是用于表意的选择系统。[4]艾莉森·吉本斯(Alison Gibbons)述及,多模态指"在特定语境内存在两种及以上符号模态"[5]。国内多模态话语分析领域的张德禄、穆志刚认为,为实现交际目的,不同的模态各自都是一个符号系统,在合适的语境中表达意义。[6]

多模态往往与多感官相联系。生物学家认为,人类5种感知渠道(视

---

[1] 出自[英]艾莉森·吉本斯:《多模态认知诗学和实验文学》,赵秀凤、徐方富译,外语教学与研究出版社,2021,第8页。

[2] 曹静:《多模态》,《广西民族大学学报》(哲学社会科学版)2021年第5期。

[3] 顾曰国:《多模态感官系统与语言研究》,《当代语言学》2015年第4期。

[4] [英]艾莉森·吉本斯:《多模态认知诗学和实验文学》,赵秀凤、徐方富译,外语教学与研究出版社,2021,第8—9页。

[5] 同上书,第7页。

[6] 张德禄:《多模态功能文体学理论框架探索》,《外语教学》2012年第3期。

觉、听觉、嗅觉、味觉、触觉)的获得分别导致以下5种交际模态的产生：视觉模态（visual modality）、听觉模态（auditive modality）、触觉模态（tactile modality）、嗅觉模态（olfactory modality）、味觉模态（gustatory modality）。[1]"现代脑神经科学将我们常说的'五官'称为'感官模态系统'。以视觉为例，眼睛器官加上处理视觉信号的神经系统组成一个视觉模态。多模态又指多个感觉器官加上处理各自信号的神经系统。"[2]由于人脑在处理由多符号系统构成的文本时，需要调用多模态感官系统，多模态话语分析因此又与多模态感官系统有内在联系。[3]"人脑并非将世界感知为碎片化的且相互分割的图像、声音等，而是通过不同感官通道接收信息，整合同一和不同感官通道的各种信息，形成整体的知觉。"[4]

同时，多模态一方面常与多媒介混合使用，如"模态指交流的渠道和媒介，包括语言、技术、图像、颜色、音乐等符号系统"[5]。另一方面，学者们又对二者进行必要的区分，如多模态和多媒体并不完全相同，"多模态是指语篇内存在两种及以上的符号模态，概念范围更加广泛，而多媒体是由媒体技术组合创建而来的"[6]；媒体本身"只是意义传递的载体，本身并不带有一定的意义，只有通过形式层面的组织和模式化才具有直接表达意义的能力"[7]；"模态是可对比和对立的符号系统，媒体是符号分布印迹的物质手段，如产生语篇采用印刷的或手写的手段，说话时发出的声音，身体的动作，或计算机显示器上的光脉冲。……模态和媒体的关系归根结底是话语和技术的关系，两者存在着内在的联系"[8]。此

---

1 朱永生：《多模态话语分析的理论基础与研究方法》，《外语学刊》2007年第5期。
2 同上。
3 顾曰国：《多模态感官系统与语言研究》，《当代语言学》2015年第4期。
4 王建民、曹静：《人类学的多模态转向及其意义》，《民族研究》2020年第4期。
5 朱永生：《多模态话语分析的理论基础与研究方法》，《外语学刊》2007年第5期。
6 ［英］艾莉森·吉本斯：《多模态认知诗学和实验文学》，赵秀凤、徐方富译，外语教学与研究出版社，2021，第16页。
7 张德禄：《多模态话语分析综合理论框架探索》，《中国外语》2009年第1期。
8 胡壮麟：《社会符号学研究中的多模态化》，《语言教学与研究》2007年第1期。

外,还有学者认为,"符号是具体化的表意方式,媒介是表意符号使用的渠道,而感官感知则是符号的认识和处理系统。多模态、多媒介、多感官各有侧重又相互联系,应该在既往研究基础上更进一步,消弭因为学科壁垒造成的概念及其意涵的区隔,重新理解'多模态',把感官和模态、感官和媒介连接起来,使之重新人类学化"[1]。

综合上述诸方观点,在叙事传统中交互指涉的各艺术门类的分析中,我们主要沿用多模态话语分析和社会符号学的概念内涵,将多模态视作在人际交流的过程中产生或构建意义的两种及以上符号系统,同时需要明确的是这样的符号系统的符号化过程是通过人类感官(如视觉、听觉)与外部媒介(如文字、图像、声音、动作等)之间的互动来完成的。"多模态"强调符号资源的社会功能。这里的多模态还需要区分两种语域,一种是在特定演述/表演场域中的多模态,另一种则是社会语境中的多模态(地方文类的范畴),相关论证将在本书结论部分展开,此处暂不赘述。若从文本向度来看,克雷斯又将多模态界定为"一类文本类型"[2]。那么,这里的"文本"既包括传播媒介范畴下的口头文本和书面文本(文字),也包括物理媒介视野中的图像文本和音声文本,甚至是动作文本。在本章第二、三节中,笔者试图通过对格萨尔唐卡、羌姆和藏戏的文本细读来解释多模态文本及其意义的生成策略。

---

1 王建民、曹静:《人类学的多模态转向及其意义》,《民族研究》2020年第4期。
2 [英]艾莉森·吉本斯:《多模态认知诗学和实验文学》,赵秀凤、徐方富译,外语教学与研究出版社,2021,第4页。

第二节　作为史诗传统视觉模态的格萨尔唐卡

通过对格萨尔唐卡画师的田野调查和深度访谈，本节依然以文本的生成过程与意义表达为核心问题，思考作为视觉模态符号系统的格萨尔唐卡是如何构建与史诗传统交互指涉视觉叙事文本的，作为共享格萨尔文化的区域与跨区域的社会成员是如何用唐卡语汇来理解、解读和阐释格萨尔文化表达体系的，又是如何在藏传佛教寺院唐卡绘画规范的规制下，完成格萨尔信仰符号层面的隐喻表达的。

一、从部分到整体的习得轨范

若以多模态的视域探研，唐卡画师与格萨尔史诗歌手一样需要在老师的口传心授中不断集纳作为唐卡整体构图中的"部分"，即符号系统的"部件"，习得的过程便是集纳模块和传统部件的过程。下面我们从四川省甘孜藏族自治州德格县的噶玛噶孜画派传承人布黑和勉萨画派传承人泽批，以及青海省玉树藏族自治州唐卡传承人生格的学艺经历来观察他们传统武库的组建过程。由于格萨尔唐卡归属藏传佛教寺院唐卡的绘制体系，因此在传统武库的构建和绘制经验的养成上，格萨尔唐卡画师循依寺院唐卡的习得规范，且至今被画师们沿袭在当下的唐卡教学中。

以绘制唐卡为生的布黑继承了外公的绘画天赋，儿时就喜欢用碳笔在墙上简单勾画一些花鸟树木，还总能得到大家的认可和夸赞。13 岁时，叔叔洛青带着小布黑到八邦寺拜德格地区名声远播的噶玛噶孜画派画师通拉泽翁[1]为师。当时著名的高僧宗萨寺活佛降拥青则旺波[2]评价通拉泽翁绘制的唐卡为不需要加持、可以直接挂用。布黑不仅有机会跟随通拉泽翁习得唐卡，而且也曾跟随他的两位弟子多扎寺画师贡萨降巴和八邦寺画师卓孙达吉学习。通拉泽翁要求布黑先用两周的时间练习念诵文殊菩萨诵词，学画文殊菩萨的智慧剑和他手中执持的经函（图 21）。因为在佛学体系中，文殊菩萨象征智慧，先学文殊菩萨的法器，寓意即将开启智慧学习之旅。

图 21　文殊菩萨经函（笔者摄）　　图 22　佛头、佛身画法（笔者摄）

　　在能够熟练掌握智慧剑和经函的画法后，依照唐卡教学的传统轨范，布黑需要依次完成几个彼此接续的习得步骤，即先学画佛菩萨的头部和手印，接着严格按照量度经的比例和规范学画肉身（不包括衣服，如图 22），然后是金刚、寂静相和忿怒相的不同画法，最后学习的是各类法器。在具备了一定的绘画基

1　通拉泽翁传承自噶玛噶孜画派司徒曲吉迥乃。
2　降拥青则旺波是噶玛噶孜画派的两大重要人物之一。

础后，布黑开始以通拉泽翁绘制的范例为标准，按照老师的要求边模仿边学画，在口传心授的过程中，在老师的指点下纠正自己的不足之处。在教学过程中，通拉泽翁还会教授画诀。从起初的"起稿"到最后的"开眼"，他都用口语解释和教学，同时结合画诀的背诵来帮助学生记忆和理解，而寺院唐卡的画诀也可以套用在格萨尔唐卡上。其中每一习得阶段的迈进皆须以扎实掌握前一步且得到老师认可为基础，仅佛、菩萨的头部和手印的学习时长就需一月左右，而能够独立绘制完整的佛身须以三年为期。此后，学习者才开始接触颜色和颜料，以及画笔的使用、画布及其上胶的处理步骤。经过多年的积累，画师才能将佛、菩萨与其专属的法器和手印相互对接。领握整套唐卡的习得和绘制规范需要历经 5 年之久，并且绘画技巧的掌握并不代表学习的终止。[1] 在能熟能生巧地绘制诸类模式化"部件"后，布黑开始独立完成整幅唐卡的绘制，成品完成后的一段时间内还要在老师的指导下纠正画作中的不足之处。在布黑的记忆中，第一次在寺院绘制唐卡是受通拉泽翁指派的。当时在通拉泽翁、贡萨降巴和卓孙达吉的指导和很多画师的监督下，布黑及其同伴用了一年的时间才最终完成该寺唐卡的绘制工作，也是在这样的反复锤炼后，布黑的唐卡绘画技艺才能不断娴熟。

同在德格县的唐卡画师泽批 18 岁开始学习勉萨画派的技法，20 岁时跟随八邦寺的通拉泽翁学习绘制唐卡。虽然习得经历与布黑不尽相同，但因同拜在通拉泽翁门下，故而习得过程并无二致[2]。泽批虽然没有谈及画诀，但在他记忆中，通拉则翁教他用色时，也会先用口语讲解，然后再结合书本（佛经或格萨尔史诗书面文本）记载再次传授。这套教学法如今被布黑和泽批用来教习他们自己的学生。不论是布黑、泽批，还是学生均以通拉泽翁教授的寺院唐卡知识体系和量度规范为绘制法则，严格遵循从"部分"到"整体"的习得阶序。

---

1 当他看自己曾经的一些画作，仍然能够发现其中很多的不足之处。因为多年过去了，随着经验的增加，和当年相比，绘画技艺的熟练程度也有所精进了，所以唐卡绘制技艺是一个需要不断进步的行业。即便是通拉泽翁，到 80 岁高龄也依然认为自己还有进步的空间和必要。
2 比如在老师的教授过程中，一开始先学习画文殊菩萨的智慧剑和经函，掌握好后从学佛头的画法开始学起，然后再学手印、佛身和法器，而且老师会拿范例让他们模仿，能够熟练掌握一个范例画法且得到老师的认可后，才能开始下一个部件的学习。

图 23　笔者采访格萨尔唐卡画师布黑（陈美珍摄）

图 24　调研团队与布黑家人合影
（左起：布黑妻子、翻译呷绒启西、布黑女儿、笔者、布黑、陈美珍、次仁绒布）

玉树藏族自治州年轻画师生格的学艺经历与布黑和泽批有所不同。生格最早在玉树州江西村僧人益西开办的一个学习班学习藏文，其间生格开始对绘画产生了兴趣。后来，在益西的引荐下，生格抵达西藏昌都，在那儿跟随颇有名旺的秋君才仁画师学习唐卡。经过三年的系统学习，生格才可以独立完成唐卡和壁画作品[1]。习得过程中，老师首先教学的不是文殊菩萨的智慧剑和经函的画法，而是如何画花朵，当花朵的画法顺利过关后才能开始佛像等人物类型的学习，可见不同画派、不同社区的唐卡习得过程略有差异。生格强调，人物类型的画法要先从释迦牟尼佛的头部学起，其后按照佛身、莲花座以及为肉身添加服饰的顺序依次学习。如同布黑和泽批所述，生格习得过程中的每一步亦皆须以熟练掌握前一步且得到老师的认可为前提。其中，生格强调释迦牟尼佛像画法对于唐卡学习的重要性，述及仅释迦牟尼的头像就要学习3~4年。在他的观念中，只有熟练掌握了释迦牟尼佛像的画法才能允许绘制其他菩萨像，衡量画师绘画水平的标准就是释迦牟尼像。

　　从上述三位画师的学艺经历可知，唐卡的教学有着严格的阶段性和步骤规范。由"部分"到"整体"的习得思维与口头史诗及其音乐的谋篇布局有着殊途同归之处。为了保证理解的准确性，经过反复验证，布黑、泽批和生格认同将唐卡的习得过程理解为传统部件的集纳过程。如果我们将画师所掌握的全部技艺视作他的传统武库的话，那么掌握每个部件绘制技法的过程便是集纳唐卡文本"模块"类型的过程。一位成熟的画师至少需要掌握多种不同部件类型的规范画法，以此来构建自己的传统武库。假如我们将一幅唐卡

图25　笔者采访格萨尔唐卡画师生格
（笔者摄）

---

[1] 曾参与玉树当卡寺壁画的绘制。

作品视为一个视觉模态文本，那么部件间关系的组建规则便是视觉模态文本的阐释框架。佛头、佛身、莲花座和法器等传统部件均有类型化、可套用的绘制程式，具有"模块"类型意义，但在唐卡文化体系中不同的佛、菩萨均有各自专属的手印和法器，三者相合才构成佛、菩萨完整的身份象征意义。但对于画师而言，每一尊佛、菩萨相对应的手印或法器的画法及其知识体系是无法在短时间内完全掌握的。三者的组合法则需要在师徒传承、长时间绘画技艺的学习，乃至对量度经等经文的熟稔基础上才能掌握，包括格萨尔唐卡的组构规则也需要通过阅读史诗书面文本来获取，那么格萨尔唐卡的部件间关系如何构合则是我们下面试图讨论的问题。

二、基于量度规范的"限定内变异"

"限定内变异"（varying within limits）是弗里对口头传统创编法则的归纳与提炼，而据笔者的田野调查资料，布黑、泽批和生格在格萨尔唐卡绘制中也基本依循此规则。对于唐卡或格萨尔唐卡而言，所谓的"限定"是建立在"三经一疏"[1]基础上的量度规范。虽然"三经一疏"是寺院唐卡佛像造像的通用规范，但格萨尔唐卡在构图、勾线、调色、染色、开眼、开光等一系列绘制步骤和性质上与寺院唐卡归属同一个范畴或体系[2]。在绘制格萨尔唐卡前，泽批一般

---

1 《造像量度经》《佛说造像量度经》《佛说造像量度经疏》和《绘画人体量度论》。参见康·格桑益希：《唐卡艺术概论》，文物出版社，2015，第274页。
2 "大概的画法其实都差不多。在绘画的工具上与传统相比有革新，直接拍照，但是在绘法技巧上其实没有大的创新，基本还是延续传统的。与传统不一样的部分也主要在色彩上，传统上，主色可以自己调，当时因为我自己年龄小没有记住色彩上山采摘来的花怎么煮，怎么调，那我就会去找现在的唐卡师傅去问，但是现在很多颜料可以直接买，为了让传统的颜料制作不失传，我们在教学生时，还是会用一些传统的方法，包括怎么制作颜料，怎么调颜色都会带着学生实践。在颜料方面也主要体现在配色方面，主色有几个，配色有几个，在调色时如果有疑问，我就会找其他画师请教。"布黑现在学习的部分也主要在颜料的配色上，还有一些布料的工艺，绘画的技艺还是传承通拉泽翁的画法。受访人：布黑，访谈人：姚慧，翻译：呷绒启西，访谈时间：2021年8月1日15:00—18:00，访谈地点：四川省甘孜藏族自治州德格县布黑家。

先要念诵相应菩萨的颂词、经文或咒语，然后开始构图，用碳笔打底稿，接着确定主尊的量度比例，此后再画其他部分。

唐卡构图法是画师构列视觉文本部件间关系的框架与法则。供奉类格萨尔唐卡与寺院唐卡的构图规则基本类似，一般以主尊为中心，上方是神佛，下方是护法神。供奉类格萨尔唐卡中的主尊需要严格按照量度比例进行绘制，起画稿要找中心点、水平线和中轴线[1]等。因为布黑和泽批同出自噶玛噶孜画派的通拉泽翁门下，因此他们同用手指来丈量佛像或格萨尔王像头部的大小，然后再根据头部的尺寸来确定肉身的比例。[2]同时，生格也认为佛头是丈量佛身的基本单位。随着绘制实践的增加，画过上百幅或上千幅唐卡之后，画师就具备了一定的绘画经验，能够做到心中有"谱"，这时被放置在次要位置的小型佛像或格萨尔王像就可以根据画师的经验来估算塑像脸部的长宽比例，也就不一定将量度线作为参考标准了。

据布黑讲，在唐卡绘制传统中，佛像、法器、手印都有可以套用的绘画模式。比如，很多手势的画法可以通用，或者说可以在不同的佛身上套用，当掌握了手势或法器的基本规律后，画师就会发现其背后的创编法则是相同的。譬如度母系列的头饰大小和形状具有程式性的美学规律，其他的每个系列亦均有特定的量度规范。通拉泽翁绘制供奉类格萨尔唐卡采用的是山神或骑马类型神的量度规范[3]，受其影响，布黑亦依循老师的实操轨范。后来，通拉泽翁的弟子岩登泽仁[4]撰写了《工艺技艺通览》一书，其中列举了格萨尔王像具体的量度规

---

1 寂静相和忿怒相、男身和女身佛像的量度比例皆不同。
2 与笔者同行的调查者陈美珍询问格萨尔唐卡的大概比例时，布黑表示一般要根据画布的大小来判断，先用圆规测量并确定格萨尔王头部的大小，然后再以头部的比例为单位来确定身体的长度和宽度。佛身的高度一般是头部的三倍，而手臂的长度通常是头部的两倍。受访人：布黑，访谈人：陈美珍（西南民族大学美术学院副教授）、姚慧，翻译：西南民族大学宗教学博士研究生呷绒启西，访谈时间：2021年8月1日15:00—18:00，访谈地点：四川省甘孜藏族自治州德格县布黑家。
3 山神和骑马类型神在量度比例上可以通用。
4 现为四川省藏文学校的老师。

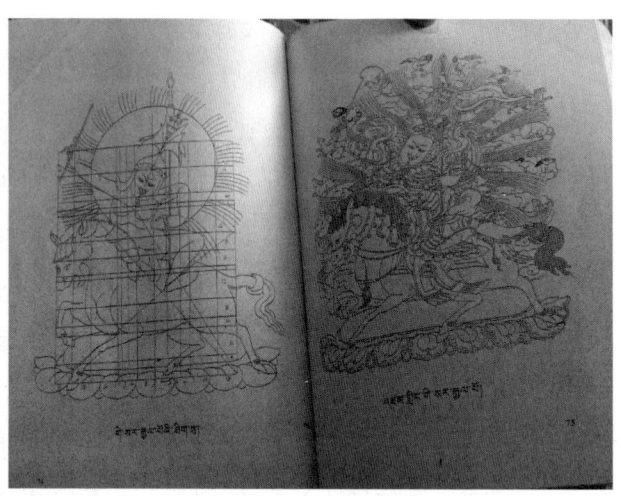

图 26、27　《工艺技艺通览》封面和格萨尔王量度比例（笔者摄）

范，如图 26 和图 27。泽批在通拉泽翁的传承脉络中沿袭上述两种类型神的画法，认为在唐卡绘制过程中有出世佛和世间佛两套量度规范，而山神、格萨尔王所用的便是世间佛（民间神）的通用比例。[1]

在视觉文本的布局中，同一类型的人物（包括神佛、山神、骑马类型神在内），不论是规模较大、居中的主尊，还是处于次要位置且规格较小的神佛，它们在量度比例上是一致的，相比而言，主尊的形象更为丰满。对于规模较小的大将或马，布黑一般依据自己的经验和理解进行绘制，便不再严格遵照量度比例。当然，这样的经验建立在长期绘制寺院唐卡的数次实践基础之上，能够将量度规范烂熟于心，做到心中有"谱"。但因唐卡内容涉猎广泛，布黑也无法对所有的量度比例了然于胸，除常用的通规，很多时候要回到书本寻找依据。

依照噶玛噶孜画派的传统画法，布黑和泽批认为供奉类格萨尔唐卡与寺院供奉类唐卡的绘制规范基本一致。叙事类格萨尔唐卡的构图虽然也需在量度规范的框定区间之内，但在实际操作中却未必一定遵循寺院唐卡的严格绘制阶序，画师可以依据自己的经验做大概的设计和适度的发挥。譬如布黑在绘制图 28 时，

---

[1] 至于骑马类型神和山神的量度比例最早由谁创立，布黑和泽批无法给出确切答案。

并没有打量度线，而是根据头部的比例来确定肉身，用马头的比例去量度马身的。再者，以布黑参与的《格萨尔千幅唐卡》为例，拉蒙等主创人员首先确定大致的情节、人物和颜色等。假如战争情节中有很多大将和人物，除拉蒙绘制的以外，剩余的部分皆由布黑等具体执笔的画师进行补充和发挥。同时，同一个人物的衣饰可能因不同的地点和场景而发生变化。同样是宫殿，在不同的地点或篇章中，宫殿的样式也有可能截然不同。

量度规范规约了佛像或格萨尔王像面部、肉身、手印、头饰等部位的

图 28　布黑绘制唐卡（笔者摄）

基本绘制范式，画师可以即兴创编的空间多在山水、云朵、花草树木、楼台亭阁、衣饰等图案上。比如璎珞往哪个方向飘浮，画师可以从审美的角度自由发挥。具体到格萨尔唐卡，史诗叙事规制了人物的形象、坐骑和佩带的兵器等，因此同一人物形象在不同的故事情节中有相对固定的程式，画师可以变化加工的只是衣物、色彩、发型和表情等。泽批在供奉类格萨尔唐卡视觉文本的组构中亦遵照此规则，即画面中央的主尊、上方神佛和下方护法神的形象要依循格萨尔史诗或颂词书面文本，可做审美设计的只是山水、花草和云朵等。在生格的讲述中，对一些非典型场景的设计，画师也可以依据经验融入自己的理解维度。[1] 虽然勉萨画派和噶玛噶孜画派在量度规范上基本一致，但泽批认为，无论

---

[1] 比如战争胜利后，格萨尔史诗中有庆祝活动，有唱歌跳舞，这时候就要画一些人物进去了，既然是跳舞肯定是在室外，所以就要画一些山水进去，所以基本是凭经验来设计。受访人：生格，访谈人：姚慧，翻译：央吉卓玛，访谈时间：2020年8月9日16:30—18:00，访谈地点：青海省玉树藏族自治州玉树市维也纳大酒店。

是佛像，还是格萨尔王像，如果完全按照量度比例的条条框框来绘制，就会显得不够生动，因此勉萨画派会对同一个动作的幅度略作一些调整，所调逾限仍在量度规范的框架之内，且幅度较小。针对不同的造像，微调的具体位置或幅度并不固定，需要具体问题具体分析。比如为了使寂静相的佛像看起来更有亲和力，使其观相更为柔软多姿，泽批在绘制时会有意使佛像的身躯略做小幅度的倾斜。

在保证主尊严格依照量度比例，其他部分亦在量度规范框架内的基础上，与寺院唐卡确定中心点、水平线、中轴线不同，泽批会根据不同的内容选择遵守量度轨范的尺度。譬如格萨尔王在不同的典型场景（骑马、打坐、召集群臣议事）中分别有不同的形象类型，这些形象不一定都要在画布上找中心点、水平线和中轴线，像主尊的具体位置和背景风物所占的比例等，画师可以根据所画的内容和自己的经验进行适度调整。同时，不同画派在形象处理上也略有区别，如噶玛噶孜画派注重风景的栩栩如生，偏好一种远方看风景的感官体验，色彩较轻薄，而勉萨画派的主尊则一般偏大，不特别重视背景的处理，色彩相对厚重。

综上所述，在布黑、泽批和生格的表述中，述及最多的就是"经验"[1]，或心中有"谱"，而经验是在习得寺院唐卡量度规范的过程中逐渐积淀的，画师心中无形的"谱"建立在娴熟掌握寺院唐卡严格的绘制规约基础之上。在绘画技艺熟能生巧之后，心中之"谱"才能自然而然地被应用在格萨尔唐卡的绘画中，而"经验"或"谱"又建立在数次实践中所积累的传统武库，以及对传统部件组合法则的自如应用基础之上。于唐卡或格萨尔唐卡而言，视觉文本的部件组合法则是基于"三经一疏"的量度规范。假如我们将唐卡绘制理解为基于传统武库的"创编"，那么"编"在于对传统武库的构建、对传统模块的集纳，对传统部件组合规则的娴熟领握，而"创"则是在"编"的基础上进行朝向审美意向的变异与自我表达。量度规范或隐或现地规约着画师的构图思维，且内化为"经验"。

---

1 包括多大比例的头部搭配多大比例的身形，多大的背景配置多大比例的神佛。

图 29、30　泽批为量度比例的微调做示范（笔者摄）

三、作为视觉文本指涉的史诗叙事传统

格萨尔唐卡作为史诗叙事传统的一种视觉指涉，一方面是传承社区内部民众生活和精神信仰的组成部分，另一方面又是史诗叙事意义的视觉展开，是格萨尔史诗叙事传统的另一种解读方式。在甘孜德格地区，格萨尔王被特定史诗传承社区内部的民众视作信仰的神佛，故而格萨尔唐卡在民众的日常生活中供奉的意义大于叙事的功能[1]。于民众而言，假如在家中供奉山神或战神，那么格萨尔王是首选，格萨尔唐卡亦经常与寺院的供奉类唐卡一道出现在很多藏民家中的佛堂之上。在民众心中，供奉类格萨尔唐卡虽然没有指涉史诗情节或典型场景的特定能指语汇，但其却拥有丰富的所指符号意义。虽然唐卡中的格萨尔王是以人的形象现身的，但他却被藏民视作莲花生大师、文殊菩萨和观世音菩萨的化身，故而供奉格萨尔唐卡象征着福报和平安，民众笃信格萨尔王来到人间是为普度众生和解除世间疾苦的，在功能上与神佛无异，系属战神序列。

德格地区的老百姓每当要出远门，一定要供奉和赞颂格萨尔王。每到藏历新年，布黑都要回到家乡，准备好五谷和药材，大年初一上山祭祀格萨尔王和山神，而且还要在家中供奉，念诵格萨尔颂词，举行敬茶敬酒等仪式。唐卡中

---

[1] 叙事类唐卡一般尺寸较大，更多地被供奉在寺院或传统社会土司大家族的特定场所中。

格萨尔王骑马征战的战神形象几乎是供奉类格萨尔唐卡的基本范式，其腾云驾雾、手执马鞭和战旗、十三畏（威）尔玛[1]环绕四周的形象勾勒出一种动感和即时性，能够唤醒和调动观者对格萨尔王征战四方、降妖除魔叙事的记忆和想象空间。同时这种即时性又成为格萨尔信仰的隐喻，即格萨尔王随时随地为现实生活中的民众消灾解难。

在史诗传统规定的民俗场域中，通拉泽翁教导布黑绘制格萨尔唐卡前要驱除杂念。格萨尔唐卡的绘制存在神佛和普通人两套量度规范。格萨尔王的肉身比例遵照的是世间神的量度法则，而一般战争场景中的其他人物则应用普通人的量度比例。不仅如此，在绘画禁忌和装裱程序上，格萨尔唐卡也要依样遵循寺院唐卡的操作轨范，画师们坚信倘若所绘神佛不符合量度规范，那么自身会遭报应或有妖魔鬼怪上门。在供奉类格萨尔唐卡的构图上，除了史诗文本中描述的三十大将等主要人物，也会在唐卡顶部绘制观世音菩萨、度母和莲花生大师等神佛形象。比如在青海果洛地区的供奉类格萨尔唐卡中，主尊上方的神佛和下方的护法神一般会与主尊有所关联，也有可能主尊上方放置的是画师及其家族信仰的神祇，下方也可能是根据画师本人平时念颂的经文来布局主尊上下位置的神佛和护法神。年轻画师生格却认为，玉树地区一般将格萨尔史诗视作历史，格萨尔唐卡亦应该是历史画，故而画师不会严格遵守量度规范，可以根据自己的经验作画。在他看来，格萨尔唐卡的供奉意义并不大，重要的是符合历史与地方的叙事传统。生格认为，释迦牟尼的身长在量度经或本生故事画中

---

[1] 十三畏尔玛战神：格萨尔的13个畏尔玛战神的总称。计有大鹏、青龙、白狮、红虎狼、野驴、青野、灰鹰、花鹞、白胸黑、白肩熊、金蛇、野牛、长角鹿等（土登尼玛主编：《格萨尔词典》，四川民族出版社，1989，第364页）。威尔玛是战神之一种，原为苯教的神灵，后演变为格萨尔的护身战神和整个岭国的战神。《格萨尔王传》中载：格萨尔有十三威尔玛战神，分别为：大鹏、玉龙、白狮、虎、白嘴野马、青狼、岩雕、白胸黄熊、鹞鹰、鹿、白肚人熊、黄色金蛇、双鱼。格萨尔每次出征之时，都要先祭祀威尔玛战神，呼唤威尔玛保佑自己随行出征的将士。在战场上每逢两军鏖战之际，格萨尔也要祈祷威尔玛赐予其勇气和力量，降妖除魔。同时，岭国臣民如需要威尔玛战神帮助，亦可向其祈请（降边嘉措主编：《〈格萨尔〉大辞典》，海豚出版社，2017，第527页）。

图 31 泽批绘制的格萨尔唐卡（笔者摄）

有非常细致的规定性，哪怕是眉宇之间的距离也不能随意改变。佛像和普通人的绘制标准并不一致，因为格萨尔的史诗故事没人亲眼目睹过，因此在画法上亦没有一个确定的标准，画师可以根据自己的理解和经验作画。

这里，生格与甘孜地区的布黑和泽批在观念上存在较大差异，其一，布黑和泽批虽然也强调格萨尔王像与佛像有所区别，但他们的绘制并不是没有标准，参照骑马类型神的量度比例；其二，布黑和泽批将格萨尔王视作神，且有供奉意义，而生格却将格萨尔唐卡看作历史画，供奉功能弱化；其三，布黑、泽批及果洛地区画师三智加皆认为，在格萨尔唐卡的构图上基本遵照供奉类唐卡的基本规范，而生格则认为玉树地区的供奉类格萨尔唐卡相对较少。观念之所以迥然不同，一方面可能是地域或画派的差异，另一方面也有可能是代际之间的距离。

就目前调查材料显示，由供奉向叙事功能的转向折射出由神圣向世俗和审美语义的转换。布黑、泽批和生格在格萨尔唐卡的构图和布局设计上皆要遵循史诗书面文本的情节描述[1]，其中所依之据包纳供奉类格萨尔唐卡中人物的外貌、坐骑和兵器等，以及叙事类格萨尔唐卡中的人物、情节和场景。布黑强调，作为格萨尔唐卡的观众，只有掌握了史诗情节，才能读懂唐卡中的故事，即使是画师本人，也需要在阅读史诗书面文本的过程中完成唐卡的绘制。布黑所参照的大多是四川民族出版社印刷出版的格萨尔史诗书籍，而泽批有时也会依据格萨尔赞颂词对史诗人物的形象、手势和肤色所做的文字描述。

对照图31，在主尊格萨尔王上方，泽批所绘依次是莲花生大师、观世音菩萨、文殊菩萨、金刚持菩萨，以及德格当地的一位活佛。据泽批讲，除主尊外，其他的神佛和十三威尔玛具体如何构图是有调整空间的，而当地活佛的加入，显示出泽批赋予了格萨尔唐卡绘制范式以地方性意义。因对史诗书面文本的依赖性，布黑和泽批一方面认为格萨尔唐卡中的人物、坐骑、兵器和动物均有象

---

[1] 比如布黑举例，"极乐世界要怎么画，十八层地狱要怎么画，背景是什么样的，书本里都有记载，所以就可以根据书本记载来画"。受访人：布黑，访谈人：姚慧，翻译：呷绒启西，访谈时间：2021年8月2日9:00—11:00，访谈地点：四川省甘孜藏族自治州德格县布黑家。

征意义，但当笔者详加追问，他们又无法给出确切的答案，表示只有翻看史诗书面文本才能解答。

图 32　泽批为笔者讲解格萨尔唐卡的局部构图（笔者摄）

一般情况下，泽批首先要从头至尾地阅读史诗、颂词或传记文本，然后确定故事的主角和建筑的结构，以此来构拟大概的构图和场景的布局。可见，叙事类格萨尔唐卡与史诗情节以及格萨尔文化的地方传统存在较为紧密的交互指涉关系。布黑和泽批指出，供奉类格萨尔唐卡仍在中心构图法的思维框架内，而格萨尔叙事类唐卡并没有特定的构图法或固定的叙事模式，如何构图和叙事主要看史诗情节的传统规定性以及画师的个人理解。史诗中的重要人物、情节和场景往往被放置在显要位置，占据画布的大幅空间，次要人物及其情节和场景相对较小，形成凸显主要人物、缩小次要人物远近纵深的透视关系，突出画面的层次感。比如布黑举例：

天快亮时，格萨尔王喝茶，吃饭，准备骑马出发。假如我要设计这个情节，就会把毡房、门口的马、人物吃饭的场景放大。如果要带领兵士离开的话，这时在构图上就会形成远近关系的对比，那么主要情节会放置在近处，尺寸放大，次要情节会往远推，尺寸也会放小，《格萨尔千幅唐卡》就是这样画的。[1]

这样远近关系的处理，凸现的是作为阐释者的画师是如何解读史诗传统的，又是如何引导观者完成观像过程的，其中不乏部分主动的诠释空间，而不只是被动的史诗书面文本的视觉再现，透现的是画师解读史诗的特定模式，也是特定的导引观者的观看模式。对于布黑而言，供奉类格萨尔唐卡一般会以德格印经院已有的唐卡为模板，通过模仿来继承传统画法。但是假如碰到绘制《格萨尔千幅唐卡》这样的机会，因为绘制的人物众多，就不可能一一找到先例，多数会依照史诗书面文本的文字描述来描绘唐卡中的人物和场景。譬如，如需找到装备齐全的格萨尔形象，就要参照《霍岭大战》；如若欲寻未着战袍赛马的格萨尔形象，就须翻阅《赛马称王》。像《格萨尔千幅唐卡》这样大型的唐卡绘制工程，据参与者布黑讲，在他们绘制之前曾有学者和画师拉蒙等人对史诗故事的人物、情节和场景进行提炼，负责每幅唐卡的预先构图及人物和动物的色彩设计。在一定程度上，千幅唐卡的绘制规则是大家共同商量的结果。布黑等具体执笔的画师只负责从美观的角度出发添加些许背景、山水、花草和动物等装饰性图案，并按照设计者的要求上色。[2] 其中，熔铸了多位画师和学者多元行动方对史诗传统的当下理解，同时也能从另一层面观世到，格萨尔唐卡的绘制中哪些是主干部件，哪些是可变的，可以有画师即兴创作的。

前文已述，人物是串联藏族格萨尔口头史诗音乐叙事的核心要素，有意思的是，笔者在格萨尔唐卡中也再次发现人物对于格萨尔史诗传统超级文类重要的叙事意义。在对布黑、泽批和生格的采访中，三位画师皆认可无论是供奉类，还是叙事类格萨尔唐卡皆以人物为中心，当然这里的"人物"包括供奉类唐卡中作为神佛身份出现的主尊。如：

---

[1] 受访人：布黑，访谈人：姚慧，翻译：呷绒启西，访谈时间：2021年8月2日9:00—11:00，访谈地点：四川省甘孜藏族自治州德格县布黑家。

[2] 同上。

生格：绘制一幅唐卡时，主尊是最重要的，周围无论是配护法，还是场景，都是从美观的角度出发的。

姚慧：那就是格萨尔唐卡中也是主要先考虑人物？

生：是的。周围的其他人物或着图案可以在确定人物后再添加。[1]

同时生格也认为，史诗传统已经规定好每个人物形象的典型特征，玉树地区熟悉传统和史诗情节的民众通过英雄的面相、坐骑、兵器等就能识别出相对应的人物身份。比如辛巴是红脸形象，神箭手丹玛的马是青色的，且手里拿着箭。格萨尔史诗人物众多，有些出现一次就牺牲了的人物可能在民众印象中只是一种英雄的形象，但是跟随格萨尔王南征北战的三十大将反复出现，他们有着较为明晰的形象特征，而这些特征组合在一起就构成了唐卡中史诗人物的符号化表达。

假如我们把画师脑中的以及周边可参考的所有技艺存储比作画师的传统武库的话，那么画师在绘制唐卡时从武库中调用的传统部件或是人物、场景、情节的某一个侧面，或者只是核心要素的提炼，但这些被调用的部件是以史诗传统指涉性为依托的、具象化的形象再现。这样的视觉重现又能在观者脑中起到索引传统的作用，它不像汉族民间美术那般抽象，抽象符号指涉的是背后的传统寓意。譬如吕品田对民间美术观念符号的研究，他通过对泥塑《挂虎》（图33）的花型与色彩等符号形式和整体涵义的分析[2]，让我们看到民间美术是如何进行抽象或符号化的，其中佛手、绿色、石榴、蝴蝶、海棠、艾草、贯钱、红色、牡丹等传统部件（符号形式）在特定地方传统和语域中有民众之间约定俗成的传统指涉性（符号所指），而它们又依照特定的部件组合法则进行排列布局，整体构成了镇宅祈禳、福寿平安、吉祥如意的传统性指涉。

相比之下，在供奉类格萨尔唐卡中，虽然人物形象和场景是具象的，但象

---

[1] 受访人：生格，访谈人：姚慧，翻译：央吉卓玛，访谈时间：2020年8月9日16:30—18:00，访谈地点：青海省玉树藏族自治州玉树市维也纳大酒店。

[2] 吕品田：《中国民间美术观念》，湖南美术出版社，2007，第367页。

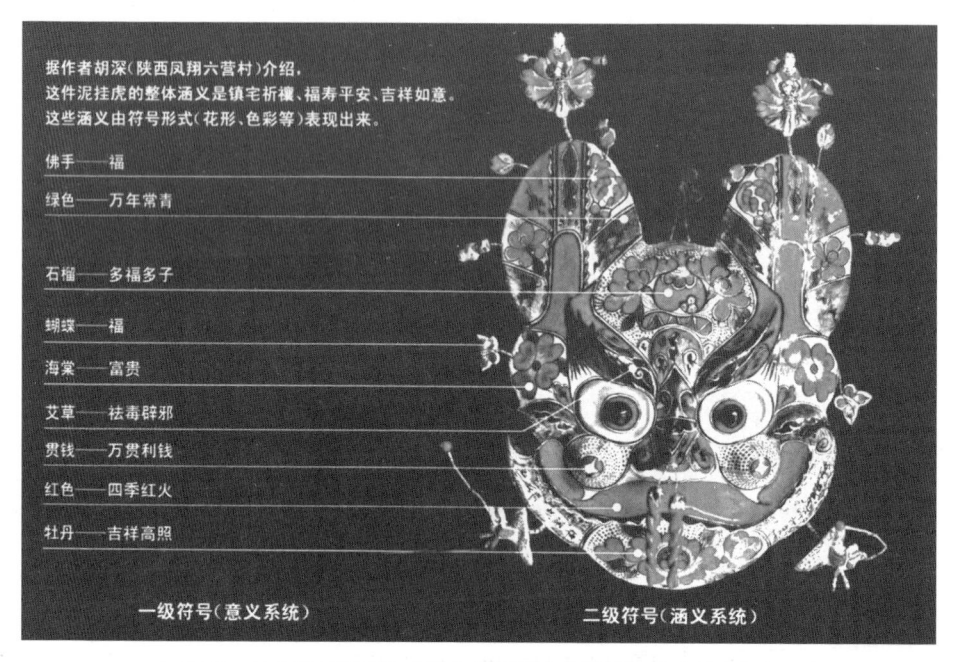

图 33　挂虎的"讲究"（摘自吕品田《中国民间美术观念》）

征着岭国和格萨尔本人的十三威尔玛却是符号化或抽象化的，用动物的身形来暗喻围绕在雄狮大王四周的十三位护法或战神（图34）。其中，大鹏在《世界公桑之部》中被赋予红马头金刚的化身，是一位地位高贵的战神，它镇守北方，是保佑风运禄马强盛的战神[1]；玉龙又被符号化为巩勉杰姆的化身，在格萨尔史诗中巩勉杰姆被视作格萨尔天界神灵谱系中的姑母，常骑白狮，由众多空行母相随，伴着悦耳的音乐声，给在人间的格萨尔传达旨意[2]；狮在《格萨尔风运禄马煨桑颂》中被视作镇守东方的战神，《北地降魔之部》说它是天母南曼尕茂的化身，《世界公桑之部》又说它是大梵天王的化身。[3] 十三种动物指涉的是史诗传统中的十三种战神或护法，而之所以能够如此索引传统是因为其背后有流布区受众所共享共知的、史诗叙事传统的语域与语义作为支撑。在民间传统语境中，

---

[1] 徐斌：《格萨尔史诗图像及其文化研究》，中国社会科学院研究生院博士学位论文，2003，第62页。
[2] 同上书，第63页。
[3] 同上书，第63页。

这些人物、动物、情节和场景与史诗叙事的关联性指涉是受众的已知知识，即使是传统部件被抽取，传统性指涉仍可以在认知社区和特定语域中以显性或隐性契约的方式发挥威力。而泥塑《挂虎》和格萨尔唐卡中的传统部件或模块的传统指涉性最终皆指向生活之用，但在史诗流布区，藏族民间美术的生活功能是以格萨尔史诗叙事传统为符号所指转译媒介的。

如果我们将视野进一步拓宽，会看到格萨尔史诗、唐卡以及地方传统中的藏传佛教信仰、民间绘画体系之间交互关联、彼此交织，共同构成了地方传统内部共享的"传统池"。在对泽批的调查访谈中，笔者发现了格萨尔传统与藏传佛教信仰体系在唐卡绘制中的交融互释。据泽批讲，一般请他绘制唐卡的功德主会将关于所祈唐卡的相关经书交给他，并叮嘱他要按照经书中的文字描述作画。不同的唐卡所依据的书面文本不尽相同，不同教派的佛像绘制所依凭的经文也不一样。采访中，泽批拿出一幅自己依照经文绘制的唐卡底稿（图35），内容是嘉荣寺阿珠活佛的前世在"雅龙谢普"闭关，在禅定中来到了莲师净土"铜色吉祥山"。此幅唐卡类属传记性质的叙事类唐卡。虽然这幅底稿不是格萨尔唐卡，但在泽批的指引下，我们在画作中央分别找到了岭国三十大将（左侧）和诸位女性的形象（右侧）。

此外，格萨尔唐卡又在民间生活语境中与藏族民间美术传统中的民间图案发生交集，具有特定隐喻的民间象征图案也被提取并应用到格萨尔唐卡的绘制中。在采访中，布黑和泽批表示，民间习俗中的一些像吉祥八宝、六长寿图等表达吉祥寓意的图案在藏族民间传统绘画语域中具有特定的含义。当它们被调用到格萨尔唐卡中，从民间习俗到格萨尔唐卡的再语境化过程并没有改变其语义内涵。不论是画师自己，还是祈请唐卡的民众，这些图案的"在场"皆可成为福报或功德累积的转化路径，而此类图案的调用拓展了画师在史诗语域之外的新语汇，又在格萨尔唐卡中与史诗的传统性指涉重组，生发出更符合生活需要的话语系统。在史诗叙事传统与唐卡量度规范的框架下，山水、云朵、花朵等民俗图案又往往是画师的个性化表达窗口，为图像异文本的生成提供潜在空间。当然民间图案也有特定的语域，比如泽批强调，吉祥八宝作为供品一般只

图34 十三威尔玛示意图(泽批绘制;笔者摄)

能出现在格萨尔的寂静相中,民间习俗规定了此类图案不能被放置在忿怒相中。

除了寓意吉祥的民间图案,生格也会将诸如仙鹤和鹿等象征长寿的动物调用在格萨尔唐卡的适当场景中,但他强调这些图案的使用需要以整幅唐卡所要表达的叙事语义和审美追求为准绳,依据场景来判断构图所取用的部件,而不是民间图案隐喻的简单搬运。如:

姚:一些图案本身在藏族民间文化中的意义会不会被携带进格萨尔唐卡中?

生:不一定。

第三章 格萨尔史诗传统的多模态解读

图 35 泽批绘制的唐卡底稿（笔者摄）

姚：那就是完全依据史诗情节中的场景来画，场景中有什么，您就画什么？

生：也不是，是我把情节中有的东西囊括进去后，再根据整个构图的审美和经验，增加一些东西进去。不是说书里没有写的东西，我就不能画。

姚：这种经验是您的老师教给您的，还是您在不断的实践中自己总结出来的？

生：两种都有，既有老师直接传授给我的、必须要遵守的量度规范，也有我自己总结的经验，这两种不能割裂开来，是一体的。其中更重要的是自己经过实践总结出来的经验，即使是老师教给你的，你不自己动手去画个上百幅，你是永远都不能完全理解老师教授的内容的。

姚：那么这种经验的出发点只是审美吗？还是也要考虑其他因素？

生：这种经验是在不断实践中，在画了上百幅、上千幅之后脑中形成的一种观念，经验告诉我，哪个位置应该画什么，已经在脑中形成了一个谱。

姚：这个"谱"的标准是不是审美层面的？

生：对，主要是从审美的角度考虑。但个别神佛的本生故事比较清楚，

215

他的形象是有一定的规定性的，比如莲花生大师和度母的下方一定要画水的，是不能画草滩的，因为莲花生大师是从莲花里生出来的，无量光佛下面又一定要画基座。

姚：那这部分意义在格萨尔唐卡中就没有了吧？

生：对，是的，格萨尔唐卡就是跟着情节走。如果是格萨尔去征战，那么主要人物就是格萨尔和他的敌方。

综上所述，格萨尔唐卡绘制的交流框架表现在以下四个层面，即以史诗传统为法则的叙事层面、以唐卡量度规范为套路的技艺经验层面、以格萨尔和藏传佛教信仰体系为传统内在规定性的隐喻层面，以及以审美为编码规则的个体表达层面。四个层面相互叠加共同在传承社区内部构成了格萨尔史诗传统的视觉再读方式，让我们从另一个侧面观察到史诗传统在民间生活语境中立体多面的文化多样性表达。从史诗传统的口头演述到文字书写，再到图像文本视觉再现的信息交换过程中，既有叙事传统基质的稳固性，又有因信息输出者和接受者的地域性转换所导致的个性化迁移。

第三节　作为史诗传统视听模态的格萨尔羌姆与藏戏

戏曲通常被理解为融诗、乐、舞于一身的综合性表演艺术。相比作为视觉艺术的唐卡和听觉艺术的音乐而言，戏曲或舞蹈呈现单一感官或符号系统所无法涵盖的超越性。舞蹈所包纳的综合性范畴虽不比戏曲广阔，但有舞必有乐，乐与舞往往是舞蹈艺术表达的基本要素。具体到格萨尔史诗传统语境，不仅存在广为人知的格萨尔藏戏，还有以舞蹈表现形式为载体的格萨尔羌姆仪式。如果唐卡和音乐分别构成的是视觉文本和音声文本的话，那么作为综合性表演艺术的格萨尔藏戏和羌姆又是如何建构多模态文本的，如何与格萨尔史诗传统形成解读关系，又如何与史诗文本交互指涉则是本节所要讨论的话题。

一、多元主体共建的传统武库

在传统社会中，戏曲的传承多在农区，农户聚居的生活方式可为戏曲提供集体排练、表演与传承的基本条件。然而，牧区地广人稀，民众居住分散，加之一般百姓家都需要完成繁重的农牧业劳动，难以在特定时空或场域组织多人共同完成戏曲的排演行为，格萨尔羌姆和藏戏也概莫能外。与史诗的单口演述和唐卡的单人作画不同，格萨尔羌姆和藏戏亦须仰仗集体表演和分工合作，而聚居生活的寺院和僧人群体却是最佳的传承主体。[1] 又因藏族民众笃信藏传佛教，僧人群体的承传与表演又为羌姆和藏戏赋予了权威性与神圣性。对于史诗歌手或唐卡画师而言，传统部件的集纳或武库的构建虽在代际之间有地方性知识的历时性传承，但构建主体皆为生命周期中的单一个体，而格萨尔羌姆和藏戏却因参与主体的多元性而呈现传统武库共时性集体建构的特征。下面以四川省甘孜藏族自治州德格县竹庆镇佐钦寺格萨尔羌姆传承人血珠、青海省果洛藏族自治州甘德县夏仓部落藏戏团和哇岩寺藏戏团的田野访谈资料为例进行阐述。

出生于1939年的血珠自小就被送进了佐钦寺，入寺之后跟随寺院的老师先从藏文认字学起。当他能够诵读经文、有了一定基础后，老师开始教授血珠学习央移谱。为诵经之用，佐钦寺每位入寺的僧人都要习得央移谱，而掌握央移谱又是学习法舞羌姆的基本前提。佐钦寺的羌姆远近闻名，先后曾有20多个寺院派人到该寺请教。同一套央移谱知识体系既可用于诵经，又可用来记忆和学习格萨尔羌姆。僧人只要掌握了央移谱的谱式识别系统，就可以按照谱面的标记套用和唱诵。自12岁起，血珠跟随佐钦寺的僧人习得格萨尔羌姆，老师一边手把手地教授羌姆仪式与舞蹈，告知他们每个动作的要领，一边带领他们跟随法器的声音，一遍遍细数着节拍。在老师的示范下，血珠认真模仿每一个动作，直至18岁后才可以正式登台表演。

20多岁时，血珠开始承担起教授佐钦寺其他年轻僧人学习格萨尔羌姆的职责。直至现在，他有七位弟子，包括领舞的僧人。因年事已高，血珠虽然无法再为年轻僧人一一做示范，但他总会在他们跳羌姆时承担起指导的责任，指出他们的问题，使其在不断的练习中加以纠正。教学过程中，血珠一般先从次要人物角色教起，如女性角色，待僧徒娴熟掌握后才能进入重要人物角色的学习阶段。佐钦寺通常会从年轻僧人中挑选格萨尔羌姆的人选，然后根据僧人各自已有的基础、优长和资质来决定他们在羌姆中学习的内容和未来所要承担的人

---

[1] 受访人：夏仓部落格萨尔马背藏戏团成员，访谈人：姚慧，翻译：甘德县政协工作人员赞拉，访谈时间：2019年7月30日10:00—14:00，中间遇雨有停顿，访谈地点：青海省果洛藏族自治州甘德县夏仓部落。

第三章 格萨尔史诗传统的多模态解读

图 36、37 采访佐钦寺格萨尔羌姆传承人血珠和格萨尔歌手所加
（图 36 左起：所加、血珠、笔者；呷绒启西与笔者摄）

物角色。僧人们要通过各个环节的严格考核才能参加正式的表演实践。在教学内容上，佐钦寺的老师亦有分工，血珠主要负责舞蹈的部分，而央移谱的唱诵，乃至笛子、鼓、加铃、侗钦，牛角等伴奏乐器则由其他老师分别教授。由上观之，佐钦寺格萨尔羌姆的传统武库至少包纳藏文、央移谱、羌姆仪式、舞蹈动作、唱诵、人物角色扮演、乐器或法器演奏、面具制作八个方面传统部件的收集与积累[1]，且其中每一项的传承脉络皆由不同的僧人分角色习得，进而由每位传承者协作共建起格萨尔羌姆的传统武库。

接着，我们再看夏仓部落的格萨尔马背藏戏团。1987年藏历新年前夕，夏仓部落为准备一次百天的念经法会，经部落成员集思广益、共同协商，最后决定筹建自己的藏戏团，并派几位骨干到四川省甘孜藏族自治州佐钦寺学习格萨尔藏戏[2]。学成归来后，经过多番商议、练习与准备，由在距离部落不远的东吉多卡寺出家、具有部落成员身份的僧人们组建格萨尔藏戏团，并在隆重庆祝新年的当日登台首演。藏戏表演得到了部落百姓的认可和欢迎，他们自愿为藏戏团筹集资金。成立之初[3]，藏戏团参照格萨尔史诗故事情节中的文字描述，手工制作人物角色的头盔、服装、武器和配饰等。《赛马称王》等剧目也是藏戏团成员和部落中的头人和老人们聚在一起共同创编的。每到夏季，藏传佛教寺院需要闭关45天，藏戏团的僧人们多数在东吉多卡寺出家，他们不仅要闭关，而且在此期间不允许说唱，亦不能向寺院请假。恰逢北京的专家团前来调研，为了应急，夏仓部落便想出表演马背藏戏的主意，当晚大家加班加点的练习。第二天便在学者们面前表演，得到认可后，藏戏团便以马背藏戏为日后的主要发展方向。

---

1 佐钦寺格萨尔羌姆在每年的藏历新年前后举行仪式表演，为避免高原反应，笔者2021年的调研时间选择在夏季，故尚未目睹其表演实践，还需要在日后的调研与观察中进一步完善。目前的总结仅以田野访谈为获取资料的主要途径。
2 在佐钦寺学习的应该是格萨尔羌姆，但在夏仓藏戏团成员的表述中，将其称为藏戏，这里暂且沿用。
3 在藏戏团的表演得到老百姓认可后，当地基层的干部看到藏戏活动隆重且丰富，也愿意予以支持。后来夏仓部落格萨尔藏戏团逐渐发展壮大，并到寺院和牧区去表演。

图 38　夏仓藏戏团表演格萨尔马背藏戏（笔者摄）

图 39　笔者与夏仓部落藏戏团合影（藏戏团成员摄）

藏戏团中的每位成员都有各自的分工。作为该团组织者的现任团长普尔多在夏仓部落民众心中威望甚高，原因是：其一，普尔多的家族在夏仓部落享有颇高声望，舅舅阿吉阿乌既是果洛藏族自治州甘德县东吉多卡寺僧人，又是该团的创始人之一，并被夏仓部落视作格萨尔史诗总管王绒察察根的转世；其二，普尔多的父亲原为夏仓部落的头人，深得百姓拥戴；其三，普尔多曾在政府机关工作，有着与政府打交道的便利和经验，做事利落，颇受百姓信任。除发挥凝聚力作用的团长，还有着装扮演格萨尔史诗人物角色的演员，负责音乐、人物角色和动作等设计和安排的导演、担任剧本编创的编剧、演出前和演出中进行介绍和解说的主持等。每种职责的人员挑选皆以"合适"为前提，尤其是史诗人物角色的人选需要在相貌、身形等外貌特征上与史诗情节中的文字描述彼此契合，特别是珠姆等女性角色扮演者更要在僧人中挑选眉目清秀者担任。同时，角色遴选也要考虑演出效果和动作的难易程度，根据演出效果的好坏一般两三年调换一次演员的人选。

在20多年的表演实践中，藏戏团积累了丰富的经验，对马背藏戏表演中的动作设计及其演出效果，乃至需要改进之处均有了自己的独立判断。据现任导演更桑嘉措[1]的讲述，藏戏表演中诸如唱腔等设计都是在藏戏团成员共同商量、集体确定方案之后才能付诸表演实践。他们通常会在传统的基础上融入自己的理解，比如马背藏戏中拉马缰绳和持马鞭的动作便是集纳众议所做的创新。有些成员身兼多职，如仲德尔不仅扮演丹玛的角色，还负责藏戏的动作设计和编辑出版工作。同时，藏戏团尤其注重马背藏戏的代际传承，出生于1998年的僧人多克杰在东吉多卡寺出家后开始接触格萨尔藏戏，进入藏戏团后，导演更桑嘉措和其他几位创始人手把手地教授他藏戏动作和唱腔，经过3~4个月的学习和练习后方可登台表演。

夏仓格萨尔马背藏戏的武库，除存储人物角色舞蹈动作，还需要储备剧目和剧本，人物唱腔和音乐，解说或主持，头盔、服装、武器和配饰的制作技艺

---

[1] 更桑嘉措刚进入藏戏团时先是跟随团里的几位创始人学习。

等传统部件。储备过程一方面孕育在代际传承之间，另一方面也在成员的切磋和商讨中不断累积与创新。因此，无论是佐钦寺格萨尔羌姆，还是夏仓部落格萨尔马背藏戏皆有较为清晰的传承脉络，具有集体规约性的传统武库是不同分工的传承者个体武库的集合，拓展了史诗歌手或唐卡画师个人大脑的存储空间。此外，位于果洛藏族自治州甘德县的哇岩寺格萨尔藏戏团一方面与夏仓部落藏戏团一样由共同协商来确定表演的设计方案，另一方面又在传统武库的构建上表现出更多的个体性和松散性。接受笔者访谈的三位僧人均不曾有向该寺僧人习得技艺与知识的经历，更多仰赖自学，其中两位90后年轻僧人智合见和曲多虽然在进入哇岩寺后才真正开始接触格萨尔藏戏，但都有儿时通过收音机的电波收听格萨尔弹唱的经历，并由此开始喜欢格萨尔曲调[1]。长期的集体实践，不仅造就了多元主体的集体构建与群体传承，而且在传统语境中培养了共享特定语域和传统武库的受众。

二、交流实践中程式化搬演与多模态文本构合

作为综合性艺术的羌姆与藏戏具有调用视觉和听觉等多感官构建文本的典型特征，其多模态文本包纳戏剧、音乐、舞蹈乃至绘画、雕塑、服饰设计等多种符号系统，在多元主体的共同参与下建构史诗叙事或象征意义。作为综合性艺术，格萨尔羌姆与马背藏戏在面具、服饰与造型等方面也有各自的艺术构造法则[2]，由于笔者的田野调查尚未覆盖上述领域，故这里仅从表演层面视听模态文本的组构入手。

第一，剧本或底本。夏仓部落藏戏团目前能够完整表演的格萨尔马背藏戏剧目有8部。为了吸引受众，他们每年都会选取不同的格萨尔史诗故事进行编

---

[1] 尤其让曲多记忆深刻的是广播电台播放的尕藏智华演唱的格萨尔唱段。
[2] 目前初步的调查资料显示，佐钦寺格萨尔羌姆的面具是工巧师根据第五代活佛曲吉多杰的描述在面具上进行绘制的，每个人物角色都有自己的面具和形象。

排，而编排的依据主要是已经出版的史诗书面文本。在内容上，他们会挑选有利于民族团结、与现实生活紧密结合的一些情节，同时也会考虑受众的喜好和社会功能。在对史诗书面文本改编的过程中，藏戏团的编剧和导演一般负责情节如何推进、如何适度压缩和删减。由此可知，马背藏戏中的情节和人物布局是在演出前预先完成的，剧本不存在表演中创编的可能性，演员只是按照预先约定搬演即可。

据藏戏团编剧卓登讲，编剧和导演不仅要有演出的实践经验，还需要多遍阅读和吃透史诗文本，使所有的史诗人物烂熟于心，才能提炼精华、适度压缩。老一辈藏戏团的编剧曾编排过多部格萨尔故事，其中《霍岭大战》和《赛马称王》不仅是藏戏团最早排演的剧目，也是当下的常演剧目。原来夏仓部落的老人对《霍岭大战》和《赛马称王》的史诗情节格外熟悉。在没有电视和手机的年代，虽然大部分老百姓不识字，但出版的格萨尔史诗书写文本总能引起大家的兴趣，即使自己看不懂，也要请识字的人帮忙讲述，甚至一些老百姓也可以口头说唱这两部故事。陪同笔者调研且担任翻译的果洛甘德县政协工作人员赞拉也记得，在他上学时，父亲曾到达日县的新华书店买来格萨尔史诗的书本，在家里微弱的酥油灯下，给几个孩子讲格萨尔史诗，足见当时普通民众对史诗的喜爱程度，同时卓登强调格萨尔史诗书写本对果洛藏区的重要意义。

成立于20世纪80、90年代的哇岩寺藏戏团虽然不像夏仓部落藏戏团拥有较为完整的代际传承，僧人们的格萨尔史诗说唱和藏戏表演基本以自学为主，但在剧本的编创策略上与夏仓部落如出一辙。据团长土尕俄旦讲，他们能够表演《霍岭大战》《大食财宝宗》《赛马称王》《卡切玉宗》等六部格萨尔藏戏，剧本一般取自某个艺人的格萨尔史诗书面整理本。不加改动的原样照搬无法赢得当地民众的认可，因此哇岩寺藏戏团也要在史诗原书写本的基础上提炼最关键的情节进行改编和表演，在提炼情节的同时，受众的兴趣、喜好和表演的时长等也是他们考虑的因素。接受笔者采访的土尕旦、智多见、曲多说唱格萨尔史诗也像吟诵艺人一般需要依照史诗的书面文本。

相比格萨尔藏戏，佐钦寺格萨尔羌姆应属仪式舞蹈，并非戏剧，因此他们的表演多数是舞蹈的展示，表演者并不需要开口演唱。而且，羌姆不需要像格萨尔藏戏一般分角色表演史诗情节，人物出场后念诵的也不是格萨尔史诗的故事底本。然而，佐钦寺格萨尔羌姆有自己的表演底本，笔者的调查对象血珠就有传自佐钦寺第五代活佛土登·曲吉多吉设计和手抄的格萨尔羌姆底本，其中包括动作本、念诵本、附加央移谱的唱诵本（含法器谱）（图40）[1]。该本在借鉴寺院羌姆的基础上，描述了不同人物如何出场。扮演不同人物角色的僧人依照不同的底本进行表演。在具体实践中，念诵本用作简化本，如需完整呈现唱腔，则使用唱诵本，二者在内容上并无二致，只是功能有所不同。

图40 佐钦寺第五代活佛手抄格萨尔羌姆底本（血珠提供；笔者摄）

第二，人物角色与唱腔。夏仓部落藏戏团和哇岩寺藏戏团的剧本皆取自史诗的书面文本，因此出场的人物角色设置亦依托史诗叙事。据卓登讲，藏戏团的成员基本不变，且各有相对固定的角色扮演，如年轻僧人多克杰主要扮演

---

[1] 念诵本只包含念诵部分，附加央移谱的唱诵谱本相当于是念诵本的副本，两个版本的念诵部分基本一致，只是唱诵本增加了法器的打法和提示唱诵的央移乐谱。

《赛马称王》中晁同的儿子，而索南多杰则因长相清秀而一般扮演珠姆的角色。然而，藏戏中的人物角色几乎每次表演都会有所调整，在保证主干情节和重要人物不变的前提下，缩减史诗叙事中的小人物。

陈幼韩曾论及戏曲表演艺术体系中音乐的重要性，音乐不仅是剧种的生命，更是塑造形象直接和主要的艺术手段，是人物主观的心灵、性格和思想情感的具体表现形式，是人物形象的血肉和灵魂。失去了音乐，也就没有了这个剧种。[1]虽然夏仓部落格萨尔马背藏戏不像汉族戏曲拥有完整系统的音乐表演体系，但在实际调查中发现，人物唱腔依然发挥着塑造格萨尔藏戏人物形象和性格的重要作用。在传统表演形式中，人物唱腔往往借自史诗歌手的口头演述。譬如，夏仓部落马背藏戏以及在2019年7月25—26日果洛藏族自治州甘德县第二届格萨尔文化旅游艺术节上展演的隆恩寺和多利多卡寺格萨尔马背藏戏，无论是召集群臣议事，还是两军阵前的表演唱均取自史诗艺人的人物唱腔。卓登述及，藏戏团一般都会选用史诗的传统曲调，且按照传统方式来为藏戏配置曲调，所谓传统方式是指史诗叙事和口头演述所规约的唱腔调用法则，如"塔拉六变调"专属丹玛，"九曼六变调"就是珠姆的身份象征。藏戏中的每个人物角色皆有自己的唱腔，一般不会混用，夏仓部落藏戏团成员也对史诗歌手惯用的六种六变调（丹玛、贾察、珠姆、尼琼、柔萨、格萨尔的专属唱腔）具有特定的曲调认同[2]。在词曲观念上，夏仓部落藏戏团的部分成员对人物唱腔的理解是词曲分离的。多克杰在为笔者展示贾察的"白狮六变调"时，随手翻到书本的某一页开始照本说唱，但书页上的唱段中并未出现贾察，唱词也与贾察无关。他之所以这样唱，是因为该唱段唱词的字数恰好与贾察"白狮六变调"的词格相符。仲德尔也用晁同的"哈热哈同调"来配唱诺尔德编写的藏族当代文学丛书《金镯》叙事诗集。

在格萨尔地方传统中的传承社区内部，在藏戏的表演场域中，史诗人物唱

---

[1] 陈幼韩：《戏曲表演美学探索》，中国戏剧出版社，1986，第36页。
[2] 只是他们无法一一唱出，而且普尔多也表示，此6种六变调在不同的藏区虽然曲名相同，曲调却各有不同。

腔，尤其是像晁同、贾察、珠姆、格萨尔等主要人物唱腔的取用规则是与受众共享、约定俗成的交流框架。倘若藏戏团将晁同的唱腔置换给贾察，受众是不接受的，因此藏戏团宁可调用全新唱腔也不会随意重置地方知识体系中人物唱腔的设置规则。正如普尔多所言，"曲调只要一唱出来，受众便会知道出场的是哪个人物"[1]。唱腔既是格萨尔马背藏戏塑造人物角色的重要手段，也是人物角色在史诗歌手、藏戏团群体和社区受众之间交互指涉、互文引用的纽带与根基。

与夏仓部落格萨尔马背藏戏团相比，创制较新的哇岩寺藏戏团在传统的坚守与突破之间寻找自我的身份认同。负责人土尕俄旦表示，一方面该寺藏戏的每个人物唱腔皆是预先设计的。如三十大将的唱腔基本取自史诗艺人口头演述的传统曲调，藏戏团成员只需依照事先构建的固定文本表演即可，而且在多次的表演实践中逐渐形成了该团自己的藏戏人物唱腔的联缀框架；另一方面，哇岩寺藏戏又表现出勇于突破传统的一面，传统唱腔对他们而言略有难度，于是为了降低难度他们对三十大将以外的人物唱腔做适合自己的编创，甚至加入格萨尔传统曲库之外的新曲调。[2] 这里，尽管哇岩寺藏戏团表现出疏离传统人物唱腔的一面，但其改造并没有撼动三十大将等核心人物唱腔，因此史诗叙事中的人物角色仍是唱腔取舍的思维准则。

人物角色之于戏剧的重要性不言而喻，无论是汉族戏曲，还是少数民族戏剧，那么作为仪式舞蹈且与史诗文本叙事无直接关联的佐钦寺格萨尔羌姆，是否也需要人物角色参与多模态文本的构建呢？在初期的田野调查中，据血珠和格萨尔艺人所加讲述，佐钦寺格萨尔羌姆是该寺第五代活佛曲吉多吉在借鉴、融合寺院羌姆的基础上改编而成的，其中涵括对寺院羌姆的系列替换式调整，如将寺院羌姆的出场人物、动物角色和法器换作格萨尔史诗中的人物、动物和兵器。虽然二者归属同一个知识体系，但不论在表演内容、人物角色、舞蹈动

---

1 受访人：土尕俄旦、智合见、曲多、普尔多，访谈人：姚慧，翻译：羊青拉毛，访谈时间：2019年7月28日9:00—11:00，访谈地点：甘德县格萨尔文化旅游艺术节会场黑帐篷外。
2 受访人：土尕俄旦、智合见、曲多，访谈人：姚慧，翻译：赞拉，访谈时间：2019年7月30日13:00—16:00，访谈地点：青海省果洛藏族自治州甘德县哇岩寺。

图 41、42　采访哇岩寺藏戏团成员（笔者和协助者摄）

作，还是在念诵、服饰、面具等方面皆有区别。[1]格萨尔羌姆也提炼出了一些重复性出现和可以套用的抽象化人物角色类型，譬如大将、女性、岭国的神、寂静相的格萨尔王[2]和动物，他们基本涵盖了羌姆表演中大多数的出场角色[3]。故此，虽然格萨尔羌姆的表演内容基本脱离了史诗的情节叙事，但无论是作为戏剧的夏仓部落格萨尔马背藏戏，还是作为仪式舞蹈的佐钦寺格萨尔羌姆，人物角色皆是二者与史诗传统的地方性知识体系交互指涉的核心要件。

第三，音乐和曲调。据初步调查，与格萨尔藏戏表演不同，除若干女性角色的曲调被借用，格萨尔羌姆中乐器的伴奏和僧人的唱颂皆与格萨尔史诗口头演述中的曲调或旋律无直接的引用关系，也与"传统池"中的民间音乐、舞蹈或宗教音乐等体裁不存在跨领域索引或调用曲调的现象，女性角色的唱腔传承至曲吉多杰。[4]

在调查过程中，笔者偶然发现佐钦寺第五代活佛亲手抄写的央移谱谱本，从中可以看出格萨尔羌姆与寺院羌姆之间的密切关系。格萨尔羌姆的央移谱属于框架谱，在师徒传承和表演实践中只起提示作用，唱诵的细节需要通过老师的口传心授来充盈和补充，只有将书面的央移谱唱诵底本和老师教授的口头唱诵相结合才是完整的格萨尔羌姆。唱诵本用不同的符号标记羌姆中唱与诵在仪式中的确切位置，用线条和圆圈分别标记音的走向和法器的打法[5]（图43），血珠和所加皆能依照该抄本进行唱诵。在他们的指示下，笔者看到乐句的起始音在谱面上也有特定的标记，他们虽然能够照谱演示，但难以解释清楚自己是如何

---

[1] 所加认为格萨尔羌姆既不是与史诗完全没有关系，也不是完全的寺院法舞。有时女性角色的唱词中也会提及，格萨尔征服霍尔国时赠送的盔甲对他们来说有着非常好的寓意，也有史诗中一些语词的提取。受访人：血珠，访谈人：姚慧，翻译：呷绒启西，访谈时间：2021年8月9日15:00—17:30，访谈地点：四川省甘孜藏族自治州德格县竹庆镇血珠家。

[2] 格萨尔王也会在羌姆表演"息、增、怀、诛"四种事业的不同环节中更换不同的衣服。

[3] 2021年佐钦寺格萨尔羌姆表演中出场的大将就有90多位。

[4] 受访人：血珠和所加，访谈人：姚慧，翻译：呷绒启西，访谈时间：2021年8月9日9:30—12:00，访谈地点：四川省甘孜藏族自治州德格县竹庆镇血珠家。

[5] 用大小圆圈区分"强"与"弱"。

通过央移谱的符号来识别具体音高和节奏的。[1] 央移谱是寺院诵经和羌姆仪式唱诵程式和套路法则的书面呈现，按照一般框架谱的通则，央移谱应该只提示大概的旋律走向，不同的人演唱时会有个体差异，起始音和结束音基本是旋律走向的重要节点，参照书面乐谱的过程也是唤醒口头记忆的过程。但在寺院的特殊场域中，个体差异是否存在还需要在日后的田野调查中加以验证。

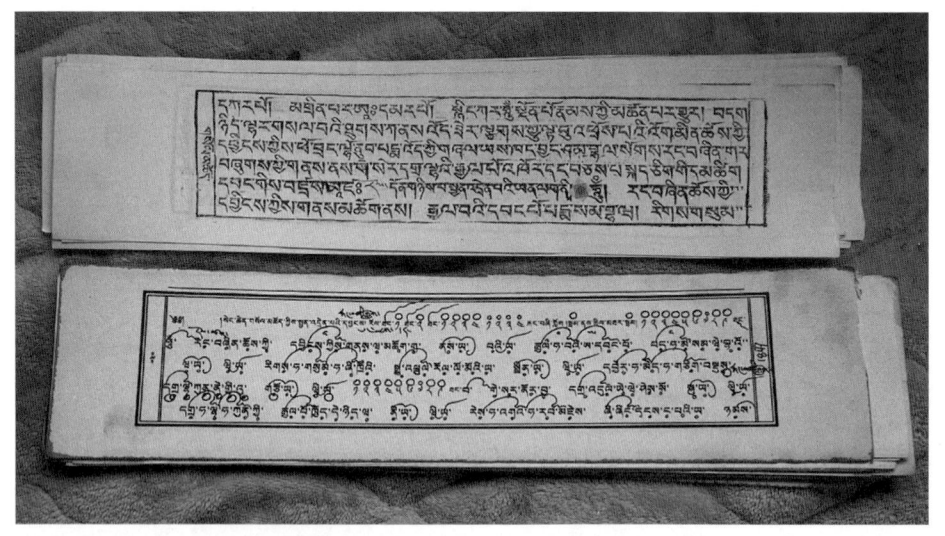

图43 佐钦寺格萨尔羌姆央移谱（血珠提供；笔者摄）

与佐钦寺格萨尔羌姆相比，夏仓部落格萨尔马背藏戏团和哇岩寺藏戏团却在音声文本的构建上表现出大胆创新的一面。通过对2019年果洛藏族自治州甘德县第二届格萨尔文化旅游艺术节上隆恩寺和多利多卡寺的格萨尔马背藏戏展演进行分析，笔者发现他们在借鉴史诗唱腔的基础上形成了新的藏戏音乐程式，一方面在人物角色的对唱中取用史诗口头演述中传统的人物唱腔；另一方面对演员上场、下场以及过场音乐进行了新的程式化设计，并赋予它们特定的意义，

---

[1] 包括女性角色表演的部分，央移谱下方也有吟唱的标记。在与血珠和所加的反复交流后，笔者依然未得其法，还需要日后进一步的田野调查。受访人：血珠和所加，访谈人：姚慧，翻译：呷绒启西，访谈时间：2021年8月9日9:30—12:00，访谈地点：四川省甘孜藏族自治州德格县竹庆镇血珠家。

使其成为当地民众辨识藏戏的标志性符号。这些音乐对史诗演述传统的出离，使熟悉格萨尔曲调的受众一听便能辨识出它们的身份归属。[1]可见在格萨尔艺人或地方传统中受众的认知观念中，藏戏音乐和史诗演述的人物唱腔之间有着较为明晰的体裁边界。二者交互榫接才构成两个藏戏团当下藏戏表演音声文本的构建方式。从史诗人物唱腔的稳定性又可看到人物唱腔对史诗演述、藏戏表演，乃至地方传统交流模式架构的重要性。

随着社会转型与时代变迁，传统规定性又在格萨尔藏戏中表现出逐渐松动的迹象。从刚开始僧人自己唱、自己演，到只演不唱，夏仓部落格萨尔藏戏的表演形式在不断发生变化。据调查，最早的"只演不唱"是因角色扮演者嗓音条件不佳而交由他人代唱。待录音机在牧区出现之后，藏戏团就开始录制团队成员自己的唱腔，再用高音喇叭播放，以此来代替现场的人声演唱。现在的藏戏团先到录音棚录制唱腔，然后在表演实践中用电子播放设备播放已经录制好的唱腔和音乐，现场所完成的只是动作的扮演。仲德尔在采访中表示，1987年藏戏团成立之初，他知道的格萨尔曲调不少，先到其他地区搜集，然后再教给藏戏团的其他成员，如今随着年龄的增长以及每个人物角色扮演者的常规化和固定化，个人的传统曲库正在缩小，除了经常扮演的人物唱腔，其他曲调皆因不常唱而逐渐淡忘。

在音乐的音声文本与舞蹈的表演文本不在同一时空中生成之后，包括人物唱腔在内的音乐更多发挥的是为舞蹈动作伴奏的作用，不仅音声文本走向固态化，而且对史诗传统规定性的理解边界也被逐渐打破。如藏戏原本的演唱或录唱主体是寺院的僧人，而今从现场的音响审美效果考虑，夏仓部落藏戏团会邀请部落周边嗓音条件好的弹唱歌手来参与藏戏人物唱腔的录制[2]；原本藏戏人物的扮演者皆为僧人，即使是女性角色也由僧人表演与演唱，如今藏戏团会打破身份和性别的界限邀请当地的女歌手录制珠姆的唱腔；原本人物唱腔是传承社

---

[1] 比如在笔者对甘德县德尔文史诗村的格萨尔女艺人才仲进行访谈时，恰逢艺术节开始播放藏戏音乐，才仲明确告诉笔者，那是藏戏的曲调，而不是史诗的曲调。

[2] 比如夏仓部落格萨尔马背藏戏团就曾邀请弹唱歌手到录音棚录制"塔拉六变调"。

区熟悉的传统曲调，如今藏戏团也会吸纳弹唱歌手创作的新曲调来替换特定的人物唱腔，以扩充马背藏戏的传统曲库[1]。因此，虽然人物与曲调名称的组合关系并没有改变，但具体的曲调文本却有时被置换。

　　故此，不仅格萨尔藏戏的曲库和音声文本正在重组，其中民间弹唱是格萨尔藏戏传统曲库更新的一个重要来源，而且文本建构与生成方式也正在发生变化，以致文本形式逐渐趋于固态化[2]，但这是传承社区内部的主动选择。与夏仓部落年长受众推崇演员的亲口说唱相比，年轻受众更喜欢电子音响的配乐形式，而且电子配乐可以使表演者更加轻松。当笔者问及这样的形式是否会使现场演唱的技艺因长期不唱而逐渐失传时，担任导演的年轻僧人更桑嘉措提出异议，他认为用电子音响代替现场说唱很有必要，音乐太单调反而没人愿意看，藏戏更有消亡的威胁。同在果洛州甘德县的哇岩寺如今也邀请弹唱歌手录制电子音响配乐[3]，录制后邀请活佛开光和加持，至此表演中的曲调和音乐皆不能再改变，表演场域中的藏戏表演者只需背诵唱词对口型即可。虽然表演形式相差无几，但同一部《霍岭大战》，同在甘德县的哇岩寺藏戏和夏仓部落格萨尔马背藏戏表演的唱腔和音乐却不尽相同。哇岩寺格萨尔藏戏的曲调来源相对多元，他们用诵经调唱诵《格萨尔诵经汇编》，除史诗演述中的格萨尔曲调，还跨区域地调用达日县格萨尔藏戏曲调。

　　第四，动作行为与空间建构。据冯双白的研究，"绝大多数寺院羌姆在最一般性的整体结构上保持着某种一致性，这种仪式结构在'秩序'方面却呈现非常灵活的组合状态。在有的仪式中非常重要的程序，在其他仪式过程中却'消

---

[1] 2018年由海南藏族自治州的一位叫南卡的歌手创作的弹唱，因为藏戏中贾察出现的次数比较多，藏戏团就选中了这个曲调，认为把它用在贾察身上比较合适，在唱法上也与传统的贾察的唱调相类似，于是被吸纳到夏仓部落格萨尔马背藏戏的曲库中。

[2] 随着地方政府和文化部门对格萨尔藏戏的重视，在文化旅游节中格萨尔马背藏戏的表演往往是重头戏，这可能会带来未来格萨尔藏戏新创作的曲调和唱腔对传统的格萨尔史诗说唱造成的冲击，以致传统曲库萎缩和固定化。

[3] 哇岩寺藏戏团原来的表演是需要表演者现场表演的，因此他们不仅需要背诵人物角色的唱词，还要会唱。

失'了"[1]。格萨尔羌姆也不例外，每当藏历新年前后佐钦寺一般都举行格萨尔羌姆表演。自第五代活佛创立佐钦寺格萨尔羌姆以来，该寺一直传承着一套程式化的仪轨结构，包括：① 52 位僧人念诵经文、祈祷和煨桑；②女性角色颂赞格萨尔王的同时请出格萨尔王；③格萨尔王的神舞；④十三威尔玛的神舞；⑤岭国山神和三十大将的神舞；⑥狮子（南方）、大鹏鸟（西方）、龙（北方）和马（东方）[2]从东西南北四个方向出场[3]；⑦龙的神舞；⑧祈求吉祥，由女性唱诵。由此可见，格萨尔羌姆的仪式结构通过舞蹈动作来表达特定意义，塑造人物和动物形象。据血珠讲，格萨尔羌姆每个动作都有特定的名字，且具有程式性。[4]格萨尔羌姆将寺院羌姆中的法器置换为史诗人物的兵器，僧人用挥剑和挡箭的动作来象征英勇、征服敌人，在乐器的伴奏声中手舞足蹈，乐器赋予舞蹈动作以节奏化、韵律化和音乐化的特征。与寺院羌姆舞蹈动作的驱魔祈福的传统指涉性相同，格萨尔羌姆也有类似的语义指涉和信仰功能，同时又有其自身的知识体系，血珠认为其中的寓意极其深奥，很难在短时间内讲述清楚。[5]佐钦寺的格萨尔羌姆没有承担编创职能的导演，因为其仪轨和动作皆因传自第五代活佛而不可更改，呈现固态化的文本生成模式。

再看格萨尔马背藏戏。2019 年 7 月 30 日，笔者独自赴青海省果洛藏族自治州甘德县夏仓部落格萨尔马背藏戏团进行田野作业，为了为远道而来的笔者展

---

[1] 冯双白：《青海藏传佛教寺院羌姆舞蹈和民间祭礼舞蹈研究》，中国艺术研究院博士学位论文，2003，第 52 页。

[2] 初期调查结果为，四种动物分别是南方的狮子、西方的大鹏鸟、北方的龙和东方的马。此结果只是根据血珠讲述整理而成，还需要进一步的田野作业加以佐证。受访人：血珠，访谈人：姚慧，翻译：呷绒启西，访谈时间：2021 年 8 月 9 日 15:00—17:30，访谈地点：四川省甘孜藏族自治州德格县竹庆镇血珠家。

[3] 血珠对其中的动物进行了进一步解释，认为四种动物能够护佑当地民众、增加福报，它们象征着人类生活所必需的水、火、土等生活资源。

[4] 由于 2021 年笔者的调查恰好错过了同年佐钦寺的格萨尔羌姆表演，因此没能亲临表演现场，无法对舞蹈动作及其程式性做细致具体的观察与书写，目前对舞蹈动作的描述多依据传承人的讲述，需要在日后的田野实践中加以补充。

[5] 所加甚至表示，他从 6 岁开始在寺庙出家，学习神舞 20 多年，也不能完全清楚其背后的含义。仅曲吉多杰当年为什么专门用八个人来跳格萨尔羌姆，背后的文化阐释就极其深奥。

示他们的藏戏，所有成员皆上装表演，以红砖围砌的草地为舞台，让笔者看到了从化装、着装到展演的全过程。与大型展演活动中骑乘真马表演的藏戏上下场不同，他们用舞蹈动作来隐喻骑马的行为，上下场皆使用了类似于汉族戏曲的趟马和圆场以及君臣走台步的程式化虚拟动作。相形之下，在甘德县第二届格萨尔文化旅游艺术节上展演的隆恩寺和多利多卡寺格萨尔马背藏戏，因真马的出场而缩减了趟马和圆场程式化动作的展示空间，舞蹈动作多表现在君臣走台步和人物对唱其间的手势以及马背上的技术展演[1]之上。汉族戏曲表演体系会将生活里不予表露、不可见的内心活动升华为舞蹈美，使其成为视觉艺术形象，比如为了表现周仁回府一路上极其激烈的思想斗争，戏曲表演采用大幅度强烈而复杂多变的舞蹈动作将其内心活动和精神世界形象化和视觉化。[2]与之相比，似乎格萨尔马背藏戏的舞蹈动作较少承担描摹人物内心，以及刻画人物性格的艺术功能，大量出现的是生活动作的再现。几种程式化动作皆是在音乐的节奏和韵律下动态呈现的，因此既受音乐节奏律动的制约，又使生活动作舞蹈化。[3]

　　观察三个调查案例，夏仓部落、隆恩寺和多利多卡寺的格萨尔马背藏戏表演实践都在用人物的动作来实现空间的转换。因夏仓部落藏戏团只为笔者展示了藏戏片段，故而这里不做讨论。从完整剧目的呈现来看，虽然都以动作为媒介，但隆恩寺和多利多卡寺的藏戏表演构建空间结构的方式却各有千秋。多利多卡寺以旅游节的展演舞台为岭国与魔国的空间边界，在岭国尚未征服魔国之前，只有岭国君臣才在舞台之上表演朝堂议事的场景，魔国演员皆在舞台之下完成表演，直至魔国被岭国降伏之后，魔臣才与岭国君臣一起上台表演，将舞台的特定空间作为区分岭、魔身份转换的媒介。隆恩寺则在舞台的同一空间场域之内只放一把单椅，颇似汉族戏曲中的一桌一椅，岭国与魔国君臣分别上台，

---

[1] 此说法来自曹娅丽。
[2] 陈幼韩：《戏曲表演美学探索》，中国戏剧出版社，1986，第155页。
[3] 据曹娅丽的研究，不同于民间藏戏团，专业藏戏团适应了抒情性和动作性都很强的演唱场景的需要，创造了许多抒情舞蹈表演和单折的抒情歌舞剧，如《赛马称王》这一剧目，由于艺术家的不断创造，在舞蹈身段上已形成了一套比较严格的演出程式。曹娅丽：《史诗、戏剧与表演：〈格萨尔〉口头叙事表演的民族志研究》，上海大学出版社，2015，第246页。

第三章 格萨尔史诗传统的多模态解读

图44、45 夏仓部落格萨尔马背藏戏团表演中的程式化舞蹈动作（笔者摄）

图46、47　多利多卡寺藏戏团在甘德县第二届格萨尔文化旅游节上的展演（笔者摄）

图48、49　隆恩寺格萨尔藏戏团在甘德县第二届格萨尔文化旅游节上的展演（笔者摄）

虽然单椅不变，而岭、魔的身份转换是通过人物角色和动作的变化来切换主体与场景的。上述两种空间转换方式皆具有戏剧的虚拟化特征，而这可能是戏剧共同的空间转换思维，如昆曲中旦角的抬脚和关门等程式化动作亦是空间转换的一种隐喻。昆曲的空间也是靠演员的表演来建构的，在同一舞台之上，什么时候看到对方，全看演员的表演[1]。2016年9月16日，在北京国家大剧院上演的英国莎士比亚环球剧院表演的戏剧《威尼斯商人》继承了伊丽莎白时代的戏剧传统，舞台之上并不像现代戏剧那样充斥着繁复恢宏的道具布景，而是在英国鼓乐与管乐的伴奏下，在简洁的舞台之上通过一幅帘幔、一扇门的简单关合来完成不同人物命运与场景空间的切换。尽管转换方式有所不同，但作为一种艺术体裁或文类，戏剧的空间与场景转换是以上三种戏剧表现形式构建表演文本的共同策略。

与史诗演述不同，格萨尔羌姆和马背藏戏的超文本阐释体现了多主体、多模态的文本生成规律，其包容性与综合性非民间文学的单一诠释视域所能涵盖，然而二者又与史诗不可分割。一方面羌姆和马背藏戏是格萨尔史诗传统和地方性知识系统的组成部分，另一方面藏戏剧本与史诗书面文本、藏戏人物唱腔与史诗音乐分别构成了互文性阐释关系。戏曲研究领域用"表演"来指代戏曲的舞台艺术实践，强调表现手段上几种艺术美相互融合与叠加的综合性，强调每一种艺术美溶化到表演中塑造人物形象与性格[2]，这与鲍曼表演理论的"表演"不属同一语域范围。鲍曼的"表演"[3]关注在信息交换的交流框架中口头艺术新生性结构的生成规律。虽然格萨尔羌姆[4]和马背藏戏仍是一种表演者与受众共建的艺术交流模式，有着社区群体共享的交流性阐释框架，但其多模态文本并不是在同一表演场域中即兴生成的，剧本/底本，人物角色、唱腔、音乐和动作皆

---

1 如昆曲《孽海记·双下山》。
2 陈幼韩：《戏曲表演美学探索》，中国戏剧出版社，1986，第9—10页。
3 具体到史诗的说唱实践，巴莫曲布嫫在纳吉《荷马诸问题》将"performance"译为"演述"，即在"表演"的层面上增加了"讲述"或"叙述"的向度。此处的应用语境是格萨尔羌姆与藏戏，因此笔者沿用杨利慧和安德明《作为表演的口头艺术》中的译法。
4 这里只依据笔者的田野考察对象佐钦寺格萨尔羌姆而谈。

在表演实践前预先制作。脱胎于格萨尔史诗的羌姆和藏戏的多模态文本生发在书面文本定本的建构逻辑之上，与史诗口头演述中新生性结构所构建的活态性和即兴性有所不同。因此，格萨尔羌姆与藏戏更符合戏曲界对"表演"的定义，但在文本生成上戏曲对人物形象塑造的个性、艺术性、抒情性和表演性又与深受地方传统形塑的羌姆和藏戏的集体表达仍有差别。因此，笔者新用"搬演"一词来呈现格萨尔羌姆与藏戏的特殊性。

三、传统指涉性的对读与史诗事件的重演

扎雅·罗丹西绕活佛曾言："一千多年以来，强烈的精神性充满了藏族文化并成为其特征。在这种精神中，佛教研究、深邃的哲学洞察力、静坐修炼以及简朴的迷信思想四者和平共存，宗教活动延伸到社会和个人生活的各个角落，不仅仅在僧院之中，也在农夫、商人的房间，牧人的帐篷中进行。有一种难以描述的、独特的气氛笼罩着藏区，这是一种特殊的精神氛围，几乎不为藏民自己所察觉。"[1] 这种精神氛围构成了藏族地方性知识系统以及由若干象征符号共同构建的传统性指涉，而这些指涉又在记忆、信任和不断重复中强化，进而内化为僧侣和藏民的日常生活。

如前所述，佐钦寺格萨尔羌姆承载的并不是格萨尔史诗的叙事意指，那么，在寺院僧人和德格竹庆民众生活中格萨尔羌姆的功能又是什么？经过采访，笔者了解到，格萨尔羌姆提取寺院羌姆的部分内容，如寂静相和忿怒相的形象和要素，并将其与格萨尔史诗相融合，至于佐钦寺第五代活佛是否在其中增添了新的内容，血珠并不确定。但可以肯定的是，寺院羌姆的法舞以密教的息、增、怀、诛四种事业为依据，而降服恶魔的意义亦随之被融入其中。格萨尔羌姆因源自寺院羌姆，因此也顺理成章地承袭了密教息、增、怀、诛的意义指涉。

---

[1] 扎雅·罗丹西绕活佛：《藏族文化中的佛教象征符号》，丁涛、拉巴次旦译，中国藏学出版社，2008，第1页。

息、增、怀、诛是密宗修持最重要的四大基本法门，亦称息、增、怀、诛（伏）四业，简单可以理解为息灾、增益、怀爱和降伏，但其具体含义，不同学者的解释却不尽相同。如刘洁释为，"息业指通过净化和安抚的手段消除疾病与魔障；增业指使人增益福寿财富；怀业指以怀柔手段调伏神人鬼从而掌握对局面的控制力和影响力；诛业指以威猛之法消灭制伏邪魔怨敌引起的障碍与混乱"[1]。多吉桑布认为，"息灾法是消除灾难、障害、烦恼及罪障等的修法。增益法是增进世间性的幸福及修行上的福德的修法。敬爱法是祈求获得亲睦及尊敬的修法。降伏法是积极化解怨敌等灾难，及泯灭自他烦恼的修法。以上四大法门，可以说是密宗的一大特质，……四法有一贯性、连环性，互融互摄，并不是各自独立的"[2]。王启龙、向龙飞指出，"'息'是'息灾（解难）'的意思，'增'是'增益（福报）'的意思，'怀'是'感召'的意思，而'诛'则非常特殊，代表'降服''诛杀'的含义，要求密教僧侣为'护教''护法'，可以破除不杀戒律，或用某种秘密仪轨迎请'恶神'助战，或用某种密咒'诅咒'，或脱下僧袍、拿起武器来抵御、'降服'政教的敌人或'魔军'"[3]。

据长期研究格萨尔史诗的青年学者央吉卓玛讲，格萨尔史诗的藏文本中常有"息、增、怀、诛"出现，笔者也在《格萨尔文库》的史诗汉译本《天岭卜巫九藏》中找到了例证：

莲花生大师这样全面考虑以后，又对神子脱巴嘎说道："善哉，善男子，你要到边荒的雪域藏土，去教化那里难以调伏的众生，因而，我应当向你详细地指明一切缘起条件，你要牢记在心！"

于是，用威震魔部的无碍金刚自鸣曲调唱道：

---

[1] 刘洁：《工布苯日神山崇拜的"新苯派"特点与佛教化演变趋势》，《黑龙江民族丛刊》2018年第1期。
[2] 多吉桑布编著：《图解藏密修持法 千年密法精要大公开》，陕西师范大学出版社，2007，第96页。
[3] 王启龙、向龙飞：《论宗教文化的相对单一性对藏族的心理影响（上）》，载王启龙主编：《国外藏学研究集刊第一辑》，上海古籍出版社，2017，第258页。

自观五光刹土上，五部如来请明鉴！
净治众生五毒障，般若面目愿得见！

有缘善男仔细听！
你以息增怀诛业，调伏五浊应化众。
缘起方便作辅助，还需地灵驯服民。
生身父母门第高，马快甲胄要坚韧。
英雄兵马要众多，更需武器良而精。
若以方便大慈悲，再加权势与武力，
对付难调教化众，仍然不能慑服住，
则是一帮造孽徒，即便是佛也难度。
因此更加需要你，增长神力扬威武。[1]

由此可见，格萨尔文化与息、增、怀、诛密教四法的相互融合并非佐钦寺格萨尔羌姆的独创，但曲吉多吉用羌姆仪式舞蹈的表现形式为其建构了新的阐释进路。据血珠讲，羌姆中有指涉息、增、怀、伏四业的程式化舞蹈动作，且被记载在活佛的手抄本中，因其深刻的宗教象征意义，故而每一次的羌姆表演不允许有任何改动，除非曲吉多吉活佛亲自授梦，亲口告知哪些内容可以增加。不仅如此，在格萨尔羌姆的仪式舞蹈实践中，僧侣还会在表演场地绘制舞蹈线路图，方便僧人分角色表演。如图50，由外向内的圆形、四方形、半圆形和三角形分别象征息、增、怀、诛四种事业，它们分别是老百姓等次要人物、总管王等，山神，格萨尔、丹玛、贾察等重要人物角色的神舞路线，呈现出由次到主、由世俗向神圣递进的圈层结构。不同角色分批次以此图为界按照顺时针方向依次出场，四业就是不同角色出场顺序的主要依规，第一次出场的人物按照"息业"圆形线路起舞，之后的角色依此类推，最后当所有人物出场后，每个人

---

[1] 《格萨尔文库》编纂委员会编:《格萨尔文库1》，上海古籍出版社，2018，第147页。

物角色依然按照自己所属的"息、增、怀、诛"的路线一起共舞。

格萨尔羌姆的仪式舞蹈实践处处映射着"息增怀诛"的符号所指,而其又与格萨尔史诗情节中人物角色的规定性意义构建了一种内在的暗合关系。虽然羌姆实践并非史诗的舞蹈叙事,但曲吉多吉以线路图和出场顺序的符号能指为纽带,将史诗叙事中不同人物的角色意义内嵌到了羌姆的舞蹈实践中。如果我们以最外层的圆形为视界范围,那么最靠近圆心的却是象征"诛"业的三角形。息、增、怀、诛四法本身是为不同层次的信众而设,

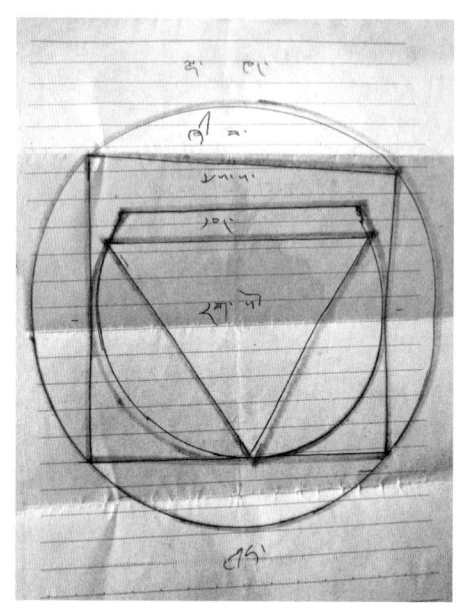

图50 佐钦寺格萨尔羌姆神舞线路图
(血珠提供;笔者摄)

而其中的"诛"法更为与众不同,学者们皆在表述中对其格外强调,如多杰桑布指出:"息、增、怀、诛四法皆是为了众生的利益,而不是为了修行者自身的利益,特别是修行者若行诛法,必须遵循菩萨道。"[1]诺布旺典也提到,降伏法(诛)是"为众生消除魔障的法门。其意义是以大悲心杀除魔恶,为救众生而杀众生,为度魔恶而杀魔恶"[2]。而王启龙、向龙飞则表述得更为清楚,"按藏密本义,这种佛教根本戒律的特别'开许'对僧侣本身修学要求极高,一般只有极少数高级僧侣才有资格,必须以'大慈大悲'为根本前提,且要有对被攻击致死者实行立即'超度'的能力,若无此种'修为'而贸然施行,施法者或破戒者不仅现世要遭受'反噬',死后也要堕入'金刚地狱'"[3]。

---

[1] 多吉桑布编著:《图解藏密修持法 千年密法精要大公开》,陕西师范大学出版社,2007,第96页。
[2] 诺布旺典:《图解藏密财神法》,紫禁城出版社,2009,第116页。
[3] 王启龙、向龙飞:《论宗教文化的相对单一性对藏族的心理影响(上)》,载王启龙主编:《国外藏学研究集刊第一辑》,上海古籍出版社,2017,第258页。

因此，诛法非普通修行人所能施行，而在象征诛法、最靠近圆心的三角形路线上起舞的正是格萨尔王及其三十大将，这就暗示着格萨尔羌姆密教四业、史诗人物角色和羌姆仪式舞蹈之间相互指涉的对读关系，即作为藏传佛教中的护法神，格萨尔王四方征战中降妖除魔的行为遵循的是菩萨道，是为度魔恶而杀魔恶。曲吉多吉在格萨尔羌姆仪式舞蹈的实践中完成了传统性指涉的重新解读与阐释过程，而上述史诗汉译本《天岭卜巫九藏》引文中莲花生大师对神子脱巴嘎的嘱托也与此意相互映照，并且此互涉关系又不仅仅出现在格萨尔羌姆中。若将目光放远，从不同向度入手，我们又会发现息、增、怀、诛已然成为传统性指涉的地方知识系统，以及僧侣、民众的精神世界和生活实践的重要组成部分，格萨尔羌姆只是其承载方式之一种。为了呈现息、增、怀、诛与藏族文化中的地理方位、形状和色彩象征学、语义隐喻、八瑞物、修坛城所用土质、火供仪轨、修行本尊等多元关联，笔者综合现有研究成果绘制了图51。

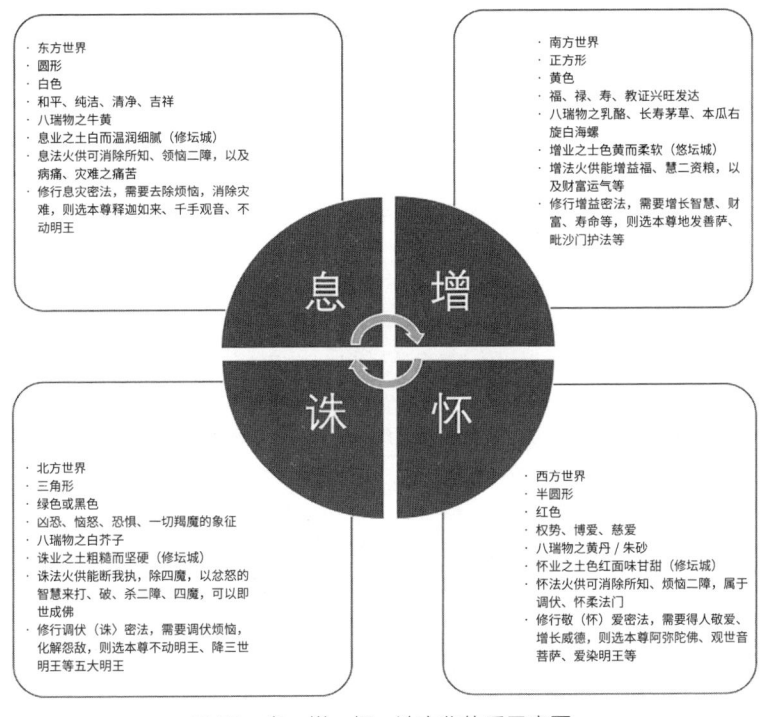

图51 息、增、怀、诛文化体系示意图

具体而言，扎雅·罗丹西绕活佛和尕藏加分别论述了四业与藏族文化中色彩/形状象征学之间的关系[1]，第九世班禅喇嘛仁钦洛桑土登曲吉尼玛在讨论胆药时，指出藏族文化中的八瑞物与佛的四业有关[2]，清末苯教高僧夏尔匝·扎西坚赞在《雍仲苯教法藏宝库》一书中介绍密宗灌顶坛城的破土仪式时，详细解释了山峰地形及所生林木与四业形状、色彩之间的关系[3]，吉布、释大愿对息增怀诛四种火供[4]做了具

---

[1] 扎雅·罗丹西绕活佛在《藏族文化中的佛教象征符号》一书中谈到，色彩象征实质上就是指借助色彩的媒介，表达某种与之相关联的特殊意义。如白色作为佛之息业的本色，是和平、纯洁、清净、无污、吉祥的象征，素有纯洁（洁白）忠诚、洁白善心、洁白善业等的说法。……黄色作为佛之增业的本色，是福、禄、寿、教证兴旺发达的象征。人们把黄色作为尊贵、高尚的象征，特别尊重。红色作为佛之怀业的本色，是权势、博爱、慈爱等的象征。绿色作为佛之伏业的本色，是一切羯磨的象征。蓝色和黑色作为佛之伏业的本色，是凶恶、恼怒等的象征。此外，扎雅活佛还提到藏族文化的形色/形状象征学，通过圆形、方形、半边月形、三角形等符号象征佛之息增怀伏四业。（扎雅·罗丹西绕活佛：《藏族文化中的佛教象征符号》，丁涛、拉巴次旦译，中国藏学出版社，2008，《汉文版序》第4—5页。）又有息、增、怀、诛之说，如息处为圆形白色，顿然吸引住意念；二增处为方形黄色，具威严四射之光芒；怀处为红色月圆形，顿生乐空智慧之欲；诛处形如三角而产生恐惧感。（尕藏加：《吐蕃佛教：宁玛派前史与密宗传承研究》，社会科学文献出版社，2007，第202页。）

[2] 九世班禅喇嘛仁钦洛桑土登曲吉尼玛著的《八瑞物的部分释义》中，提到牛黄象征息业，乳酪、长寿茅草、木瓜、右旋白海螺象征增业，黄丹（朱砂）象征怀业，白芥子象征伏业。谈到白芥子时，扎雅活佛指出，"伏业"所体现的佛业并不是一般意义上的侵略挑衅的行为，但仍是一种精神力量极具威力的表现，同样地，精修者也不应该将摧毁或消灭邪恶想象成向其他众生显示其敌对或屠杀能力的行为，而只应将其视为是在个人意识中克服战胜障碍。至少，佛教徒在静修中是这样被指点的。扎雅·罗丹西绕活佛：《藏族文化中的佛教象征符号》，丁涛、拉巴次旦译，中国藏学出版社，2008，第42、58页。

[3] 具体而言："东与南方平坦广阔为前，西与北方高而险峻为背；在修坛城时要观察土质，息业之土要白而温润细腻，增业要色黄而柔软，怀业要色红而味甘甜，诛业要粗糙而坚硬。"刘洁：《工布苯日神山崇拜的"新苯派"特点与佛教化演变趋势》，《黑龙江民族丛刊》2018年第1期。

[4] 火供是佛教密宗里的一种特殊的供养仪轨，它通过焚烧供品、谷物、树枝、咒符等来供养神灵，以祈求祥和平安或降伏妖魔。吉布：《藏密图文百科1000问》，陕西师范大学出版社，2010，第426页。

体阐释[1], 诺布旺典又从本尊的维度出发讨论了息灾、增益、敬爱和调伏四种修行法门所对应的本尊择选[2]。此外，据牛乐和高莉的田野记述，唐卡画师在绘制唐卡时也要考虑息增怀诛四种事业[3]。与此同时，于息增怀诛在羌姆中的嵌入而言，格萨尔羌姆的四业路线图和程式化舞蹈动作亦非孤例，如西藏自治区日喀

---

[1] 息法的火供，比如说《药师七佛经》中所讲的要护国息灾、要息国七难，或者要息众病之难，这些是息灾的火供；增法的火供，比如说毗沙门天王。增益火供是让我们事业广大增延福寿；怀法的火供是能够让我们增长威势，增长权力，令人敬爱，这种有作明佛母的火供，等等；诛法的火供是消除魔障，比如说大黑天的火供法。在谈到架火坛时，该文指出，息法要把火坛摆成一个圆形，增法要摆成一个四方形，怀法要摆成一个半月形，诛法要摆成一个三角形（释大愿讲述：《大愿说药师法门（下册）》，宗教文化出版社，2012，第599页）。火供可分为息、增、怀、诛四种火供。息火供可消除所知、烦恼二障，以及病痛、灾难之痛苦。增火供能增益福、慧二资粮，以及财富运气等。怀火供可消除所知、烦恼二障，属于调伏、怀柔法门。诛火供能断我执，除四魔，以忿怒的智慧来打、破、杀二障、四魔（烦恼魔、蕴魔、天子魔、死魔），可以即世成佛。透过供养来成就息、增、怀、诛四大事业，是火供的最大功德利益和目的。在这四种仪式中，可达到消除业障，脱离困境，偿愿圆满，得到佛果（吉布：《藏密图文百科1000问》，陕西师范大学出版社，2010，第427页）。

[2] 藏传佛教根据众生不同的需求，及其所能达成的世俗愿望，将密法本尊的修行法门分为息灾、增益、敬爱和调伏四种。在选择本尊时，同样也可以根据自己的需要来选择有相应功德的佛或菩萨等作为自己的本尊（诺布旺典：《智慧才辩本尊图文大百科》，紫禁城出版社，2010，第50页）；修行息灾密法，可以去除烦恼，消除灾难，则选本尊释迦如来、千手观音、不动明王；修行增益密法，可以增长智慧、财富、寿命等，则选本尊地藏菩萨、毗沙门护法等；修行敬爱（怀）密法，可以得人敬爱、增长威德，则选本尊阿弥陀佛、观世音菩萨、爱染明王等；修行调伏（诛）密法，可以调伏烦恼，化解怨敌，则选本尊不动明王、降三世明王等五大明王（诺布旺典：《智慧才辩本尊图文大百科》，紫禁城出版社，2010，第51页）。

[3] 希热布画师口述：按照密宗的修行理论，绘制唐卡有"息""增""怀""诛"四种不同的事业，每尊佛、菩萨都对应不同的事业，所以绘制的时间也不一样。比如观音菩萨、金刚萨埵、药师佛唐卡都是从早晨开始画，吉祥天母、玛哈嘎拉这样的护法神像一定要从下午开始画。具体来说，我画黄财神是上午的十点钟左右开始画，因为这个时间段是"增"时，代表"增长"，在这个时间所有的东西都会增长，所以从晚上开始画就不太好。牛乐、高莉：《技艺、文化、传承：拉卜楞唐卡画师口述史》，《内蒙古艺术学院学报》2020年第1期。

则市年木乡普夏村江洛尼寺"尼姑羌姆"仪轨。[1]

在格萨尔羌姆密教四业、史诗人物角色和羌姆仪式舞蹈之间相互指涉的对读关系之外，在每一次的表演场域中，羌姆表演者与现场受众内心的升华与超越又与息增怀诛四业的传统指涉性构成了第二组对读关系。对于地方传统中的民众而言，格萨尔信仰与藏传佛教本身是一个相互交叠的意义指涉系统。在羌姆的仪式舞蹈实践中，虽然挥舞的舞蹈动作隐喻降伏妖魔，但除此之外更为重要的是驱除一切众生（涵括表演者自身和魔敌）贪嗔痴等心魔的仪式功能，这里的"魔王"在一定程度上是各种欲念的象征和隐喻，格萨尔羌姆开场前念诵经文的仪式也是为了消除舞者和受众内心的无明与障碍。[2]据血珠和所加的讲述，格萨尔王及其三十大将在地方知识体系中不仅仅是英雄，而且已被纳入藏传佛教信仰体系的神佛序列，不仅他们要按照隐喻"息、增、怀、诛"密教四种事业的路线图起舞，而且跳羌姆的过程亦是舞者从人到神、受众的内心从无明到清净的境界升华与超越过程，完成的是舞者及在场众生的修心之旅，积累自利利他的殊胜功德。在此场域中，当下传承的每一次舞蹈实践又构成了"对以往多次重演的重演"[3]，而参与要素的在场不仅仅是作为物理存在的人，还包括每个场域中人心的一次次对读与洗练，表演场域中主体交流的交互性亦更多地体现在心灵的共建层面。正如血珠和所加所言：

---

1 据德吉卓玛的研究，德庆曲林寺"尼姑羌姆"仪轨中有关四事业的超度、震祟、火供、法舞等仪轨或程式是基本内容。其中，第三部分"聚木仪轨"，诸空行母在四业——息、增、怀、诛俱成之火供坛城内将象征"四业"各自特性的木材堆集成火供坛城，以示息、增、怀、诛四种事业速成；第四部分"火供仪轨"以诸空行母自东方迎取"平息"火种，携白色椭圆火炬至坛城东部燃火，承办断除病魔、罪障违缘、厄运之"息业"；自南方迎取"增长"火种，携黄色矩形火炬至坛城南部燃火，承办寿命、福禄、智慧、功德之"增业"；自西方迎取"怀力"火种，携红色满月形火炬至坛城西部燃火，承办三聚、三兴、四信之"怀业"；自北方迎取"伏诛"火种，携绿色火炬至坛城北部燃火，承办自他二相续速力度脱之"诛业"……德吉卓玛：《尼寺与非遗羌姆：日喀则江洛尼寺的田野调查》，《西藏研究》2019年第6期。
2 受访人：血珠和所加（曾多年为格萨尔羌姆的实践者），访谈人：姚慧，翻译：呷绒启西，访谈时间：2021年8月9日15:00—17:30，访谈地点：四川省甘孜藏族自治州德格县竹庆镇血珠家。
3 哈佛大学纳吉教授的公开课《古希腊的英雄》讲稿"Introduction to tragedy"。

血珠：你心里要想着把你往上拉的上师，不要想杀生的屠夫。有些人自身修行就能修成正果，有些人靠自己的力量做不到，格萨尔就会帮助你，强制性地把你从一个不好的、欲念深重的境遇拉到一个好的境界，修成正果。

所加：跳羌姆的人也不是一般人都能跳的，跳神舞的人当天要把自己当作神，自己心里也要铭记，我今天就是格萨尔。你跳的是谁，那么你心里就要铭记，我就是这个人物，自己的心一定要放在修行这个人物身上。

姚慧：除了跳格萨尔羌姆的僧人自己的修心，跳的过程本身是否也是对观看民众的一种度化？

血珠：观众也是一样的，也是修心的过程。羌姆的格萨尔，你也要想成他是真正的格萨尔王，你心里想的是神，那你就是神，你心里想的是魔，那你就是魔。不管是跳舞的人还是观看的人都是以修心为主要。

不仅如此，江洛尼寺"尼姑羌姆"仪轨第一部分的"弯刀法舞仪轨"也与血珠和所加所言形成某种呼应和互照。据德吉卓玛的研究，表演羌姆的尼僧缓步出场，"在'弯刀法舞仪轨'行持中，头戴黑帽，面戴黑色猪面具，项饰五个颅骨，下身穿黑裙，手持弯刀，象征金刚亥母女神吼声远传天际，自始即成佛，羌姆舞者与生成于三世诸佛之大佛母金刚亥母无二无别。羌姆舞者身着印有火焰山黑裙，手持弯刀挥舞或弯刀触地而奔跑，呈忿怒相，以示用'诛法'救度众生，降服损害众生福祉的邪魔"[1]。郭净也指出："羌姆表演的根本目的，不仅在于追求死后的救度，更努力追求生时的救度，即在精神上追求旧我的死亡，新我的再生。""在参与或观看表演时，透析生死之念幻妄的本质，达到对空性的悟证。"因此，"同样的羌姆仪式要年年岁岁重复举行，人们必须在这种场合经受中阴救度的教育和训练，其上可证入涅槃，中可投生善趣，下可求得神佛保

---

[1] 德吉卓玛：《尼寺与非遗羌姆：日喀则江洛尼寺的田野调查》，《西藏研究》2019年第6期。

佑，防护恶鬼的折磨"。[1]因此，虽然格萨尔羌姆与寺院羌姆不尽相同，但在羌姆仪式舞蹈的功能和所指上却依然沿袭寺院羌姆的传承脉络，其所指的延续则说明由史诗派生而出的格萨尔羌姆不仅仅是一种艺术表现形式，还是解决人现实生活中实际问题的便捷法门，而羌姆恰恰是所指意涵的能指符号。因此，曲吉多吉及其后继者们以格萨尔羌姆为路径实现对史诗的再次重构，以佐钦寺为核心的僧侣和民众在羌姆的世界中建构起格萨尔和佛教信仰交互耦合的行为规范，而与羌姆的历时性传承、格萨尔信仰、地方知识体系构成对话关系的媒介则是羌姆的每一次表演实践。

无独有偶，当我们将目光移至古希腊的雅典悲剧，同样会发现戏剧对表演者与受众内心体验的形塑作用。据纳吉的研究，雅典悲剧中由演员扮演英雄，而合唱队扮演古希腊英雄和当下受众之间的"中间人"角色。合唱队的仪式表演被视作一种集体化的经验教育。对于合唱队成员而言，他们在合唱队中的教育经历就像一个从边缘进入公民中心地位的成年仪式。在悲剧中，关注的焦点是演员扮演的英雄，英雄（他或她）的痛苦是核心，而合唱队扮演的是这种痛苦的见证者或边缘人。他们一方面参与到英雄的经历中，另一方面又因与受众的当下联系而与英雄保持一定距离。从外部世界的视角看，这种经历是仪式表演，而由剧场受众所构筑的外部世界又建构了悲剧的世界，使其视觉化为一个社区并参与到戏剧之中，进而参与到英雄的悲情或"痛苦"的内心世界之中。受众通过合唱队的仪式表演来体验、感受"成长"的痛苦过程，对戏剧中某一英雄所经历的特定神话行动做出反应。这种反应又转化为个人经验，使英雄的世界与受众的当下世界同步，共享两个世界的个体所经历的从一个阶段到另一个阶段的种种磨难[2]。纳吉用希腊语的"mīmēsis"[3]来指代这一过程，认为通过仪

---

[1] 郭净：《心灵的面具：藏密仪式表演的实地考察》，上海三联书店，1998，第288、289、290页。

[2] 如出生时的最初痛苦、游戏的激烈、性爱的刺激、恋爱的痛苦、打猎的辛苦、分娩的劳累、运动的辛劳、战斗的震撼、衰老的乏味、死亡的痛苦，等等。哈佛大学纳吉教授的公开课《古希腊的英雄》讲义"Introduction to tragedy"。

[3] mīmēsis 的基本含义是重复。

式重演（reenactment）神话中的事件，进而延伸指代现在对以前重演的重演，是对先前重演的当前"模仿"。因为最新的重演实例都有自己的模型，这个模型来自不断积累的所有较早的表演神话的诸多实例。[1] 由此可见，格萨尔羌姆与雅典悲剧遥相呼应，共同由内心体验为纽带，构筑起了历史/神话/史诗与当下、事件中的人物与羌姆表演者乃至受众内心世界之间超越时空的互视与互构关系，而这不同时空的数次"重演"实践不仅是与以往模型的对话，还是建构新文本与新意义的过程。

以格萨尔史诗叙事为表演内容的格萨尔藏戏虽在叙事底本上与佐钦寺格萨尔羌姆不同，但在史诗重演的功能上有相似之处。降边嘉措曾提出，格萨尔史诗的结构大体分为两类，一类是以事件为中心，另一类是以人物为中心。[2] 而格萨尔藏戏又多以这样的事件为中心对格萨尔史诗的叙事情节进行改编，形成各寺院藏戏的常演剧目。由曹娅丽和邸莎若拉的研究可知，果洛格萨尔剧目多由各寺院的活佛依据史诗《格萨尔王传》和《格萨尔故事》文本节选改编，并由他们兼导演，由僧人扮演剧中人物。[3] 笔者思考的是，这些史诗事件以剧目及其戏剧扮演为载体一次次被重演是否也如佐钦寺羌姆和雅典悲剧那般，仍能与当下受众的内心体验产生共振？细看曹娅丽和邸莎若拉所列果洛藏族自治州各寺院"格萨尔"藏戏团的表演剧目，《赛马称王》《天岭卜筮》《英雄诞生》《十三轶事》《霍岭大战》[4] 等篇章或部本的情节大多与人生礼仪有直接或间接的关系，如《英雄诞生》中格萨尔的出生，《赛马称王》中格萨尔赛马登位、迎娶珠姆，《霍岭大战》中格萨尔的哥哥贾察的死亡都可以在现世受众的重要人生事件中找到相互勾连且诱发共鸣体验的关键点，史诗叙事中英雄所经历的种种人生考验及其酸甜苦辣的内心体验被投射到受众的现实生活中，进而构成史诗事件重演的体验场域。

---

[1] 此段参见哈佛大学纳吉教授的公开课《古希腊的英雄》讲义"Introduction to tragedy"。
[2] 降边嘉措：《格萨尔论》，内蒙古大学出版社，1999，第366页。
[3] 曹娅丽、邸莎若拉：《格萨尔史诗从说唱到戏剧演变研究》，中国社会科学出版社，2020，第126、127、137页。
[4] 同上书，第261—262页。

结语：史诗传统如何叙事？

西方结构主义叙事学理论多以书面文学为研究对象。国内西方音乐学界的王旭青先后对国外音乐叙事理论进行了多角度、全方位的梳理、引荐和实践应用，但其研究对象亦是作曲家书面创作的西方音乐。这里，笔者试图以叙事学的研究理念为镜像来观察口头史诗传统的叙事法则。叙事学认为，叙事的三要素包纳情节、人物及视角[1]，因此笔者尝试从格萨尔音乐的叙事视角、史诗传统的多模态文本生成及其意义，以及人物三方面入手来归纳、总结和勾连前三章之间的内在关联，并回到歌手的观念和立场，以藏族格萨尔史诗地方性知识体系的整体眼光来探索如何解读口头诗歌及其叙事传统，进而从中抽绎特定的研究模型，因此，解读的过程是笔者理解的过程，也是与地方性知识体系对话的过程。

一、传统：口头史诗音乐的叙事视角

在叙事学领域，叙事视角是指"一部作品或一个文本看世界的特殊眼光和角度。……看的视角具有选择性和过滤性……作者必须创造性地运用叙事规范

---

[1] ［美］罗伯特·斯科尔斯、［美］詹姆斯·费伦、［美］罗伯特·凯洛格：《叙事的本质》，于雷译，南京大学出版社，2020，第296页。

和策略，使用某种语言的透视镜、某种文字的过滤网，把动态的立体世界点化（或幻化）为语言文字，凝结为线性的人事行为序列。这里所谓语言的透视镜或文字的过滤网，就是视角。……在叙事中有个点，叙述者似乎真的从视觉上由这个点去观察小说中的事件和人物"[1]。叙事视角还是"叙事策略的枢纽"，"它错综复杂地联结着谁在看，看到何人何事何物，看者和被看者的态度如何，要给读者何种'召唤视野'和观览的'文化扇面'，这实在是叙事理论中牵一发而动全身的问题"[2]。那么，史诗的口头音声文本是否也有叙事的视角？史诗演述又是如何从歌手和受众的视角投射出视线，进而感知和认知叙事世界的？

传统中心化（traditon-centered）[3]是西方叙事艺术数个世纪的发展趋向，将"叙事中诉诸传统，作为一种程式，乃深深铭刻于中世纪文学家的思维模式当中……"[4]在西方的口头诗歌发展阶段，传统本身具有权威性，吟唱诗人通过传统来寻求叙事的合理性，古典文学几乎为后世提供了所有叙事形式的原型及其互动和演化进程的主导范式。[5]回到格萨尔史诗，歌手在演述前、演述场域和演述后同样高度依赖传统，无论在口头诗歌的"论题"、组织诗句的"语法"规则，还是"演述中创编"的叙事策略、叙事意义的建构，乃至史诗音乐的调用思维，皆受传统过滤网所支配。口头诗歌观察、选择、描写和组建的叙事世界必须要经过传统透视镜的审核和修订，正如斯科尔斯、费伦和凯洛格所言，"口头传统既是故事，也是作者"[6]，而将传统威力付诸实践的则是史诗歌手和受众。在口头传统为主导的地方民间社会中，歌手与受众共享同一个由传统塑造的世界，他们亦以相同的知识储备、相似的眼光去感知与认知世界。下面，我们在统合三章内容的基础上勾勒传统不同的生命阶段，观世传统的权威如何被辐射

---

1 杨义：《中国叙事学》（增订本），商务印书馆，2019，第260页。
2 同上书，第261页。
3 [美]罗伯特·斯科尔斯、[美]詹姆斯·费伦、[美]罗伯特·凯洛格：《叙事的本质》，于雷译，南京大学出版社，2020，第263页。
4 同上书，第262页。
5 同上书，第58、254、260页。
6 同上书，第56页。

在史诗演述及其音声文本生成的全景之中。

朝戈金、尹虎彬和巴莫曲布嫫曾在《中国史诗传统：文化多样性与民族精神的"博物馆"》一文中列举了表3[1]：

表3 口头或口传文本类型图

文本类型	从创编到接受			
	创编	演述	接受	史诗范型
1.口头文本或口传文本	口头	口头	听觉	《格萨尔》
2.源于口头的文本	口头/书写	口头/书写	听觉/视觉	荷马史诗
3.以传统为取向的文本	书写	书写	视觉	《卡勒瓦拉》（kalevala）

（注：表格格式按CYT170—2019规范有所调整。）

该表将格萨尔史诗当作一个观世整体，在创编、演述、接受的过程中来厘清口头文本的生成规律。然而，通过前文的论述，我们看到，虽然四类歌手的演述形式皆为口头，文本的最终类型皆为口传，但神授艺人、圆光艺人、顿悟艺人、吟诵艺人创编和接受层面的文本生成进路却各不相同，并不能打包并举、笼统认知。结合田野调查，为了描摹不同类型格萨尔歌手的文本生成，笔者从四位歌手的立场和观念出发，列出下表：

---

[1] 因在文章中没有找到具体明确的表格名称，故此处的表名由笔者所加。朝戈金、尹虎彬、巴莫曲布嫫：《中国史诗传统：文化多样性与民族精神的"博物馆"（代序）》，《国际博物馆（联合国教科文组织全球中文版）》2010年第1期。

表4　四种类型格萨尔歌手创编、演述与接受的对照表

歌手类型	创编（歌手观念）	演述	接受
达哇扎巴（神授艺人）	无	口头	听觉
才智（圆光艺人）	无	口头	听觉
班桑（顿悟艺人）	书写（文学）	口头	听觉/视觉
丹玛·江永慈诚（吟诵艺人）	口头（曲调）	口头	听觉/多媒介

由表4可知，在创编思维上，神授艺人达哇扎巴和圆光艺人才智并不认为自己有主观创编的意愿和策略，且因笃信神佛附身所带来的文本生成的神圣性，而秉持史诗不可人为更改的思维观念；顿悟艺人班桑认为自己的创编主要在史诗文本的书写层面，而吟诵艺人江永慈诚的创编则更多在曲调层面，他们的口头演述基本上是照本说唱，将视觉的书写符号直接转换为听觉的声音符号，内容上并没有太多变化。在接受层面，班桑将自己书写创编的史诗文本付梓出版，江永慈诚将自己的口头演述录制成光盘发行，在演述场域之外、打破时空，将其文本形式延展到新的接受维度。因此，尽管本书最初的研究计划是探求格萨（斯）尔歌手的口头创编策略，但回到田野现场和歌手立场，笔者发现无法在同一话语体系中把握格萨（斯）尔史诗文本谱系的组构规律，口头诗学的理论与方法在理解与阐释特殊类型歌手演述思维上有不适用或力不从心之感。故此，为了后文论述的便利，我们以传统为叙事视角，以歌手思维为分类理据，从创编型歌手和非创编型歌手[1]两个向度来诠释格萨（斯）尔歌手的文本生产过程。创编型歌手是指在演述场域中有明确创编意识与策略的歌手，包括格斯尔歌手

---

[1] 蒙古族胡尔奇（拉着四胡演唱故事的艺人）有编创型胡尔奇（urgumal hugurqi）与循文型胡尔奇（surgamal hugurqi）两种，……与卡尔·赖希尔所说的"创造型（creative）歌手"与"复述型（reproductive）歌手"基本上一致。乌·纳钦：《论口头史诗中的多级程式意象：以〈格斯尔〉文本为例》，《民族文学研究》2016年第3期。

敖特根巴雅尔、敖干巴特尔和格萨尔吟诵艺人江永慈诚。反之则为非创编型歌手，涵括神授艺人达哇扎巴、圆光艺人才智和顿悟艺人班桑。

先看创编型歌手。鲍曼的演述理论使民俗学研究视角发生了根本转移，实现了从文本到语境的研究范式转换。然而，如果仅将目光锚定在特定语境或演述场域之内，那么我们就会在一定程度上固化流动的传统，对其进行横切面的截取。假如我们将鸿篇史诗口头音声文本的生成仅定位在演述场域之内，那么会对口头诗歌的创编策略形成片面理解，割裂音声文本的生成机制，而歌手之所以能够在演述的压力之下无障碍地调动传统部件即兴创编，传统的储备阶段功不可没。因此，这里尝试在历时与共时的双视角下，以"演述前""演述场域"和"演述后"为线索，呈现传统的不同生命阶段，勾连传统的前世、今生与来世。

如图52所示，在演述前传统的储备阶段，在地方传统建构的民间社会中，歌手浸润在历代积累、代际传承的"传统池"（传统总汇）中，它是涵括主题的、诗歌的、演述的、音乐的传统模式、元素和规则，以及社会共享的表达和意义的储备库。熏染在其间的歌手通过对"传统池"总汇的部件进行主动或被动、有意识或无意识地选择、提取、记忆和存储等信息加工过程，将其内化组构为歌手个人的"传统武库"和传统曲库，二者一方面因由"传统池"的某些要件所构建而具有地方知识体系的共性特征；另一方面又是个体歌手惯常性使用且具有个人风格的储备库。其中"传统武库"是个体歌手全部技能和本领的传统总汇，涵盖传统曲库，其中既包括基于学科分类中文学叙事层面的传统部件、部件组合规则或阐释框架（"大脑文本"）等，也包含基于音乐学科的传统部件、部件构合法则及交流框架（音声"大脑文本"）。对部件、规则和框架的储备是进入演述场域的入场券，它是音声文本生成中不可忽略的一个重要的信息加工过程。同时，在地方知识体系中，传统部件、部件组合规则又是歌手和受众间交流框架搭建的共享要素，成为歌手演述的前文本、前叙事以及受众脑中的前理解。因此，在进入演述场域之前，地方知识体系中的歌手和受众皆有对史诗传统的资源储备和预存期待。

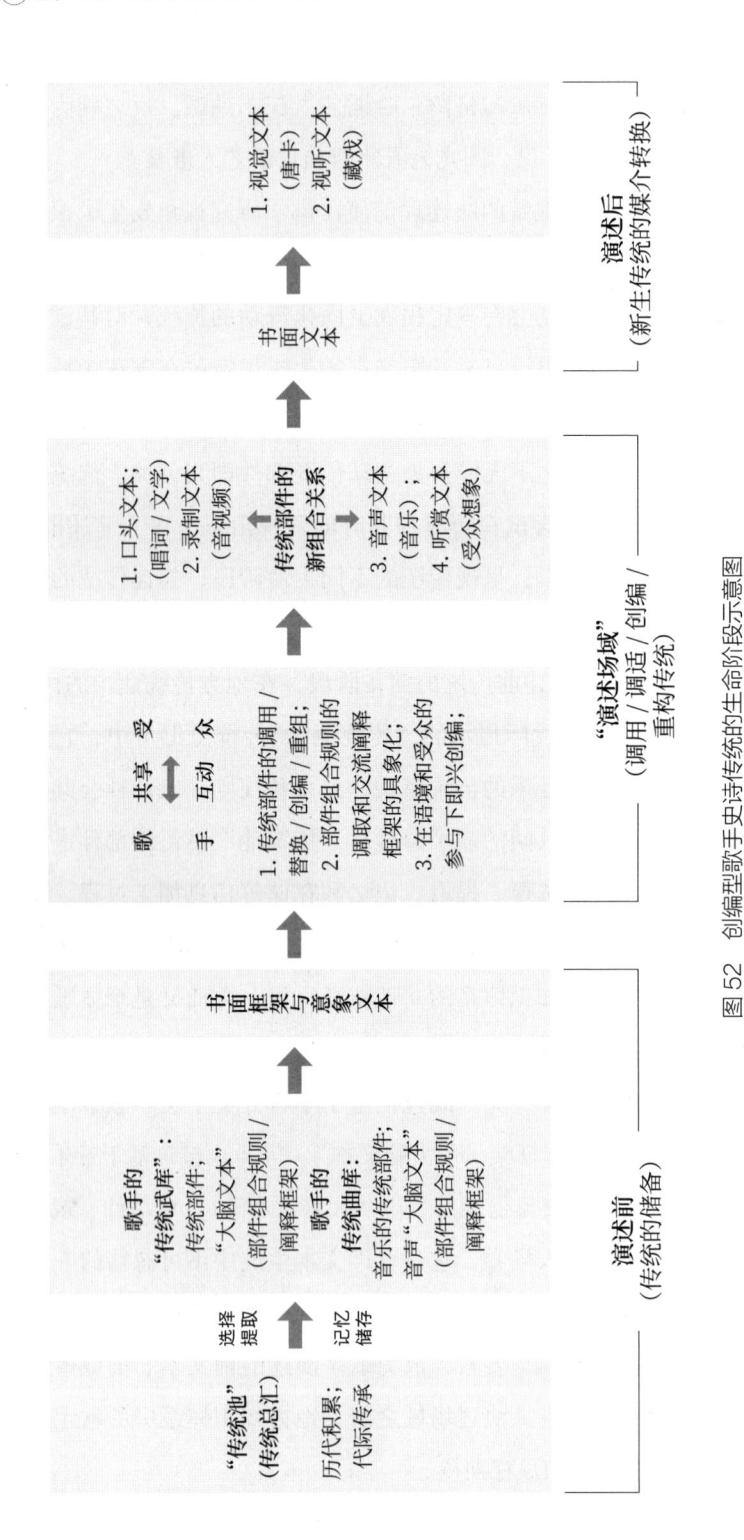

图 52 创编型歌手史诗传统的生命阶段示意图

结语：史诗传统如何叙事？

    从认知心理学[1]的视野来看，通过感官获取的信息在人脑中要经历被选择、收集、记忆、储存、转换、提取和传输等不同的加工阶段，传统的储备过程则对应人脑信息加工过程中的选择、收集、记忆和储存阶段。在文化成员共享的"传统池"中，个体歌手的传统武库和曲库之所以具有个人风格，是因为每个个体在认知过程中注意（attention）的焦点选择并不相同。比如敖干巴特尔在传统部件收集过程中定焦在布仁巴雅尔演述信息的获取上，江永慈诚将注意力集中在格萨尔曲调上。然而，在接收的众多信息中之所以有些能够内化为记忆，有些则不能，是因为被注意的信息是否在人脑中经历了加工处理过程。因此，"注意影响了什么信息可以得到编码进入记忆，以及什么信息能够在后来得到提取"[2]。从注意到记忆的转换过程是最基本的认知过程之一，而记忆又是人脑储存和提取信息加工过程的枢纽，它犹如一个"藏宝箱"，很多非刻意或非意识，但是却明显显示有先前学习和储存的记忆可能又被称为内隐记忆（implicit memory）[3]，这也可能是为什么胡尔奇印象中并没有明确习得具体知识的原因之一。在传统武库和曲库中，歌手除了通过记忆完成对传统部件的选择和集纳，还会从"传统池"中提取和记忆部件信息符号的组织模式或框架，使之在长期的演述实践中内化为歌手个体的部件组合策略，如"大脑文本"和音声"大脑文本"，而模式和框架意味着叙事传统的分类观念与方法。

    在进入演述场域之前，有些歌手，尤其是技艺尚不娴熟的歌手，需要在演

---

[1] 认知诗学是运用认知科学为工具来研究文学的跨学科方法。认知科学是一个宽泛的术语，涵盖了探索人类信息处理的多个学科，包括认知心理学、心理语言学、人工智能、语言学的某些分支以及科学哲学的某些分支。它们探索知识习得、知识组织和知识运用中的心理过程；事实上，它囊括了人类大脑的所有信息处理活动，从分析直接的刺激到主观经验的组织。认知诗学探索认知学科对诗学的贡献：它试图发现诗性语言和形式或者文学批评家的评判是如何受到人类信息处理（机制）的制约和塑造的。认知诗学主要的方法是文本细读，因此它的方法论指向是"文本中心"的。［英］艾莉森·吉本斯：《多模态认知诗学和实验文学》，赵秀凤、徐方富译，外语教学与研究出版社，2021，总序第 iv、vii 页。

[2] ［美］凯瑟琳·加洛蒂：《认知心理学：认知科学与你的生活》（原书第 5 版），吴国宏等译，机械工业出版社，2020，第 64 页。

[3] 同上书，第 91 页。

257

述前一晚回看自己记录的书面框架或史诗的书面文本，来帮助复忆故事的骨干情节，预先在脑中完成意象文本的组构，其中包括曲调的布局设计，而这一步骤可能在技艺娴熟的歌手中并不一定是必选项。在敖特根巴雅尔、敖干巴特尔和江永慈诚的研究中，在音声"大脑文本"和口头音声文本的对话关系之间都存在一个书面框架的桥接中介，都有一个依托书写符码进行预先设计与回看框架"地图"的重要环节。甚至作为顿悟艺人的班桑也要在生成书面文本之前用只有他能辨识的、概览式的符号记录大脑中的情节线索。演述场域中的巴雅尔、巴特尔和江永慈诚皆需要完成从书面框架到口头音声文本的信息转换过程。

进入演述场域，歌手需要完成检索提取和重新编码两个信息加工过程，而其皆需依托于记忆。如果将歌手的传统武库或曲库比作语料库，那么程式、典型场景/主题、故事范型或范型曲调、范型曲调的组构线索（典型场景/主题/人物）就是检索的关键词。认知心理学将"交互意象"（interacting images）作为增进记忆的一种技巧。"如果给被试呈现配对的词，例如山羊/烟斗，构建意象（比如，一只山羊抽着烟斗）的被试回忆起的配对联结的数量是控制组中没有被提示使用意象的被试的两倍。"[1] 以此反观格萨（斯）尔史诗演述的创编策略，典型场景或主题与特定曲调、人物角色与特定曲调也在史诗传统的记忆系统中被构建成特定的意象配对联结组或模块，并被赋予特定的传统性意义指涉，构合成不同的分类体系，进而成为歌手与受众间共享的解释性交流框架。而记忆的提取原则首先是分类[2]，人们在对物体和事件进行归类时，会运用脑中所存储的概念来组织知识、判断分类[3]。分类在一定程度上依赖图式（schema）的认知结构，即一个有组织的、大的、打包的信息单元，用于在记忆中表征概念、情景、事件和行动。图式既不是固定不变的，又可以通过不同的方式与其他的

---

[1] [美]凯瑟琳·加洛蒂：《认知心理学：认知科学与你的生活》（原书第5版），吴国宏等译，机械工业出版社，2020，第87页。

[2] 同上书，第88页。

[3] 同上书，第124页。

图式联系起来。[1]因此，典型场景或主题不仅是格斯尔音乐传统部件的组合法则，也是巴雅尔和巴特尔的曲调分类"图式"，同理，人物角色不仅是格萨尔音乐部件的组接策略，也是江永慈诚的曲调分类的识别与匹配模式。以典型场景或主题为构列依据的格斯尔范型曲调间的联缀与以人物角色为组接法则的格萨尔范型曲调的联缀又构成更大的"图式"单元。而这样的分类既调取自歌手的传统曲库，又受不同地方传统的规制，成为格萨（斯）尔音乐信息的组织模式。

在传统部件和部件组合法则之外，在演述场域的特定语境中，歌手与受众间的交互性赋予交流框架新的结构与意涵，开启信息加工的再编码阶段，其间在调用传统资源的基础上，歌手会完成对传统部件的替换和重组，使传统的交流阐释框架具象化，并在语境和受众的参与性建构中即兴创编。具体涵括：其一，替换和重组传统部件。根据乌·纳钦对敖干巴特尔的格斯尔史诗文本的细读分析，巴特尔的史诗演述在口头创编中呈现多级程式意象，而且无论是文本的扩展，还是缩减，一级程式意象一般不会改变[2]。参照第三章第一节对格萨尔史诗叙事策略研究的梳理，纳钦的"一级程式"类似前文提到的故事节点，无论如何在二、三、四级程式中扩伸一级程式，一级程式所规约的故事节点均有较强的稳定性。"史诗歌手在音乐伴奏下演唱时，速度往往会逐渐加快，……语速加快的这个阶段，又是在整个演唱过程中大量运用程式的关键环节。"[3]换言之，语速加快时也是程式的多级意象不断衍生之时。根据笔者对格斯尔音乐的誊写记谱经验，同一典型场景或主题使用同一个范型曲调，因此语速加快时也是音乐频繁替换传统部件中的节奏型和音型之时，新的节奏型和音型又会重组音声

---

[1] 参见［美］凯瑟琳·加洛蒂：《认知心理学：认知科学与你的生活》（原书第5版），吴国宏等译，机械工业出版社，2020，第123页。

[2] 多级程式意象是程式分解转化后形成的多层次意象。在多层次板块中，每个程式意象在表象和意义上都隶属于上一级程式意象，层级越往下，其与同一层级其他程式意象之间就没有隶属关系。乌·纳钦：《论口头史诗中的多级程式意象：以〈格斯尔〉文本为例》，《民族文学研究》2016年第3期。

[3] 乌·纳钦：《论口头史诗中的多级程式意象：以〈格斯尔〉文本为例》，《民族文学研究》2016年第3期。

"大脑文本"的局部结构，但新文本仍不会逾越"大脑文本"的基本框架。

其二，文本谱系和对照分类思维。文本谱系的搭建基于"同质性和异质性"或"相似性和相异性"的概念分类和结构思维[1]，相似性/同质性维持着传统的稳定性，相异性/异质性又是催生新生性结构的诱导因素，而口头创编之所以以套语为手段、以套用为应用法则，能在即兴现场以闪电般的速度完成音声文本的构拟，正是因为这种基于经验的、以类似和对照关系来组建部件，将不同来源的感知汇总、分类，放入各自的可以被反复使用的解释图式，并在具体语境中获得独一无二的文本逻辑。歌手在文本谱系中重构口头音声文本与"大脑文本"、书面框架、意象文本之间的交互索引关系，进而在对语境预先熟悉的基础上依循现场语境中的不熟悉信息做即兴调适，颇似 Haviland 和 Clark 提出的"已知-新知（given-new）策略"[2]。大脑文本的边界之所以是流动的，是因为这种文本互文谱系的搭建基于同质性和异质性或相似性和相异性的概念分类思维，相似性越多意味着更具有典型性，进而被社会成员约定俗成为特定的表达和叙事模块。而口头创编之所以能在即兴现场以闪电般的速度完成音声文本的构拟，也是因为这种基于经验的、以类似和对照关系来组建部件，而对照和对比本身又是认知过程中记忆和分类的一种基本技巧。

在歌手情绪、现场语境、受众反应和紧急状况的综合作用下，预制的意象文本往往会临时被重组，具有一定的随机性。不仅解释性交流框架具象化呈现，而且脑中突然闪现的曲调可能会瞬间替换意象文本的曲调布局，而在记忆突然

---

1 此观点受劳里·航柯的启发。Lauri Honko. Textualising the Siri Epic, Folklore Fellows' Communications. Helsinki: Suomalainen Tiedeakatemia (Academia Scientiarum Fennica), 1998, p.68.

2 影响文本加工的一个因素是句子与句子之间的关系。人们是如何将不同句子的主题整合在一起的呢？Haviland 和 Clark 描述了一种他们称之为已知-新知（given-new）的策略，指出听者或者读者是通过将句子划分为已知部分和新知部分来加工句子的。句子的已知部分包含已从上下文、先前信息（包括刚刚呈现的其他句子）以及背景知识中获得熟悉的信息。新知的部分顾名思义包含了不熟悉的信息。听者首先在记忆中搜索与已知信息相对应的信息，然后再通过整合新知的信息来更新记忆。这种整合通常是作为对已知信息的精细化加工。[美]凯瑟琳·加洛蒂：《认知心理学：认知科学与你的生活》（原书第5版），吴国宏等译，机械工业出版社，2020，第160—161页。

结语：史诗传统如何叙事？

出现遗忘时，意象文本的预先设置又会成为紧急的补救机制，是歌手应对演述现场口头即兴创编的策略之一。新生性结构与"大脑文本"、意象文本、音声文本的互文性在特定"演述场域"中被激活，而互文性[1]之所以能够形成是因为新生性结构与传统池、传统曲库中"大脑文本"之间存在"可识别性"和"家族相似性"和"文本惯性"[2]。与此同时，演述场域中的受众也并非被动接受，除了对歌手音声文本的参与性建构，每位受众也会因个体经历、经验和兴趣的千差万别而在脑中形成专属于自己的听赏文本，同一个音声文本的输出在不同受众的接受之间也会形成迥然不同的文本间性，而每位受众脑中特定的听赏文本亦因想象和细节填补的不同而判若鸿沟，进而形成对音声文本的解构与重构。因此，文本是贯穿创编、接受和解读全过程的核心要素，文本间性既是连接着演述人和受众，又是桥接传统与个体创编的一把钥匙，同时又是连接过去、现在与未来，跨越时间和空间、历时和共时进行解读对话的关键点。正因文本间性，才能使构筑传统、检索传统、解读传统、延展传统成为可能。

其三，基于对现场语境的观察，歌手使受众中的人与事成为即兴构建文本的要素或参考依据。因为语境会因时、因地、因人而发生变化，故而音声文本也始终处于游移之中，不断生成新的叙事结构和部件关系的重组框架。再者，语境与受众反应引发的歌手情绪变化又是音声文本被临时重构的重要影响因素，歌手的情绪变化决定着文本何时伸展、何时缩减，决定着新生性结构的生成样态。这在敖特根巴雅尔、敖干巴特尔、江永慈诚、达哇扎巴和才智的采访中均有显现。

演述场域中各文本间构成对话性关系，除了以上述及的口头文本（史诗层

---

[1] 朝戈金也曾对文本间性做过以下论述：文本间的关系形成一个多元的延续与差异组成的系列，如果没有这个系列，文本可以说无法存在。一个文本之所以能成为一个诗章，是因为某些可能性存在于传统之中，一个诗章是在与其他诗章的关联之中，通过表演，在与听众的互动产生的意义叠加中存在的。因此，文本本身不可能有独立的"本体性"，它的存在，依靠一种特殊的文本间关系。朝戈金：《口传史诗诗学：冉皮勒〈江格尔〉程式句法研究》，广西人民出版社，2000，第80页。

[2] 借用劳里·航柯的用词。

261

面)、音声文本(音乐层面)和听赏文本,随着媒介手段的更新和学者建档思维对史诗歌手的影响,在演述场域同一时空生成的还有音视频的录制文本,不论录制者是局外人的学者,还是作为局内人的歌手自己。每一个文本既是传统的不同化身,也是史诗叙事符号化过程中的一个环节。若将它们整体放入叙事语境,那么彼此之间则共同构成以传统为权威的叙事视角,文本生产和叙事意义的获取透过传统的视角得以展放。[1] 如果口头诗学理论帮助我们解析叙事法则是什么的问题,那么认知心理学则为我们提供了叙事法则之所以如此建构的科学理据。演述后的媒介转换,我们将在"史诗叙事传统的多模态研究框架"中继续讨论,此处暂不赘述。

以上分析的出发点是口头诗学的理论与方法。从结构主义到结构主义语言学,再到民俗学的语言学[2]转向,乃至口头诗学理论的创立,结构主义的原则和思维贯穿其间,即试图在不同的意义创造领域(如文学、时尚,甚至于某一特定文化)中找到潜伏的规则系统——也即各种准则和惯例,进一步讲,认为意义的创造是有章可循的活动。[3] 结构主义叙事学亦志在发现叙事的基本元素,以及它们之间的关系,找到叙事的描述性语法。[4] 这些语法和规则系统背后的逻辑是承认意义的创造是人的一种主观行为,强调主体的主观能动性和艺术创造性,而"演述中创编"的文本观则是生动体现。假如我们将藏族格萨尔史诗的神授

---

1 [丹麦]斯文·埃里克·拉森、[丹麦]约尔根·迪耐斯·约翰森:《应用符号学》,魏全凤、刘楠、朱围丽译,四川大学出版社,2018,第121、123页。
2 乔姆斯基认为,构成人们语言能力基础的是一个潜在的规则系统,即广为人知的普遍语法(generative grammar)。这些规则使得说话者生成以及听者所理解的句子在语言中"合法"。……乔姆斯基并不认为所有关于一种语言的规则都能被该语言的使用者有意识地了解。相反,他认为这种语言规则的运作是潜在和内隐的;我们不需要准确地了解所有的规则是什么,但我们可以轻易地使用它们,生成可以为人理解的句子,防止出现那些啰唆又词不达意的句子。[美]凯瑟琳·加洛蒂:《认知心理学:认知科学与你的生活》(原书第5版),吴国宏等译,机械工业出版社,2020,第8页。
3 [美]罗伯特·斯科尔斯、[美]詹姆斯·费伦、[美]罗伯特·凯洛格:《叙事的本质》,于雷译,南京大学出版社,2020,第299页。
4 同上书,第300页。

艺人、圆光艺人和顿悟艺人史诗演述的音声文本当作作品、音声产品或史诗演述的一个横切面来看待，那么结构主义的分析阐释并无不妥，但如果我们回到田野现场，站在歌手的立场上，就会发现默认主体性艺术创造的口头诗学理论在对具有超验体验的特殊类型歌手演述的阐释上表现出不可适用性。在神授艺人达哇扎巴和圆光艺人才智不仅否认史诗演述的主观创编观念与策略，而且似乎完全省略了普通人对信息的输入和加工过程，而直接进入信息的输出过程。这在常规逻辑中似乎无法理解，但在以藏传佛教信仰为中心的地方知识体系中有一套区别于普通信息加工过程（习得、记忆、储存、提取、编码、传输）的自身阐释系统。

罗杰·亚伯拉罕斯（Roger Abrahams）和鲍曼皆主张"表演的本质是文化和社区所特有的，表演研究中民俗学家和民族音乐学家的作用是用民族志的方法阐明特定社区中表演领域的范围。他们强烈支持确定表演主位（emic）概念的必要性"[1]。因此，作为局外人，笔者的研究目的不在于去证明歌手言语表达的真伪，不去预先设定局内观是否科学或真实，而是试图从民族志诗学的立场出发去发现局内人自己的知识体系与理解框架。在这个以藏传佛教信仰体系为主线，由梦授、灌顶、加持、开启脉门、祈请、咒语、仪式等一系列路径所构成的逻辑自洽的阐释系统中，演述并不与创编同步，演述场域更像是由歌手和神佛共同建构的一个神圣场域，史诗演述本身代表着重温超验体验的实践过程。神授艺人和圆光艺人的演述能力依靠前世的因缘，不是通过习得、记忆和储存而获取；演述前需要有降神仪式，凭借观想和念诵经咒来祈请神佛，可以结合语境调整仪式的繁简程度，详、中、略三种演述类型需依靠神佛的降临，观想和仪式过程的繁简决定演述类型的不同；有对神圣演述类型的类似分类观念[2]；无创编意识；无曲调布局意识；音声文本的生成依靠演述现场的诸缘具足等；神授过程中歌手不能掺杂任何个人的主观意识，人的思想不能与神佛思想同构同列。

---

[1] Gerard Béhague. "A Performance and Listener-Centered Approach to Musical Analysis: Some Theoretical and Methodological Factors, " in *Latin American Music Review* 27, no. 1 (2006):13.
[2] 达哇扎巴的寂静型与才智的眼圆光在表现方式上类似，同样，愤怒型和心圆光亦有共通之处。

神授和圆光艺人通过观想、仪式和咒语进入神圣世界，在日常生活中的普通人、格萨尔史诗人物和莲花生大师之间架构起一个世俗和神圣世界交互切换的便捷通道，打破世俗身份的阈限，突破日常生活的结构，赋予藏传佛教、格萨尔信仰及其知识传统以权威，实现对自我意识和个人创造性的消解，彰显对集体传统和信仰的忠诚与虔诚。对于顿悟艺人班桑而言，虽然书面文本的营构中也存在"创编"[1]的意义，但书面文本一旦定型，就被赋予了藏传佛教伏藏文化的特殊隐喻，由书写符号转换为口头文本和音声文本的过程则不允许有人为的主观性变异。

与此同时，现代的音视频录制手段及其建档理念为我们在神授与日常之间理解神授艺人和圆光艺人的思维观念提供了新的理解视界。在演述场域中，达哇扎巴完全处于无意识状态[2]，而在做研究时却可以回归日常生活的学习和评价意识。阅读史诗书面文本和回看音视频在一定程度上成为神授艺人和圆光艺人在日常观念中建构史诗知识系统（包括曲调）的基本路径，帮助日常生活中的神授艺人建立格萨尔史诗传统曲库、曲调调用策略和词曲搭配规律的认知观念，以及价值判断的标准，形塑了达哇扎巴如何认知史诗"传统"，开启了才智对"系列"套语的认识。但达哇扎巴始终强调，与其他艺人切磋、阅读史诗书面部本，以及回看录像只是对他在格萨尔史诗知识的积累和研究方面有所助益[3]，并不会对其神授状态下的史诗演述产生影响。与之相反，日常生活中外界知识获取却让才智圆光状态下自己的史诗演述的正确性产生怀疑。

综上所述，不论是在演述中创编的创编型歌手，还是神圣场域内外的非创编型歌手，传统皆是史诗叙事牵一发而动全身的根本问题，是口头史诗叙事的思维方式，也是叙事性理解与阐释的根本出发点。作为叙事的视角，不仅构建

---

[1] 这里没有使用"书面创作"一词，是因为顿悟艺人班桑的书面文本是基于传统部件的编码而形成的，与作家的自我创作仍有区别。

[2] 这意味着有意识的状态并不会发生在他的演述过程中。

[3] 受访人：达哇扎巴，访谈人：姚慧，翻译：央吉卓玛，访谈时间：2020年7月1日9:00—11:30，访谈地点：腾讯会议。

叙事的部件及其结构是传统的、组合规则是传统的、意义的生成模式也是传统的，而且传统以不同的生命阶段勾连着史诗叙事的文本谱系，错综复杂地联结着谁在演述，如何演述，演述何人何事何物，演述者和受众如何搭建交流模式，要给受众何种"召唤视野"和观览的"文化扇面"[1]，史诗叙事如何内化为社会文化成员的行为规范和生活实践。

二、格萨尔史诗叙事传统多模态文本研究框架

学界"超级文类"的概念阐释有意弥合史诗传统中各文类间的边界间距。在对民族志诗学向度的反思基础上，笔者认为我们需要跳出文学叙事文本的单一解读视界。史诗传统的宏阔性决定了我们需要建立广泛性、多样性的检视向度，需要打破学科壁垒，建立一种能够相对完整地呈现叙事传统中各艺术门类交互指涉领域的整体认知与文本观，构建学科交叉和视域融合的研究框架。为了相对完整地呈现史诗传统跨领域互涉的美学特质，下面借用多模态的概念工具和研究方法来调整我们观察和理解叙事传统的定焦镜头。

在叙事传统中交互指涉的各艺术门类的分析中，我们主要沿用多模态话语分析和社会符号学的概念内涵，将多模态视作在人际交流的过程中产生或构建意义的两种及以上符号系统，其符号化过程是通过人类感官（如视觉、听觉）与外部媒介（如文字、图像、声音、动作等）之间的互动来完成的。韩礼德（Michael A. K. Haliday）的系统功能语言学理论将语言视作社会符号和意义潜势，从语言与社会文化情景的互动关系中研究多模态的理论体系和运作机制，探讨社会符号的建构和各模态之间形成的关系和意义。[2] 多模态话语分析吸

---

[1] 杨义：《中国叙事学》（增订本），商务印书馆，2019，第261页。
[2] 曹静：《多模态》，《广西民族大学学报》（哲学社会科学版）2021年第5期；李战子：《多模式话语的社会符号学分析》，《外语研究》2003年第5期。此后，克雷斯和范·列文又将多模态研究延伸至视觉艺术，提出视觉语法的概念。

纳了系统功能语言学理论，认为语言以外的其他符号系统也是意义的源泉，同时"接受了纯理功能假说（metafunction hypothesis），认为多模态话语与只包含语言符号的话语一样，也具有多功能性，即同时具有概念功能（ideational function）、人际功能（interpersonal function）和语篇功能（textual function）"[1]。概念功能涉及"观念（概念）形成"和现实的表述，人际功能涉及建立和维系说话人和听话人之间的互动，以及随之而来的角色分配，语篇功能涉及观念和人际意义的文本展示。[2]在藏族民众的生活世界中，格萨尔史诗传统及其阐释体系是由史诗、音乐、唐卡、仪式舞蹈羌姆和藏戏多种符号系统共同构建的，那么对史诗传统及其文本谱系的理解也应该从以上五种符号系统间性入手，尝试探索多模态文本新的分析与研究框架。当然，该框架只是格萨尔叙事传统多模态文本研究探索的初期实践，目前仅限于从文本结构层面讨论问题，至于该结构如何与语境产生互动关系，则留待后期进一步研究。

第一，"语篇功能"：多模态文本的语法规则。若将多模态作为一种文本类型[3]，那么格萨尔史诗和音乐的共时听觉叙事以及超越"演述场域"的唐卡的视觉叙事共同遵循由小到大的结构策略，即部件—模块/图式（部件的组合）—模块/图式的组合，由不同模态承载的不同艺术门类又有不同的表现形态。如图53所示，格萨尔史诗的程式—典型场景/主题—故事范型、格萨尔音乐的范型曲调—范型乐段（纵向变异）—音声叙事范型（范型乐段的组合或连缀[4]；简称"音声叙型"）；格萨尔唐卡的"图像素—图式（图像素的组合）—图像（图式

---

[1] 朱永生：《多模态话语分析的理论基础与研究方法》，《外语学刊》2007年第5期。
[2] Christian Matthiessen. "Review: Introduction to Functional Grammar by M. A. K. Halliday," in *Language* 65, No. 4 (1989): 863.
[3] 若从文本向度来看，克雷斯又将多模态界定为一类文本类型。[英] 艾莉森·吉本斯：《多模态认知诗学和实验文学》，赵秀凤、徐方富译，外语教学与研究出版社，2021，第4页。
[4] 关于格萨尔音乐这一结构分析详见姚慧：《史诗音乐范式研究：以格萨尔史诗族际传播为中心》，中国社会科学出版社，2021，第98—179页。

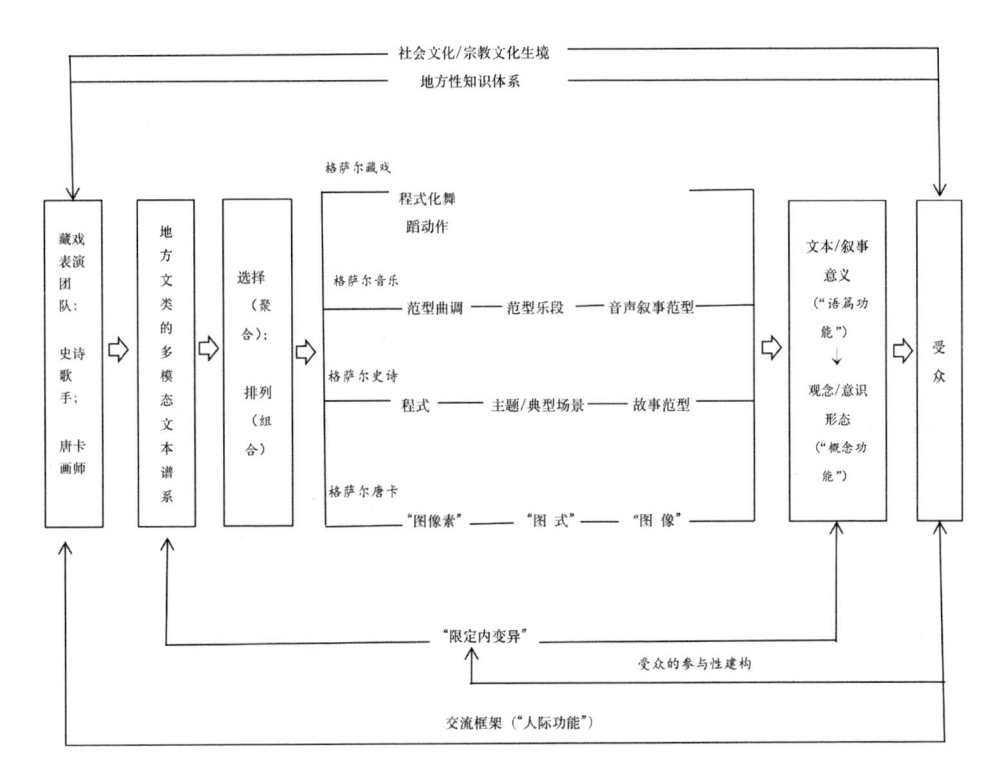

图53 格萨尔叙事传统多模态文本研究框架

的组合)"[1]。目前笔者尚未发现格萨尔马背藏戏和格萨尔羌姆像史诗文学、音乐和唐卡一般在部件(程式化舞蹈动作)之外发展出更大的结构组合单元[2],故此这里暂不对其进行具体讨论。

认知心理学家米勒的实验证明,"如果向你呈现一串随机的数字,只有当这串数字个数小于或等于7个时,被试才能将它回忆起来。对于任何其他随机的

---

1 张德禄曾提出,在图像语法中,我们应该区分图像素、图式和图像。图像素是图式的组成成分,而不同的图式组成体现一个事件的图像。所以,图像所体现的事件可以组成情节,几个情节组成一个故事或作品。每个图形实现一个事件,一系列交际事件就形成一个情节,几个情节可以组成一个故事,或者一个作品。张德禄:《多模态话语分析综合理论框架探索》,《中国外语》2009年第1期。

2 没有发现的原因一方面可能是格萨尔藏戏中确实没有比程式化舞蹈动作更大的结构单元,另一方面也可能是目前笔者的调查不足所致,留待日后进一步完善。

字符串（字母、单词、缩写词等）情况也是一样。唯一能克服这种局限的方法就是把单个字符构成的单元组块（chunking）为较大的单元"[1]。由此可知，在史诗的演述场域中，格萨尔歌手将史诗书面文本的视觉信息转换为听觉编码时，歌手之所以要将史诗和音乐的传统部件组块为较大的结构单元模块/图式[2]以及由它们的组合构建更大的结构单元，是基于听觉记忆转瞬即逝和难以捕捉的基本属性，是为了保持对信息材料的获取与注意，进而实现对信息的精细加工。

然而，在演述场域之外，当格萨尔唐卡画师将史诗书面文本的视觉文字信息转换为视觉的图像信息时，也同样采用了这样的编码和认知加工方式。从画师的学艺经历可知，唐卡的教学有着严格的从"部分"到"整体"的阶序性，掌握每个部件绘制技法的过程便是画师集纳唐卡文本模块类型的过程。在唐卡画师的观念中，佛头、佛身、莲花座和法器等传统部件有可套用的绘制程式，而佛/菩萨与他们各自专属的手印、法器的组合才完整地构成佛、菩萨的身份意义，具有模块表征。同时，叙事类格萨尔唐卡与史诗情节以及格萨尔传统构成交互嵌套关系，而在其关系的建构方式上却有图像文本自身的特性，人物、场景是格萨尔唐卡叙事和构图中的基本要素，但唐卡的"场景"与史诗演述中的典型场景并不对等。与在时间的流动中以听觉来组建叙事的史诗演述不同，作为视觉模态的叙事类格萨尔唐卡中的场景只是史诗情节的某一横截面（如图54—图57），多个横切面在空间中的组链才能构成一个完整的叙事，画师对史诗叙事的营造思维依靠的是对情节片段的截取、拼接与构合，而这恰恰是图像文本区别于听觉文本的组构特性。

模块/图式实际上是部件间关系的选择与建构，其一方面依赖于社会文化成员的地方性知识，另一方面又以"聚合"和"组合"原则为关系性思维。索绪尔认为符号有两种联系的方法，一种是以聚合组织为轴，一种是以组合组织

---

[1] [美]凯瑟琳·加洛蒂：《认知心理学：认知科学与你的生活》（原书第5版），吴国宏等译，机械工业出版社，2020，第73页。
[2] 模块、图式和组块是相似意涵在不同学科的不同表达方式，模块来自符号学，图式和组块来自认知心理学。

结语：史诗传统如何叙事？

图 54—图 57　雪山水晶国 4-7
（中国西藏文化保护与发展协会、四川省甘孜藏族自治州人民政府编：《〈格萨尔千幅唐卡〉精品集》，北京富瑞德印刷有限公司，2008，第 111—114 页。）

为轴。"索绪尔普洛普以及经典叙事学家们均以各自不同的方式诉诸索绪尔对选择原则（纵聚合原则）与排列原则（横组合原则）所做的区分"[1]，经韩礼德的发展后[2]，又被广泛应用于多模态的语篇分析中。"'聚类'指'所有成分的局部组构'（a local grouping of items）。它随着观看者/读者注意力的变化而变化，也因而能使分析者认识局部聚类的作用以及在同一个视觉域中聚类组合之间的关系。"[3] "聚合轴是为了将可以彼此替代的项目联系起来；相反，组合轴的目的则是在结构配置中将项目链接在一起。……这句话所表达的结构配置背后，存在一系列'选择'，说话者在选择每一个项目并对这些项目进行结构化时都会用到这些'选择'。"[4] 为了呈现格萨尔多模态文本叙事研究框架中的聚合和组合性关系，笔者绘制了图58。

从多模态叙事文本的构建角度出发，一方面在格萨尔史诗、音乐和唐卡不同模态内部有各自的叙事语汇与语法，另一方面模态与模态之间又构成交互构合的结构关系。如图58所示，聚合轴是部件之间的替换和选择关系，而组合轴是部件的组合和链接关系，聚合轴和组合轴的双向协同才构成完整的多模态文本的叙事架构。在纵向的聚合轴内，文学层面的典型场景/主题之间、音乐层面的范型乐段之间、美术层面的唐卡图式之间都有各自的传统部件的选择和替换序列。在组合轴内，史诗文学通过典型场景/主题之间的链接构成故事范型，史诗音乐通过范型乐段之间的组接形成音声叙事范型，唐卡通过图式之间的桥接构列图像事件。与此同时，在史诗演述场域内部，史诗叙事又在典型场景/主题与范型乐段之间构成纵向的聚合选择和横向的组合链接的多模态关系。对于蒙

---

[1] ［美］罗伯特·斯科尔斯、［美］詹姆斯·费伦、［美］罗伯特·凯洛格:《叙事的本质》，于雷译，南京大学出版社，2020，第300页。

[2] ［德］约翰·A.贝特曼、［德］卡尔-海因里希·施密特:《多模态电影分析：电影意义的建构》，姚汝勇、孟令新译，社会科学文献出版社，2021，第89页。

[3] ［英］艾莉森·吉本斯:《多模态认知诗学和实验文学》，赵秀凤、徐方富译，外语教学与研究出版社，2021，第20页。

[4] ［德］约翰·A.贝特曼、卡尔-海因里希·施密特:《多模态电影分析：电影意义的建构》，姚汝勇、孟令新译，社会科学文献出版社，2021，第90页。

结语：史诗传统如何叙事？

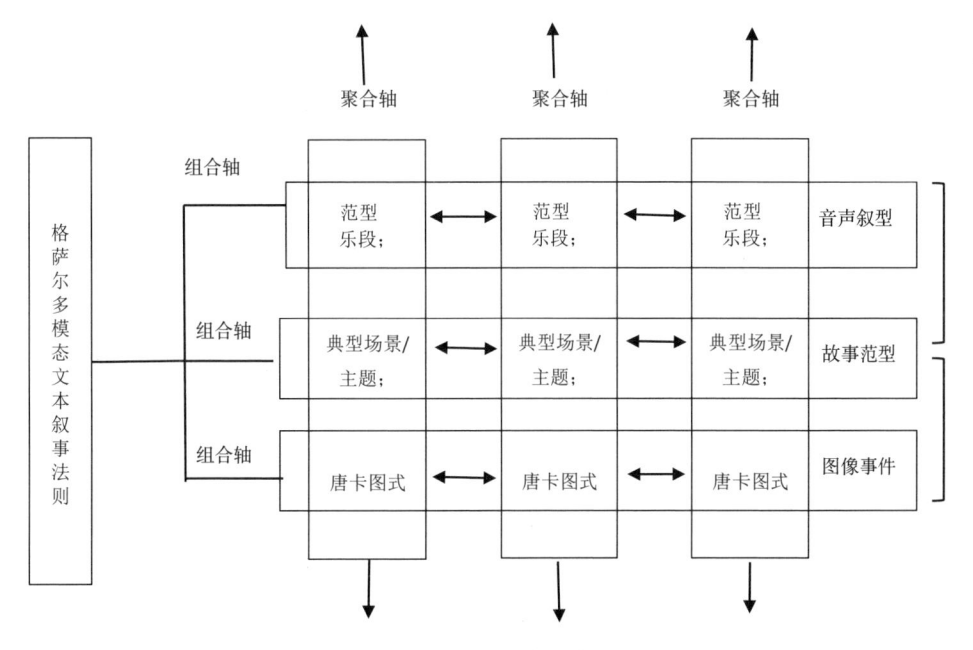

图 58　格萨尔多模态文本叙事法则示意

古族格斯尔史诗而言，典型场景/主题本身就是典型场景/主题与范型乐段聚合关系的搭建原则，而在藏族格萨尔史诗中，范型乐段与典型场景/主题之间的聚合原则却是史诗的人物唱腔。在演述场域之外，格萨尔唐卡的图式组构与史诗的典型场景/主题之间又构成叙事的聚合关系，场景/主题决定了图式的聚合和组合序列。

聚合和组合的关系型思维又决定了格萨尔史诗叙事传统中多模态口头艺术"限定内变异"（varying within limits）的结构法则。其中，限定是变异的前提，没有限定，变异则无从谈起，变异则是限定的无数次语境化转身。如前文所述在演述场域内，在史诗文学上，演述实践中不同格萨尔艺人的演述文本只要保证情节基干或故事节点不变的前提下，如何从起点抵达终点则有多种可能。与此类似，格萨尔音乐也遵循"限定内变异"的基本法则，在纵向曲调乐段的范型之下，歌手可依据唱词的变化调整音型与节奏型；横向曲式结构中范型乐段的联缀序列亦在一定的故事范型的规约下随史诗情节的即兴布局而变化重组。

271

在史诗演述场域之外，唐卡画师在"限定内变异"的创编法则中重构史诗图像叙事文本的部件间关系。画师心中无形的"谱"（经验）建立在娴熟掌握寺院唐卡量度规范的基础上。若将唐卡绘制理解为基于传统武库的"创编"，那么"编"在于对传统武库的构建、对传统模块的集纳，对传统部件选择、对组合规则的娴熟领握，而"创"则是在"编"的基础上进行朝向审美意向的变异与自我表达。量度规范或隐或显地规约着画师的构图思维，且内化为"经验"。在史诗叙事对人物形象和场景的规制下，画师可以从审美的角度出发即兴创编人物的衣饰、色彩、发型和表情，以及山水、云朵、花草树木、楼台亭阁等图案。

同样在史诗演述场域之外，佐钦寺格萨尔羌姆中包括动作本、念诵本、附加央移谱的唱诵本（含法器谱）在内的表演底本规定了史诗人物如何出场以及如何表演。其中唱诵本中的央移谱属于框架谱，在师徒传承和表演实践中只起提示作用，唱诵的细节需要通过老师的口传心授来充盈和补充，只有将书面的央移谱唱诵底本和老师教授的口头唱诵相结合才是完整的格萨尔羌姆。央移谱是寺院诵经和羌姆仪式唱诵程式和套路法则的书面呈现，按照一般框架谱的通则，央移谱只提示大概的旋律走向，不同的人演唱时会有个体差异，起始音和结束音基本是旋律走向的重要节点，参照书面乐谱的过程也是在唤醒口头记忆。

第二，"语篇功能"：多模态文本意义的嵌套性和交叠性。所谓"嵌套性"是指一种媒介是另一种媒介的内容。在第一部分"传统：口头史诗音乐的叙事视角"中，我们已经结合图52解析了传统的"演述前"到"演述场域"的生命阶段，接下来我们在共时和历时的双重向度中观照从"演述场域"到"演述后"的文本谱系构建机制。在"演述场域"的特定时空中，当史诗传统从叙事过渡到社会规范共识建构的基本要素之时，模塑社会规约的叙事意义亦需要在演述-接受的知识生产和音声文本的构列方式中加以检视。演述传统规约了史诗音乐是如何叙事的，即文学叙事策略的程式—典型场景/主题—故事范型从小单元到大单元的组合布局思维规制了史诗音乐范型曲调—范型乐段（范型曲调的纵向延展）—音声叙事范型（范型曲调的横向联缀的曲式结构逻辑）。其中，同一范型曲调框架下的纵向变异是形塑典型场景/主题/人物角色的叙事模块或"交互

结语：史诗传统如何叙事？

意象"，而范型曲调之间的横向组接又是构建故事范型的策略与技巧。可见，史诗的主要功能是叙事，史诗音乐的叙事法则高度依托史诗叙事的结构营造规则，这在一定程度上决定着史诗的文学属性。这也解释了为什么史诗在联合国教科文组织"人类非物质文化遗产代表作名录"之"口头传统"和国家级非物质文化遗产代表性项目名录之"民间文学"的领域归属。

我们在与其他长篇叙事艺术门类与音乐的交互关系中更容易理解史诗音乐独特的叙事性。在戏曲表演艺术体系中，不仅音乐的宫调系统和运腔方式是汉族戏曲串联整个叙事结构的主要模式，音乐是塑造形象的艺术手段，是人物性格和思想情感的形象化表征当我们观赏戏曲时，折子戏的情节内容呈现在节目单上只是三言两语，叙事情节并不复杂，但舞台表演可以在一两行文字勾勒的地图导引中生发出多重情感的细腻表达空间，戏迷（相当于史诗传承社区内部熟稔地方性知识和史诗语域的受众）对叙事情节烂熟于心，而百听不厌的乐趣恰在音乐主动建构的演员表演之中，故此抒情是折子戏的主要认知模式之一。而在笔者的访谈中，除了吟诵艺人重视曲调，其他类型的格萨尔歌手大多认为，叙事或故事才是史诗的重点，音乐及其布局设计在史诗演述中始终处于次要地位。

据目前的田野调查，在当下当我们走出史诗"演述场域"的特定时空，在叙事传统跨时空的维度中来观世史诗听觉叙事与其他艺术门类之间相互交织的互文关系和文本谱系时，史诗的书面文本是多模态之间交互嵌套的中介和纽带，这个书面文本可能是口述记录本、手抄本，也可能是现场录音整理本或印刷文本[1]。在由听觉符号转化为视觉符号之后，史诗叙事传统开启了新的生命旅程。史诗音声文本在经书面文本转译后在历时的向度中与不同人群、不同职业、不同地域的人共建新的文本间性。这里，笔者从史诗叙事文类转换的两种实现路径来加以把握：其一，将书面文本作为底本与其他结构要素共建格萨尔藏戏的

---

1 "文本分类"参见朝戈金《口传史诗诗学：冉皮勒〈江格尔〉程式句法研究》，广西人民出版社，2000，第61—71页。

视听模态文本；其二，在史诗书面文本的导引下生成视觉模态的图像文本。

由于格萨尔藏戏多模态文本的构合机制不仅与史诗演述构成嵌套关系，而且藏戏本身又在史诗演述场域之外搭建了自己的多模态表演场域。虽然格萨尔马背藏戏与史诗口头演述一样，表演者与受众共建一套社区群体共享的交流模式，但其多模态文本并不是在同一表演场域中即兴生成的，剧本（或底本）、人物角色、唱腔、音乐和动作皆在表演实践前预先制作。格萨尔藏戏多模态文本生发在定本的建构逻辑之上，与史诗口头演述中新生性结构所构建的活态性和即兴性截然不同，又因深受地方传统集体表达的形塑和规训而与重在人物形象个性、艺术性、抒情性和表演性的戏曲不同，是一种以展示为目的的搬演。然而，如图59所示，夏仓部落的格萨尔马背藏戏又脱胎于史诗叙事和演述传统，史诗叙事的书面文本不仅是藏戏剧目和剧本改编的底本，而且是藏戏表演中人物角色设置、人物形象、服饰和道具制作[1]的权威依据，因为史诗及其书面文本被视为传统的化身，因此尊崇书面文本意味着尊重传统。与此同时，藏戏中的人物角色几乎每次表演都会有所调整，故而剧本的创编也会在保证史诗叙事主干情节和重要人物不变的前提下，缩减史诗叙事中的次要人物。

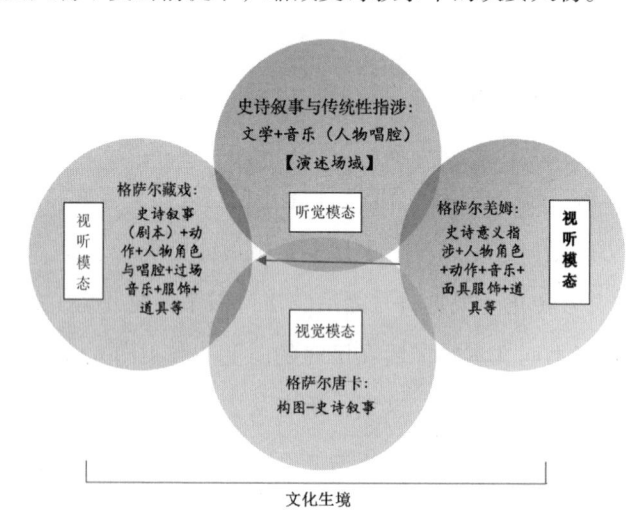

图59 格萨尔叙事传统多模态文本意义嵌套性示意

---

[1] 仅根据现有调研资料进行表述，对具体的制作技艺与意涵的调研尚未开展。

藏戏表演场域中的人物对唱直接跨文类检索和调用口头史诗演述中的人物唱腔。虽然马背藏戏不像汉族戏曲那般拥有完整系统的音乐表演体系，但当史诗的人物唱腔跨文类进入藏戏的表演场域时，它依循口头演述中歌手与受众间约定俗成的唱腔调用法则和音声文本的交流框架，与藏戏表演的人物角色之间依然构成传统规约的交互指涉关系，以致宁可调用全新曲调也不会随意重置地方知识体系中人物唱腔的设置规则。与此同时，史诗演述传统的曲调调用传统又在藏戏中表现出突破和不稳定的一面，如哇岩寺藏戏团为了降低演唱难度而对三十大将以外的人物唱腔做适合自己的编创，甚至加入格萨尔传统曲库之外的新曲调；隆恩寺和多利多卡寺格萨尔马背藏戏团赋予上下场、过场音乐以程式化模式与意义[1]，使其成为当地民众辨识藏戏的标志性符号。在格萨尔艺人或受众的认知观念中，藏戏音乐和史诗演述的人物唱腔之间有着较为明晰的体裁边界。二者交互榫接才构成两个藏戏团当下藏戏表演音声文本的构建方式；随着社会转型与时代变迁，从刚开始僧人自己现场唱演，到只演不唱，再到录音棚唱腔录制，格萨尔史诗人物唱腔的传统规定性在格萨尔藏戏中表现出逐渐松动的迹象，由主动建构音声文本到退居客位、为舞蹈动作伴奏的背景音乐，其间音声文本逐步走向固态化，藏戏团对史诗传统规定性的理解边界也正在被逐渐打破；突破了藏戏录唱主体僧人群体的身份界域，为了音响效果，邀请部落周边嗓音条件好的弹唱歌手来参与藏戏人物唱腔的录制；打破身份和性别的界限邀请当地的女歌手录制珠姆的唱腔；为扩充藏戏传统曲库和吸引受众，吸纳弹唱歌手创作的新曲调替换特定人物的传统唱腔。因此，虽然人物与曲调名称的组合关系并没有改变，但具体的曲调文本有时被置换，目下夏仓部落格萨尔藏戏的曲库和音声文本正在朝向审美性的重组，民间弹唱是其传统曲库更新的重要来源。

除了与史诗叙事和演述构成交叠关系的剧本、音乐、服饰和道具，能够体

---

[1] 基于对2019年7月25—26日果洛藏族自治州甘德县第二届格萨尔文化旅游艺术节上隆恩寺和多利多卡寺格萨尔马背藏戏团的展演录像的分析来谈。

现格萨尔马背藏戏表演特性的主要因素是舞蹈动作。据曹雅丽的研究和笔者的调查情况[1]来看，程式化舞蹈动作主要表征为骑马的象征性动作，以及上下场中使用的类似于汉族戏曲的趟马、圆场以及君臣走台步、人物对唱间的手势动作等。若从完整剧目的呈现角度来看，隆恩寺的藏戏表演以动作为构建表演场域和时空转换的基本方式，同一舞台之上，岭、魔的身份也是通过人物角色和动作的变化来切换，具有戏曲的虚拟化特征，成为格萨尔叙事的另一种解读方式。

接着，我们来看文类转换的第二种实现路径由史诗书面文本指引的唐卡视觉叙事是如何解读格萨尔叙事传统的，观察在同一感官模态之下文字符号是如何转换生成图像文本的，传统又如何在文本谱系的参照中实现身份承转的。史诗叙事在唐卡视觉文本中的打开方式有两种，一种是以史诗书面文本（多为印刷本）为媒介，另一种是史诗歌手的参与性建构。德格的布黑、泽批和玉树的生格在格萨尔唐卡的构图和布局设计上皆要遵循史诗书面文本的情节描述，包纳供奉类格萨尔唐卡中人物的外貌、坐骑和兵器等，以及叙事类格萨尔唐卡中的人物、情节和场景。格萨尔唐卡的观众只有掌握了史诗情节，才能读懂唐卡中的故事。除了直接从书面的文字符号转译为图像符号，史诗歌手达哇扎巴、才智和阿尼都有依据自己的演述、圆光艺人的铜镜显像和史诗书面文本来为画师口头讲述格萨尔史诗的经历，指导他们如何让唐卡绘制更贴近史诗叙事中的人物形象、器物、场景、服饰和事件。对于唐卡如何构图，史诗歌手有绝对的权威话语权，画师依据他们的描述最终画出唐卡作品。其中，才智主导建构唐卡的构图和画面布局，但如何让画师准确地将言语表达转换为符合史诗传统内在规定性的图像叙事是才智认为最难沟通之事。

在格萨尔叙事传统中，与史诗文学、音乐和藏戏不同，格萨尔羌姆的仪式舞蹈实践并非直接搬演史诗的情节叙事，表演者并不开口演唱，其中念诵的部分也并不以格萨尔史诗为故事底本，羌姆中使用的音乐也非取自史诗演述，但

---

[1] 2019年7月30日，笔者赴青海省果洛藏族自治州甘德县夏仓部落格萨尔马背藏戏团进行田野考察，以及参与性观察甘德县第二届格萨尔文化旅游艺术节上展演的隆恩寺和多利多卡寺格萨尔马背藏戏。

结语：史诗传统如何叙事？

佐钦寺第五代活佛曲吉多吉以线路图和出场顺序的符号能指为纽带，将史诗叙事中的不同人物的角色意义内嵌到了羌姆的仪式舞蹈实践中，在传统性指涉上完成与史诗叙事的对话关系，成为格萨尔叙事传统中的组成部分。羌姆中不仅有指涉息、增、怀、诛四业且不可更改的程式化舞蹈动作，而且在舞蹈实践中，僧侣还会在表演场地以象征息、增、怀、诛四种事业的圆形、四方形、半圆形和三角形交叠组合成舞蹈线路图，由外向内、由次到主、由世俗向神圣递进的圈层结构构连史诗叙事中的主次人物。格萨尔羌姆的仪式舞蹈实践处处映射着"息增怀诛"的符号所指，而其又与格萨尔史诗情节中人物角色的传统性指涉构建了一种内在的暗合关系。诛法非普通修行人所能施行，而在象征诛法、最靠近圆心的三角形路线上起舞的正是格萨尔王及其三十大将，暗示着格萨尔羌姆密教四业、史诗人物角色和羌姆仪式舞蹈之间相互指涉的对读关系，即作为藏传佛教中的护法神，格萨尔王四方征战中降妖除魔的行为遵循的是菩萨道，是为度魔恶而杀魔恶。佐钦寺格萨尔羌姆仪式舞蹈实践完成了史诗传统性指涉的重新解读与阐释过程。

此外，一些寺院的格萨尔藏戏曾有去佐钦寺学习的经历，比如夏仓部落藏戏团，因此在表演形式上曾对格萨尔羌姆有过借鉴，又构成两个视听模态之间的单向流动。格萨尔史诗和音乐的听觉模态[1]、唐卡的视觉模态[2]，以及藏戏和羌姆视听模态交互嵌套、共同建构史诗叙事传统的语篇意义与交互阐释框架。虽然唐卡和藏戏对史诗叙事的交叠需要借助书面文本，但书面文本则更多来自于史诗的口头演述，故而作为口头传统的史诗叙事既是主模态、语篇意义的内容和根本，也是多模态交互嵌套的内核。格萨尔音乐、唐卡、藏戏和羌姆一方面有各自的语汇和语法规则，另一方面又整体对史诗叙事形成解读和对话关系，通

---

[1] 实际上，活态口头史诗的演述调动的不仅是听觉模态，演述过程中还有演述人的动作、表情，以及演述人与受众现场互动的视觉感官的参与，但因本书尚未触及这部分内容，所以这里的"史诗演述"暂从听觉模态向度入手。

[2] 据初步调查资料，格萨尔唐卡中的人物形象有时会对格萨尔藏戏的服饰、道具或对格萨尔羌姆的面具制作等产生影响，但因目前资料不详，暂且不做细致分析。

过言语、音声、图像、动作的视听模态在时间与空间的延展，来共同完成对口头传统的强化、补充、调节和协同语篇关系的组织和建构，进而共建传统整体的语篇意义与地方知识体系。这让笔者联想到为什么联合国教科文组织《保护非物质文化遗产公约》在非遗的分类中将口头传统置于五大领域[1]之首，且强调跨领域互涉关系，这样的审视和设置恰恰包纳了地方知识体系的认知过程与多模态间性。若从格萨尔叙事传统的生命阶段和文本谱系的历时维度来看，在史诗演述场域内外，传统在大脑文本—书面框架与意象文本—口头音声文本—听赏文本—书面文本—图像文本—视听文本的数次转译中延续着"生命基因"和文本间性的内在规定性，呈现更为多元立体的生命历程。

第三，"人际功能"与"概念功能"：叙事传统构建的生活和精神世界。多模态研究强调符号资源的社会功能。这里的多模态需要区分两种语域，一种是演述/表演语境中的多模态，如前文分析的共时整体体验场域中的史诗演述和格萨尔藏戏，另一种是社会和文化生境中的多模态。前者针对某一具体交流事件的语境，既在后者中生发，又是后者的具体体现。因此，若将格萨尔史诗传统整体放回至社会文化生境和地方传统中，那么多模态是如何在人际之间建构社区群体的生活世界，又是如何交互阐释和抽绎叙事传统的概念功能的？

在被史诗叙事传统围裹的特定传统社区，如德尔文史诗村、夏仓部落，或是德格地区，社会文化成员对史诗格外熟悉，歌手与受众共建以格萨尔史诗为核心的地方性知识系统，格萨尔史诗不仅仅是文学叙事，而且进入民众的日常生活，与格萨尔音乐、唐卡、藏戏和羌姆多重视听模态共建特定社区的生活与精神世界，其人际功能不只是歌手到受众的点对点的单线链接，而是由社会成员交互构连的交流网络。

在没有电视和手机的年代，在格萨尔史诗氛围浓郁的特定社区，虽然大部分民众不识字，但出版的格萨尔史诗书写文本总能引起大家的兴趣，即使自己

---

[1] 口头传统和表现形式，包括作为非物质遗产媒介的语言；表演艺术；社会实践、仪式、节庆活动；有关自然界和宇宙的知识和实践；传统手工艺。

看不懂，也要请识字的人帮忙讲述，甚至一些普通百姓也可以口头说唱个别故事，讲述、演述和听赏格萨尔史诗是民众闲暇时重要的娱乐方式，同时格萨尔史诗是藏族文化的百科全书，其充满智慧的叙事也是歌手用来化解社区民众内部矛盾的切实手段；在民间生活语境中，画师将在藏族民间传统绘画语域中具有特定隐喻的吉祥八宝、六长寿图等民间图案提取并应用到格萨尔唐卡的绘制中，社区共享的寓意吉祥的语义亦并没有因再语境化而发生迁移。因为不论是画师自己，还是祈请唐卡的民众或信众，这些图案的吉祥"在场"皆可成为福报或功德累积的转化路径；史诗叙事的特定诗章还与特定社区群体的人生礼仪紧密相关，贯穿社区成员生命仪式的每一个时间节点与重要时刻。格萨尔藏戏多以诗章中的事件为中心改编格萨尔史诗的叙事情节，使其成为各寺院藏戏的常演剧目，将视觉的文字文本转译为视听模态的交叠构成，叙事事件在现世受众的重要人生事件中找到相互勾连且诱发共鸣体验的关键点，史诗叙事中英雄所经历的种种人生考验及其酸甜苦辣的内心体验被投射到受众的现实生活中，进而构成史诗事件重演的体验场域。格萨尔史诗、音乐、唐卡、藏戏视听模态之间的并举和衔接，共同为民众或信众的生活世界构建现实问题的解决、应急与补救机制。

在民众的精神世界，格萨尔叙事传统又与藏传佛教的信仰观念相互融合、交互指涉。对于地方传统中的民众而言，格萨尔信仰与藏传佛教本身是一个相互交叠的意义指涉系统。虽然不同模态的能指不同，但能指背后的所指则殊途同归。在视觉和听觉体验惯习的长期作用下，当被编码的传统意义被反复附载在某个特定曲调范型之上时，那么这个曲调范型就具有了符号的身份，不仅具有社会性和共享性、集体性和传统性，而且代表着某种观念或符号意义的表述方式，通过重复来获得地方传统知识体系的确认与强化，格萨尔音乐的结构单元亦不仅是结构本身，而且能够牵引出更大的叙事传统，经过社会成员的提炼和赋权，以"翻人物定吉凶"的民俗为进路使史诗叙事抽绎为现实生活中思维观念、价值判断、社会关系以及道德伦理的构建方式，成为民众个人认同与民间社会规范建构的媒介。通过受叙事传统规约的、对不同人物的褒贬判断来不断地为现实生活中社会成员的道德伦理、生活轨范树立正反面的人物模型，从而规范社会成员的言语与行为。歌手的演述和受众的解读行为实际上是被编码的传统意义、社会规约和伦理规范的持续强化过程，从刚开始的符号表意的随意性，到一旦赋予意义之后的长期共享和约定俗成，再到达成有效的、经过几代人协商的隐性交流契约，其交流的最终目的是维系社区内部的运行机制。

格萨尔唐卡作为史诗叙事传统的一种视觉指涉，在甘孜德格地区，格萨尔王被史诗传承社区内部的民众视作信仰的神佛，故而格萨尔唐卡在民众的日常生活中供奉的意义大于叙事的功能。在史诗传统规定的民俗场域中，格萨尔王的肉身比例遵照的是世间神的量度法则。在民众心中，供奉类格萨尔唐卡虽然没有指涉史诗情节或典型场景的特定能指语汇，但其却拥有丰富的所指符号意义。格萨尔王被藏民视作莲花生大师、文殊菩萨和观世音菩萨的化身，故而供奉格萨尔唐卡象征着福报和平安，民众笃信格萨尔王来到人间是为普度众生和解除世间疾苦的，在功能上与神佛无异，系属战神序列。因此，供奉类格萨尔唐卡与寺院唐卡的构图规则基本类似，需要严格按照量度比例进行绘制，起画稿要找中心点、水平线和中轴线等。唐卡中格萨尔王骑马征战的战神形象几乎是供奉类格萨尔唐卡的基本范式，其腾云驾雾、手执马鞭和战旗、十三畏（威）尔玛环绕四周的形象勾勒出一种动感和即时性，能够唤醒和调动观者对格萨尔征战四方、降妖除魔叙事的记忆和想象空间。同时这种即时性的范式又成为格萨尔信仰的隐喻，即格萨尔王随时随地为现实生活中的民众解除疾苦。在供奉类格萨尔唐卡中，虽然人物形象和场景是具象的，但象征着岭国和格萨尔本人的十三威尔玛是符号化或抽象化的，用动物来暗喻围绕在雄狮大王四周的13位护法或战神，而之所以能够如此索引传统是因为其背后有流布区受众所共享共知的、史诗叙事传统的语域与语义作为支撑。在民间传统语境中，这些人物、动物、情节和场景与史诗叙事的关联性指涉是受众的已知知识，即使是传统部件被抽取，传统性指涉仍可以在认知社区和特定语域中以显性或隐性契约的方式发挥威力。

在格萨尔羌姆密教四业、史诗人物角色和羌姆仪式舞蹈之间相互指涉之外，在表演场域中,羌姆表演者与现场受众内心的升华与超越又与息增怀诛四业的传统指涉性构成对读关系。羌姆舞蹈实践的每一次重演都有现实的仪式功能,即驱除一切众生(涵括表演者自身和魔敌)贪嗔痴等心魔。在德格地区,格萨尔王及其三十大将在地方知识体系中不仅是英雄,而且被纳入藏传佛教信仰体系的神佛序列,他们不仅要按照隐喻"息、增、怀、诛"密教四种事业的路线图起舞,而且跳羌姆的过程亦是舞者与受众的内心从人到神、从无明到清净的境界升华与超越过程,完成的是舞者及在场众生的修心之旅,积累自利利他的殊胜功德。表演场域中主体交流的交互性亦更多地体现在心灵的共建层面。由史诗派生而出的格萨尔羌姆不仅仅是一种艺术表现形式,还是解决人现实生活中实际问题的便捷法门,而羌姆恰恰是所指意涵的能指符号。以佐钦寺为核心的僧侣和民众在羌姆的世界中建构起格萨尔和佛教信仰交互耦合的行为规范。

假如将史诗叙事传统视为一种社会现象,将其研究锚定文化生境中人际间的社会互动,那么交流需要建立在特定文化群体之间,建立在社会文化成员之间约定俗成的特定交流框架或符号集合法则基础之上,而交流框架和规则如何搭建、符号如何集合起来交互表意,则取决文化观念层面的概念功能,它是多模态交际成为可能的关键,包括人的思维模式等一切由社会的潜规则所组成的意识形态。在格萨尔史诗传统包裹的特定社区的生活世界中,格萨尔和藏传佛教信仰与民众的观念意识相互耦合,构成了格萨尔多模态叙事的概念功能,由信仰形塑的观念和概念生成成为格萨尔史诗、音乐、唐卡、藏戏和羌姆多模态共振的基点与原点,同时多模态共建的概念功能又导引着社会文化成员如何解读语篇意义,如何建立和理解地方知识体系中民众的生活惯例、行为规范与意识形态。同时,概念功能又依托特定社区的人际功能,格萨尔史诗、音乐、唐卡、藏戏和羌姆的隐喻或传统指涉性只有在特定的社会文化成员间才有理解、解读与对话的可能,概念或观念只有在特定人群人际之间的交流与交往中才有意义。

三、人物：索引格萨尔史诗多模态叙事传统的关键词

人物是叙事的主要意义载体[1]，以人物为中心是格萨尔史诗的一种结构方式。[2] 施爱东曾用统计史诗中双方将领出现的名单[3]来研究史诗的叠加单元，提出回到原点和即时加减运算规则的理论创建。基于此，史诗艺人的演述多借助入神状态的即时记忆，频繁出场的非主要人物多为即产即销，这一章出场的人物，应该就在这一章中解决掉。情节结束时，故事状态能够回到原点、自我闭合。[4] 由此可见，人物不仅是史诗歌手即兴创编与叙事伸展与缩减的主要策略之一，而且对叙事传统具有重要意义。然而，在格萨尔史诗研究领域，除了20世纪80、90年代吴伟等学者曾从美学层面对格萨尔史诗人物做过系列研究，后期似乎史诗人物较少被关注。

"情节可被定义为叙事文学中动态的、连续的元素。叙事中的人物，或任何其他元素，一旦表现出动态特征，便是情节的一个组成部分。"[5] 因此，叙事主要关注的是行动序列。格萨（斯）尔史诗皆以程式、典型场景/主题和故事范型为叙事策略，其中典型场景/主题和故事范型是不同规模行动序列的组合单元。如前文所述，因史诗文类的叙事本质，其音乐的构列模式虽然高度依赖文学叙事的结构单元，但格萨尔音乐不像格斯尔音乐一样以主题/典型场景的行动序列为直接的模块组织单位，而是以人物唱腔为扩展、压缩主题/典型场景，构连故事范型的基本理据。有意思的是，同为长篇叙事的甘肃武威的凉州贤孝，在音乐的叙事线索上也与蒙古族格斯尔史诗如出一辙，通过典型场景/主题或情绪情感来串联叙事结构。自涉猎史诗音乐研究起，格萨尔音乐叙事为什么与众不同、

---

1 ［美］罗伯特·斯科尔斯、［美］詹姆斯·费伦、［美］罗伯特·凯洛格：《叙事的本质》，于雷译，南京大学出版社，2020，第107页。
2 降边嘉措：《〈格萨尔〉的结构艺术》，《西藏民族学院学报》1986年第1期。
3 施爱东：《故事法则》，生活·读书·新知三联书店，2021，第152—160页。
4 同上书，第166—173页。
5 ［美］罗伯特·斯科尔斯、［美］詹姆斯·费伦、［美］罗伯特·凯洛格：《叙事的本质》，于雷译，南京大学出版社，2020，第219页。

结语：史诗传统如何叙事？

人物为什么在音乐叙事中占有重要地位始终是笔者思考的问题。当我们回到地方知识体系中，回到叙事传统的整体语域，或许能够找到答案。

在格萨尔史诗叙事传统中，若将人物作为多模态叙事的结构性元素，那么人物就具有了指涉意义和功能，拥有比人物名字更大的指涉领域，甚至可以直接延伸至整个叙事传统。正如朝戈金所言，即使是"某个英雄的名字，或他的特性修饰语，也会唤起特定听众对英雄的业绩、他的家庭或是关于他的其他方面情况和特征的回忆，所有这些附加的含义也包括在传统之中"[1]。下面，我们在多模态视界中探讨人物何以成为检索史诗叙事传统的关键词。

第一，人物及其唱腔具有指涉史诗叙事行为序列的功能。回望格萨尔史诗文本，其叙事是由不同人物第一人称的唱段连贯而成的，每一个人物出场，都会自报家门，不仅报出我是谁，还要点明我唱的是什么调，这在一定程度上与人物指涉叙事法则形成呼应。在格萨尔史诗的地方传统中，人物不仅是串联史诗音乐叙事的核心要素，而且是索引曲库、调用部件、搭建结构的主要依据。虽然文学叙事中人物的即时加减会直接转译为人物唱腔的即兴加减和音声文本的重组，但是反过来人物唱腔的扩展或缩减又是构建人物唱段和典型场景/主题的主要方式，人物唱段之间的构连又可牵引出更大的叙事单元，如故事范型。格萨尔史诗中的主要人物形象长期流传在传承社区的民众之中，成为某种力量的化身和某种意识的代表，具有典型意义[2]，比如晁同的阴险、奸诈、贪生怕死、贪恋王位、财产和女色[3]，辛巴梅乳泽的忠勇、善良、凶狠和无私[4]等。史诗以人物角色为索引传统曲库的关键词，在曲调与人物的正反角色之间构筑起互相链接的编码序列与规则。江永慈诚将动听悦耳的曲调连属正面角色的岭国人，用不那么动听的曲调勾连岭国的敌人。因此，当他看到人物角色的名字时，不仅

---

1 朝戈金：《口传史诗诗学：冉皮勒〈江格尔〉程式句法研究》，广西人民出版社，2000，第15页。
2 索代：《谈〈霍岭大战〉的人物塑造》，《民族文学研究》1984年第1期。
3 马学仁：《论超同的反面典型——〈格萨尔王传〉人物探》，《西北民族学院学报》（哲学社会科学版·汉文）1998年第2期。
4 吴伟：《〈格萨尔〉人物梅乳泽论》，《民族文学研究》1986年第3期。

283

与该人物有关的行为序列会浮现在脑中,而且受传统规约的人物唱腔也从记忆中被唤醒。为了起到指涉或提示故事情节的作用,江永慈诚偶尔会有意打破常规,如在辛巴归顺格萨尔王、完成由敌到友的身份转换后调用格萨尔王的唱腔编配曾为敌方霍尔大将辛巴的唱段。曲调的指涉性意义更多地在史诗的人物角色,而人物在叙事中的行为序列及其表现出来的品德与性格又被所在社区赋予了好与坏、正与反、吉与凶、福与祸的指涉性意义,其褒贬属性又被融入了史诗传承社区内部藏族人的日常生活中,用史诗叙事人物角色的正反来占卜吉凶祸福。

  人物唱腔之所以能够具有行为序列的指涉功能,是因为人物角色的传统指涉性在歌手与受众以及传承社区内部共享,由此构建起歌手与受众之间的编码、解码规则与理解语域,以及共同的格萨尔文化认同与认知框架,成为特定社区民众日常生活的交流机制。因此地方传统知识体系积淀丰厚的特定社区是传统性指涉的基本前提,如玉树的老人不仅喜欢听格萨尔史诗,了解史诗的情节梗概,而且具有一定的听赏经验,熟悉格萨尔曲调,甚至有些受众还可以自己说唱,依据曲调来判断将要出场的人物。同时,史诗叙事赋予人物的褒贬价值判断又会影响到史诗歌手对唱腔的选择。江永慈诚之所以能够把握受众的喜好,是因为他们共在一个熟人社会,很多受众本身就构成了他日常生活的朋友圈,而唱腔的文化认同和规约性也是在熟络关系中建构的;格萨尔史诗中具有典型意义的大将、女性和动物的唱腔不仅歌手烂熟于心,而且德尔文家族内部的普通百姓也一听便能辨识。因为德尔文家族有内部的人物唱腔规约机制,其规定了史诗传承社区人物与曲调的组合规例,受众会对超出唱腔界域的曲调调用提出异议。同时,由于德尔文部落格萨尔史诗的藏传佛教色彩浓郁,其唱腔和曲调的锚定也被赋予了宗教意义,人物唱腔因由藏传佛教的伏藏师交付而具有加持的宗教表达功能,加持后的曲调即被赋予了宗教的权威性而不得更改。因此,特定社区的格萨尔地方传统规定了人物唱腔的习语性质与解释性框架,才能在"简单形式"与其复杂的传统指涉之间建构一种固定的解读要求。[1]

---

1 参见 John Miles Foley. *Immanent Art: From Structure to Meaning in Traditional Oral Epic.* Bloomington and Indianapolis: Indiana University, 1991, p.53.

第二，史诗人物与唐卡绘画语汇的交互指涉。无论是供奉类，还是叙事类格萨尔唐卡皆以人物为中心，当然这里的"人物"包括供奉类唐卡中作为神佛身份出现的格萨尔王主尊。格萨尔史诗人物众多，有些出现一次就牺牲了，但格萨尔王以及跟随他南征北战的三十大将反复出现，同一人物形象在不同的故事情节中有相对固定的程式性表达单元，如格萨尔王腾云驾雾、骑马征战、手执马鞭和战旗、十三威尔玛环绕四周的战神形象几乎是供奉类格萨尔唐卡的基本范式。一方面史诗叙事规定了他们较为明晰的典型形象特征，这些特征组合在一起又构成了唐卡中史诗人物的符号化表达语汇。另一方面，唐卡中主次人物的构图布局和远近透视关系，以及人物的面相、坐骑和兵器等标志性身份识别符号，又反过来唤醒和调动观者对人物行为序列和传统性指涉的记忆存储，成为索引史诗叙事传统的关键词。因此，玉树地区熟悉史诗传统和情节的民众亦能够通过唐卡的绘画语汇来指认史诗人物身份。

供奉类格萨尔唐卡虽然没有指涉史诗情节或典型场景的特定能指语汇，但拥有丰富的所指符号意义，其中心构图法中的格萨尔王人物形象与藏民认同的莲花生大师、文殊菩萨和观世音菩萨化身的意义指涉、围绕在格萨尔王四周的十三种动物形象与史诗叙事中十三位护法的象征隐喻形成互构关系，为民众生活世界中的格萨尔信仰和驱邪避难的供奉功能提供解读依凭与物质载体。唐卡中的人物之所以能够索引叙事传统，同样是因为史诗流布区歌手与受众共知共享的史诗语域。

第三，作为调用传统语境的符码——格萨尔羌姆和藏戏的抽象化人物角色类型。人物角色是夏仓部落格萨尔马背藏戏、佐钦寺格萨尔羌姆与史诗传统的地方性知识体系交互指涉的核心要件。佐钦寺格萨尔羌姆虽然没有在表演场域中搬演史诗叙事，但提炼了一些重复出现和可以套用的抽象化人物角色类型，譬如大将、女性、岭国的神、寂静相的格萨尔王[1]和动物等，成为羌姆仪式表演场域中的主体。虽然史诗叙事没有通过视觉和听觉在表演场域被受众直接感知、

---

[1] 格萨尔王也会在羌姆表演"息、增、怀、诛"四种事业的不同环节中更换不同的衣服。

体验和捕捉，但抽象化人物角色类型的设置和出场本身就构成了调用史诗传统语境的关键要素。

　　夏仓部落马背藏戏的人物类型设置脱胎于史诗叙事书面文本和演述传统，剧本创编在保证史诗主干情节和重要人物不变的前提下，缩减史诗叙事中的次要人物。换言之，史诗的典型人物角色类型是藏戏多模态文本制作策略的关键。由于对史诗叙事和演述传统人物类型的依附性，藏戏表演场域中的人物角色对唱直接跨文类检索和调用口头史诗演述中的人物唱腔，依循口头演述中歌手与受众间约定俗成的史诗演述唱腔调用法则和音声文本的交流框架，与藏戏表演的人物角色构成传统规约的交互指涉关系。即使是对史诗人物唱腔有所疏离的哇岩寺藏戏团，史诗叙事中的人物角色仍是他们唱腔取舍的思维准则。

　　在格萨尔史诗流布区，歌手与受众对史诗人物角色的形象与评判准格有内在的传统规定性，每个人物类型由史诗的故事情节所规约，又由人物身份连动价值判断，在传承社区内部形成文化和情感认同。因此，人物角色从被史诗叙事所形塑的被动角色，转向主动地成为构建史诗叙事传统和地方知识体系的基本要件。由此，在传统指涉性规约的语域中，史诗叙事塑造的人物角色类型可以跳脱单一的史诗演述场域，成为格萨尔羌姆和藏戏表演者编码的核心和受众参与解码的内在要求，对于受众而言是"整序接受"[1]。因为人物角色在地方知识体系内部具有调用一个比人物名字本身更大的语境，即数代人共建共享的诗歌叙事传统，其背后隐涉一整套史诗叙事的行为和场景序列、传统指涉性、个体和群体认同、道德伦理与行为规范，这样的隐喻本质上是概念性的认知结构，而概念又不局限于单一的表达模态。[2] 因此，人物角色的传统指涉性在格萨尔音乐、唐卡、羌姆和藏戏等多模态表达中都有统摄作用，作为结构性符码的人物角色可以成为索引整个格萨尔叙事传统的关键词和社区群体交流模式搭建的媒介，为多模态语汇提供意义线索。

---

[1] 朝戈金：《口头诗学的文本观》，《文学遗产》2022年第3期。
[2] ［英］艾莉森·吉本斯：《多模态认知诗学和实验文学》，赵秀凤、徐方富译，外语教学与研究出版社，2021，第26页。

附录一：青海果洛甘德县田野日志选录

2019年7月26日是抵达高原的几天来睡得最安稳的一天，因为和才仲老师约好是十点开始，所以为了不至于太疲惫，我让自己睡到自然醒。这两天因为高原的日照强烈，双手和脸都被强烈的紫外线晒伤，红且痒，嗓子也不舒服，凭经验判断，这应该是感冒的前兆。于是我就在甘德县城随便转转，尝试找找药店和早饭。走了大概十几分钟，看到一家药店刚刚开张，只有一个小姑娘坐在电脑前，我向他讲述了我的症状后，她一脸惘然地看着我，然后说医生不在，你到前面的医院去吧。于是，我按照她指的方向步速缓慢地去找医院，略走快一点，呼吸就有困难，所以5分钟的路程，我大概走了十几分钟。快到路尽头时，终于看到了甘德县人民医院。在刚进门处，一个身穿藏服、皮肤黝黑的年轻人正趴在窗口，我探头朝玻璃窗里面望去，本想问问工作人员去哪里看病，结果话一出口，趴在窗口的藏族小伙回头告诉我就是在这儿挂号。于是，我排在他后面，挂了号，走进急诊室，屋里还有三两个年轻藏民，带着一个可爱的孩子，正在看病。等他们看完，终于轮到我，简短介绍病情后，女医生说我可能是过敏，也可能是紫外线晒伤，给我开了一个药单，我便去缴费拿药，顺路买了个面包，然后再慢吞吞地走回宾馆。我草草地吃了早饭和药，刚坐定，原甘德县文化局局长才让当周来电，说他已到宾馆楼下。

才局长是著名格学专家诺尔德老师委托关照我的人，在果洛的调研能够很顺利地找到我要采访的格萨尔艺人，多仰仗才局长的帮助。挂断电话，我便背上摄像设备，快速下楼。在甘德县第二届格萨尔文化艺术旅游节期间，所有车辆必须有通行证才能进入会场，而我要找的艺人又都在那里，所以才局长是专程开车来接我的。路上碰到了喜欢摄影、现已住在果洛州上的萧老师，与才局闲聊几句后，我们便到达了目的地。因为政府部门发放的车证有限，才局也没有车证，于是我们绕到会场后面，找到一个合适的位置，把车停下，然后朝着会场主席台的方向走去，走到主席台前，也没有看到事先约好的才仲老师。她是果洛唱不完的史诗艺人昂仁老师的女儿，据说她的声音优美，所以她便成了我果洛之行第一个采访对象。电话打通，才仲老师说还没到，我们三人便坐在观众席一边观看台上藏族传统的举重比赛，一边等她。只见台上一个壮汉，正在努力举起一个大沙袋，据才局和萧老师介绍，评委要根据举重者举起的高度和时间长短来打分。刚看一会儿，才仲老师就来电话了，于是才局和我就朝草原上最大的黑帐房走去，远远地就看到了才仲老师领着儿子。

正要就地架起机器开始工作，发现烈日的照射实在强烈，于是我们朝黑帐房的后面走去，可是找来找去也没有阴凉之地，所以就找了一块空地，做好准备工作，席地而坐。我的工作方法是先请艺人演述一段，我有一点把握之后再开始采访。才仲老师开唱后，才局看到了夏仓藏戏团的普尔多团长，于是把他也一起拉来，他会讲一点汉语。这时，才局家里有事便先走一步。

才仲老师的嗓音的确优美动听，用女性柔美的嗓音唱出格萨尔曲调，别有一番韵味，让我想到曾经听过的玉梅CD中那难忘的声音。几分钟后，才仲老师唱完，旁边没有翻译，我便不知道该如何与她交流。只好先请坐在旁边的普尔多老师过来先聊。三言两语之后，我发现他的汉语我也不懂，我很认真地看着他讲话，脑子却时常短路，无法对应出汉语的符码。所以，这样坚持了半小时后，他说有事就离开了，又剩下了才仲老师、11岁的儿子求吉尼玛和我。求吉尼玛不仅懂一点汉语，而且还是格萨尔小艺人，于是他便临时担任起我和才仲老师的小翻译。简单说了两句，才仲老师说尼玛也会唱，所以我就将摄像机对准他，小尼玛聪明可爱，充满童真的歌声异常动听，也充分验证了德尔文史诗村上到80岁的老人，下到十几岁的孩子都会唱格萨尔史诗的说法。就这样，挨到了中午，才仲老师说她要先走，临行前，我们通过小翻译尼玛，约好中午一点再到这个地方，等才局过来做翻译，我们继续未完成的采访。

才仲老师走后，我四下里看看辽阔的草原，琢磨着该去哪里，眼看着到了饭点，肚子空空如也。因为旅游节的会场旅游业的开发尚不完善，基础设施和服务也尚不健全。会场的帐房很多，多半是政府各个部门用来招待客人的。除此之外，就是私人搭建的小帐房了，却没有可以供游客消费用餐的地方，即使有，也要走出一段距离才能找到。记得才局在电话中说，我可以到我们前天举办史诗论坛的交通局的帐房去吃饭。于是我收拾好设备，一步一步地朝那个帐房走去。

中午的高原草原，太阳火辣，氧气量不足，身上的设备就更显沉重。好不容易走到，看到帐房里只有两个人在闲聊，交通局局长一边在帐房外与人攀谈，一边招呼我喝茶。刚坐定不久，看到他们要招待的客人正往帐房走来，我再坐着未免有些尴尬，于是我背起设备，往帐房外走。走出来后，发现自己没地方可去，于是绕来绕去还是回到了上午和才仲老师约好的地方。眼看着差十几分钟就到1点了，我想要么就不吃饭了，坚持一会儿应该也没问题。可坚持了不到十分钟，就感觉大脑缺氧，开始头晕，我才意识到这是在高原，不吃东西我难以支撑。可想来想去也找不到可以吃饭的地方，于是我朝一个大帐房走去，看着里边的工作人员忙得热火朝天，正在做饭，我怯生生地跟一个年轻人说，是否可以付一些钱，让我在这里吃饭。这样的经历还是平生第一次遇到，结果这位年轻人是藏族，没有听懂我的话，于是他找来了他们的领导，没想到我误闯的是县政府的后勤帐房，来的人正是政府后勤部主任，他叫钱升华。钱主任人很好，很热情地一边说不用给钱，一边催促厨房给我端来包子、牦牛肉、羊肉、点心、奶茶、可乐、面条，我便席地而坐吃起来，钱主任的善心让我在无助、饥肠辘辘之时感受到无比的温暖。

吃过饭，我终于有力气回到老地方继续等才局和才仲老师，大约两点半时，他们赶到，有了才局的帮助和翻译，下午的采访就顺畅了许多。采访一个小时后，才仲老师要离开，因为这个季节正是藏族同胞挖虫草的时候，她本打算今天回家的，为了我才多留了一天。我心里觉得过意不去，连说抱歉和谢谢。

才局看着还有点时间，于是临时从会场抓来了德尔文部落的一位56岁的老人，他叫周杰，他本来是带着牦牛来参加比赛的，才局说动他为我说唱几个格萨尔曲调，唱了三个调子后，会场的音响声音响亮，不论是周杰老人，还是才局和我，都被这强大的声音干扰得心不在焉，无法进入状态，于是便草草收场。才局去陪家人，我本想回宾馆休息，但因为没有回县城的车，所以我只能等着才局陪完家人搭乘他的车回县里。我依然在草原上走来走去，正在为接下来两天苦于找不到翻译而发愁。人生地不熟，哪里去找一个愿意花时间陪我做调研并兼任翻译的人，我想来想去，想到了到机场接我们到甘德县的县政协郑秉科主席。说起来，与郑主席也算有缘，他把我们接到果洛州琼格尔酒店的那天，我和他正好在电梯里偶遇，攀谈两句，得知他是甘肃人，因为我有在甘肃敦煌的挂职经历，见到甘肃人就倍感亲切，于是就留了他的电话号码。因为我实在是想不出更好的办法，于是只能克服自己的畏难情绪给郑主席发短信，恳求得到他的帮助。

发完短信，我一会儿坐到黑帐房旁边看手机，一会儿走到会场门口询问是否有回县城的班车。停车场的大爷告诉我，如果找不到车，可以伸手搭车试试运气。我一开始还没有胆量，最后肚子又开始闹脾气，我意识到必须再去找食物了。于是背着包，往县城的方向走去，走了大概几十米后，终于看到有对外售卖的包子和粉汤。几个藏族大姐手脚麻利，几分钟就做好了吃食。

吃过饭，我继续往前走，一眼望去也不可能有打到出租车的可能，无奈之下，我只能伸手拦车，一连过去了好几辆，都没有司机愿意停下来。在我几乎要绝望的时候，终于有一对藏族年轻人，愿意捎我到县城，我想给他们几块钱作为答谢，他们不肯收，感恩遇到了好心人。

那时那刻，能回到宾馆，就是一件无比幸福的事！当晚，郑主席给我回了信息，他愿意帮助我，而且还为我找到了合适的汉语翻译赞拉，他有私家车，接下来几天他能开车带我赶往草原深处。虽然田野中有无数个未知和挑战，但也总能遇到一些让人难忘的、值得感恩的人！

附录二：四川甘孜德格县田野日志

2021 年 7 月 20 日

我搭乘 CA8670 航班抵达成都双流国际机场，入住酒店。

2021 年 7 月 21 日

清晨，我原计划乘坐 3U8655 航班飞往甘孜格萨尔机场，但在收拾行李时，突然感到一阵头晕，浑身酸痛，喉咙痛，我意识到自己感冒了，想起同事央吉卓玛博士说过，感冒不能赴高原，容易引起肺气肿。于是我拨打卓玛的电话，希望得到确认，却没有拨通。于是我按照原计划赶赴天府国际机场，当托运好行李，办理完安检手续，正在候机大厅吃午饭时，卓玛打来了电话。听我详述了病情后，她叮嘱我暂缓去甘孜。情急之下，我只好与提前约定好的巴伽活佛联系，跟他商量修改行程的事宜。接着，我从安检口走出，在川航服务台办理改签手续，并打车返回市里，重新入住酒店。为了不耽误时间，我想通过输液的方式尽快恢复，于是下午赶到附近的四川省人民医院。经过检查，医生说我上呼吸道感染充血，并告诫我这样的身体状况不能去甘孜，于是我拿了药，回宾馆休息。

2021年7月22—26日

几天以来，我一直在宾馆阅读文献。7月24日，感冒似乎有所好转，我本想搭乘25日的航班飞往甘孜，但发现经济舱机票已全部售罄，26日成都和甘孜又有暴雨，只能等到27日再出发。在此期间，我一边修养身体，一边继续为田野调查做案头准备工作。巴伽活佛的电话再也打不通，加上正值雨季，我不知道27日能否顺利抵达甘孜，也不知道到时要住到哪里，一切都是未知，不免有些忐忑不安。

2021年7月27日

我乘坐3U8655航班飞往甘孜格萨尔机场，在成都天府国际机场与西南民族大学的陈美珍副教授汇合，在顺利抵达德格后，我们又在格萨尔机场与西南民族大学哲学学院的博士生呷绒启西汇合，她担任本次田野调查的翻译。调研小分队的成员聚齐，我们经过近两个半小时的山路抵达县城，入住格萨尔文化主题酒店。德格县像是被四周的高山包裹着，房屋依山而建，街道虽然不像北方县城一样宽阔，但典型的藏式建筑随处可见。稍作休息后，我们在餐厅就餐，似乎高原反应并不强烈，但当动作幅度变大时，便感到头晕目眩，夜里翻来覆去地无法入眠，直到凌晨才勉强入睡。

大概在2017年前后，我通过师姐宋本蓉的关系，认识了当时在西南民族大学读藏文学专业的本科生次仁绒布，他曾为我誊录过扎巴老人的录音唱词。他的家族都与格萨尔有关，他的爷爷（汉族称为姥爷）是当地的一位格萨尔演述艺人，但因当时我在甘肃敦煌挂职，没能及时地采访他的爷爷，遗憾的是老人已于2016年去世。这次到德格来，临行前，我联系了次仁绒布，得知他要在此前后回家。于是我们抵达后，先拨通了他的电话，他正好在家，据他讲，他的舅舅也是格萨尔艺人，而且就是甲央其珍老师推荐的布黑老师。在我还不知道去哪里寻访艺人时，他的推荐令我喜出望外，真是得来全不费功夫。于是我们约好第二天先去采访他的舅舅。

2021年7月28日

一早，吃过早饭后，为了给次仁绒布一家准备一份简单的小礼物，我们一行三人在酒店沿路的店铺中寻找藏茶和哈达，最后在一家经营物流的小店找到了带有非遗标签的藏茶。然后，启西用哈达包裹了砖茶，我们缓慢步行回到酒店，等待次仁绒布。不一会儿，迎面走来了一位帅气的小伙，他就是我们要等的人。在他的带领下，我们穿梭在县城纵横交错的街道之间，弯弯绕绕地走过了两条街，在气喘吁吁地慢慢爬坡之后，终于看到久闻大名的德格印经院，四周都是转经的民众。穿过印经院，我们又在几条羊肠小道间穿行，随后经过一扇木门，进入了布黑老师家。从外面看，木门并不大，可是推门进去，映入眼帘的首先是一个相对宽敞的空间，我们跟随绒布爬上陡立的台阶，进入客厅，四周的雕梁画栋几乎都出自布黑老师之手，房屋整洁明亮，藏香的味道扑面而来。

稍事休息后，我们开始正式工作，经过一番商量，决定当天先做采访，然后布黑老师做些准备，第二天再录制他演述的《阿里金窟》篇章，次仁绒布从旁翻译。快到中午时，女主人已为我们准备了藏餐，盛情难却，我们便在老师家品尝了人参果、酥油茶、藏包和酸奶。饭间闲聊片刻，我们就从另一条路回酒店。我提出想录制同一部故事的繁简两个版本，布黑老师表示，压缩有些困难，所以最后他还是决定从《阿里金窟》中抽取最后"分财宝"的部分进行录制，并没有对故事情节做压缩处理。

下午我们看到成都方面的信息，有一例从湖南回到成都的新冠疫情病例曾在成都天府国际机场停留过，虽然与我们没有时间上的交集，但考虑到在接下来的几天中会采访几位艺人和画师，为了确保他们的安全，我们还是决定先取消下午的采访，到德格县医院做核酸检测。县医院的大厅空间并不大，厅内挤满了等待做核酸检测的排队人群。据说他们很多是开车从成都抵达德格的，准备就此进藏，但在快到进藏路口时被拦下，要求他们出示核酸检测证明，于是他们又返回德格县做检测。一个小时过去了，挂号的人挤满了窗口，很多人手里都攥着一沓身份证准备挂号，于是排队的队伍很长时间才能挪动一步。我们大概等待了一个多小时才拿到挂号单,到了做检测的窗口,依然是人挤人。很多人并不带口罩,检测室里两个人同时进行检测,我们一边等待,一边担心是否会在这里被感染。大约半小时后,我们三人都做了咽拭子检测,结果要在当晚的23点才能拿到,于是我们就此返回宾馆。

2021年7月29日

一早,我们在吃过早饭后到德格县人民医院取核酸检测报告,结果为阴性。于是,我们随即拨通了布黑老师的电话,跟他约定好时间后,步行赶往他家。对于常年在平原生活的我而言,在高原反应和呼吸困难的身体状况下,在紫外线强烈的照射下爬坡,并且身上背着沉重的摄像设备绝对是一个体力活儿,也是一件十分困难的事。到达他家,采访就开始。今天主要是录制布黑老师的格萨尔曲调。与我之前采访的果洛和玉树的格萨尔艺人不同的是,他可以清楚地讲出格萨尔曲调的家族传承脉络,以及父辈对曲调的认识。意外的是,他的传承来自玉树,这也在一定程度上验证了我在《中国曲艺音乐集成·四川卷》中看到的频繁出现的艺人名字——洛曲,在我脑中勾连起了《集成》记录与活态传承之间的联系。

傍晚时分,我的先生张应华教授从湖南长沙途经刚刚爆出疫情的成都天府国际机场,来与我们汇合。

2021年7月30日

清晨,我们将应华送到医院进行核酸检测,然后继续到布黑老师家录制"阿里金窟"篇章。他在前一天采访后对曲调做了一些准备和设计,并在本子上标注出曲调的名称。

2021年7月31日—8月2日

31日上午,按照调研提纲,我完成了史诗音乐最后一部分的采访内容。下午由陈美珍老师以格萨尔唐卡为主题对布黑老师进行采访。

8月1日清晨，布黑老师带领我们到更庆寺参观，讲解他参与创作的唐卡。当日下午和8月2日上午，我又围绕格萨尔唐卡的绘制访谈了布黑老师。

8月2日下午，在应华的朋友周特古斯的帮助下，我拨通了甘孜州州政府办公室秘书长尹天飞的电话，请他帮助协调之后的行程。通过尹秘书长和德格县县长方一舟的帮助，我联系到了县政府办公室的扎西主任，并向他递交了从单位开具的介绍信。扎西主任答应帮我们安排从德格县到佐钦寺和阿须草原的车，并找办公室的扎西彻登，请他帮忙协调当地文化部门，安排对阿尼和白玛益西老师的采访。陈美珍老师因孩子无人照看，提前离开，经甘孜县回成都。

2021年8月3日

上午，我、应华和翻译启西在格萨尔文化主题酒店大厅见到了占玛措。她是德格县文旅局非遗股的工作人员。占玛措一边带路，一边与我们闲聊。交谈中应华了解到，德格县现有国家级非物质文化遗产代表性项目3项，国家级非物质文化遗产代表性项目的代表性传承人有3位。不久，我们就看到阿尼老师已经站在藏医院门口的转经筒前等候了。我们跟随他进入家门，他为我们献了哈达。在一个类似书房的屋子里，一面墙供满了佛像和格萨尔王形象的照片，在佛像和格萨尔王像前摆满了供灯和水。据阿尼老师讲，他每天早上五点起来要为格萨尔王添加供品，念诵颂词。靠近门的两面墙上，一面挂置了格萨尔王的战旗，一面摆放着格萨尔相关书籍。门对面的墙上窗户两侧挂置了四幅唐卡，以窗为参照，左边是装裱镶框的格萨尔唐卡，旁边叠放了四五个格萨尔史诗手抄本、格萨尔铠甲、头盔和法钵。右边是格萨尔唐卡卷轴画，画的下面放置着阿尼老师念诵格萨尔颂词时使用的鼓。

简短寒暄后，我们就开始采访。阿尼老师掌握了很多格萨尔曲调。由于时间关系，他无法尽可能地展示，我们只录了其中几首，包括阿尼老师的妻子昂翁曲珍老师演唱的曲调，接着围绕格萨尔史诗及其曲调的相关问题做了一个小时的专题访谈。结束后，他邀请我们喝茶。有意思的是，他四岁的儿子在我们录制曲调时，也在一旁哼唱着，随后他拿着手机，播放录制的曲调，边听边跟唱，可见家庭氛围对孩子的影响。此后，我们离开这里，回到宾馆。

2021年8月4日

上午十点，我、启西和德格县文旅局的占玛措在酒店门口等待唐卡年轻画师呷绒翁都老师。几分钟后，我和启西上车，准备去参观位于德格县康巴文化博览园（准备8月8日开园，当地文化部门已为开园工作准备了两三年）内呷绒翁都老师的工作室。驱车过去，一路看到的是具有藏族文化元素的新建建筑，诺大的法螺形象被塑造成了建筑的外观。博览园焕然一新，在交谈中我们了解到，由于新冠疫情的原因，本来准备大办的开园仪式可能要被简化。呷绒翁都老师认为传统唐卡的画法已经到了登峰造极的地步，后人怎么画都无法超越传统。所以他希望用汉族的水墨画和西方的现代画法来重新创作唐卡。

他的工作室空间宽阔，地上摆放着尚未完成的唐卡画布，曾在清华美院进修的经历使他改变了父辈们一贯坚守的传统唐卡的画法和观念。刚开始，他对水墨画并不认同，但经过一段时间的学习、写生后，他开始尝试用唐卡的色彩、画布和技法，以写实的风格来拓展传统唐卡宗教题材之外的新题材，如关公、济公和唐僧等汉族人物。当他拿出创新的格萨尔唐卡画作时，给我的第一印象是有点像油画，但他保留了格萨尔王的基本形象构图，在人物的脸部和衣饰方面处理得更加有层次。量度规范虽然在这位年轻画师看来有些琐碎和循规蹈矩，缺乏创新性，但当他画传统唐卡时也会按照传统的量度规范绘制。

当他拿出代表作《千里江山图》后，我发现他有扎实的绘画功底，也开始理解他的观点。事实上，他并不是轻视传统唐卡，而是想在传统唐卡的系统之外开拓自己新的风格。他认为，在构图和画法上，传统的格萨尔唐卡与寺院唐卡同属一个系统，只是量度的标准并不相同，格萨尔王的构图与山神等民间神基本相似，这与布黑老师所述基本一致。调研结束后，呷绒翁都老师送我们回酒店。

对于接下来的行程，我始终无法确定。下午，我本计划去离县城半小时路程的次仁绒布的家乡采访他的父亲，但经过了解，发现他的父亲和布黑老师，以及在八邦寺的扎西多杰（开办学校教孩子们画唐卡，远离县城）传承自同一位师父。这意味着他们的画法和风格可能大同小异。这时，占玛措打来电话说，德格县上的唐卡画师这几天都不在，离县城一个多小时的麦宿镇有个唐卡基地。于是，我再次拨通扎西主任的电话，请他帮忙解决麦宿镇行程所遇到的困难。没想到并无深交的扎西主任很痛快地答应为我们派车，并让我继续联系政府办的扎西彻登。

大概下午四五点，扎西彻登回信说，已经帮我联系好了麦宿镇政府的伍金曲珍，占玛措又帮我联系了明天要访谈的唐卡画师泽批老师。与此同时，政府办的司机也拨通了我的电话，我们约定明早八点出发。一时间，问题都得到了解决，我心里总算是松了一口气。于是从心底感谢这些不熟悉，甚至素未谋面的好心人：方一舟县长、扎西主任、占玛措、扎西彻登和伍金曲珍，当然更要感激远在康定的甘孜州州政府秘书长尹天飞和乐山的周特古斯院长。

2021年8月5日

早上八点，德格县政府办派的车已在酒店门口等候。应华昨晚因为修改文章没有休息好，加之高原反应始终纠缠着他。我和启西建议他今天在酒店休息，我们俩自己去，但他不放心，还是跟我们上了车。我怕他难受，就让他坐在副驾的位置上。开车的熊春水师傅是三十多年的老司机，他的父亲是当年十八军进藏来到德格县的，后来在此结婚安家。他话并不多，有多年的驾车经验，虽然车速很快，却很稳。我们刚出县城不久，就看到了与德格一江之隔的西藏边界，跨过金沙江就是西藏。熊师傅让我们下车在这里合影留念。沿路风景宜人，高山林立、到处都是郁郁葱葱的树木。一眼望去，蓝天、白云，没过几公里就有的白塔，偶尔出现在公路上闲适自在的牛，以及一直陪伴在侧的清澈河水组成了一幅美丽的画卷。但因为山路狭窄，弯弯曲曲，从没有晕车记录的我完全被这样的路况打败，自越过西藏边界，我就开始头晕不止，因为唐卡画师泽批老师下午有事，我们只有两个小时的访谈时间。因此，为了尽快到达，我一直忍耐着，但身体的不适还是让我忍不住开口问熊师傅，开窗能否对晕车有缓解。

熊师傅立刻停下车，应华让我坐在副驾驶的位置，可我从后座下来就再也忍不住了，走到路边吐光了早上吃的所有东西。短暂休息后，我们又继续赶路。这平生第一次晕车不禁让我感慨，在高原之上开展田野作业，不仅是对学术能力的历练，更是对身体的考验。

不一会儿，我们就到了麦宿镇人民政府大院，与泽批老师的儿媳伍金曲珍汇合后，她在前面带路，我们的车紧随其后，没走一会儿，就到了麦宿镇宗萨噶勉唐卡传承基地。这里不仅有泽批老师的画室，还有其他手工艺的几个工作室。一进泽批老师的画室，首先进入视线的是挂满四面墙壁的唐卡，还有坐在地上正在绘制唐卡的年轻人，其中还有两、三位出家人。我走上前去认真观察，年轻画师们因为专注于唐卡绘制，似乎完全没有注意到我。走进泽批老师的小房间，只见他盘腿坐在一张藏式床上，双腿用毛毯包裹着。老人不懂汉语，但十分谦和，且面带微笑。因为时间有限，我和启西尽量压缩问题，聚焦重点进行提问。经过几天的熟悉和了解，我们的配合也越发默契。经过询问，在唐卡绘制方面，泽批老师也传承自噶玛噶孜画派大师通拉泽翁，他的回答基本与布黑老师相同，也从另一个侧面再次佐证了布黑老师的话。德格县的唐卡绘制大多属于噶玛噶孜画派，在其基础上，泽批老师集纳勉萨画派的绘画技艺，开创了"噶勉相融"的绘画风格。

在顺利完成调研任务后，我们返回德格县。快进县城时，熊师傅为我们推荐了一家农家乐，饭后，我们大约三点到达德格。四点半左右，为了表达对扎西主任的感恩之情，我带着自己的新书专程去拜访他，他建议我们明天可以先到阿须草原，然后再去佐钦寺。阿须草原海拔约在4000米以上，我担心应华会有严重的高原反应，但他为了让我圆满完成调研任务，坚定地同意同行。

2021年8月6日

清晨，熊师傅早早地就等候在了酒店门口。我们把行李装上车便开始往出城的方向驶去。一路风景秀美，高原的清晨还是有些清冷。215国道通往玉树的隧道正在开凿，这也是通往阿须草原的路，我们沿着国道走了一段，熊师傅抄近路行驶，从一条即将被废弃的石子山路翻山而过。一路都是上山路，道路狭窄，颠簸不停，越往高爬景色越美，也越险峻，时常会有迎面而来的车辆。当我们走到半山腰时，熊师傅凭借多年的驾驶经验，为了给会车的车辆让行，他一边开着车门，一边手握方向盘倒车，着实让人捏一把汗。我坐在副驾的位置上，右侧就是万丈深渊，我紧紧地抓着车门把手，生怕一不小心掉下去。本来这样险峻的风景和崎岖不平的弯路应该拍照留作资料，但因为害怕，我始终不敢拿出手机拍照。熊师傅向后倒了几米，找到一块相对宽阔的地方，会车的问题终于得到了解决。刚刚转过一段盘山路，突然两只大雕从车前飞过。大概五六公里后，我们抵达了山顶，在熊师傅的建议下，我们下车拍照，站在山巅之上，背后云朵缭绕，绿色的山脉绵延不绝。过了山顶，就开始走下山路。与上山路相比，下山的路便容易多了。我们很快就结束了艰难的石子路，开始进入柏油路。在分叉路口，一边是石渠县，另一边是德格县的阿须草原。我们从路口右转，进入阿须镇的地界。一进入阿须，就感受到地形地貌的不同，代替高山与树木的是一望无际的草原，空间更加开阔平坦，满眼的绿色。

很快，我们就到了阿须镇，很多街道都以格萨尔人物命名。熊师傅与巴伽活佛也是老朋友，因为他熟悉路线，我们很顺利地抵达了目的地。刚进院落，我们就看到活佛已在外等候。在他的带领下，我们走进院子，中间是一座藏式建筑，穿过小道，进入一个宽阔的待客厅，屋内放置了很多藏式用具。我们在活佛的指引下落座，我转达了杨恩洪和巴莫曲布嫫老师对他的问候，他闲聊几句后，我们就去参观格萨尔纪念堂。活佛指派了一位做公益事业的年轻人为我们做向导。进入纪念堂的院落，两边有两排红色藏房。正对门的是格萨尔纪念堂，正中是格萨尔王的塑像，两侧是他的八位王妃和三十大将依次排开，一直延伸到门口，每尊塑像前都有说明的标签。从正殿出来，是格萨尔王的拴马桩。从院落中走出，右手边是政府修建的金顶红墙的博物馆，门口是一尊格萨尔王的铜塑像。我们在塑像前合影后，回到活佛的住所，他已为我们准备了午饭。饭后，我们与活佛辞行，他为我们每人献上了哈达，我也给他赠送了自己的新书。我们走出院落，驱车前行，约半小时抵达了竹庆镇，并找到了白玛益西老师的儿子所加老师所说的吉布林大酒店，登记入住后回房间休息。

2021年8月7—8日

8月7日，所加老师来到酒店接我们，上午访谈，下午录制白玛益西老师演述的《达食施财》。据所加老师讲，老人年纪大了，即使在他身边，也很难见到他演述长篇史诗，而我是幸运的，这要感谢甲央齐珍老师的引荐！所加老师也是格萨尔史诗传承人，他不仅对格萨尔曲调了如指掌，而且还会制作格萨尔藏戏的面具，我们在竹庆镇的调研也多仰仗他的大力支持与帮助！

8月8日早上，所加老师如约来接我们，并于9点15分左右到达白玛益西老师家。由于所加老师从旁辅助翻译，采访进行得尤为顺利。结束后，我和启西背着设备，饥饿难耐，又口渴不止，在海拔3900米的竹庆镇正午时分行走了20多分钟的路。下午，应华帮我们找了宾馆前台的小伙子骑摩托车送我们到白玛益西老师家，因为摩托车太小，只能分别送我们，下午3点开始采访。

2021年8月9日

上午，所加老师开车带我们到他舅舅血珠老师家。血珠老师是佐钦寺的老喇嘛，从小就进入寺院出家，经过学习，后来成了佐钦寺格萨尔羌姆的教授者。采访结束后，所加老师开车带着我和启西到佐钦寺找他的弟弟。当车开进佐钦寺，我被庞大的寺院群所震撼，每个僧房都是上下两层的藏式建筑。我们参观了所加老师弟弟的僧房，并看到了佐钦寺念诵经文时所用的央移谱。

为了感谢所加老师几天以来的关照和陪同，我提出请他和启西喝咖啡，以表谢意。佐钦寺是著名的佛学院，来自全国各地，甚至是其他国家的僧人都到此学习深造，因此在巨大的院内，有一家国际化的小商铺。货架上摆放着很多进口商品，一走过去，就能闻到浓郁纯正的咖啡香味，售卖食品的是在此出家或学习的僧尼。随后，所加老师送我们回宾馆，晚上我与宾馆处理好报销所需要的发票和明细，打包好行李，拜托酒店老板为我们联系明天送机的私家车。由于成都成为新冠疫情的中高风险区，我们准备次日乘坐甘孜飞往重庆的航班，由重庆返回北京。

2021年8月10日

早上，我们按照原定计划6点起床，7点赶往甘孜格萨尔机场。但清早当我睁开眼睛，打开手机后，发现订票公司在昨天夜里12点发来信息，我们乘坐的航班由于公共安全问题已被取消。于是，我们决定先到甘孜县做核酸检测，因为只有拿到检测报告，才能保证我们一路畅行。7点，我们从竹庆镇出发，路上应华在想尽一切办法离开甘孜，赶往距离北京更近的地方。9点左右，我们抵达甘孜县，在启西家享用了藏式早餐后赶往医院。

应华通过周特古斯，联系到了甘孜县的朋友，在他的帮助下，我们很快就拿到了核酸检测结果，也找到了一台安全可靠的越野车。司机师傅叫尼玛，人很健谈，一路上与应华有说有笑。我们经过著名的317和318国道，从甘孜县到炉霍县，再到道孚县。炉霍和道孚也是格萨尔史诗的传承区域，只是时间有限未能到访。随后，我们经过塔公草原，再到康定，最终抵达泸定，穿过泸定大桥，到达服务区，周特古斯安排的车已经在那里等候。

与尼玛师傅告别后，我们继续赶往乐山。沿路接二连三的隧道和郁郁葱葱的树木映入眼帘。此时，我已困顿不已。经过了4个小时的车程，我们终于安全抵达了乐山，见到了一路上为此次调研提供帮助的周特古斯院长。办理了酒店入住手续后，第一件事是换衣服，因为甘孜与乐山的温度相差十几度，乐山夏季的炎热，让我开始想念甘孜的清凉。晚饭中我们相谈甚欢。我的腰曾因车祸受伤，加上一整天的车程，到了23点已经是它承受的极限。于是我们回酒店休息。

2021年8月11日

我们预定了6点58分从乐山到贵州毕节的高铁。特古斯夫妇一早送我们到火车站。到达毕节后，我和应华又迅速赶往毕节机场，于10点10分在查验了健康码后，我终于踏上了回京的路。应华目送我通过安检后，他打车返回火车站，再乘坐高铁回长沙。因为实在是疲惫不堪，我一直睡到飞机落地。我走出机舱，进入大兴国际机场，从离开到归来仅半月时间，机场的样貌却判然有别。走时人流涌动，热闹非凡，回来却空无一人，除了店铺的销售者，很少见到乘客。出租车师傅很奇怪地问我，回京是否经历了严格的审查。他随后告诉我，原来一天要接很多单，这些天一天能接一单就不错了，由此可见新冠疫情对北京的影响。一路无话，到了小区门口，门卫让我给物业打电话，确认我不是从中高风险区回京的，才让我进小区。至此，我的甘孜调研全部结束，回到家中，除了休息，别无他求。

参考文献

中文著作

［1］陈幼韩:《戏曲表演美学探索》,中国戏剧出版社,1986。

［2］土登尼玛主编:《格萨尔词典》,四川民族出版社,1989。

［3］郭净:《心灵的面具:藏密仪式表演的实地考察》,上海三联书店,1998。

［4］降边嘉措:《格萨尔论》,内蒙古大学出版社,1999。

［5］朝戈金:《口传史诗诗学:冉皮勒〈江格尔〉程式句法研究》,广西人民出版社,2000。

［6］扎拉嘎:《比较文学:文学平行本质的比较研究——清代蒙汉文学关系论稿》,内蒙古教育出版社,2002。

［7］王邦维主编:《东方文学:从浪漫主义到神秘主义》,湖南文艺出版社,2003。

［8］詹姆斯·克利福德、乔治·E.马库斯编:《写文化:民族志的诗学与政治学》,高丙中、吴晓黎、李霞等译,商务印书馆,2006。

［9］吕品田:《中国民间美术观念》,湖南美术出版社,2007。

［10］多吉桑布编著:《图解藏密修持法 千年密法精要大公开》,陕西师范大学出版社,2007。

［11］尕藏加:《吐蕃佛教:宁玛派前史与密宗传承研究》,社会科学文献出版社,2007。

［12］格雷戈里·纳吉:《荷马诸问题》,巴莫曲布嫫译,广西师范大学出版社,2008。

[13] 理查德·鲍曼：《作为表演的口头艺术》，杨利慧、安德明译，广西师范大学出版社，2008。

[14] 扎雅·罗丹西绕活佛：《藏族文化中的佛教象征符号》，丁涛、拉巴次旦译，中国藏学出版社，2008。

[15] 中国西藏文化保护与发展协会、四川省甘孜藏族自治州人民政府编：《〈格萨尔千幅唐卡〉精品集》，北京富瑞德印刷有限公司，未出版，2008。

[16] 诺布旺典：《图解藏密财神法》，紫禁城出版社，2009。

[17] 诺布旺典：《智慧才辩本尊图文大百科》，紫禁城出版社，2010。

[18] 吉布：《藏密图文百科1000问》，陕西师范大学出版社，2010。

[19] 布鲁诺·内特尔：《民族音乐学研究：31个论题和概念》，闻涵卿、王辉、刘勇译，上海音乐学院出版社，2011。

[20] 博特乐图：《表演、文本、语境、传承——蒙古族音乐的口传性研究》，上海音乐学院出版社，2012。

[21] 释大愿讲述：《大愿说药师法门（下册）》，宗教文化出版社，2012。

[22] 曹娅丽：《史诗、戏剧与表演：〈格萨尔〉口头叙事表演的民族志研究》，上海大学出版社，2015。

[23] 康·格桑益希：《唐卡艺术概论》，文物出版社，2015。

[24] 杨恩洪：《民间诗神——格萨尔艺人研究》（增订本），中国社会科学出版社，2017。

[25] 费尔迪南·德·索绪尔：《普通语言学教程》，高名凯译，商务印书馆，2017。

[26] 降边嘉措主编：《〈格萨尔〉大辞典》，海豚出版社，2017。

[27] 王启龙主编：《国外藏学研究集刊第一辑》，上海古籍出版社，2017。

[28] 斯文·埃里克·拉森、［丹麦］约尔根·迪耐斯·约翰森：《应用符号学》，魏全凤、刘楠、朱围丽译，四川大学出版社，2018。

[29] 《格萨尔文库》编纂委员会编：《格萨尔文库1》，上海古籍出版社，2018。

[30] 王旭青：《言说的艺术：音乐叙事理论导论》，人民音乐出版社，2018。

[31] 杨义：《中国叙事学》（增订本），商务印书馆，2019。

[32] 马歇尔·麦克卢汉：《理解媒介：论人的延伸》（55周年修订本），何道宽译，译林出版社，2020。

[33] 曹娅丽、邱莎若拉：《格萨尔史诗从说唱到戏剧演变研究》，中国社会科学出

版社，2020。

[34] 罗伯特·斯科尔斯、詹姆斯·费伦、罗伯特·凯洛格：《叙事的本质》，于雷译，南京大学出版社，2020。

[35] 凯瑟琳·加洛蒂：《认知心理学：认知科学与你的生活》（原书第5版），吴国宏等译，机械工业出版社，2020。

[36] 姚慧：《史诗音乐范式研究：以格萨尔史诗族际传播为中心》，中国社会科学出版社，2021。

[37] 施爱东：《故事法则》，生活·读书·新知三联书店，2021。

[38] 艾莉森·吉布斯：《多模态认知诗学和实验文学》，赵秀凤、徐方富译，外语教学与研究出版社，2021。

[39] 约翰·A. 贝特曼、卡尔-海因里希·施密特：《多模态电影分析：电影意义的建构》，姚汝勇、孟令新译，社会科学文献出版社，2021。

中文论文

[1] 索代：《谈〈霍岭大战〉的人物塑造》，《民族文学研究》1984年第1期。

[2] 降边嘉措：《〈格萨尔〉的结构艺术》，《西藏民族学院学报》（社会科学版）1986年第1期。

[3] 吴伟：《〈格萨尔〉人物梅乳泽论》，《民族文学研究》1986年第3期。

[4] 何天慧：《试论〈格萨尔〉诸多分部本产生的原因》，《西北民族学院学报》1990年第4期。

[5] 何天慧：《藏文〈格萨尔〉分部本浅论》，《兰州大学学报》1990年第4期。

[6] 徐国琼：《论〈格萨尔〉史诗分部本创作上的几种"模式"》，《西藏民族学院学报》（社会科学版）1994年第1期。

[7] 马学仁：《论超同的反面典型——〈格萨尔王传〉人物探》，《西北民族学院学报》（哲学社会科学版·汉文）1998年第2期。

[8] 托马斯·杜波依斯：《民族志诗学》，朝戈金译，《民族文学研究》2000年增刊。

[9] 李战子：《多模式话语的社会符号学分析》，《外语研究》2003年第5期。

[10] 徐斌:《格萨尔史诗图像及其文化研究》,中国社会科学院研究生院博士论文,2003年。

[11] 冯双白:《青海藏传佛教寺院羌姆舞蹈和民间祭礼舞蹈研究》,中国艺术研究院博士论文,2003年。

[12] 巴莫曲布嫫、朝戈金:《民族志诗学(Ethnopoetics)》,《民间文化论坛》2004年第6期。

[13] 杨利慧:《民族志诗学的理论与实践》,《北京师范大学学报》(社会科学版)2004年第6期。

[14] 马都尕吉:《论〈格萨尔〉的程式化结构特点及其传承规律》,《西藏研究》2005年第1期。

[15] 朱永生:《多模态话语分析的理论基础与研究方法》,《外语学刊》2007年第5期。

[16] 胡壮麟:《社会符号学研究中的多模态化》,《语言教学与研究》2007年第1期。

[17] 张德禄:《多模态话语分析综合理论框架探索》,《中国外语》2009年第1期。

[18] 扎西东珠:《藏族口传文化传统与〈格萨尔〉的口头程式》,《民族文学研究》2009年第2期。

[19] 朝戈金、尹虎彬、巴莫曲布嫫:《中国史诗传统:文化多样性与民族精神的"博物馆"(代序)》,《国际博物馆》(联合国教科文组织全球中文版)2010年第1期。

[20] 索南措:《〈格萨尔〉说唱艺人表演程式内部成因》,《青海社会科学》2010年第6期。

[21] 张德禄、穆志刚:《多模态功能文体学理论框架探索》,《外语教学》2012年第3期。

[22] 丁晓晖:《母题、母题位和母题位变体:民间文学叙事基本单位的形式、本质和变形》,《民族文学研究》2013年第1期。

[23] 措吉:《〈格萨尔〉叙事文本的多样性——以青海果洛甘德县德尔文部落为个案》,《西藏大学学报》(社会科学版)2013年第2期。

[24] 朱刚:《从"语言转向"到"以演述为中心"的方法》,《民族文学研究》2014年第6期。

［25］王杰文：《"文本的民族志"——劳里·航柯的"史诗研究"》，《文化遗产》2015年第4期。

［26］顾日国：《多模态感官系统与语言研究》，《当代语言学》2015年第4期。

［27］杨民康：《以表演为经纬：中国传统音乐分析方法纵横谈》，《音乐艺术》2015年第3期。

［28］姚慧：《摘下"自我"的眼镜：对藏族〈格萨尔〉神授艺人斯塔多吉采访个案的反思》，《中国音乐学》2015年第3期。

［29］杨杰宏：《多模态叙事文本：东巴叙事文本性质探析——基于东巴书面与口头文本的比较研究》，赵心愚、和继金主编《纳西学研究》（第一辑），民族出版社，2015。

［30］巴莫曲布嫫：《约翰·迈尔斯·弗里》，《民间文化论坛》2016年第1期。

［31］乌·纳钦：《论口头史诗中的多级程式意象：以〈格斯尔〉文本为例》，《民族文学研究》2016年第3期。

［32］李连荣：《〈格萨尔〉手抄本和木刻本的传承与文本特点》，《中国藏学》2017年第1期。

［33］张振涛：《记谱与韵谱》，《音乐艺术》2017年第3期。

［34］央吉卓玛：《取法民间：口传史诗的搜集、整理及抄写机制——以"玉树抄本世家"为例》，《西北民族研究》2017年第3期。

［35］刘洁：《工布苯日神山崇拜的"新苯派"特点与佛教化演变趋势》，《黑龙江民族丛刊》2018年第1期。

［36］德吉卓玛：《尼寺与非遗羌姆：日喀则江洛尼寺的田野调查》，《西藏研究》2019年第6期。

［37］田青：《中国戏曲的昨天、今天和明天》，《中国非物质文化遗产》2020年第1期。

［38］央吉卓玛：《"宗"：格萨尔史诗的叙事程式、传统法则与故事范型》，《民族文学研究》2020年第6期。

［39］王建民、曹静：《人类学的多模态转向及其意义》，《民族研究》2020年第4期。

［40］牛乐、高莉：《技艺、文化、传承：拉卜楞唐卡画师口述史》，《内蒙古艺术学院学报》2020年第1期。

［41］萧梅：《中国传统音乐表演艺术与音乐形态关系研究》，《中国音乐》2020年第3期。

［42］王治国：《表演与叙事：〈格萨尔〉史诗传播多模态话语阐释》，《西藏研究》2021年第4期。

［43］曹静：《多模态》，《广西民族大学学报》（哲学社会科学版）2021年第5期。

［44］姚慧：《走出二元对立的思维模式：对中西音乐比较的再反思》，《音乐研究》2021年第6期。

［45］央吉卓玛：《朝向"悦耳"：反思格萨尔史诗的文本化实践及其路径》，《青海社会科学》2021年第6期。

［46］朝戈金：《国际史诗学术格局中的中国史诗研究进路和走势》，《广西民族大学学报》（哲学社会科学版）2022年第1期。

［47］朝戈金：《口头诗学的文本观》，《文学遗产》2022年第3期。

［48］朝戈金：《"全观诗学"论纲》，《中国社会科学》2022年第9期。

英文专著与论文

［1］ Asch, Michael I. 1982. "Review: The Ethnography of Musical Performance by Norma Mcleod and Marcia Herndon." *Ethnomusicology* 26:317–319.

［2］ Stone, Ruth M. 1988. "Performance in Contemporary African Arts: A Prologue." *Journal of Folklore Research* 25:3–15.

［3］ Matthiessen, Christian. 1989. "Review: Introduction to Functional Grammar by M. A. K. Halliday." *Language* 65:862–871.

［4］ Foley, John Miles. 1991. *Immanent Art: From Structure to Meaning in Traditional Oral Epic*. Bloomington and Indianapolis: Indiana university press.

［5］ Finnegan, Ruth. 1992. *Oral Traditions and The Verbal Arts: A Guide to Research Practices*. London and New York: Routledge.

［6］ Honko, Lauri. 1998. *Textualising the Siri Epic*. Helsinki: Academia Scientiarum Fennica.

［7］ Foley, John Miles. 2002. *How to Read an Oral Poem*. Urbana and Chicago: University of Illinois Press.

[8] Foley, John Miles. 2005. Ed., *A Companion to Ancient Epic.* USA：Blackwell Publishing Ltd.

[9] Béhague, Gerard. 2006. "A Performance and Listener-Centered Approach to Musical Analysis: Some Theoretical and Methodological Factors." *Latin American Music Review* 27:10-18.

[10] Stone, Ruth M. 2008. *Theory for Ethnomusicology*. New York: Pearson Education, Inc.

[11] Kallio, Kati. 2015. "Multimodal Register and Performance Arena in Ingrian Oral Poetry." In *Registers of Communications*, ed. Asif Agha and Frog. Finnish Literature Society: 322-335.

讲义

哈佛大学纳吉教授的公开课《古希腊的英雄》讲义"Introduction to tragedy"。

（以出版或发表时间为序）

后 记

自2012年进入中国社会科学院民族文学研究所从事博士后研究工作以来，我就制定了"资料分析—概念建构—田野检验—回证理论"的跨学科研究计划或学术研究路线。2021年，我的专著《史诗音乐范式研究——以格萨尔史诗族际传播为中心》由中国社会科学出版社出版，基本完成了从"资料分析"到"概念建构"的研究阶段，架构了以"传统曲库""范型部件""具体曲调"为核心的史诗音乐范式概念体系及其理论阐释模型。2016年，我主持的国家社科基金青年项目"口头传统视阈下藏蒙《格萨（斯）尔》史诗音乐研究"正式立项。于是我以前著为基础，逐步进入从"概念建构"到"田野检验"，乃至到"回证理论"的研究阶段。虽然该著也有一定比例的田野研究，但其重点依然在对音声档案的对比分析和对音声文本的学理阐释上。在社科基金项目实施过程中，经过五年的田野研究，我进一步修正了对"传统曲库"和"范型曲调"的概念内涵，从强调音乐材料的累积，转向对范型部件的传统模式、组合规则及其意义表达的资源储备，从单纯曲式结构的本体观照，转向回到史诗语域的跨学科阐释进路上。即将付梓的这本专著便是该项目的结项成果。

2016—2021年期间，我先后赴内蒙古自治区赤峰市阿鲁科尔沁旗、巴林右旗，青海省西宁市、果洛藏族自治州（以下简称果洛州）、甘德县、玉树藏族自治州（以下简称玉树州），四川省甘孜藏族自治州（以下简称甘孜州）德格县的麦宿镇、竹庆镇、阿须草原开展田野作业和民族志研究，共采访了14位格萨（斯）尔歌手、2个格萨尔藏戏团、4位格萨尔唐卡画师、1位格萨尔羌姆传承人和1位格萨尔音乐研究专家，共收集访谈音视频资料110小时、史诗演述和藏戏表演音视频资料16小时和照片2529张。这本专著之所以能够如期完成，很多时候仰仗田野作业中为我提供过帮助和支持的所有人，他们中有我的老师、朋友，也有素未谋面的好心人。

首先，感谢在百忙之中接受我的采访，为我讲解地方性知识、提供调查资料的诸位格萨（斯）尔史诗歌手，他们是阿鲁科尔沁旗的敖特根巴雅尔，巴林右旗的金巴扎木苏和敖干巴特尔；玉树州的丹玛·江永慈诚、达哇扎巴、旦巴江才；果洛州甘德县的才智、才仲、班桑、南卡；甘孜州德格县的阿尼、白玛益西、布黑和所加。我能够在多模态、多媒介、跨艺术的视域中建立走向跨学科表达通则的理论阐释模型，得益于为我提供横向参照的格萨尔唐卡画师甘孜州德格县的布黑、泽批和玉树州的生格，果洛州甘德县夏仓部落格萨尔马背藏戏团和哇岩寺格萨尔马背藏戏团，以及甘孜州德格县竹庆镇佐钦寺格萨尔羌姆传承人血珠。这里，我向以上诸位老师致以最诚挚的谢意！

其次，感谢为我提供调研线索的引路人。在中国社会科学院民族文学研究所藏族文学研究室的诺布旺丹研究员、李连荣研究员、甲央齐珍副研究员的引荐下，我完成了对果洛州甘德县和甘孜州德格县藏族格萨尔歌手的调研。蒙古族格斯尔歌手的遴选又仰仗中国社会科学院民族文学研究所蒙古文学研究室乌·纳钦研究员的推荐，经民族文学理论研究室巴莫曲布嫫研究员的引荐，我有幸认识了巴伽活佛，并且在阿须草原受到了他的盛情款待。受诺布旺丹研究员和果洛州颇有威望的诺尔德老师的委托，原甘德县文化局局长才让当周为我介绍了果洛州诸位格萨尔歌手和格萨尔马背藏戏团的成员，通过藏地阳光的记者次仁绒布的介绍，我毫不费力地找到了重要的采访对象格萨尔歌手和唐卡画师布黑。

记得我在玉树州徘徊了好几天都无法联络到调研对象达哇扎巴，正在踌躇不知所措之时，偶然在玉树州的一次活动现场看到了受邀嘉宾诺布旺丹老师，我下意识地以最快的速度穿越人群，凑上前去，找到他，并向他讲述了我的困难，希望得到他的帮助，没想到他不仅帮我再三嘱托达哇扎巴要接受我的采访，还邀请我与当地的专家一起共进晚餐，在无依无靠之时顿时感到了前辈学者对后学的温暖提携，感恩之情油然而生！2021年当我第一次踏上甘孜州的土地时，我依然面临着寻找调研线索和调查对象的难题，我冒昧地给甲央齐珍老师发信息，希望得到她的帮助，因为甲央老师不仅是德格人，而且常年在德格地区开展田野调查，没想到她很爽快地答应帮我推荐和联系格萨尔史诗传承人。当我抵达德格竹庆镇白玛益西老师家时，老人握着我的手说，"你怎么才来啊？我已经等了你好几天了，"我才知道，因为有了甲央老师的引荐，白玛益西老师十分重视我的来访，一直在家等候。虽然与团队作战不同，单枪匹马奔赴田野的青年学者在田野前和田野中往往都会遇到很多需要克服的困难，但因为有这些热心的、不求回报的老师们的鼎力支持，我的调查得以如期完成。

复次，感谢与我一起深入田野、为我承担翻译工作的同事、朋友和研究生，他们是中国社会科学院民族文学研究所的央吉卓玛博士，果洛州格萨尔史诗歌手格日尖参的女儿羊青拉毛，内蒙古民族大学秋喜教授的硕士研究生文霞，西南民族大学哲学学院的博士生呷绒启西，果洛藏族自治州甘德县政协的赞拉，也真诚地感谢秋喜教授和师姐宋本蓉在寻找翻译上为我提供的鼎力支持。因为有他们的参与和帮助，我才能顺利完成调研计划。

再次，感谢乐山师范学院音乐学院院长周特古斯以及他的朋友甘孜州政府办公室秘书长尹天飞、果洛州甘德县政协主席郑秉科、甘德县政府后勤部主任钱升华、果洛州格萨尔博物馆的才让措，他们中有的是多次提供帮助的朋友，有的素未谋面，有的只是一面之缘，但却在田野旅途中给予了我莫大的帮助，在此深表谢意。

本书有幸被纳入中国社会科学院"中国史诗学丛书"出版计划，在此感谢首席专家斯钦巴图和项目组诸位老师对青年学者的支持与资助！感谢学苑出版社陈佳编辑的细心编校！

最后，感谢我的先生张应华教授，他在新冠疫情肆虐之时，不顾自身安危和每夜头疼欲裂的高原反应，一路陪伴我完成甘孜德格县的调研，让我第一次感到田野路上有爱人陪伴的温暖与幸福。

姚　慧
2024 年 3 月 1 日